PURPUREA

ADALYN GRACE

PURPUREA
A trama do destino

V. 2 da série
Belladonna

Tradução
Lavínia Fávero

TÍTULO ORIGINAL *Foxglove*
Copyright © 2023 Adalyn Grace, Inc.
© 2024 VR Editora S.A.

Plataforma21 é o selo jovem da VR Editora

DIREÇÃO EDITORIAL Tamires von Atzingen
EDIÇÃO Thaíse Costa Macêdo
ASSISTÊNCIA EDITORIAL Andréia Fernandes
PREPARAÇÃO Marina Constantino
REVISÃO Lara Freitas
CAPA © 2023 by Hachette Book Group, Inc.
ARTE DE CAPA © 2023 by Elena Masci
DESIGN DE CAPA Jenny Kimura
ADAPTAÇÃO DE PROJETO GRÁFICO Gabrielly Alice da Silva
DIAGRAMAÇÃO Gabrielly Alice da Silva e Pamella Destefi

Dados Internacionais de Catalogação na Publicação (CIP)
(Câmara Brasileira do Livro, SP, Brasil)

Grace, Adalyn
Purpurea: a trama do destino / Adalyn Grace; tradução
Lavínia Fávero. – Cotia, SP : Plataforma21, 2024. –
(Série Belladonna; v. 2)

Título original: Foxglove
ISBN 978-65-88343-70-8

I. Ficção juvenil I. Título. II. Série.

23-184851	CDD-028.5

Índices para catálogo sistemático:
I. Ficção: Literatura juvenil   028.5
Cibele Maria Dias – Bibliotecária – CRB-8/9427

Todos os direitos desta edição reservados à
VR EDITORA S.A.
Via das Magnólias, 327 – Sala 01 | Jardim Colibri
CEP 06713-270 | Cotia | SP
Tel.| Fax: (+55 11) 4702-9148
plataforma21.com.br | plataforma21@vreditoras.com.br

*Tenho uma amiga para quem perguntaram
durante uma entrevista de emprego:
"O que faz você levantar da cama pela manhã?"
Ela respondeu: "Meu despertador".*

*Este livro é para ela — por sempre ser
minha primeira leitora, a melhor companheira de viagem,
stalker nota 11 e por sempre me fazer rir,
mesmo quando não tem a intenção.*

PARTE UM

PRÓLOGO

O Destino levou um milênio para aprender as melodias dos fios e ainda mais tempo para descobrir como tecê-los.

Sentou-se no chão de um porão iluminado por uma vela minguada, debruçado sobre uma tapeçaria intacta, acomodada no próprio colo. Acima da tela, uma agulha brilhava entre os dedos ágeis, a cor passada pelo buraco transformando-se à medida que o Destino confeccionava mais uma história.

A primeira cor era sempre a mesma — um hino branco, que significava uma nova vida. A seguir, o Destino teceu prontamente um cantarolar azul tranquilizante, que passava pela tela movido pela música pulsante em suas veias. Refrãos vermelhos passionais e um lamento amarelo vieram em seguida, e as cores explodiam na tapeçaria feito um clarão de sol à medida que o Destino permitia ser consumido pela vida de uma aristocrata rica que, um dia, se teria uma beleza tão devastadora que inspiraria as mais extraordinárias obras de arte. Pinturas e esculturas, música e poesia – e nada disso jamais conseguiria capturar sua beleza por completo. A vida dela era uma série de casos tórridos, tecidos, um a um, com fios diáfanos, frágeis e requintados na mesma medida. A cada novo amante que a aristocrata conquistava e a cada reviravolta que o Destino previa, ele ficava mais frenético, transpassando a vida da mulher em direção a um crescendo que apenas o Destino era capaz de ouvir.

Quem o visse trabalhar poderia supor que era mais músico do que artista – a agulha era seu arco; a tapeçaria, seu instrumento, com o qual dedilhava vida pela tela. A cada movimento da agulha, ia logo capturando uma vida inteira, que lhe chegava em questão de segundos, transformando melodias em cores. O Destino tecia com tanta pressa que nem pensava. Nem respirava. Estava tão absorto na história que, quando um acorde menor soou, e o fio em sua agulha tornou-se preto, marcando o final da tapeçaria, houve um segundo em que o Destino não se recordava de quem era, muito menos do que estivera confeccionando.

Uma hora, entretanto, o Destino voltou a si mesmo quando olhou ao redor do recinto vazio, com suas paredes cinzentas, sem ornamentos, e recordou que aquelas cores tão vibrantes não lhe pertenciam mais, e sim àqueles cujas histórias ele previu. Porque apesar de, um dia, a tapeçaria do Destino já ter brilhado em um tom puro e reluzente de ouro, havia séculos o último fio fora manchado por uma outra cor – um prateado silencioso e perfeito, para o qual ele não tinha coragem de olhar, porque significava que tudo lhe fora roubado. Tudo o que o Ceifador da Morte havia lhe roubado.

Quando apagou a vela, as paredes que o cercavam se transformaram em fileiras de tapeçarias, penduradas em varais corrediços, que se estendiam interminavelmente. No instante em que um espaço livre se revelou, o Destino deteve o varal apenas por tempo suficiente para conseguir pendurar sua mais nova obra. Passou o dedo nos arabescos de um carmesim intenso — sua cor favorita dentre todas, já que o amor e a paixão que perduram sempre rendem as histórias mais palpitantes. A tapeçaria continuava a se desenrolar quando ele tirou a mão, e continuaria desenrolando-se até que todos os fios tivessem se soltado e, em outro varal, a tela voltasse, em branco, pronta para confeccionar uma nova história.

Os olhos dourados se dirigiram à próxima tela quando um ruído vindo de trás chamou a atenção do Destino. Era um ruído diferente de qualquer outro que ele já tivesse ouvido, um ruído suave feito uma melodia de harpa e, mesmo assim, cativante como um acorde menor da Morte. O barulho abafou todo e qualquer outro ruído, e, apesar de, via de regra, jamais revisitar as tapeçarias que já havia pendurado — por que alterar uma obra-prima? —, o Destino não pôde resistir a esse chamado.

Movimentou-se entre as fileiras de tapeçarias, abaixando e desviando para se dirigir até a que queria. O varal foi ficando imóvel à medida que ele se aproximava, e o Destino viu que aquela melodia não vinha de uma tapeçaria, mas de duas.

A primeira delas era, talvez, a mais feia que o Destino já tecera, porque continha cinza demais e era arroxeada, feito um hematoma. Apesar disso, era uma criação na qual o Destino se demorara, passando cada fio com precisão ao confeccionar aquele cruel presente para o seu irmão: uma mulher que o Ceifador amaria, mas jamais poderia ter. Mas agora o Destino franziu o cenho ao analisar a tapeçaria, porque sua criação, sabe-se lá como, havia sido alterada. O cinza se transformara em linhas negras que se fundiam com vermelho e dourado. Amarelo. Azul. E, depois, mais preto — não apenas uma única linha, mas milhares de fios que continuavam passando sem ajuda pela tela, mesmo quando o Destino empunhou sua criação desfigurada.

A segunda tapeçaria não era melhor do que a primeira. Espirais de um rosa apagado e de azuis gélidos eram entremeadas por grossas linhas negras e brancas, repetidas várias vezes, como teclas de um piano. Ele se abaixou para ouvir a melodia — o hino mais sinistro e silencioso de todos, em que cada nota soava como um soco — e se afastou suspirando. A beleza da tela era inegável, mas a criação estava *errada*.

O Destino pegou a agulha que trazia atrás da orelha e enfiou na segunda tapeçaria para ver o que iria acontecer quando tentasse bordar o último fio negro de morte. Para sua surpresa, a tapeçaria cuspiu a agulha na palma de sua mão. E ele cerrou o punho em volta da agulha.

Seja lá o que fossem tais monstruosidades, não haviam sido criadas pelo Destino. Vê-las lhe revirou o estômago, e ele arrancou ambas as tapeçarias do varal. Mesmo quando as colocou no ombro, continuaram a crescer, pontos brancos e pretos cascateando pelas costas do Destino, roçando em cada degrau da escada que ele subiu com passos firmes, tentando não tropeçar. O Destino se dirigiu às pressas até uma lareira de pedra crepitante que lançava uma luz cor de âmbar em outro cômodo vazio, no qual não havia nada além de uma única poltrona de couro, de frente para as chamas ardentes.

O Destino atirou a tapeçaria listrada nas chamas e se sentou na poltrona, louco para vê-la queimar. Só que as chamas se apagaram no instante em que ele a lançou ao fogo, trazendo um frio bem conhecido ao recinto. A sensação era de que o gelo se infiltrava em seus ossos, apoderando-se de seu corpo e causando tremores que percorriam sua espinha.

O Destino ficou de pé de repente e arrancou a tapeçaria da lareira, franzindo o cenho quando o fogo tornou a se acender. Fervilhando de raiva, pegou agora a tapeçaria com o horrendo hematoma e atirou nas chamas, que cuspiram brasas em sua cara. Ele foi cambaleando para trás, protegendo o corpo. Quando olhou feio para o fogo, viu que não estava vermelho nem laranja, mas de uma cor que acreditava que jamais tornaria a ver.

A cor se esvaiu do rosto do Destino, e ele se agarrou à tapeçaria com os dedos trêmulos, sem se importar com o calor que queimava as palmas de suas mãos quando libertou a peça das chamas. Empurrou a poltrona até o outro lado do cômodo, para poder abrir a tapeçaria no chão diante de si. Caiu de joelhos, observando, procurando — e ali estavam, brilhando feito estrelas: fios prateados. Perfeitos e inacreditáveis fios prateados. Até que, em um piscar de olhos, não estavam mais lá.

Começou a respirar com dificuldade. Provavelmente, o que viu não passava de um produto de sua solidão. Um delírio causado por excesso de trabalho. Porque, depois de tanta procura... será que, enfim, poderia tê-la encontrado?

Com a delicadeza de um amante, o Destino passou a mão nos fios para verificar a quem exatamente aquela tapeçaria pertencia — uma garota que ele havia criado movido pelo ressentimento, feita para tentar o Ceifador, apenas para arruiná-lo quando se tornasse claro que os dois não poderiam mais ficar juntos. E, mesmo assim, o destino dessa garota havia, sabe-se lá como, continuando a se espiralar, fora do controle do Destino.

A segunda tapeçaria era semelhante. Pertencia a uma garota que desafiara o Destino não uma, não duas, mas três vezes. O Ceifador o censurara repetidas vezes por ser pretensioso demais em relação aos destinos que tecia — dizia que a criação perfeita não existia e que, algum dia, alguém iria superar o futuro concedido por ele e derrotar o Destino em seu próprio jogo. Até agora, jamais acreditara que isso poderia ser verdade.

Precisava ter certeza. Precisava ver com os próprios olhos essa garota que tinha fios de prata, essa tal de Signa Farrow. E, sendo assim, o Destino pegou o chapéu e as luvas e foi comparecer a uma festa para a qual não havia sido convidado.

UM

Dizem que a *Digitalis purpurea*, erva conhecida popularmente como "dedaleira", alcança sua letalidade máxima pouco antes de as sementes amadurecerem.

Signa Farrow não podia deixar de pensar nesta flor sedutora e tóxica, assim como na mansão da família, que levava o nome da planta, quando olhou para o cadáver do antigo duque de Berness, lorde Julius Wakefield.

Ao longo de toda a sua vida, a garota ouvira as histórias a respeito da partida dos pais, que haviam morrido naquela mansão, o sopro divino de ambos roubado pelo veneno. Quando criança, Signa encontrou recortes de jornal amassados, detalhando o ocorrido, escondidos no sótão da avó, e se recordava de ter pensado que aquela noite deveria ter sido lindamente trágica. Imaginara pessoas dançando sob uma névoa de luzes difusas enquanto vestidos longos de cetim rodopiavam no salão de baile e pensou que essa deveria ter sido uma cena adorável, naqueles últimos instantes antes de o Ceifador chegar. Encontrara consolo sabendo que a mãe morrera em um vestido de baile, fazendo o que mais amava.

Signa nunca se permitiu imaginar a tragédia que uma morte assim representava, nem parou para refletir sobre os copos espatifados e os gritos de romper os tímpanos, como aqueles que reverberaram há pouco no salão de baile da Quinta dos Espinhos. Até que Blythe, sua prima, cambaleou adiante, porque alguém esbarrara nela ao passar, Signa nem sequer aventara como as pessoas teriam que tomar cuidado com as mãos e com os pés para não serem pisoteadas por aqueles que passavam correndo pelo corpo morto caído aos seus pés, correndo em direção à saída.

Esta morte não fora bela e tranquila, como a que a garota sonhara para os próprios pais.

Esta morte fora impiedosa.

Everett Wakefield se ajoelhou ao lado do pai. Debruçou-se sobre o cadáver, demonstrando não ter ciência do caos crescente ao redor, nem mesmo quando a prima, Eliza Wakefield, segurou-o pelo ombro. O rosto dela estava verde feito líquen. Lançou um olhar demorado para o tio morto, segurou a própria barriga e vomitou o jantar no chão de mármore. Everett nem se mexeu quando o vômito da prima se derramou em suas botas.

Havia poucos instantes, o duque de Berness era todo sorrisos, porque se preparava para virar sócio do tão querido negócio da família Hawthorne, o Clube de Cavalheiros Grey. A sociedade fora a fofoca mais premente na cidade durante semanas e era uma negociata da qual Elijah Hawthorne, ex-tutor de Signa, passara ainda mais tempo se vangloriando. Entretanto, parado ali de pé atrás do cadáver do quase-sócio, com uma taça de champanhe cheia d'água nas mãos trêmulas, Elijah Hawthorne não mais se vangloriava. Ficara tão branco que a pele parecia mármore, com veios azuis debaixo dos olhos.

Quem fez isso comigo?

O espírito do lorde Wakefield ficou pairando acima do próprio corpo, sem chegar a encostar os pés translúcidos no chão ao se virar de frente para o Ceifador e para Signa — os únicos que eram capazes de enxergá-lo.

Signa estava se fazendo a mesma pergunta. Com aquela multidão inquieta que os cercava, contudo, não tinha como responder ao lorde Wakefield em voz alta. Ficou esperando para ver se mais corpos tombariam, imaginando, nesse meio-tempo, se fora assim que tudo ocorrera na Quinta da Dedaleira na noite em que os pais morreram. Se a sensação era de luz e de brilho excessivos, já que a doença maculava o ar — e se a mãe tivera a mesma sensação que ela tinha agora, de que o vestido manchado de suor e o cabelo preso eram pesados demais.

A garota estava tão perdida nos próprios pensamentos e no próprio pânico que se encolheu toda quando o Ceifador sussurrou, bem ao seu lado:

— Calma, Passarinha. Ninguém mais vai morrer esta noite.

Se sua intenção era tranquilizá-la, precisaria se esforçar mais.

Everett segurava a mão inerte do pai, as lágrimas caindo em um silêncio de arrepiar, enquanto o espírito do lorde se ajoelhava diante dele.

Existe alguma maneira de reverter isso?

O lorde Wakefield fitava Signa com tanta severidade — tanta esperança — que os ombros da garota se encolheram. Meu Deus, o que ela não daria para poder responder que sim.

Como não podia, teve que fingir que não o ouvia, porque sua atenção fora roubada por um homem em pé do outro lado do corpo, observando cada movimento dela. A simples presença desse homem a fez recuar e arrepiou todos os pelos do seu corpo.

Signa nunca o vira, mas soube quem era no mesmo instante em que seu olhar flamejante se fixou nela. Com esse olhar, a névoa das luzes diminuiu e os gritos de pânico dos convidados foram abafados, dissipando-se até se tornar pouco mais do que um murmúrio ao longe. Apesar de o Ceifador ter apertado seu ombro, a garota se deu conta de que não conseguia se virar e olhar para a Morte. O homem que se apresentava como Destino a devorava e, pelo sorriso esboçado em seus lábios, ele sabia disso.

— É um prazer conhecê-la, Srta. Farrow. — A voz do Destino tinha a intensidade do mel, mas era desprovida de doçura. — Faz muito tempo que lhe procuro.

O Destino era mais alto do que a Morte em sua forma humana, mas mais esguio, com músculos torneados e delicados. O Ceifador tinha a pele clara e traços marcantes, maxilar proeminente e maçãs do rosto encovadas. O Destino, pelo contrário, exibia covinhas de um charme enganador e a tez dourada. O que o Ceifador tinha de mistério sombrio, o Destino tinha de brilho, e mais parecia um farol que continha toda a luz do mundo.

— Por que você está aqui?

Foi a Morte quem falou, em um tom gélido e amargo, porque os lábios de Signa tornaram-se inertes e inúteis.

O Destino inclinou a cabeça e dirigiu o olhar para a mão do Ceifador, pousada no ombro de Signa. Apenas uma nesga de tecido impedia que a pele de um encostasse na do outro.

— Eu queria conhecer a jovem que roubou o coração do meu irmão.

Signa concentrou sua atenção. *Irmão.* O Ceifador nunca havia comentado que tinha um irmão e, pela tensão que pairava no ar, a garota não teve certeza se deveria acreditar nisso ou não. Jamais sentira tamanha letalidade vinda do Ceifador, cujas sombras se acumularam atrás dele. Signa gostaria muito de poder se afastar e encontrar consolo na proteção dessas sombras. Mas, por mais que implorasse para o próprio corpo se mexer, tinha a impressão de que seus pés estavam pregados no chão. Sentia-se um mísero inseto sob o olhar do Destino, como se antecipasse que ele ergueria o pé e a esmagaria com sua bota. Em vez disso, o Destino deu dois passos para a frente e segurou o rosto da garota com uma mão tão surpreendentemente macia que ela se encolheu toda — *é a mão de um nobre*, pensou. O Destino, então, inclinou o corpo para ficar da altura dela, e Signa sentiu a pele arder como se tivesse sido queimada.

— Solte-a.

As sombras do Ceifador avançaram, em espiral, e pararam na nuca do Destino quando ele passou o dedão na garganta de Signa.

— Nada disso. — O Destino nem sequer dirigiu o olhar para o Ceifador, ignorando a ameaça. — Você pode até reinar sobre os mortos e os moribundos. Mas não nos esqueçamos que é a minha mão que controla os destinos dos viventes. Enquanto respirar, ela é minha.

O frio se retirou do recinto, porque a Morte ficou imóvel. Signa se debateu, tentando se desvencilhar da mão do Destino, mas o homem a segurou com força. Abaixou-se, quase encostando seu nariz no dela, examinando-a. E, apesar de nenhuma palavra ter sido dita, um olhar de escrutínio pairou em seus olhos antiquíssimos. Algo tão sombrio e febril que a garota mordeu a língua, sem ousar fazer um movimento sequer contra aquele homem que imobilizara até a própria Morte.

Sussurrando, o Destino perguntou:

— Srta. Farrow, faz ideia de quem sou?

Olhar para ele era como olhar diretamente para o sol. Quanto mais Signa o fitava, mais nebuloso ficava o mundo, raios de sol ardiam em seu campo de visão. A voz do homem também estava ficando enevoada. As palavras que se concatenavam eram suaves como uma pluma.

As têmporas de Signa começaram a latejar; uma dor de cabeça se insinuava.

— Só de nome — ela conseguiu dizer, quase se engasgando com as palavras. Do toque à voz, tudo naquele homem era ardente.

O Destino segurou seu rosto com mais força, obrigando-a a olhá-lo nos olhos.

— Pense bem.

— Não há o que pensar, senhor. — Se Signa não conseguisse se desvencilhar logo dele, sua cabeça iria explodir. — Eu nunca o vi na vida.

— É mesmo?

O Destino a soltou. Apesar de sua severidade ser comum, sua raiva não lhe era estranha. Tanto que fez Signa recordar do passarinho indefeso que segurara havia meses, ou dos animais feridos que encontrara na floresta. Enquanto o Destino sacudia os ombros e espanava o lenço amarrado em seu pescoço, o Ceifador veio voando, envolvendo Signa nas sombras. A Morte aninhou a garota em seu peito, enlaçando a cintura dela.

— O que foi que ele te disse?

As sombras da Morte estavam mais frias do que de costume, bruxuleantes e furiosas. Signa tentou contar, tentou tranquilizar o Ceifador. Mas toda vez que abria a boca para repetir em voz alta a pergunta que o Destino lhe fizera, sua boca se fechava. Ela tentou três vezes até compreender que não era o choque nem a dor de cabeça latejante que a impediam de falar, então se virou e olhou feio para o Destino.

O Ceifador se afastou de Signa sem dizer nada. A escuridão exalava dele a cada passo, arrancando a cor das paredes douradas e lascando as colunas de mármore. A garota voltou a respirar normalmente e não precisava mais espremer os olhos, porque a Morte afrontou o Destino em sua forma humana, com uma voz que só empregava nos pesadelos mais aterrorizantes.

— Se encostar mais um dedo nela, será a última coisa que fará na vida.

O Destino brandiu sua expressão de chacota como se fosse uma arma, habilmente confeccionada e afiada à perfeição.

— Olhe só você, que adulto. Que protetor mais feroz se tornou. — Então estalou os dedos, e o mundo voltou a se movimentar. Gritos que estavam calados ficaram estridentes aos ouvidos de Signa. A pressão exercida pelos corpos afoitos se tornou mais intensa. O cheiro de amêndoa amarga que o cadáver no chão exalava ficava mais óbvio a cada segundo que passava. — Você não é o único que pode fazer ameaças, querido irmão. Será que também devo fazer uma?

Era impossível dizer quanto tempo se passou ou se havia passado tempo algum, mas não demorou para Elijah entrar no salão de baile às pressas, trazendo o chefe de polícia para examinar o cadáver. O Destino não estava mais parado diante do Ceifador e de Signa, agora se misturava ao pequeno grupo de pessoas que ainda permanecia ali. Apesar de a garota não ter conseguido ouvir as palavras que ele sussurrou no ouvido de uma mulher, não se importou nem um pouco com isso, porque uma expressão horrorizada foi se insinuando no rosto da convidada. Acalorada, a mulher cochichou com o homem que estava ao seu lado. Que, por sua vez, comunicou o que foi dito para o homem que o acompanhava. Não demorou para que o salão de baile ficasse em polvorosa, de tantas fofocas e de tantos olhares ardentes lançados para Elijah e o irmão, Byron, que estava do lado dele, a bengala de jacarandá tremendo em sua mão. Os convidados mantiveram distância de Blythe também, como se os integrantes da família Hawthorne fossem uma peste capaz de contaminar todos que ousassem se aproximar demais.

Apesar de Elijah ter encarado a súbita desconfiança daquelas pessoas de cabeça erguida, os cochichos retumbantes fizeram Blythe mergulhar em si mesma. Os olhos espremidos se aguçaram e perscrutaram o salão — que, de repente, parecia ser muito maior e muito mais iluminado –, encarando o rosto dos que não tinham coragem de olhá-la nos olhos.

Como essa sensação lhe era bem conhecida, sabendo quão profundamente poderia abalar um ser humano, Signa girou nos calcanhares e se dirigiu às pessoas que observavam.

– Vocês não têm vergonha? Um homem acabou de morrer e, apesar disso, vocês agem como se fosse um teatro. Vão embora e deixem o chefe de polícia fazer o trabalho dele.

Apesar de vários dos convidados terem empinado o nariz, não se apressaram para ir embora, muito menos depois que o Destino se afastou deles e se aproximou do policial. Signa fez menção de se aproximar do homem, para impedir que o Destino aprontasse o que estava planejando, mas o Ceifador a segurou pelo braço e a puxou para trás.

Agora não, censurou a Morte, com palavras que ecoaram na cabeça da garota. *Até descobrirmos o que ele quer, não devemos nos manifestar.*

Signa cerrou os punhos nas laterais do corpo e teve que empregar todas as suas forças para não ceder à tentação.

Em uma atuação tão impecável que o Destino deveria ter cobrado ingresso, ele fez questão de apontar um de seus dedos finos para os irmãos da família Hawthorne.

– Foi ele – anunciou, empertigando-se em meio aos suspiros de assombro. Signa não teve sequer um instante para esboçar reação ao fato de que, ao contrário da Morte, o Destino agora podia ser visto por todos os presentes no salão. – Foi Elijah Hawthorne quem entregou a taça para o lorde Wakefield. Vi com meus próprios olhos.

Ouviram-se murmúrios, concordando. Rumores baixos e silenciosos das pessoas que se convenciam de que haviam visto a mesma coisa que aquele homem acabara de proferir.

A expressão do policial se anuviou. Ele se posicionou ao lado do cadáver e pegou um caco da taça de champanhe espatifada. Em seguida, ergueu o caco para cheirar os resíduos e torceu o nariz.

— Cianeto — declarou, curto e grosso, e Signa precisou se lembrar de fazer uma expressão surpresa. O chefe de polícia não demonstrou a mesma perplexidade dos convidados, e Signa pensou que a neutralidade do homem poderia estar relacionada ao que ela vinha lendo nos jornais nos últimos meses.

O envenenamento — especialmente por cianeto — estava ficando tão popular que chegava a ser inquietante. Quase impossível de ser detectado, era uma maneira inteligente de cometer assassinato. Certas pessoas chegaram ao ponto de chamar o veneno de "arma feminina", porque não exigia muito esforço nem força bruta — mas Signa bem que poderia ter passado sem esse rótulo.

A garota pousou o olhar em Everett e Eliza Wakefield. Eliza ainda estava de costas para o cadáver, segurando o estômago, e Everett era acometido por tremores silenciosos.

O Destino deu um pequeno passo à frente e pôs a mão no ombro de Everett. Agachou-se para olhá-lo nos olhos e perguntou:

— Você viu Elijah Hawthorne entregar a taça para seu pai, não viu?

A cabeça de Everett se ergueu de supetão. Os olhos estavam ocos, a luz lhes fora sugada.

— Vi os dois — disse o rapaz, ficando de pé, com um tom de fúria ardente. — Byron também estava por perto. Quero que ambos os irmãos Hawthorne sejam levados presos!

O peito de Signa ardeu quando viu um leve brilho dourado na ponta dos dedos do Destino, que os movimentava tão lentamente... A garota poderia jurar que, ao espremer os olhos, viu fios finos feito teias de aranha brilhando entre os dedos do homem.

— Escute aqui, moleque... — Byron começou a dizer. E só parou porque Elijah pegou no braço do irmão e falou:

— Contaremos tudo o que sabemos, com o maior prazer. Posso lhe garantir que queremos descobrir a verdade tanto quanto o senhor.

Signa nunca ficara tão grata na vida quanto ficou pela recente sobriedade de Elijah. Não ousou imaginar como ele poderia ter reagido meses atrás, na época em que estava delirante de mágoa pela morte da esposa e pela doença da filha, Blythe. Provavelmente, teria achado graça da ironia daquela situação. Agora, contudo, Signa ficou aliviada de ver que os lábios de Elijah se contraíam de pesar.

Não havia como saber qual era o jogo do Destino. Mas, certamente, Elijah e Byron não teriam problemas com o chefe de polícia. Foi ele que acompanhou os irmãos Hawthorne pelo salão, permitindo que parassem apenas por um instante ao lado de Blythe e de Signa.

Elijah segurou o rosto de Blythe com as duas mãos e lhe deu um beijo na testa.

— Não há nada com o que se preocupar, tudo bem? Pela manhã, tudo estará resolvido.

Elijah abraçou Signa em seguida, e o corpo da garota se aqueceu dos pés à cabeça quando ele lhe deu um beijo na testa, assim como havia feito com a própria filha. Talvez fosse só porque tanto ela como Blythe estavam à beira das lágrimas — as duas garotas estavam de mãos dadas — que Elijah dava a impressão de estar tão calmo. Como se fosse um homem indo tomar o chá da tarde e não um homem acusado publicamente de assassinato.

— Não esquentem a cabeça, minhas meninas. — Nessa hora, pousou a mão no ombro delas. — Vejo vocês duas em breve.

Em seguida, Elijah e Byron foram embora da Quinta dos Espinhos, acompanhados pelo policial, como cavalheiros que eram. Signa ficou olhando para o saguão mesmo depois que ambos sumiram, piscando para impedir que as lágrimas caíssem, para não dar ao Destino a satisfação de vê-la chorar.

Elijah ficaria bem. Responderia a algumas perguntas e, depois, o suposto envolvimento dos irmãos Hawthorne naquela morte seria esquecido antes que o legista pudesse chegar para buscar o corpo.

Signa apertou a mão de Blythe para sinalizar isso, só que a prima não estava olhando para ela, nem para o pai, que partia. O Destino era o único foco da raiva de Blythe. Antes que Signa ou o Ceifador pudessem impedi-la, a garota soltou a mão da prima e atravessou o salão de baile, pisando firme, segurando as saias com tanta força que dava a impressão de que iria rasgar o tecido.

— Você não viu nada disso, nem em relação ao meu pai nem em relação ao meu tio! — Mesmo de salto alto, Blythe era bem mais baixa do que o Destino, mas isso não a impediu de se aproximar tanto quanto era possível e enfiar o dedo na barriga dele, como se fosse uma arma. — Não sei o que você quer da minha família, mas ai de mim se eu permitir que consiga o que quer.

Blythe se afastou esbarrando no Destino, sem se preocupar com o fato de que alguém poderia estar vendo, e se dirigiu ao mordomo da Quinta dos Espinhos, Charles Warwick. O Destino deu uma risadinha debochada, mas não dirigiu o olhar para Blythe antes de se virar para o Ceifador e para Signa.

— É a sua vez de jogar, querido irmão — disse. — Faça uma boa jogada.

Com a mesma rapidez com que havia aparecido, o Destino sumiu, deixando apenas um rastro de caos.

DOIS

Uma hora depois, os corredores da Quinta dos Espinhos estavam de arrepiar, tamanha sua imobilidade.

Signa se esgueirou pelas sombras, os dedos agarrados na madeira retorcida do corrimão, e foi descendo os degraus com toda a calma e cautela. Quando as trancas de ferro do portão se fecharam, deixando para o lado de fora os últimos fofoqueiros, e Warwick se retirou para seus aposentos, a garota passou a prestar uma atenção demasiada a cada estalo e gemido da madeira que ecoava pelo saguão.

O nariz coçava, por causa da fumaça exalada pelo excesso de velas apagadas às pressas, o que mergulhou a mansão em tamanha escuridão que a garota não deveria ser capaz de enxergar um palmo diante de si. Entretanto, bem que poderia estar em uma clareira em pleno verão, porque o brilho de um espírito se infiltrava sob o batente da porta do salão de baile, iluminando uma trilha em direção às portas duplas. Signa esperava que o Ceifador ainda estivesse ali, preparando o falecido duque para ser levado, e estava tentando espiar discretamente lá dentro quando os pelos de sua nuca se arrepiaram e ela ouviu uma voz, vinda de trás.

— O lorde pediu para ficar alguns minutos a sós com o filho.

Signa foi cambaleando para trás, pronta para abandonar a própria pele, até que se deu conta de que aquela voz grave e retumbante pertencia ao Ceifador. Olhou para trás, certificando-se de que não havia ninguém à espreita na escadaria antes de sinalizar para se dirigirem ao corredor. A última coisa de que a família Hawthorne precisava era encontrá-la ali na escuridão, falando sozinha, minutos depois de um assassinato ter ocorrido.

A Morte tornara a adotar sua forma de sombras e foi deslizando pelas paredes atrás de Signa, que tentava não tremer por estar tão perto do Ceifador. Um milhão de perguntas pululavam em sua cabeça, mas a primeira que escapou, assim que trancou as portas da sala de visitas, foi:

— Quando você ia me contar que tem um *irmão*?

O suspiro que o Ceifador deu foi um suave roçar de brisa, que soprou os fios de cabelo soltos do rosto de Signa quando ele pegou nas mãos da garota. Se Signa não estivesse usando luvas, esta carícia teria bastado para fazer seu coração parar de bater e despertar os poderes de ceifadora que estavam dormentes dentro dela. Mas, graças às luvas, permaneceu completamente humana quando entrelaçou os próprios dedos nos do Ceifador.

— Fazia muitas centenas de anos que eu não falava com ele — respondeu a Morte, por fim, e suas sombras prenderam, delicadamente, uma mecha do cabelo de Signa atrás da orelha, tomando muito cuidado para não encostar na pele da garota. — Se, para nós dois, não fosse impossível morrer, eu nem ao menos teria certeza se tinha um irmão ou não.

Signa recordou que o Ceifador havia se encolhido na presença do Destino e que o corpo dele estava tenso quando a abraçou. Mesmo agora que estavam a sós, a Morte falava baixo, encostada nas estantes de livros que havia no canto do recinto. A garota tentou não ranger os dentes, odiando vê-lo tão nervoso. O Ceifador não deveria se acovardar. Não deveria ter *medo*. Quem exatamente era o Destino, para chegar de fininho e fazer o irmão reagir de tal forma?

— Ele está brincando conosco — disse Signa.

A garota sentia uma coceira na pele e estava mais nervosa do que gostaria de admitir. Só se acalmou quando o Ceifador a abraçou bem apertado, e o coração dela se sobressaltou quando ele deslizou o dedão pelo comprimento de uma das luvas, tranquilizando-a.

— Claro que está. O Destino controla a vida de suas criações: o que as pessoas veem, o que dizem, como se movimentam… Os caminhos que trilham e suas atitudes, tudo é predeterminado pelas mãos dele. Meu irmão é perigoso e, seja lá qual for o motivo que tem para estar aqui, podemos ter certeza de que suas intenções não são boas.

Signa não gostou nem um pouco de ter sido chamada de uma das "criações" do Destino. Depois de tudo o que havia superado, o fato de suas decisões serem restritas ao Destino lhe dava a sensação de que suas conquistas eram desprovidas de mérito. Como se ele, de alguma maneira, tivesse um dedo em todas as decisões mais difíceis que a garota havia tomado e em todos os seus maiores triunfos.

— Ele certamente não o tratou como um irmão — declarou.

Em seguida, pressionou com delicadeza o dedão na palma da mão do Ceifador, e o que mais queria era arrancar as luvas, para poder senti-lo com mais intensidade.

— Por muito, muito tempo, eu só tinha ao Destino, e ele só tinha a mim — explicou a Morte. — Acabamos por nos considerar irmãos. Mas, ultimamente, esse título não quer dizer muita coisa. O Destino me odeia mais do que qualquer pessoa deste mundo já me odiou.

Signa não teve a oportunidade de pedir mais detalhes antes que a Morte desvencilhasse a mão, segurasse o queixo dela e inclinasse seu rosto na direção dele. Por mais escuro que estivesse na sala de visitas, a garota ainda conseguia enxergar o contorno do maxilar pronunciado do Ceifador em meio às sombras, que não paravam de se movimentar. A tensão que Signa sentia nos ombros diminuiu quando o Ceifador tocou sua pele pela primeira vez naquela noite. O frio inundou seu corpo, e Signa encostou a cabeça nele, saboreando aquela carícia.

— Fale a verdade. — A Morte então roçou os lábios na orelha de Signa, que ficou de pernas bambas. — Ele te machucou, Passarinha?

A garota xingou o próprio coração traidor. Queria obter mais informações, porque foi só naquele momento que começou a se dar conta de que havia muito mais a aprender a respeito daquele homem, que até então ela acreditava compreender. Enquanto o Ceifador a abraçava, porém, Signa ia se derretendo com as suas carícias e, batida por batida, seu coração foi parando.

Quanto tempo fazia que ele não a abraçava daquela maneira? Dias? Semanas? Para que os dois se vissem, alguém próximo precisava ter morrido ou estar morrendo. E, desde que Blythe se recuperara do envenenamento por beladona, circunstâncias como essa eram raras. Signa ficava feliz com isso, é claro, porque bem precisava de uma certa estabilidade e de um pouco menos de morte em sua vida. Mesmo assim, passara noites em demasia recordando-se da ardência dos lábios da Morte junto aos seus e da sensação de ter as sombras do Ceifador deslizando por sua pele. Fazia um bom tempo que era capaz de se comunicar com ele apenas através dos pensamentos. Mas, com a presença física do Ceifador, o autocontrole da garota diminuía. Sua cabeça até podia querer respostas, mas seu corpo queria *ele*.

— Por acaso você está tentando me distrair? — perguntou, já tirando as luvas e as largando pelo chão.

O ronco grave do riso da Morte fez a garota sentir um calor no ventre. O sangue de Signa ardeu de desejo quando o Ceifador perguntou:

— Estou conseguindo?

— Até demais. — Ela, então, passou a mão pelo braço do Ceifador, observando as sombras se derreterem sob seus dedos e darem lugar à pele. A um cabelo que era branco feito osso e um corpo que era alto feito um salgueiro e largo feito um carvalho. A olhos escuros como galáxias, que brilharam ao olhar para Signa com a mesma avidez que pulsava nas profundezas dela. — Mas não a ponto de me impedir de perguntar como era sua vida antes de nos conhecermos. Quero saber de tudo, Morte. As coisas boas e as coisas ruins.

Infinito foi o silêncio que se estabeleceu entre os dois. A única resposta foi o arranhar de um galho na janela, um som agudo e vacilante na brisa da primavera. O Ceifador, então, sussurrou:

— O que será que você vai pensar quando descobrir que as coisas ruins superam as boas?

Signa tentou guardar a sensação da pele dele sob a sua na memória, saboreando-a enquanto ainda podia fazer isso.

— Eu vou pensar que tudo pelo que você passou o tornou o homem que está diante de mim hoje. E eu bem que gosto deste homem.

O braço do Ceifador serpenteou em volta da cintura de Signa, e seus dedos se agarraram às dobras do vestido dela.

— Como pode você sempre saber a coisa certa a dizer?

Derretendo-se nos contornos do corpo da Morte, Signa deu risada.

— Creio que me recordo de você ter me acusado do contrário há poucos meses. Ou será que você já esqueceu?

— Eu não conseguiria me esquecer dessa sua língua afiada nem se quisesse, Passarinha. E vou lhe contar tudo o que você quiser saber a meu respeito. Mas, antes disso, acredito que temos questões para pôr em dia.

O Ceifador pôs uma mão de cada lado dos quadris de Signa, e suas sombras se espalharam atrás da garota, derrubando peças de xadrez pelo chão quando ele a deitou na mesa onde Signa e Elijah haviam jogado, meses antes. Por um momento, ela se recordou, achando graça de que, na ocasião, odiava a Morte com uma paixão tremenda. Mas ali estava ela, meses depois, com as pernas enroscadas no Ceifador, as saias erguidas, e beijando-o com intensidade. Sentiu o gosto dos lábios dele e não pensou em nada além de como desejava que a Morte a devorasse. Signa ficou agarrada a ele e, quando se cansaram da mesa, foram para o divã, e o Ceifador se debruçou sobre a garota, com um dos joelhos bem no meio de suas pernas.

Os lábios da Morte percorreram o pescoço, as clavículas, a pele macia logo acima do corpete de Signa.

— Pensei em você todos os dias. — A voz dele era um córrego que fluía, puxando-a para as profundezas de sua correnteza e a devorando por inteira. — Eu pensei *nisso* e em todas as maneiras que poderia me redimir pela minha ausência.

Não existiam palavras suficientes neste mundo para descrever como Signa se sentia com as carícias da Morte. Um dia, quando fosse velha e sua vida humana tivesse transcorrido seu curso, chegaria a hora em que o frio a chamaria e não a soltaria mais. Signa não ansiava por esse dia, mas tampouco tinha medo dele. Aprendera a apreciar o frio que congelava suas veias, a se comprazer deste poder, porque fazia parte de quem ela deveria ser. E, sendo assim, guiou a Morte mais para perto de si, posicionando as mãos do Ceifador nos cordões que fechavam seu corpete.

Só que, em vez de soltar as mãos dele, Signa manteve-se imóvel quando percebeu que o divã onde estavam deitados era o mesmo em que Blythe e Percy se sentavam para assistir às primeiras aulas de etiqueta que teve. Seu olhar se dirigiu para o grosso tapete persa onde havia tropeçado quando Percy estava ajudando com as aulas de dança. Signa se afastou da Morte e levou a mão ao peito, porque recordou-se da última vez em que vira o primo — em um jardim em chamas, prestes a virar refeição de um cão do inferno faminto.

— Signa?

Perdida na névoa de suas lembranças, a garota mal escutou o chamado do Ceifador. Não se arrependia de sua decisão: se tivesse tomado qualquer outra, Blythe estaria morta. Mesmo assim, não conseguia parar de ouvir o riso de Percy. Não conseguia parar de imaginar o sorriso do primo nem de se lembrar que o nariz dele ficava vermelho sempre que saía na neve.

— Foi aqui que aprendi a dançar. — Ela apertou as almofadas e ficou arranhando o tecido com os dedos. — Percy ajudou Marjorie a me ensinar.

Isso era tudo que a Morte precisava para entender, e mudou de posição para conseguir pegá-la no colo. Signa se sentou entre as pernas do Ceifador, aninhou-se na frieza agradável do peito dele.

— Você não é responsável pelo que aconteceu com seu primo.

A garota gostou das palavras que lhe foram ditas, mas nem por isso a afirmação era verdadeira.

— Eu tive que fazer uma escolha — sussurrou. — E fiz.

O Ceifador estava com o queixo apoiado na cabeça de Signa, e a garota sentiu um murmurar suave antes de ouvi-lo dizer:

— Por acaso está dizendo que, se tornasse a encarar a mesma situação, escolheria outro rumo?

Não era o caso, e era isso que apavorava Signa mais do que tudo. Era isso que a fazia perder o sono: não o fato de que havia ordenado a troca da vida de Percy pela de Blythe, mas o fato de que voltaria a fazer a mesma coisa. Signa começara a amar Percy, sinceramente. Mas fora quase fácil demais permitir que ele morresse. Talvez já fosse mais ceifadora do que se permitia acreditar que era.

— Não vou mentir para você, dizendo que esta é uma existência fácil. — O Ceifador a tocou com ternura, uma mão enlaçou a cintura da garota, que encostou a cabeça no ombro dele. — Talvez eu tenha errado ao pedir que você tomasse essa decisão, mas não havia uma resposta simples. Eu não queria que você perdesse seus dois primos.

— Você não pode me proteger de quem eu sou.

Assim que disse isso, Signa se deu conta do que essas palavras significavam. Já aceitara o poder sombrio que havia dentro dela. Mesmo assim, sempre ouviria aqueles cochichos. Aqueles com os quais crescera, que a faziam acreditar que tudo nela era errado.

Quando alguém pigarreou perto da porta, Signa se afastou da Morte e se virou para ver quem havia entrado no recinto sem fazer barulho, já que não ouvira a porta se abrir. Felizmente, a porta continuava fechada: era o espírito do lorde Wakefield que observava os dois, sob o batente da porta.

Não é para menos que você não se interessou mais pelo meu filho. O lorde cruzou os braços atrás das costas, sem se dar ao trabalho de disfarçar o tom de recriminação na voz nem o fato de estar espremendo os olhos enquanto observava Signa. Depois se dirigiu à Morte: *Por mais que eu tente evitar pensar no que está por vir, parece que não paro de tornar a gravitar à sua volta.*

O Ceifador estendeu a mão para o duque.

— Que bom. Significa que o senhor já está pronto para me acompanhar e deixar este lugar para trás.

O duque não se aproximou, mas perguntou:

Dói fazer a passagem?

O sorriso gentil do Ceifador era algo luminoso de se ver.

— Nem um pouco.

O coração de Signa se derreteu ao ouvir o tom de ternura do Ceifador, e ela ficou feliz de saber que todos aqueles anos não haviam empedernido a Morte. A tensão que havia nos punhos cerrados do duque diminuiu, e ele estendeu a mão para o Ceifador, mas a recolheu um instante antes de as duas mãos se encostarem.

Meu filho terá que assumir as minhas responsabilidades, disse o lorde Wakefield, todo atabalhoado. *Não sei se o preparei como deveria.*

Mais uma vez, a Morte estendeu a mão.

— O senhor fez o que estava em seu alcance. Seu filho ficará bem.

Minhas obrigações exigem muito de mim, argumentou o lorde. *Talvez eu deva ficar para observá-lo. Meu filho não irá descansar enquanto não encontrarem meu assassino.*

— Eu sei — interveio Signa, dirigindo-se ao lorde. Tendo em vista a maneira como fora possuída pelo último espírito do qual havia se aproximado, a garota lutou contra todos os instintos de seu corpo, que a mandavam sair correndo quando o olhar do lorde Wakefield se dirigiu a ela, de supetão. Apesar de não conhecer Everett muito bem, Signa vira a expressão do rapaz quando ele abraçou o corpo do pai. — Tenho certeza de que o senhor tem razão em relação a Everett, e tenho a maior intenção de ajudá-lo a encontrar o seu assassino, milorde.

Quer Signa quisesse ou não, o Destino se encarregara de incumbi-la daquela tarefa.

O duque levou um instante para baixar a cabeça, sem mais desculpas para não partir. Seus olhos pousaram na mão da Morte e, desta vez, ele apertou a mão do Ceifador.

Cuide dele.

A voz do duque ficou embargada quando as sombras da Morte se enroscaram nele. Mas, antes de os dois irem embora, o Ceifador lançou um último olhar para Signa.

Não sei quando nem como, disse, dirigindo-se à garota, e suas palavras foram pouco mais de um sussurro nos pensamentos dela, *mas logo darei um jeito de te encontrar.*

Signa se obrigou a sorrir, querendo ser capaz de aceitar a declaração com facilidade. As dúvidas e a solidão deveriam ser coisas do passado para ela. Mas, à medida que as sombras devoraram a Morte e o duque por inteiro, a garota se deu conta de que, talvez, aquele fosse apenas o início dos dois.

À medida que o ar se assentava de novo em seus pulmões, Signa alisou as saias e calçou as luvas. No instante em que se dirigiu à porta, contudo, seu coração voltou a bater acelerado. Ela tropeçou e se segurou na beirada de uma mesinha de chá para não cair.

Aquela estava longe de ser a primeira vez que Signa tentava a Morte, mas desta vez... houve algo de diferente. Desta vez, Signa se engasgou quando voltou a respirar, tapando a boca com as mãos enluvadas para conter um acesso de tosse. Afundou as unhas na madeira: tinha a sensação de que engolira cacos de vidro, que estavam tentando estraçalhá-la ao descer por sua garganta.

Minutos se passaram até que conseguisse recuperar o fôlego. E, quando Signa destapou a boca, ofegante e trêmula, as luvas brancas estavam tingidas de sangue carmesim.

TRÊS

Blythe

O céu estava claro, porque o alvorecer se aproximava, e Blythe ainda não tivera notícia da situação do pai e do tio. Andava de um lado para o outro da saleta de seus aposentos, ia para lá e para cá sobre um grosso tapete persa, no qual ela não podia deixar de pisotear com um vigor extra, porque a beleza do tapete lhe parecia notavelmente deslocada em uma noite severa como aquela.

A garota ainda não havia tirado o vestido de baile, que cintilava, arrastando-se atrás dela. Estava tão feliz quando o vestiu, por fim tinha uma ocasião para usar algo luxuoso. Agora, fazia careta, porque o vestido se enroscava em suas pernas a cada volta que dava.

Ficou esperando ouvir o clique da maçaneta. Que Warwick ou Signa ou *alguém* chegasse com a notícia de que o pai havia voltado e que tudo aquilo não passara de um mal-entendido. Talvez nem fosse cianeto, mas um ataque do coração que havia acontecido em uma hora fenomenalmente errada. Blythe só podia rezar e torcer, porque, com tantos lugares para um homem cair morto, por que, em nome da terra verdejante de Deus, tinha que ser justamente na Quinta dos Espinhos? E por que justo um *duque*? Apenas recentemente ela começara a se sentir bem a ponto de voltar a ter uma vida social e já estava exausta dos olhares e das fofocas que cercavam seu lar e sua família. Sua mente funcionava como um turbilhão, repassando a expressão chocada que as pessoas fizeram ao ver o lorde Wakefield cair no chão — as pessoas que se voltaram contra o pai dela, responsabilizando-o pelo ocorrido.

Blythe cerrou os punhos. Nada lhe daria mais prazer do que enfiar meias na boca de cada um dos espectadores, para pôr fim àquelas fofocas tão disparatadas. Sim, sua família sofrera grandes tragédias nos últimos tempos. E, sim, a garota supunha que a Quinta dos Espinhos era *mesmo* um tanto estranha, com sua decoração insólita e sua melancolia generalizada, mas não havia nada de sobrenatural naquilo.

Pelo menos... ela certamente torcia para que não houvesse. Pouco a pouco, contudo, Blythe tinha que admitir que uma sombra de dúvida começou a preencher os recônditos mais sombrios de sua mente, com ideias loucas e impossíveis. Pressentimentos de que, talvez, aquela situação fosse além das aparências, porque, nos últimos tempos, eram muitas as noites em que acordava à meia-noite, quando supostamente os espíritos estão à solta, despertada pelas lembranças de ter batido à porta do reino da morte.

Ela pouco recordava daqueles instantes febris, meses atrás, quando tivera a sensação de que um véu fora lançado sobre a realidade, distanciando-a da vida real. Em seus sonhos, porém, não havia a mesma névoa cobrindo essas lembranças. Neles, a garota se recordava do pai segurando seu cabelo para trás enquanto ela punha para fora o pouco que ainda tinha no estômago. Recordava do pai pondo a culpa em Marjorie, a governanta, e que Signa falava com alguém — um vulto sem rosto e sem forma, que, ao que tudo indicava, ninguém mais conseguia enxergar.

Em seus sonhos, Blythe se lembrava de algo estranho se avolumando dentro dela, algo leve e quente, que pulsava toda vez que deveria ter morrido. Sentiu isso dias antes de Signa chegar. Depois de novo, na noite em que Percy sumiu da Quinta dos Espinhos. Naquele exato momento também, um aperto quente pressionava o meio de seu peito, apertando, apertando, até Blythe ficar com a sensação de que mal conseguia respirar. Era uma sensação boa, às vezes — algo que a lembrava de forma agradável, como um bálsamo, de tudo o que já havia superado. Outras vezes, como aquela, ali na saleta, essa sensação ardia dentro dela e não permitia que a garota se acalmasse ou parasse quieta.

Pensar no homem que havia acusado seu pai só piorava a situação. Nunca na vida Blythe vira aquele homem de pele dourada e olhos que tinham o brilho cegante do sol, mas supunha que isso não queria dizer nada, considerando que passara quase um ano doente e, ultimamente, não fazia a menor ideia de quem muita gente era.

O homem tinha a aparência e a prepotência de um nobre, mas não importava se fosse um príncipe, um duque ou o próprio Deus que descera do céu para punir todos eles: era um tolo de ter entrado na casa dela e acusado seu pai. Até onde Blythe sabia, *ele* poderia ser o assassino, e a garota pretendia ventilar essa possibilidade com todos que quisessem ouvir.

Foi só quando o sol raiou oficialmente que Blythe se obrigou a tentar sossegar, ergueu-se da mesa e foi para a cama, depois tornou a ir para a saleta em busca de uma poltrona que pudesse ajudá-la a ter sucesso nessa tentativa. Como havia recusado a ajuda da criada no início da noite, teve que tatear as partes do espartilho que conseguia alcançar, tentando abri-lo para poder respirar melhor. Finalmente, se atirou em um divã e tirou as botas em cima da mesa logo em frente. Tinha a sensação de que horas haviam passado enquanto ficou ali, fitando o teto sem pensar em nada, e praticamente levantou em um pulo quando alguém bateu à porta. O cabelo com certeza devia estar uma bagunça, e certamente o leve toque de *rouge* que passara nos lábios e nas faces estava borrado. Apesar disso, não se deu ao trabalho de ficar mais apresentável, porque só uma coisa importava.

— Papai?

Blythe tentou disfarçar a seriedade de sua decepção quando viu que era Elaine Bartley, sua dama de companhia, que estava parada na porta.

— Ainda não tivemos notícia dele, senhorita.

Elaine entrou na saleta e ficou observando o estado em que Blythe se encontrava com uma careta solene.

A garota teria preferido receber notícias mais do que qualquer coisa, mas não pôde disfarçar a ansiedade quando avistou a bandeja com chá e docinhos que Elaine colocou sobre a mesa.

— Pensei que a senhorita ainda poderia estar acordada. A Srta. Farrow também está. E o Sr. Warwick. O café da manhã será servido dentro de duas horas, mas pensei que a senhorita poderia estar com fome, já que duvido muito que tenha pregado os olhos.

Blythe *estava* com fome. Uma fome de leão. Antes que pudesse se servir de uma xícara de chá, no entanto, Elaine perguntou:

— Que tal trocarmos sua roupa por algo mais confortável? Imagino que um vestido de baile não seja o ideal nem para dormir nem para comer.

Apesar da luz do dia que se insinuava atrás das cortinas, Elaine pegou uma camisola e ajudou Blythe a trocar de roupa. Foi só então, quando ficou tão perto da criada, que a garota percebeu que os olhos da mulher estavam vermelhos e cansados. Elaine levou a mão à testa e parecia estar zonza.

— Você está doente? — perguntou Blythe, segurando a respiração de leve, só por garantia.

Como acabara de convalescer, a última coisa que ela queria era pegar alguma doença que poderia pôr fim à sua melhora.

Elaine ficou corada.

— Vai e volta, senhorita, mas espero que não passe de alergia a ambrósia. O pólen me derruba todos os anos.

Elaine se afastou, dando espaço para Blythe conseguir ajeitar a camisola. Era bem mais confortável do que o modelito anterior, leve como o ar. Ela se olhou no espelho de chão, para conferir o estado pavoroso em que se encontrava, mas foi o reflexo de Elaine que chamou a sua atenção.

Um pavor gelado se apoderou de Blythe, que ficou olhando para o reflexo com olheiras roxas e um corpo macilento, esquelético. A Elaine do espelho não passava de pele e osso, e Blythe ficou com um nó na garganta, segurando um grito que não conseguiu dar. Não conseguia parar de tremer, nem desviar o olhar daquele rosto encovado que se retorceu para ela, em que cada osso da face e o contorno de cada um dos dentes era visível através da pele fina como papel quando Elaine perguntou:

— A senhorita está com frio?

A voz da criada mais parecia o arranhar dos galhos em uma janela, de tão abrasiva. Blythe caiu para trás, porque o peso bem conhecido da doença tomou conta dela. Talvez tivesse pegado no sono, e aquilo tudo fosse um sonho — pois qual seria a outra explicação para aqueles feixes de sombra que se infiltraram na pele de Elaine e se espalharam pelo corpo dela feito uma peste?

Blythe desviou o olhar, respirando com tanta dificuldade que a criada segurou suas mãos para equilibrá-la. Cada centímetro do corpo da garota ficou gelado.

— Senhorita? — sussurrou Elaine. — Srta. Hawthorne, você está bem?

Desta vez, Blythe gritou, sim, com o coração na garganta, e girou nos calcanhares para se afastar das mãos esqueléticas da mulher. Só que… não havia nada de esquelético nela. A Elaine que estava diante de Blythe era a única Elaine que Blythe sempre conhecera. Mesmo quando tirou os olhos da criada e olhou de relance para o espelho mais uma vez, o corpo refletido de Elaine estava intacto e — tirando os olhos vermelhos e vidrados — parecia gozar da mais perfeita saúde.

Blythe engoliu em seco. Se não estava sonhando, talvez estivesse delirando pela falta de sono. Fez questão de desviar o olhar de Elaine, tentando acalmar o estômago antes que o mal-estar se derramasse pelo chão e ela desse à criada um motivo para permanecer em seu quarto por mais um segundo que fosse.

— Uma folga lhe faria bem. — Cada palavra que Blythe se obrigou a dizer saiu tremida enquanto tentava dissipar a estranheza do que acabara de testemunhar. — Deveria tirar o dia de folga.

A última vez que Blythe tivera alucinações… Não. Não podia ter sido envenenada de novo. Recusou-se até a considerar essa possibilidade.

— É muita gentileza sua, mas eu nem sonharia com isso — disse Elaine. — Que tipo de pessoa eu seria se abandonasse a senhorita e sua prima agora?

Blythe se sentou, e Elaine se agachou para ajudá-la a tirar as longas luvas brancas. A garota precisou de todas as suas forças para não se encolher toda quando os dedos da criada roçaram em sua pele.

Gelados. Os dedos de Elaine estavam tão, tão gelados.

A mulher, felizmente, terminou a tarefa bem rápido e levantou-se.

— Não sou muito fã de tempo livre, de todo modo. Ainda mais ultimamente.

A criada pronunciou essas últimas palavras de uma maneira tão sinistra que Blythe entendeu, na mesma hora, que a mulher estava se referindo aos últimos acontecimentos na Quinta dos Espinhos.

Os boatos de espíritos, fantasmas, ou seja lá que nome recebessem, e aquela estranha sucessão de assassinatos.

Só que... depois do que acabara de ver no espelho, Blythe titubeava em chamar aquilo de boatos. Olhou mais uma vez para Elaine, espremendo os olhos. Não enxergou mais a palidez de doença nem os abalos da peste. A voz de Elaine também havia voltado ao normal. Ao que tudo indicava, a garota havia imaginado tudo aquilo.

— Obrigada pela ajuda — disse, em um tom de dispensa incisivo. Deu as costas para a criada e ficou tamborilando os dedos na cintura, só para ter alguma outra coisa na qual se concentrar. Certamente, sua mente estava lhe pregando uma peça. Bebera champanhe na festa, e o dia fora longo e exaustivo. Só podia ser isso. — Vejo você no café da manhã.

Elaine fez uma reverência e saiu do quarto. E, no instante em que a porta se fechou, uma fadiga profunda se instalou nos ossos de Blythe.

Talvez comparecer à festa tivesse sido precipitado demais depois da doença. Não conseguiria chegar até a cama, mas pegou o chá e um bolinho de *cranberry*, doce demais para o seu gosto, e enfiou na boca. Enquanto mastigava, torceu para que, quando acordasse para ir tomar o café da manhã, o pai estivesse de volta, são e salvo, à Quinta dos Espinhos, que tudo estivesse bem e que aquele dia infeliz fosse uma coisa do passado, para sempre.

QUATRO

Signa não fazia muita ideia de quantas pessoas ainda restavam na Quinta dos Espinhos. Elijah dispensara a maioria da criadagem depois da doença de Blythe, deixando apenas os serviçais em que mais confiava e as criadas que tinham o aval das próprias garotas, como Elaine. Alguns poucos criados novos foram contratados, claro, porque ainda precisavam de ajuda para cuidar dos cavalos e limpar a imensa mansão. Mas enquanto Signa percorria a penumbra dos corredores durante as horas ainda cinzentas do amanhecer, passando pelos retratos à espreita de integrantes da família Hawthorne há muito falecidos, não pôde deixar de pensar que a mansão parecia-se assustadoramente com um cemitério, já que tinha tantas lembranças de seus antigos moradores impregnadas nas paredes e nem vivalma à vista. A garota não teria ficado surpresa se, depois da morte de lorde Wakefield, a criadagem tivesse feito as malas e se dirigido a outro lugar, em busca de um novo emprego.

Pelo menos, havia um lado bom — o mal-estar ao qual Signa sucumbira na noite anterior, seja lá o que tivesse sido, dava indícios de passar rapidamente. Ela enterrara as luvas ensanguentadas no quintal e expulsou-as de seus pensamentos. Não era capaz de morrer, afinal de contas, e nos últimos tempos andava sob um estresse incomensurável. Talvez fosse um mal-estar passageiro. Talvez fosse veneno. Ou talvez fosse algo que exigiria mais atenção do que a garota estava disposta a dar.

Ao descer a escada para ir tomar café da manhã, ficou aliviada ao ver que a mesa estava posta: queria dizer que ainda havia mais alguém, de fato, na mansão. Talvez alertado pelo ruído que a cadeira fez ao raspar no assoalho de madeira quando Signa se sentou, Warwick surgiu, vindo da cozinha, com os óculos quase na ponta do nariz. Atrás das lentes, seus olhos estavam preocupados e injetados. A garota tinha certeza de que o único motivo para seus próprios olhos não espelharem as pesadas olheiras do mordomo era o fato de que, para ela, nenhum dos mais recentes acontecimentos era novo ou surpreendente. Podia até não ter previsto a chegada do Destino, mas ela deveria ter adivinhado que sua vida jamais seria *fácil*. Talvez devesse mudar seu ponto de vista e sempre esperar pelo pior, para ter uma surpresa agradável quando nada de terrível acontecesse.

— Bom dia, Srta. Farrow. — Como essas palavras saíram mais parecendo o coaxar de um sapo, Warwick pigarreou e tentou novamente: — Devo trazer seu café da manhã?

Signa lançou um olhar para as cadeiras vazias, incomodada com aquele silêncio inquietante.

— Por que você não toma café comigo, Warwick? — perguntou, apesar de saber que deveria haver mais de uma centena de regras sociais tolas que considerariam a sugestão inapropriada. — Tivemos notícia de Byron ou de Elijah?

O bigode preto e cerrado acima do lábio superior de Warwick se espichou, tapando o que Signa só pôde presumir que era uma careta. O mordomo não se manifestou verbalmente em relação ao seu convite para fazer aquela refeição com ela, apenas permaneceu parado e disse:

— Receio que ainda não.

Signa pousou a mão em sua barriga aflita. Nada de bom poderia surgir de uma visita tão demorada ao chefe de polícia.

— E a Srta. Hawthorne? Como tem passado?

O mordomo abriu a boca para responder bem na hora em que uma voz feminina veio de trás.

— É óbvio que ela já teve dias melhores.

Blythe entrou se arrastando na sala de jantar, com uma aparência ainda pior do que a dos outros dois. O cabelo loiro claro como gelo não fora penteado, e ainda estava marcado pelos grampos que prendiam os cachos. Cabelinhos arrepiados circundavam a cabeça toda, ramificações soltas caíam nos ombros ossudos da garota. Resquícios de pó de arroz ainda estavam grudados nas linhas finas do rosto, o *rouge* borrado nos lábios. Como o pai fizera tantas vezes antes, Blythe usava apenas chinelos de veludo verde e um robe por cima de uma camisola solta, cor de marfim. Apesar de Warwick ter ficado perplexo com a aparência da garota, Signa não hesitou em abraçar a prima, porque precisava da tranquilidade de vê-la sã e salva mais do que se dera conta. Blythe lhe deu um abraço apertado antes de se sentar ao seu lado e pegou o jornal que estava na frente das duas.

Blythe abria e fechava o jornal apressadamente e foi fazendo uma leitura rápida das páginas até que, soltando um suspiro de alívio, falou:

— Ao que parece, não há nenhum comentário sobre a morte do lorde Wakefield.

— Talvez Everett tenha subornado os jornalistas — comentou Signa, sem saber se deveria sentir preocupação ou alívio. — Imagino que, do contrário, uma notícia dessas seria manchete.

Ainda lendo o jornal, Blythe perguntou:

— Agora vão anunciar que Everett é o duque, não?

— É de se esperar.

A garota, então, fechou o jornal e o largou na mesa. Em seguida, se dirigiu a Warwick.

— A oferta de café da manhã se estende a mim também?

O mordomo ajeitou os óculos e foi logo se corrigindo. Signa supôs que ele deveria estar familiarizado com tais esquisitices, tendo em vista que trabalhava diretamente com Elijah. Ao que tudo indicava, entretanto, era a primeira vez que via Blythe reproduzir as atitudes do pai. Atitudes como aquelas talvez não fossem o mais tranquilizador dos indícios do estado de espírito da jovem, mas Signa continuava admirando a absoluta falta de consideração que a prima tinha pelas expectativas da sociedade — e invejava isso também, levando em conta que ela mesma acordara cedo para se arrumar. Tendo em vista tudo o que acontecera na noite anterior, a preocupação lhe pareceu ridícula.

Warwick saiu, e quando voltou, minutos depois, serviu mingau, presunto fatiado, pães doces, arenque, ovos e torradas, tudo disposto em travessas na frente das duas. Elaine trabalhava ao lado do mordomo, de bochechas coradas e cantarolando, servindo o chá nas xícaras e deixando o bule em cima da mesa.

Blythe pegou sua xícara de chá sem açúcar, os olhos penetrantes como o frio do inverno fixos na criada, que saiu da sala depois de fazer uma breve reverência.

— Por acaso Elaine te parece doente? — perguntou Blythe, chegando mais perto da prima e sussurrando, em tom de confidência. — Parece febril? Tísica?

Apesar da estranheza da pergunta, Signa deu uma resposta simples.

— Acredito que não, mas não me lembro de já tê-la ouvido cantarolar.

— É exatamente disso que estou falando! — Blythe levou a xícara fervilhante aos lábios. — E justo hoje.

Tendo em vista a sua relação com os mortos, Signa não podia recriminar ninguém por sua maneira de viver o luto ou de lidar com tempos incertos. Mesmo assim, Elaine sempre tivera um comportamento irrepreensível e tal atitude era certamente insólita.

— Tudo é muito estranho. Não entendo por que o chefe de polícia está demorando tanto.

— Não estou entendendo nada. — Nessa hora, Blythe ergueu os pés para ficar de pernas cruzadas na cadeira e se virou bem de frente para Signa. — O que poderia convencê-los de que meu pai poderia querer matar o duque? Ele queria se livrar do Clube Grey mais do que qualquer coisa.

Isso era bem verdade e, apesar de Signa não ter a menor vontade de ser a pessoa a dar a notícia para a prima, sentiu-se na obrigação de dizer, como quem pede desculpas:

— Foi *ele* quem ofereceu a taça ao lorde Wakefield. — Em seguida, antes que Blythe pudesse arrancar-lhe a cabeça, Signa segurou a mão de prima e foi logo completando: — *Sei* que isso não faz dele um assassino, mas dá motivo, sim, para o chefe de polícia suspeitar.

— E aquele homem que estava presente ontem à noite? — Blythe, então, atacou uma torrada. — Aquele que acusou o meu pai. Você já o vira antes?

Aquela pergunta, de novo. A mesma pergunta que o Destino lhe fizera na noite anterior.

— Não.

Signa passou uma montanha de manteiga no pão doce de limão e tentou ignorar a amargura que se espalhava dentro de si. Apesar de a resposta ter sido verdadeira, não podia deixar de sentir que estava mentindo. Passara a ver Blythe como sua irmã e, dia após dia, a necessidade de revelar o que era e tudo o que era capaz de fazer estava se tornando impossível de ignorar. Mas como, exatamente, contar para outra pessoa — alguém que não tem nenhuma experiência com o paranormal — que não apenas a Morte é um ser senciente, que ajudou Signa a descobrir quem tentou matar Blythe — que, por acaso, era o irmão que a garota ainda acreditava estar vivo —, mas também que o homem responsável por acusar o pai de Blythe era o irmão da Morte, o Destino?

Como se isso não fosse mirabolante o suficiente, também havia a intimidade compartilhada por Signa e pela Morte, e o fato de ela ter os poderes do Ceifador. Seria coisa demais para qualquer um, com certeza, e essa era uma conversa que Signa nem sequer estava convencida de que *poderia* ser trazida à tona.

E, sendo assim, em vez de dizer mais alguma coisa, a garota encheu o prato de presunto e ovos e passou mais manteiga em outro pão doce de limão. Pelo menos, quando tudo o mais ia por água abaixo, ela sempre podia contar com os pães doces.

— Seja lá quem for, ele certamente tem audácia — insistiu Blythe, bebericando o chá com uma ferocidade que Signa não sabia ser possível. — Ou, talvez, tenha segundas intenções. Pretendo ir atrás dele e descobrir qual das duas alternativas é verdadeira.

Só de pensar, Signa ficou tão distraída que queimou a língua com o chá, porque esqueceu de soprá-lo.

— Não se esqueça de que você é da família Hawthorne — disse, cautelosa, mexendo a terceira colherada de açúcar que colocou na xícara. — A sua família está predestinada a ter inimigos, seja por inveja ou por ressentimento. Talvez não tenha nada a ver com Elijah, mas com o lorde Wakefield. Se existe alguém querendo se apoderar do título de nobreza dele, Everett pode ser a próxima vítima. Não podemos mergulhar nessa situação sem pensar muito bem antes.

Blythe se recostou na cadeira e apunhalou um pedaço de presunto com o garfo.

— Então o que propõe que a gente faça? Não espere que eu fique aqui sentada, sem fazer nada.

Signa odiou o arrepio que essa pergunta lhe provocou, que também fez um minúsculo lado seu ganhar vida, com uma faísca. Adivinhar quem tentou matar Blythe não era algo que Signa gostaria de reviver, nunca mais. Mas, pelo bem da família Hawthorne, não hesitaria em revelar outro assassino. Ainda assim, foi perturbadora a rapidez com que sua cabeça se agarrou à ideia de que Signa tinha um novo quebra-cabeça à sua frente. E, quando se deu por conta, já estava tentando organizar as peças espalhadas.

— Acho que, por ora, vamos esperar para ver o que acontece com Elijah.

Não foi uma resposta que agradou Blythe. Bem lá no fundo, porém, a garota deve ter se dado conta de que essa era a melhor opção.

— Devo lhe avisar que minha paciência é limitada, prima — declarou Blythe.

— E eu devo *lhe* avisar que, se você se aventurar a sair por aí neste exato momento, com esta aparência e se comportando de maneira tão pouco civilizada, só vai reforçar a crença de que há algo estranho com a família Hawthorne.

Signa deu um sorriso quando Blythe olhou feio para ela, mas sua expressão teve vida curta, porque um *cléc-cléc-cléc* pesado ecoou do lado de fora da sala de jantar. Era um ruído tão conhecido que Signa e Blythe se entreolharam e, em seguida, levantaram de supetão, porque a porta dupla se abriu e Byron Hawthorne entrou.

Tinha os ombros curvados, as faces encovadas e o pescoço coberto por uma escura barba por fazer. Signa olhou por trás dele, viu que Warwick estava parado sozinho ali e se agarrou às costas da cadeira para não cair.

Blythe reparou em Warwick ao mesmo tempo, e seu sorriso se dissipou.

— Onde está meu pai?

— Fiz tudo o que estava ao meu alcance. — Byron fechou o punho na bengala e encarou a sobrinha nos olhos. — Lamento, Blythe, mas receio que Elijah esteja detido pelo assassinato do lorde Wakefield.

CINCO

Apesar de ter uma grande familiaridade com a morte, Signa conhecera pouquíssimos assassinos ao longo de sua vida. Percy era um deles, claro. E supunha que ela mesma também era, mas tentava não ficar remoendo isso. Ainda assim, não precisava ter mais experiência para compreender que Elijah Hawthorne não era nenhum assassino.

— Quais seriam os possíveis motivos que acham que ele teve? — perguntou Signa, enquanto imaginava as peças do quebra-cabeça espalhadas em sua mente. — Ele queria se livrar do Clube Grey!

— O lorde Wakefield já havia feito um pagamento considerável para garantir seu futuro no negócio. — Parecia que Byron havia envelhecido vinte anos da noite para o dia quando tirou as luvas e as atirou em cima da mesa. — Estão teorizando que o Clube Grey estava às raias da ruína financeira devido à negligência de Elijah, e que ele precisava do dinheiro mas não queria abrir mão do clube por completo.

A testa de Byron estava transpirando, e Warwick foi logo lhe oferecendo um copo d'água e uma banqueta. O homem tomou um assento e colocou o joelho ferido em cima da banqueta.

— Mas isso é um acinte!

Apesar da palidez, o rosto e o pescoço de Blythe estavam corados de raiva. Byron fez que sim, concordando com ela, e então mediu a sobrinha de cima a baixo, quando reparou em seus trajes.

— Mas, pelo amor de Deus, o que você... Ah, não tem importância. Seja lá qual for a verdade, foi Elijah quem entregou a taça para lorde Wakefield. O próprio tolo admitiu isso.

A bufada indignada que Blythe deu bastou para sugerir que a garota pensava que o pai era ridículo por ter admitido uma coisa dessas. Signa concordava, ainda mais dadas as circunstâncias. Sabia, por experiência própria, como era horrível ter pessoas acreditando que você era responsável pela morte de alguém. Mas ter pessoas acreditando que você matou um *duque*? Logo isso estaria em todos os jornais do país, arruinando a reputação da família Hawthorne e, com isso, a do Clube Grey.

— Se ele estava tentando salvar o Clube Grey da ruína financeira — disse Signa —, por que mataria um duque e acabaria com a reputação do lugar? Qual é a lógica disso?

Byron espremeu os olhos e Signa tentou não demonstrar que ficara ofendida com o fato de ele ter se surpreendido. Byron era, de longe, o integrante mais tradicional da família Hawthorne: nos meses que ela havia passado na Quinta dos Espinhos, descobrira que, quando Elijah assumiu os negócios da família, Byron ficara com tanta inveja, inicialmente, que, em vez de cooperar com o irmão, seguiu carreira militar, para não ajudá-lo. De acordo com Elijah, Byron chegou a ser um oficial de alto escalão, até que sofreu um ferimento e foi dispensado, por causa do joelho. Não teve muita escolha, a não ser se envolver nos negócios da família logo depois disso, só que o treinamento militar o deixou mais rígido do que nunca.

Byron operava sob a crença de que tudo tinha sua devida ordem — que as mulheres tinham seu devido lugar; os homens, o deles. Signa ficou um tanto surpresa com o fato de ele sequer se dar ao trabalho de ter aquela conversa. Talvez os últimos meses tenham exercido uma influência positiva no homem, afinal de contas.

— Você tem razão. — Nessa hora, Byron colocou o copo d'água em cima da mesa. — Isso não tem nenhuma lógica. Infelizmente, depois deste último ano, ninguém *espera* que Elijah use a razão.

— Ele não bebe mais — argumentou Blythe. — Nem um pouquinho sequer.

A pele fina ao redor dos olhos de Byron se enrugou, em sinceras desculpas.

— Depois que se ganha certa reputação, é difícil mudar a maneira que as outras pessoas o encaram. Receio que seu pai esteja diante de uma longa e árdua subida morro acima.

— Mas o senhor acredita nele — insistiu Blythe —, não acredita?

Signa sentiu uma queimação no estômago, porque Byron desviou o olhar. Ficou feliz que a prima não conseguia enxergar as sombras que anuviavam a expressão do tio.

— Não cabe a mim decidir — respondeu ele.

Signa recordou de todas as pessoas que compareceram à festa da noite anterior. Lembrou de seus sorrisos estampados e de suas belas palavras, parabenizando Elijah em um instante e condenando-o no seguinte. A rapidez com que todos se viraram contra ele. A rapidez com que seriam capazes de se virar contra *qualquer um*. Signa passara anos em demasia disposta a lutar com unhas e dentes por um lugar na sociedade e se odiava por isso. Odiava ter lutado com tanto afinco para se ajustar ao molde de algo pior do que qualquer veneno que já tivesse tomado.

— Certamente, meu pai pegou essa taça das mãos do verdadeiro assassino — sugeriu Blythe.

A cadeira onde Byron estava sentado rangeu de leve, porque ele se recostou, fechou os olhos e começou a massagear as próprias têmporas.

— Elijah alega que pegou a taça de uma bandeja e não se lembra quem a carregava.

Signa ia tomar um gole de chá, mas percebeu que já havia bebido tudo. Não reparou porque estava muito concentrada processando essa nova informação, que não fazia muito sentido. Mais ninguém na festa passara mal, então como era possível alguém ter conseguido envenenar uma única taça que estava em uma bandeja e garantir que chegasse ao alvo certo? A menos que, talvez...

— Vocês acham possível que o lorde Wakefield não tenha sido a vítima pretendida? — perguntou, pensando em Percy e como o chá que o rapaz envenenara fora originalmente dirigido à mãe biológica dele, Marjorie.

Blythe ficou rígida.

— Você acha que o veneno era para o meu pai?

— É uma possibilidade. — Signa ficou tamborilando os dedos na mesa, pensando na ideia. — Poderia ter sido dirigido a qualquer um, na verdade. Se fosse *mesmo* para Elijah, a pessoa por trás disso não tinha noção de que ele deixou de beber.

— Podemos passar o dia inteiro teorizando. — Byron dava a impressão de estar prestes a cair no sono sentado, se assim permitissem. — Agora, só importa o fato de que as autoridades acreditam que Elijah é o assassino. E, se não encontrarem um culpado mais óbvio até o dia do julgamento...

Ele não precisou completar a frase: a verdade já pairava no ar, pesada. A pena para assassinato era execução. Se não encontrassem o verdadeiro culpado, Elijah iria para a forca.

Blythe não dera uma mordida sequer na comida desde que Byron entrara, mas ainda segurava o garfo com tanta força que os nós dos dedos estavam brancos feito osso.

— Não podemos deixar isso a cargo de um chefe de polícia — declarou Signa.

Com o Destino envolvido, essa opção resultaria apenas em derrota. Ela não podia, contudo, dizer isso com todas as letras, e Byron não mudara a ponto de não se permitir lançar um ar de incredulidade para Signa.

— Sei que a senhorita tem algo de estranho, Srta. Farrow — começou a dizer, mas não de um jeito ríspido. Ou, pelo menos, não de um jeito ríspido para *ele*. — Sei que, com essa estranheza, você já ajudou minha família uma vez. Mas a senhorita não é nenhuma Hawthorne, e este não é um assunto com o qual uma jovem dama deva ter envolvimento. Ninguém iria lhe recriminar se voltasse para a Quinta da Dedaleira antes da hora.

Signa só se deu conta de que essas palavras cairiam como uma paulada quando recebeu o golpe.

Ao lado dela, Blythe atirou o garfo na mesa, que fez um estrondo.

— Para a *Quinta da Dedaleira*? — indagou. — Céus, por que ela iria para lá?

— Porque lá é a casa dela, Blythe. Para ser franco, a última coisa de que precisamos é dar mais algum motivo para que nossa família sofra escrutínio, e Signa é um chamariz desfavorável.

Signa não teve tempo de elaborar os próprios pensamentos antes que Blythe se endireitasse na cadeira, furiosa.

— E como o senhor acha que iria parecer se ela fosse embora agora? As pessoas iriam pensar que nós a afugentamos!

Por mais que Signa conseguisse tanto ouvir como entender a discussão que a cercava, mal conseguia se importar com ela. O coração saltara do peito e fora parar na garganta, batendo com tanta ferocidade que a garota ficou com medo de estar passando mal.

Quinta da Dedaleira.

Há meses a mansão a espreitava. Quando Signa completou 20 anos e herdou a fortuna dos pais, Elijah a ajudara com tudo o que poderia precisar para preparar a mansão para sua chegada. O ex--tutor lhe dera orientações, os contatos de um jornal que publicaria anúncios de posições para criados e até se oferecera para comprar a passagem de trem. Uma hora, contudo, como os cadernos onde ela anotava suas sugestões e conselhos começaram a se acumular e se encher de poeira na sala de estar da garota, Elijah parou completa-mente de falar da Quinta da Dedaleira. Há séculos, dissera que Signa poderia permanecer na Quinta dos Espinhos pelo tempo que quisesse, e parecia ter sido sincero.

A garota sabia que esperavam que ela fosse embora uma hora ou outra. Mas pensar em voltar para a Quinta da Dedaleira lhe dava a sensação de adentrar um passado que havia deixado para trás há muito tempo. Ali, na Quinta dos Espinhos, ela enfim tinha uma família. E, quando Blythe pegou na sua mão por baixo da mesa e apertou com força, Signa só conseguia pensar que queria muito ficar perto daquela família.

— Ela não vai embora.

Foi Blythe quem decidiu, impassível, sob o olhar feio de Byron.

Ambas as garotas ignoraram o fato de ele ter torcido o nariz.

— Se ela ficar, terá que nos ajudar. — Seu olhar era severo, pousado em Signa, examinando o rosto da garota. Byron fez uma careta, dando a impressão de não gostar do que via. — A senhorita consegue fazer isso, Srta. Farrow?

Signa teve dificuldade de encontrar as palavras quando perguntou:

— O que eu precisaria fazer?

— Você e Blythe farão o que todas as damas da sua idade devem fazer. — A pele de Signa se arrepiou ao ouvir essas palavras. Apesar disso, quando Byron se aproximou, ela fez a mesma coisa.

— Concentrem-se em fortalecer o nome desta família. Ou, no mínimo, em manter nossa reputação. Só Deus sabe o quanto Elijah precisa dessa ajuda. Se for ficar, não podemos permitir que fique enfurnada aqui dentro. Precisa sair por aí, lépida e faceira, provando que tem confiança na inocência dessa família. Só adicionaremos mais lenha na fogueira se as pessoas acreditarem que nós nos entocamos aqui de medo.

Para sua surpresa, Signa não tinha o que argumentar. Assim que entrou na sala, pensara que era tão tolo tomar café da manhã e continuar fingindo que tudo estava normal. Mas, talvez, fazer cara de paisagem e continuar com a farsa de que tudo estava bem diminuiria as fofocas. Sem contar que, para permanecer na Quinta dos Espinhos com Blythe e Elijah, Signa estava disposta a fazer qualquer coisa.

Byron se levantou da cadeira, prestes a ir embora, bem na hora em que a porta dupla da sala de jantar se escancarou e uma criada de cabelo cor de asa de corvo que Signa só vira de passagem entrou correndo, trazendo uma missiva em uma bandeja de prata. Ela fez uma reverência — algo com o qual Signa ainda estava tentando se acostumar —, depois estendeu a bandeja para Signa, que sentiu um gosto de bile ao lançar um único olhar para o envelope dourado.

Sabia, sem nem precisar ver, quem o havia enviado, porque o tom era parecido demais com o dos olhos queimados do Destino para ser mera coincidência. A curiosidade de Blythe fez a pele de Signa se arrepiar quando ela tirou o envelope da bandeja.

— Abra — pressionou Blythe, inclinando-se para conseguir ver de relance o que estava escrito.

Byron também estava observando as duas e, já que não havia como escapar, Signa abriu o envelope, rasgando-o. Dentro dele, não havia uma carta, mas um convite, escrito em letras douradas.

À inefável Srta. Signa Farrow,

A garota já queria queimar o Destino vivo só por causa desse vocativo ridículo.

Sua presença é convocada na companhia
de Sua Alteza o príncipe Aris Dryden de Verena,
no Palácio das Glicínias,
neste sábado, às seis da tarde,
para um grande baile em comemoração
à sua chegada em Celadon.

Signa quase não conseguiu se conter e por pouco não amassou o convite nas mãos. Um *príncipe!* Que ridículo era esse homem, de pensar que poderia se infiltrar com tamanha farsa. A garota tinha toda a intenção de rasgar o papel em pedacinhos até que Blythe — que lia por cima do ombro de Signa, com brilho nos olhos — arrancou o convite das mãos dela.

— *Signa.* — A voz da prima estava ofegante de tão maravilhada, e Signa se deu conta de que, seja lá qual fosse o joguinho do Destino, ela já tinha perdido. — Temos que ir! Se pudermos impressionar um príncipe, talvez ele possa nos ajudar a limpar o nome de meu pai.

A verdade abriu um buraco a ferro e fogo na língua de Signa, só que ela não podia admitir que sabia que aquele homem não era príncipe coisa nenhuma.

— Blythe tem razão. — Byron arrancou o convite das mãos da sobrinha. O costume horrendo deveria ser coisa de família. — Essa é a oportunidade perfeita. No mínimo, você deve comparecer e demonstrar a todos a confiança que tem nesta família. Você pode até não ser uma Hawthorne de sangue, mas talvez isso esteja a nosso favor. Outras pessoas podem estar mais dispostas a acreditar em você.

Signa tentou não torcer o nariz. Ela iria ao baile, claro, ainda que voltar a se atirar nas garras da sociedade durante a temporada social fosse a última coisa que quisesse. Fez questão de evitar os olhares de Byron e Blythe. Ficou olhando para as próprias mãos, cruzadas em cima do colo.

Com uma voz baixa e delicada como a noite, Blythe sussurrou:

— Meu pai é inocente. Sei que é. Por favor, diga que vai ajudá-lo.

Signa se recompôs, endireitou os ombros e reuniu cada gota de coragem que tinha dentro de si. Se tivesse que participar do joguinho do Destino, que assim fosse. Signa era uma ceifadora — uma sombra da noite, cujo toque era letal. Protegeria sua família. Seu *lar*. E, quando resolvesse aquele assunto com ele, faria tudo ao seu alcance para que o Destino se arrependesse do dia em que a desafiou.

— Claro que vou — prometeu, olhando a prima bem nos olhos. — Irei à festa, seduzirei o príncipe e o que mais for preciso. Vamos salvar seu pai, Blythe. Disso eu tenho certeza.

SEIS

Signa não demorou a se recolher em seus aposentos, agarrada ao convite do Destino. Se quisesse derrotá-lo em seu próprio jogo, precisaria de mais informações. Trancou a pesada porta de carvalho quando entrou, depois chegou a pensar na possibilidade de arrastar a cômoda para bloquear a entrada, mas concluiu que isso só chamaria *mais* atenção. Teria que se contentar apenas com a chave.

Gundry ficou observando Signa ao pé da cama de dossel, bocejando atrás da cortina esvoaçante, enquanto ela permanecia com o ouvido grudado na porta. A garota só se aproximou da mesinha de cabeceira quando teve certeza de que não havia ninguém perambulando pelos corredores, então abriu a primeira gaveta e dela tirou uma trouxinha de seda. Segurou-a perto do coração, a levou até a cama e a abriu em cima dos lençóis, revelando um punhado de frutinhos silvestres tão escuros que eram quase pretos.

Beladona.

Atrás de Signa, Gundry soltou um rosnado gutural. O cão do inferno ficara com ela nos últimos meses, quando fora enviado pelo Ceifador para lhe fazer companhia. O animal passava a maior parte dos dias cochilando perto de alguma lareira ou, quando o tempo permitia, atirando-se nas folhas tostadas do quintal. Signa falou para todos que o cão era um vira-lata que encontrara durante uma caminhada pela floresta e, apesar de ter precisado convencer Elijah, ele acabou permitindo que o animal ficasse.

Ninguém que conhecesse Gundry pensaria que o cão era um grande protetor. Mas, às vezes, quando Signa ficava observando o animal se remexer, depois da meia-noite, lembrava-se das sombras que se derramaram das mandíbulas abertas do cão e de que ele abocanhou Percy com essas mandíbulas, depois de uma única ordem.

— *Psiu* — disse a garota, dando palmadinhas no focinho úmido do animal. — Posso vir a me arrepender disso, mas preciso da sua ajuda.

Quando Signa estava em sua forma de ceifadora, a Morte era a única capaz de vê-la e ouvi-la. Ela poderia, quem sabe, insinuar sua presença com uma súbita lufada de vento ou batendo as janelas em um dia abafado. Mas, se quisesse se comunicar com Elijah, precisaria de ajuda.

— Prepare-se, Gundry. Vamos partir em uma aventura.

O cão baixou as orelhas. Tirou os olhos de Signa e dirigiu o olhar para os frutinhos, com um choramingo. Mas a garota não lhe deu muita atenção. Fechou as cortinas e escreveu um bilhete às pressas, em um pedaço de papel manchado de chá. A tinta ainda estava úmida quando dobrou a folha, esticou o braço para coçar o queixo de Gundry e prender o bilhete por baixo da coleira do animal.

— Vamos ficar bem — assegurou ela. — Prometo.

Não restavam muitos frutinhos — uns quinze, talvez — e ainda levaria vários meses para que o pé de beladona mais próximo da Quinta dos Espinhos voltasse a florir. Tudo o que lhe restava eram frutinhos secos e murchos, colhidos durante o outono, que, por sua aparência, provavelmente estariam com gosto de podre. Mesmo assim, deveriam funcionar. Eram necessários, no mínimo, cinco frutinhos para surtir o efeito de que Signa precisava. E, sendo assim, foram exatamente cinco frutinhos que ela pegou na mão, depois fechou a trouxinha e a colocou de lado.

A garota se sentou na cama e apertou todos os cinco frutinhos contra a língua. Estavam crocantes e amargos, a putrefação deles manchou a boca de Signa. Mesmo assim, ela os engoliu e agarrou-se ao pelo macio de Gundry, esperando os efeitos surtirem.

Signa fechou os olhos quando sua visão ficou borrada e foi respirando devagar, bem pouquinho, pela boca, até não conseguir sorver mais ar. Foi só aí que entreabriu um dos olhos, quando a beladona se apoderou dela e o poder de ceifadora se espalhava pelas veias. Signa recebeu esse poder como receberia um amante, acolhendo o frio e a escuridão que perpassavam a ponta dos dedos.

— Olá — sussurrou para as sombras que envolviam suas mãos.

Gundry ainda estava deitado com o queixo apoiado no seu colo, apesar de já estar transformado. Havia sombras onde antes estavam os olhos do cão, e sua bocarra exalava mais sombras, feito fumaça. Na última vez em que o animal assumira essa forma, estava escuro demais para Signa conseguir enxergar que as costelas de Gundry saltavam da pele e reparar que podia ver as entranhas do animal por uma cavidade na barriga, de onde a escuridão serpenteava. Gundry tinha a aparência de um animal que viera se arrastando das profundezas do inferno, com caninos proeminentes e patas enormes, que tinham o dobro do tamanho do rosto de Signa. E, apesar disso, continuava sendo o mesmo Gundry: choramingava e cutucava o quadril da garota com o focinho úmido.

— Estou bem — disse ela, arrastando-se para fora da cama. — Venha, é melhor nos apressarmos.

Signa se preparou mentalmente. Certa vez, o Ceifador lhe disse que seus poderes eram baseados na intenção: querer algo e pegá--lo. Com os olhos fixos na parede mais livre de seus aposentos, a garota se concentrou no rosto de Elijah, imaginando um portal de sombras que a levaria até ele. Certamente era possível: a Morte fizera algo parecido na noite em que a levara para ver a ponte das almas. Mesmo assim, só porque algo *poderia* ser feito, não queria dizer que Signa sabia como fazê-lo. Estava achando difícil se concentrar, porque raios de sol atravessavam as janelas. Seus poderes lhe pareciam deslocados à luz do dia, proibidos, até. Era só sob o manto da noite que ela conseguia parar de pensar em como era estranho não ser capaz de sentir a pressão do calor da primavera na própria pele.

Eram pensamentos como esse, contudo, que poderiam trazer complicações para Signa. Ela não tinha escolha, a não ser deixar suas dúvidas de lado e entrar nas sombras que se assomaram na parede. Infelizmente, bateu de cara nos tijolos no instante em que tentou e cambaleou para trás, xingando aquele espaço maldito, como se a parede tivesse mostrado a mão e batido nela.

O chão tremeu de repente, com uma risada profunda e rouca. Signa fechou bem os olhos, recusando-se a se virar e olhar para o Ceifador, que estava à espera, na cama.

— Quanto tempo faz que está olhando?

— Tempo suficiente. — A Morte disse isso com um tom presunçoso, mas Signa nem sequer lhe dirigiu o olhar para confirmar se também havia presunção na a expressão do Ceifador. — O que está aprontando, Passarinha?

O pobre nariz de Signa doía como se ela tivesse acabado de levar uma tijolada na cara, e a garota tentou se livrar da dor massageando-o.

— O que parece que estou aprontando? Estou tentando empregar esses poderes abomináveis.

Foi só quando o Ceifador deu mais uma risadinha que a garota lhe dirigiu o olhar, um olhar tão fulminante que o sorriso nos lábios da Morte se desfez de imediato. Ele se esforçou ao máximo para ficar com uma expressão neutra, mas não havia como negar que seus olhos brilhavam, achando graça.

— Para quê? — perguntou o Ceifador. — Achei que tínhamos combinado que você só usaria esses frutinhos em caso de emergência.

Signa olhou de relance para o estoque de beladona — restavam dez frutinhos. Se quisesse evitar ter que comer mais, não tinha tempo para ficar parada ali, conversando.

— Seu irmão está em uma acelerada missão para arruinar minha família. Se isso não for uma emergência, não sei o que mais poderia ser.

Uma onda de pânico se apoderou de Signa, que apertou o próprio peito. O coração que havia dentro dele disparava. O Ceifador surgiu atrás dela em um instante e a segurou pelos ombros. A garota se aninhou no corpo da Morte quando seu coração parou de bater novamente, então ergueu a mão, encostando-a na do Ceifador.

— Eu me permiti ficar empolgada demais — declarou. — Isso não vai se repetir...

— Seu corpo está se aclimatando à beladona. — A Morte tirou uma mecha de cabelo que estava na frente do rosto de Signa e prendeu atrás da orelha dela. — Você não deveria consumir isso.

— Elijah está na *prisão*. — O olhar do Ceifador transmitia tanta preocupação que Signa precisou ficar com os olhos fixos no peito dele. — Conversaremos sobre isso depois.

Foi só aí que ele a soltou, mas, para ajudá-la a continuar naquele estado, não largou a mão dela.

— Muito bem. — A Morte, então, apontou para a parede com a outra mão, sinalizando o local onde as sombras ferventes se avolumavam. — Era isso que você queria?

Signa continuou de queixo erguido.

— É.

— Ótimo. Eu gosto muito do seu rosto e tenho minhas dúvidas de que ele aguenta outra de suas tentativas. — Deslizando a mão do ombro de Signa até pegar na mão dela, o Ceifador a puxou para perto das sombras que se debatiam. — Quando quiser.

Aos pés da garota, Gundry soltou um choramingo baixo. Signa dirigiu um breve olhar para o papel que estava preso embaixo da coleira do cão — certificando-se de que ainda estava ali —, deu um tapinha delicado na cabeça dele e seguiu em frente.

Era uma sensação bem conhecida permitir que as sombras a puxassem de um lugar para outro, como atravessar um lago e sair dele seca. Estranha e um tanto perturbadora, mas também engano-samente tranquila, tendo em vista o local onde saíram.

Não estavam mais no quarto de Signa, mas em um recinto pe-queno demais, tão mal iluminado que, de início, a garota achou que sua visão lhe fora roubada. Sua visão se normalizou apenas porque era uma ceifadora, e a escuridão logo deu lugar ao contorno de um pequeno catre. Um penico. E, por fim, um homem encolhido no frio chão de pedra, com os joelhos perto do peito.

Signa foi se aproximando dele, até que a Morte apertou sua mão.

— Não esqueça de que agora você é uma ceifadora. Cuidado onde toca.

Signa recuou para trás, em direção a uma parede, abraçando o próprio corpo com força.

— Estamos na prisão?

A garota ficou feliz por não ser humana naquele momento, por-que as pedras rachadas do piso estavam tão sujas de poeira que Signa teve receio de não conseguir respirar. Tinha a impressão de que bastaria um movimento em falso para aquele lugar desmoronar sobre eles.

— Sim. — A Morte disse isso com o mesmo tom apaziguador que empregara para falar com lorde Wakefield e outros espíritos inquietos. E, apesar de Signa ter reconhecido a tática, também ficou grata por ela. — A luz é proibida nas celas. A ideia é cegar os prisioneiros: jamais permitir que vejam uns aos outros nem o ambiente, para que se sintam completamente sós. Já busquei tanta gente em recintos iguaizinhos a esse, pessoas levadas à loucura pelo isolamento.

Quando Signa olhou para Elijah, as palavras da Morte calaram fundo.

— Fique ao lado dele — sussurrou Signa, ordenando ao cão que estava ao seu lado.

Gundry lançou-lhe um olhar e, em seguida, baixou a cabeça e deu os poucos passos que o afastavam de Elijah. As sombras que se enroscavam nas costelas saltadas do animal se separavam do cão a cada passo que ele dava, escapando da pele até o corpo do cão se refazer por completo, até Gundry não passar de um cão de caça comum, que choramingava baixinho.

Elijah se assustou ao ouvir esse choramingo e virou o rosto de supetão na direção do ruído. A face esquerda estava ferida e inchada. As mãos e as roupas, encardidas como o recinto, manchadas de um cinza cor de fuligem. Signa tapou a boca, examinando o corte no supercílio do homem, que chegava no osso e tinha tudo para infeccionar.

— Quem é? — murmurou Elijah, espremendo os olhos para tentar enxergar naquela escuridão. — Tem alguém aí?

Signa apertou a mão da Morte, para continuar firme onde estava. Só podia ficar olhando enquanto Gundry cutucava a perna de Elijah, e o animal ficou parado e tranquilo mesmo depois que o homem se afastou dele.

— Gundry? Será que é mesmo você?

Gundry encostou o focinho na perna de Elijah, e o homem esticou as mãos trêmulas para fazer carinho no animal. No instante em que seus dedos se enroscaram no pelo do cão, Elijah deu uma risada rouca.

— Ao que parece, estou delirando.

Ele passou a mão pelas costas de Gundry, primeiro no sentido do pelo e em seguida na direção contrária e parou quando seus dedos roçaram no pedaço de papel que estava enfiado debaixo da coleira do cachorro. Elijah ficou imóvel quando ouviu o ruído, lançou um olhar para a porta e só depois tirou o bilhete da coleira de Gundry.

Ergueu o papel, mas não havia luz suficiente para lê-lo, e ainda havia algumas letras borradas. Suas mãos tremiam quando, bem devagar, ele foi engatinhando até a porta da cela e ergueu o bilhete até o buraco da fechadura de ferro, espremendo os olhos para ler uma letra por vez, naquela mísera réstia de luz.

Há outro suspeito?

Demorou tanto que chegou a ser doloroso, a ponto de Signa quase querer voltar para trazer um isqueiro para o homem. A ideia mal tinha se formado na cabeça da garota quando, porém, a porta da cela se sacudiu. Elijah enfiou o bilhete na boca e engoliu, bem na hora em que a porta se escancarou, quase o acertando. Elijah dirigiu o olhar para Gundry mais uma vez, mas o cão havia sumido, pois já havia voltado para o lado da Morte e de Signa e se escondido nas sombras.

Hediondo era a única palavra para descrever o homem que entrou na cela. Tinha um rosto redondo e seboso, pequeno demais para o corpo, e um sorrisinho pavoroso, que Signa teve vontade de arrancar dos lábios rachados dele. A garota imediatamente olhou para os nós dos dedos do homem — que estavam feridos, o que respondia à pergunta do que havia acontecido com o rosto de Elijah.

— Levanta, Hawthorne. Isso aqui não é nenhum clube de cavalheiros.

Signa não havia se dado conta da força com que a Morte a segurava, até que o Ceifador apertou sua mão.

Não se mexa, Passarinha. As palavras foram um zumbido suave dentro da cabeça da garota. *Não se mexa*.

Se não fosse pela presença da Morte, isso seria impossível, porque o homem pegou Elijah pelo colarinho e o fez ficar de pé.

Por mais terrível que fosse assistir a essa cena, Signa ficou feliz com o fato de Elijah não ter resistido. Sabe-se lá o que poderia acontecer se ele ousasse enfrentar aqueles homens.

O guarda atirou para Elijah uma máscara que mais parecia um saco, com buracos no lugar dos olhos. Ele a colocou sem protestar. Só que, um instante antes de vestir aquela monstruosidade, seus olhos se dirigiram aos fundos daquela cela apertada, bem onde Signa estava, encostada no Ceifador. A garota ficou rígida, mas, como Elijah continuou procurando, ficou claro que ele não conseguia enxergá-la.

— Byron não me defendeu. — Elijah falou tão baixo que o guarda da prisão pôs a mão na orelha para ouvir melhor.

— O que foi que você disse, Hawthorne? — O homem hediondo se curvou e deu um puxão na máscara, tapando o rosto de Elijah. — Você tem algo a dizer?

Signa mal conseguia enxergar os olhos de súplica que procuravam por ela, mas sabia o suficiente para compreender. Elijah não disse mais nada conforme o guarda o arrastou para fora da cela, mas sua mensagem fora transmitida com todas as letras: Byron Hawthorne mentiu quando disse que havia feito tudo o que estava ao seu alcance para proteger Elijah.

O que significava que Signa tinha um principal suspeito da morte do lorde Wakefield.

SETE

Signa mal sentiu o deslocamento quando a Morte a tirou da cela de Elijah, através das sombras — que dissolviam todo e qualquer sinal do calor que voltava à sua pele —, e a levou de volta à segurança de seus aposentos, na Quinta dos Espinhos. A cabeça da garota era um dilúvio de pensamentos, todos relacionados a Byron. Ela se segurou na beirada da penteadeira para não perder o equilíbrio, mas se esqueceu da forma em que se encontrava e caiu quando sua mão atravessou o móvel.

Por que Byron estaria envolvido naquilo? Será que ainda queria o Clube Grey? Seria capaz de matar por causa disso? Signa acreditava que ele, finalmente, havia se conformado com o fato de ter que se afastar dos negócios, já que estava muito interessado nas mulheres solteiras naquela temporada social. Dera a impressão de que encontraria uma esposa e constituiria família.

Signa segurou a própria barriga, resistindo ao enjoo que se apoderava dela toda vez que revia, em sua cabeça, o rosto ensanguentado e machucado de Elijah. Seria capaz de matar o homem que dera aquela surra em seu ex-tutor, e pensou em como poderia fazer isso. Poderia voltar à prisão. Ir atrás dele na escuridão da noite e pôr as mãos em volta de seu pescoço. O homem estaria morto em um instante, e sua alma... Ah, como Signa gostaria de destruí-la. De formar uma foice com as próprias sombras e espicaçar aquele homem até que sua essência mais profunda fosse varrida da face da Terra.

Como se fosse capaz de sentir os pensamentos amargos que empesteavam o interior de Signa, o Ceifador a puxou para perto de si e a acariciou nos braços.

— Entendo o que você está sentindo e já tomei atitudes movido por esse impulso tantas vezes que até perdi a conta. Quase nunca vale a pena, Passarinha. Por mais terrível que aquele homem possa ser, ele tem família. Uma família que esse homem não trata mal e que depende dele. Se aprendi alguma coisa até hoje, é que nós não temos o direito de bancar Deus. Não brincamos com o Destino, principalmente quando o Destino está no nosso cangote.

Signa gostaria que o Ceifador não tivesse dito nada e que essas poucas palavras não tivessem bastado para plantar a ideia da família daquele homem em sua cabeça. Foi por essa família que a garota fechou os olhos e tentou expulsar aqueles pensamentos tão cruéis de morte da cabeça.

Meu Deus, o que estava acontecendo com ela?

— Byron disse que havia feito tudo o que estava a seu alcance — sussurrou, obrigando-se a concentrar a mente em outra coisa. Em um novo quebra-cabeça que precisava ser montado.

— Então precisamos descobrir por que ele mentiu. — À medida que Signa foi permitindo que aquele fogo dentro dela se apagasse, a Morte foi soltando a garota. — Nesse meio-tempo, vou me encarregar de que ninguém mais ponha as mãos em Elijah.

Signa ficou observando Gundry se dirigir mansamente à saleta. O cão andou em círculos algumas vezes e se acomodou ao lado da escrivaninha.

— Elijah deve achar que enlouqueceu depois das coisas que viu hoje. Gundry foi a única maneira que encontrei de me comunicar com ele.

— Elijah não é tolo nem nada — disse a Morte. — Você o subestima, coisa que ele não merece. Suspeitou da presença do sobrenatural quando teve contato com o espírito da esposa, assim como sempre suspeitou que você também era capaz disso, creio eu.

Esse comentário fez Signa ficar paralisada. Uma onda de medo a deixou com um nó na garganta.

— Você acha que Elijah sabe que sou assim?

— Ele sabe que você era capaz de se comunicar com Lillian. E acredito que sempre soube que você é mais do que aparenta à primeira vista. — O Ceifador roçou o dedo no pescoço de Signa e, à medida que foi fazendo isso, a tensão que contraía o corpo da garota foi se dissipando. — Descanse a cabeça, Passarinha. Vamos resolver isso.

Signa tentou permitir que essas palavras tivessem efeito. Tentou ouvi-las com a alma e nelas encontrar consolo. Sua vida não seria assim para sempre: os dois salvariam a pele de Elijah, e o pesadelo chegaria ao fim.

Mais uma vez. Mais um mistério. E, depois, Signa poderia finalmente — *finalmente* — ter a vida tranquila que sempre desejou. Sem assassinatos. Sem mistérios que mantinham sua cabeça a mil a noite toda. Apenas uma vida tranquila, com a família Hawthorne e com o homem que amava.

A garota mexeu os ombros para aliviar a tensão contida neles, e o Ceifador segurou o seu rosto e se inclinou para beijá-la, com lábios que tinham a doçura do néctar e um toque arrebatador como o inverno. Jogou a cabeça para trás, e a Morte foi dando beijinhos por toda a sua pele. E, apesar de querer permitir que ele continuasse — apesar de querer a distração dos dedos hábeis daquele homem desfazendo os laços de seda do vestido e de querer sentir as sombras do Ceifador percorrendo suas coxas —, Signa se obrigou a se desvencilhar dele.

— Temos assuntos a tratar. — Signa pigarreou, e todas as palavras que proferiu saíram forçadas e atropeladas. Ela adoraria, mais do que tudo neste mundo, voltar para a cama, puxá-lo e fazê-lo deitar-se sobre ela. Deixar que o corpo do Ceifador se tornasse sua maior distração, permitir que o corpo daquele homem aliviasse suas preocupações até, enfim, cair no sono pela primeira vez em mais de 24 horas. Mas a questão do Destino permanecia em aberto e, até obter mais informações sobre quem estavam enfrentando, sua mente não permitiria nenhuma distração. — Basicamente, seu irmão.

O maxilar da Morte ficou tenso.

— Deixe que eu me encarrego do meu irmão. Você não precisa se preocupar com...

O Ceifador pousou os olhos no envelope dourado que estava na mesinha de cabeceira. Como que por instinto, soltou a mão de Signa e foi até a mesinha. A garota estremeceu ao sentir o calor imediato que se apossou de seu corpo na ausência da Morte. Fechou bem os olhos, resistindo à onda de enjoo que se apoderou dela.

— Morte — chamou Signa, esticando a mão na direção dele.

— O que é isso? — O Ceifador pegou o envelope, tirou o cartão de dentro dele e deu uma risada debochada ao ler aquelas palavras escritas em dourado. — Quem o Destino acha que é para se infiltrar aqui ao som de valsa, como se fosse de alguma porcaria de família da realeza...

— *Morte!* — Signa chamou de novo, mas era tarde demais. Em seguida, encolheu-se toda de dor, porque o ar voltou aos seus pulmões de supetão. O estômago se revoltou, e ela caiu de joelhos ao lado de um cesto de lixo, segundos antes de vomitar: uma vez, duas e depois uma terceira. Até que, enfim, conseguiu se sentar, a gola do vestido molhada de suor. A visão estava enevoada, as sombras da Morte entravam e saíam do seu campo de visão quando o Ceifador se agachou ao lado dela.

— Estou bem — sussurrou Signa, rangendo os dentes, esforçando-se para não o perder de vista. Foi um esforço vão: em poucos instantes, a beladona sairia completamente de sua corrente sanguínea.

Você, com toda a certeza, não está bem. A voz do Ceifador, mais uma vez, preencheu os pensamentos de Signa, e a garota não pôde deixar de fazer uma careta ressentida. Queria que a Morte ficasse com ela. Queria ouvir a voz do Ceifador em alto e bom som. Queria abraçá-lo. *O fedor da morte continua na sua pele, Signa. O que está acontecendo?*

Ela baixou o rosto e ficou olhando para o chão.

— Não é nada. Só uma febre.

Seus dentes batiam menos a cada palavra e, aos poucos, a garota começou a sentir que estava voltando ao normal.

Isso não é febre coisa nenhuma. As sombras do Ceifador se retorceram atrás de Signa e puxaram um cobertor da cama, que ele pôs nos ombros da garota com todo o cuidado. Não ajudou muito a acalmar os tremores que sacudiam o corpo de Signa. *Por que você não se surpreende com isso?*

Signa agarrou uma das pontas do cobertor. Apesar de ter uma teoria a respeito do que estava acontecendo, não tinha a menor vontade de falar em voz alta e transformá-la em realidade. Infelizmente, o Ceifador era, antes de mais nada, um homem paciente. E Signa tampouco conseguiria se livrar dele, ainda mais considerando que a Morte era capaz de falar, muito literalmente, dentro de sua cabeça. Não tinha escolha a não ser contar a verdade.

— Esta não é a primeira vez que algo assim acontece.

Durante um bom tempo, a Morte não respondeu e, então, o coração de Signa se sobressaltou. Será que ele iria embora? Será que já tinha ido? A garota estava prestes a chamá-lo, mas ouviu a voz do Ceifador novamente, ríspida e firme, perguntando:

Quando?

— Ontem à noite — sussurrou ela, sentindo que se espatifava por dentro a cada palavra que pronunciava. Já sabia o que o Ceifador iria pensar, assim como também sabia que não poderia haver mais segredos entre os dois. — Depois que você partiu com o lorde Wakefield, comecei a tossir sangue.

O ar do quarto se deslocou, e Signa pôde sentir que a Morte havia se afastado dela.

Depois que você atravessou o véu e voltou à vida, disse o Ceifador. *Eu sabia que aqueles frutinhos eram uma péssima ideia. Se entrar e sair do véu é o que está fazendo você se sentir mal, precisa parar de ingeri-los.*

Signa fechou a outra mão contra o piso, arranhando as tábuas de madeira com as unhas. Não podia simplesmente *parar*. Não podia simplesmente deixar de vê-lo. Só que, como dizer isso não adiantaria nada, perguntou:

— E de que outra maneira posso me defender do seu irmão?

Já te falei que eu é que vou me encarregar do Destino. A voz do Ceifador parecia ainda mais distante, e Signa sabia, pelo rastro dessa voz, que ele estava se aproximando da janela. *Se ele sequer sonhar em encostar o dedo em você, eu estarei lá. Só faça uso desses frutinhos em caso de emergência, mesmo. Prometa para mim, desta vez. Jure. Esse mal-estar, com certeza, é obra do Destino.*

A garota olhou para a mesa, onde estava o convite do Destino, dourado e cintilante. Talvez a inimizade dos dois tivesse começado como uma briguinha entre irmãos. Mas, no instante em que o Destino envolveu a família Hawthorne, essa guerra se tornou a guerra de Signa. E, sendo assim, ela não respondeu, sabendo que tinha toda a intenção de ir àquela festa e confrontar o Destino cara a cara. Em vez de jurar, perguntou:

— Por que ele está fazendo isso? O que aconteceu entre vocês dois?

Por mais que eu queira dizer que foi tudo um mal-entendido, receio que meu irmão tenha todo o direito de me odiar. A resposta foi baixinha de início. Parecia que Signa estava ouvindo o Ceifador com água nos ouvidos. Teve que se concentrar ao máximo para conseguir escutá-lo quando ele disse: *Eu não o via desde 1346, quando matei a única mulher que o Destino já amou.*

Signa se agarrou ao final da frase, esperando ouvir mais. Apesar disso, o silêncio se prolongou. Primeiro por um minuto, seguido de outro.

— Morte?

A garota levantou com dificuldade, agarrada ao cobertor. Havia uma imobilidade em sua mente que ela não experimentava havia muito tempo, uma imobilidade tão pesada que, na mesma hora, Signa entendeu que havia algo de errado.

— Morte! — chamou novamente, com a garganta ardendo de pavor.

Ainda conseguia sentir a presença do Ceifador pairando no ar, que havia se tornado gélido com a proximidade dele, e sabia que a Morte ainda estava ali, por causa dos arrepios que sentiu na pele.

Mas não conseguia vê-lo. Não conseguia tocar nele. E, agora, com um pânico crescente dominando seu peito, Signa se deu conta de que não conseguia mais ouvi-lo.

OITO

Signa procurou o Ceifador por todos os cantos. Às vezes, quando a temperatura caía de repente ou ela sentia a carícia de uma brisa especialmente suave no rosto, imaginava que a Morte estava lá, ao seu lado. Agora fazia suas caminhadas matutinas quando o céu de primavera ainda estava com um tom lúgubre de cinza e a grama brilhava com o orvalho da manhã, certificando-se de que estava sozinha, falando com um homem que não tinha sequer certeza de que estava ali, contando os avanços de sua investigação.

Quase uma semana havia se passado desde o dia em que Elijah foi preso. Quase uma semana seguindo Byron enquanto ele perambulava pela Quinta dos Espinhos, ocupando-se de contratar criados e delegar tarefas, inspecionando todo o trabalho com um olho clínico. Depois que o acordo de venda do Clube de Cavalheiros Grey foi concluído, ele passou a ficar, com frequência, no gabinete de Elijah, do raiar do sol até o entardecer, examinando livros-caixa e documentos.

Não havia muito o que Signa pudesse fazer enquanto Byron estava no gabinete e, portanto, a garota criou o hábito de passar muitas tardes furando o dedo com uma agulha, observando o sangue se acumular e parar segundos depois, sem sentir enjoo. Seus poderes ainda funcionavam: ao que tudo indicava, era só quando atravessava o véu e tinha total acesso a esses poderes que passava mal. Apesar de não saber muito a respeito das habilidades do Destino, suspeitava que, de certa forma, aquela situação era obra dele. Se, até então, não tivesse motivos suficientes para derrotá-lo em seu próprio jogo, agora certamente tinha.

Blythe também vestira a carapuça de detetive e, ao contrário da prima, se distraía bem menos preocupando-se com o Destino e com a imagem de Elijah encolhido e espancado na cela da prisão. Contudo, ela tampouco possuía todas as informações, e Signa não fazia ideia de como dar início àquela conversa. *Bom dia, Blythe. Sou uma ceifadora da Morte e usei meus poderes para visitar seu pai na prisão. Ele sugeriu que eu investigasse seu tio. Você gostaria de se juntar a mim, em minha missão permanente de estraçalhar sua família?*

Não. Se significasse poupar Blythe da dor de saber de tudo isso, Signa carregaria esse fardo para sempre. Assim como pretendia fazer com a verdade a respeito de Percy.

Blythe passava as manhãs e as tardes na biblioteca, lendo sobre venenos e debruçando-se sobre qualquer recorte de jornal que encontrasse sobre assassinatos envolvendo cianeto. Passara as primeiras noites depois da prisão de Elijah na mesa de jantar, contando os detalhes de suas descobertas a quem quisesse ouvir. Assim que Byron se deu conta de que a sobrinha não tinha a menor intenção de discutir assuntos mais apropriados durante o jantar, ordenou que as duas garotas fossem fazer a refeição em outro lugar, para poder ter um pouco de sossego, ou seja: não demorou para as noites se transformarem em Signa cortando um pedaço de carne assada enquanto

Blythe explicava – com uma extraordinária riqueza de detalhes – o último assassinato sobre o qual havia lido.

Na data da *soirée* organizada pelo Destino – ou melhor: da *soirée* organizada pelo príncipe Aris, já que esse era o nome pelo qual ele se fazia conhecer –, Signa tinha a impressão de que o dia seria tanto um descanso para a cabeça quanto uma oportunidade de confrontar aquele homem cara a cara. Toda vez que a garota lia aquele nome e via aquelas letras douradas, o convite ganhava um novo amassado.

Elaine ajudara Signa a se arrumar naquela tarde. Estava praticamente radiante quando apertou os laços que fechavam o estonteante vestido de cetim, da cor do musgo verdejante do outono, enfeitado com bordados dourados. O vestido era, talvez, alguns tons mais escuros do que se esperava tanto para a moda daquele ano como para a temporada social, mas Signa adorou o que viu refletido no espelho. O tom intenso contrastava com sua pele e o modelito lhe caiu como uma luva – justo na cintura, mal e mal evitava um escândalo no decote. Como era solteira, o penteado deixava o rosto à mostra, suas mechas foram torcidas e presas em cachos elegantes. A garota soltou alguns dos cachos quando examinou a própria aparência, querendo que a Morte estivesse ali para vê-la. Talvez estivesse. Talvez já estivesse ali, tentando demovê-la de ir à *soirée*: como a comunicação entre os dois havia sido interrompida, Signa não tinha como saber.

– Se a senhorita não tiver uma centena de homens bonitos pedindo sua mão em casamento até o final da temporada, certamente não há esperança para mais ninguém.

Elaine pôs as mãos na cintura e ficou olhando para Signa. Ultimamente, a criada era a única rosa presente na Quinta dos Espinhos, porque o lugar andava fazendo jus ao nome, e Signa pensou que, talvez, poderia ser uma vantagem para ela e Blythe o fato de as bochechas de Elaine estarem tão coradas e seu sorriso ser tão radiante, para compensar a desolação que se abatia sobre a mansão.

Só que, quanto mais o tempo passava, mais sincera essa alegria parecia. Da primeira vez em que conversaram, Elaine mostrara-se calada e reservada. Agora cantarolava ao passar pelos corredores e contava boas notícias sempre que trazia o jantar. Apesar de sua alegria às vezes ser insólita, as circunstâncias sinistras atuais a tornavam ainda mais apreciada.

Quanto ao comentário a respeito dos homens... Signa alisou as luvas compridas, de pelica branca — até então, jamais havia se dado conta de que poderiam ser tão interessantes. Sua riqueza não era nenhum segredo e, como vinha sendo bem alimentada pela família Hawthorne, encorpara de maneira encantadora. A pele tinha mais viço do que quando chegara à mansão e, apesar de ainda ver algumas pessoas que olhavam para seus olhos com grande ceticismo — porque um era de um azul invernal, enquanto o outro tinha cor de ouro derretido — Signa sabia que era bonita a ponto de chamar atenção. Saber que não podia convocar o Ceifador sempre que queria, contudo, fez a garota ansiar ainda mais por ele e buscar a atenção de outros homens menos do que nunca.

— Ah, não faça essa cara — censurou-a Elaine, olhando para o reflexo de Signa no espelho que havia diante delas. — Se é por causa do Sr. Everett Wakefield, até eu sei que ele gosta da senhorita. Tenho certeza de que, assim que provarem a inocência do Sr. Hawthorne, tudo vai ficar bem. Mas, se quer saber minha opinião, eu diria por que não tentar se aproximar do príncipe? Principalmente se o príncipe for bonito.

Signa não gostou nem um pouco do tom de brincadeira da voz de Elaine nem da maneira como a criada ficou erguendo e baixando as sobrancelhas. Mais do que tudo, entretanto, odiou a sugestão de que um homem desprezível como o Destino poderia sequer ser considerado *bonito*. Ele era mais medonho do que qualquer outra pessoa em que Signa já pusera os olhos na vida — o que queria dizer muita coisa, considerando que a garota crescera vendo todo tipo de espíritos estranhos, com partes do corpo apodrecidas e mutiladas por espadas ou explosões de guerras do passado.

Signa não teve coragem de se esquivar de Elaine quando a criada lhe beliscou as bochechas para que ficassem coradas e a empurrou porta afora.

— É melhor ir andando, senhorita. Seu tio vai lhe encontrar na carruagem.

Antes, pensar em passar uma noite inteira na companhia de Byron teria feito Signa retardar o passo. Agora, contudo, estava louca para tirá-lo da Quinta dos Espinhos e do gabinete de Elijah. O Destino não era o único homem de quem a garota devia desconfiar: precisava ver como Byron se comportava em público. De quem ele se aproximaria, com quem conversaria? Quais seriam os seus trejeitos? Não importa o que fizesse, Signa estaria ali para acompanhar cada movimento dele.

A garota segurou as saias com uma das mãos e cobriu os olhos com a outra, bloqueando a luz radiante do sol, depois foi correndo até uma carruagem lustrosa conduzida por dois corcéis com pelagem preta reluzente e músculos fortes. O pajem magricelo que abriu a porta definitivamente não era Sylas Thorly, o disfarce humano do Ceifador, e Signa sentiu um leve aperto no peito quando o jovem a ajudou a subir no veículo.

Para sua surpresa, não era Byron quem esperava por ela lá dentro.

— Oi, prima! — O tom de Blythe era mais alegre do que deveria ser por direito, e Signa lhe lançou o mais cruel dos olhares para dar a entender isso. — Ah, não me faça essa cara. Sem dúvida sabia que eu iria ao baile.

— Esperava que considerasse possibilidade, mas estava torcendo para você ter bom senso.

Signa estava parada perto da porta, considerando os prós e os contras de arrastar Blythe para fora da carruagem pelas saias, quando o cocheiro pigarreou.

— Ande logo e sente-se — censurou-a Blythe. — Já estamos atrasadas.

Ela usava um tom tão claro de azul que quase poderia passar por branco e deixou o cabelo o mais solto que as regras da sociedade permitiam. Estava com as bochechas coradas de saúde, e Signa odiou o fato de seus olhos terem um brilho determinado, porque não fazia ideia de como poderia convencer a prima a ficar em casa.

— Onde está Byron? — perguntou Signa.

— Ele vai nos acompanhar na próxima carruagem — respondeu Blythe. — Com os nossos vestidos, não teria lugar para ele esticar as pernas.

Mais uma vez, o cocheiro pigarreou. Reconhecendo que havia perdido aquela batalha, Signa soltou um suspiro e se sentou no assento de veludo, de frente para a prima. Blythe cruzou as mãos no colo e inspecionou o anel de safira que usava no dedo enluvado, sem olhar Signa nos olhos.

— Você não deveria fazer isso.

— É claro que deveria. — Blythe falou com um tom de desdém, como se fosse a coisa mais óbvia do mundo. — Olhe só para mim. Eu não podia desperdiçar esse vestido.

— Estou falando sério, Blythe...

— Eu também. — Foi só aí que a garota ergueu o olhar, exibindo uma severidade sinistra em seus olhos de gelo. — A vida do meu pai está em jogo. Não ligo se o príncipe tiver 60 anos de idade ou for o homem mais grosseiro que já andou pela face da Terra. Ser uma garota bonita usando um vestido bonito tem seu poder e, se eu tiver qualquer chance de cooptá-lo para o nosso lado, é isso que pretendo fazer. E você, vai me ajudar ou não?

Ela estendeu a mão e — contrariando o bom senso — Signa entrelaçou os dedos nos da prima.

Mesmo através das luvas, Signa era capaz de sentir cada osso dos dedos de Blythe. Ela ainda estava tão magra, ainda estava tão frágil.

Apesar de Blythe tentar não demonstrar, era evidente que ainda estava em recuperação, e a última coisa que Signa queria no mundo era que a prima se envolvesse ainda mais nos joguinhos do Destino do que a família Hawthorne já havia sido.

— Eu sempre vou te ajudar. — Signa apertou a mão da prima com as duas mãos. — Mas, tendo em vista a atual situação da família Hawthorne e o fato de meu nome estar escrito no convite, talvez seja de bom tom eu falar com o príncipe primeiro.

— Talvez. — Nessa hora, Blythe sacudiu os ombros delicados. — Mas meu tio disse que, provavelmente, o convite era extensivo à toda a família. Entendo sua preocupação. Mas, neste último ano, desci aos infernos e voltei. Pensava que jamais tornaria a ir a um baile, muito menos andar de carruagem. Mas cá estou. Um príncipe não me assusta, prima. Muito menos um que nem teve a decência de me convidar para sua *soirée* como manda o figurino.

Signa não teve muita escolha a não ser se recostar no assento e pousar as mãos no próprio colo. Seria tão mais simples se Blythe soubesse da verdade. Estava se aproximando a cada passo da teia que o Destino lhes tecera. Mas, se Blythe não queria se proteger, que assim fosse. Signa se esforçaria em dobro para garantir a segurança da família Hawthorne e mantê-los bem longe das armadilhas do Destino.

Independentemente do que ocorresse naquela noite, Signa não iria permitir que o Destino saísse vitorioso.

NOVE

A impressão era de que estavam andando de carruagem há horas, por estradas acidentadas, cheias de curvas, passando por morros tão perigosos que Signa e Blythe foram obrigadas a fechar bem os olhos, de tanto medo que estavam de cair. Uma hora, contudo, a floresta deu lugar a morros que se esparramavam em um tom de laranja queimado à luz do pôr do sol, e avistaram o primeiro sinal do Palácio das Glicínias.

O palácio ocupava hectares e mais hectares de grama, um campo cujo verde era tão esplendoroso que fez Signa recordar das páginas ilustradas de contos de fada antigos. Estava situado em uma vasta encosta de montanha, e era tão enorme que, em comparação, a Quinta dos Espinhos mais parecia um casebre de camponês.

Tanto Signa quanto Blythe encostaram o rosto nas janelas da carruagem quando o veículo passou pelos portões de ferro cobertos de heras, esverdeados de líquen. Diante delas, formava-se uma fila de, pelo menos, uma dúzia de outras carruagens, que se movimenta-vam pelo pátio pavimentado com pedras de um branco imaculado. Uma grama quase da cor do vestido de Signa brotava nas frestas entre essas pedras, tão meticulosamente aparada que dava a im-pressão de que a passarela estava pronta para um jogo de xadrez de proporções humanas. Foi ali, sobre este pavimento, que as jovens foram deixadas, e o coração de Signa não pôde deixar de palpitar mais forte conforme ela desembarcou da carruagem.

Os jardins do Palácio das Glicínias eram assombrosos de tanta beleza. O sol poente brilhava atrás da construção, e o vento era tão suave e hipnotizante que Signa quase se convenceu de que o lugar de fato não passava de uma inócua casa de campo de algum príncipe. Olhou para a direita, onde os montes verdejantes desciam pela encosta da montanha, repletos de cavalos pastando e ovelhas balindo. Só que era estranho: parecia que os ruídos dos animais se repetiam em um ciclo infinito, e o cheiro deles não pairava no ar. A garota sentia apenas o perfume das glicínias. Então dirigiu o olhar um pouco mais adiante pelo pátio, para ver as árvores floridas que davam nome ao palácio, onde cachopas de flores roxas pendiam dos galhos e subiam pela lateral da construção. Havia até um arco carregado de glicínias que acompanhava a passarela, podado de forma impecável.

— Este lugar é incrível. — O maravilhamento tingia a voz de Blythe, que deu um passo à frente e ficou de braço dado com Signa. — Que estranho eu nunca ter estado aqui. Nem sabia que esse lugar existia.

Signa mordeu a língua. Como o Destino pretendia se infiltrar em Celadon com um palácio que surgira do nada e se autodeno-minando príncipe, ela não fazia a menor ideia. E, mesmo assim, ao que tudo indicava, ninguém estava questionando: nem mesmo Blythe, que arrastava a prima enquanto Byron descia da outra car-ruagem e apertava o passo para alcançá-las. Blythe os levou até um enorme chafariz de mármore com uma estátua de mulher trajando um vestido de heras e flores, que se enroscava em seus tornozelos e tinha uma fenda na altura da coxa. A água vertia da taça inclinada, quase caindo das mãos da mulher. Flores de lótus e uma profusão de lírios-d'água boiavam aos seus pés.

Também havia outros chafarizes no local. Menores, mas um mais extravagante do que o outro, rodeados por sebes pequenas e espiraladas ou adornados pelas mais bizarras flores que, mais uma vez, fizeram Signa se recordar de um conto de fadas — coisas antiquíssimas e mágicas, que pareciam não pertencer ao mundo real. Por toda a volta, havia pés de glicínia muito altos, completamente floridos, de onde pendiam cachopas de odor intenso, formando a mais gloriosa das copas. Todo mundo estava boquiaberto, encantado, esticando a mão para tocar nas pétalas que, sabe-se lá como, sempre estavam fora do alcance. Só que, por mais bonito que fosse o pátio, empalidecia em comparação com o palácio em si.

Signa jamais vira algo tão colossal. Em contraste com a escuridão da Quinta dos Espinhos, a fachada do Palácio das Glicínias era de um branco imaculado, enfeitada com altos-relevos dourados, com tantas janelas que Signa perdeu a conta, todas exibindo vitrais deslumbrantes. Havia uma passarela de pedra comprida que levava até o palácio, com um laguinho de cada lado. Esculturas se erguiam da água, algumas de mulheres estonteantes e de homens de porte magnífico, outras de criaturas animalescas, que só poderiam ter saído da mais desenfreada das imaginações. Pareciam ser feitas de mármore, algumas estavam cobertas de limo e unha-de-gato, uma mais extravagante do que a outra. Signa esticou os dedos para passar a mão na pedra molhada, então ouviu o ruído da bengala batendo no chão e se virou para Byron, que subia a passarela.

— Quero que vocês duas tenham um comportamento exemplar — alertou, disfarçando o mesmo maravilhamento de cair o queixo que todos os presentes no palácio apresentavam. — Este príncipe pode ser a chave para recuperarmos a reputação de Elijah.

Signa duvidava muito disso.

Blythe apertou o braço da prima, apressou o passo, e as duas foram seguindo o rastro de anáguas farfalhantes que se dirigia ao palácio. E também havia cochichos. Alguns pareciam empolgados, mas a maioria era grave a ponto de deixar a pele de Signa arrepiada. Ela se virou e viu que um número excessivo de desconhecidos fitava as duas com um olhar fulminante, boatos maldosos ardendo na língua.

Apesar de Signa estar acostumada com um comportamento similar, aquilo nunca deixara de causar dor, ainda mais considerando que a garota acreditava ter, enfim, se livrado dele. Blythe também ficou de queixo erguido e impassível, recusando-se a demonstrar que era uma presa diante de abutres famintos. Fora ela quem avisara Signa, há tantos meses, que a sociedade está absolutamente disposta a arrancar a pele dos ossos das pessoas e a piorar qualquer ferida. E, se havia uma coisa que Signa aprendera a respeito da sociedade, é que as pessoas adoram, mais do que tudo, ver quem esteva por cima cair em desgraça.

— Venha. — Signa puxou a prima para a frente. — Quero ver como é lá dentro. Imagino que deva ser ainda mais grandioso.

Ah, como ela tinha razão. O lado de fora do palácio era opulento, mas a parte interna era de um luxo pecaminoso. Assim como no exterior, as paredes de dentro eram claras e imaculadas, decoradas com um papel de parede extravagante, em tom de marfim com arabescos dourados. O Destino, pelo jeito, devia ter um fraco por essa cor, porque os espelhos e quadros também eram folheados do mesmo tom de dourado.

— Ah, que magnífico!

Blythe espichou o pescoço e olhou para o teto — no alto do pé-direito de quase dez metros, pintado em um tom vivo de vermelho —, que ostentava os mais intrincados arabescos florais, de ponta a ponta. Logo adiante, havia duas escadarias grandiosas, que se encontravam na metade do andar de cima. Eram revestidas por um grosso tapete dourado e vermelho, e por elas as garotas seguiram os demais convidados, que subiam. Foram devagar, esperando por Byron, e Signa aproveitou esse tempo para observar cada centímetro da decoração.

Nas paredes, havia a mais disparatada das coleções de pinturas a óleo, todas retratando coisas estranhas e sem sentido. Um dos quadros exibia um jardim repleto de fadas, dançando em volta de cogumelos de tamanho exagerado; outro retratava duas mulheres dançando em um salão de baile à luz de velas, cujos vestidos pegavam fogo em seu rastro. Por todos os cantos, havia vasos em alto-relevo ou esculturas das mais elaboradas. A maioria era recatada, mas algumas das obras suscitaram faces coradas e suspiros preocupados, como a estátua de três pessoas no calor da paixão e a de um homem passando a mão no rosto da amante, com uma ternura que Signa não sabia ser possível imbuir em um pedaço de pedra.

Todos os quadros contavam uma história com tamanha riqueza de detalhes que dava a impressão de que as obras de arte tinham vida. A garota não ficou convencida de que as pinturas não iriam criar vida e dar continuidade à sua história quando ela desviasse o olhar.

— Sua Alteza é um grande colecionador de arte — comentou alguém logo à frente, e Signa reconheceu aquela voz aguda, que pertencia a Diana Blackwater, uma garota mal-educada, com jeito de camundongo, que não raro podia ser encontrada grudada à cintura de Eliza Wakefield. Diana era, talvez, um dos piores abutres que Signa conhecera até então, e ela fez questão de ficar calada, evitando ser avistada por Diana.

— Um colecionador e tanto. — A careta de Byron ficava mais severa a cada obra de arte pela qual passavam. — No mínimo, deveriam ter retirado temporariamente essas peças. Desviem o olhar, meninas. Vocês não deveriam ver tais atrocidades.

Ainda de braços dados com a prima, Blythe chegou mais perto de Signa e sussurrou:

— Meu tio, pelo jeito, não faz a menor ideia do que há em metade dos livros que vêm parar nas nossas mesinhas de cabeceira.

Signa contraiu os lábios para não dar risada. Apesar de ter baixado a cabeça e fingido obedecer às ordens de Byron, permaneceu com os olhos erguidos, para inspecionar cada centímetro do lugar e de suas obras de arte.

Por mais que odiasse ter que admitir, o Palácio das Glicínias era lindo. Apesar disso, tinha um certo ar de esquisitice. Um peso pairava e permeava o ar e a fez desejar que a Morte pudesse estar ao seu lado. As palmas das mãos da garota doíam com a ausência das carícias do Ceifador, e ela se obrigou a subir degrau por degrau sentindo que estava caminhando dentro d'água. Quando espremeu os olhos, uma estranha névoa dourada cobriu tudo. Mas ninguém mais comentou a respeito, e não demorou para chegarem ao último andar, onde ficava, infelizmente, o mais deslumbrante salão de baile que ela já vira na vida.

Ao contrário do restante do palácio, o salão de baile não era iluminado nem reluzente, mas feito de painéis de madeira ornamentados, folheados a ouro. Não havia um espaço vago sequer nas paredes: todas eram espelhadas ou tinham entalhes dourados de raposas subindo em árvores ou rolando em meio a flores, iluminadas por arandelas que lançavam uma luz ardente e intensa, cor de âmbar.

— O que eu não daria para morar aqui. — Blythe disse essas palavras maravilhada e ofegante. Ao que tudo indicava, todos concordavam com ela: os convidados tagarelavam e cochichavam em peso, rodopiando pelo salão para admirar sua extravagância. O restante do palácio podia até ser decorado com obras de arte, mas aquele salão primoroso *era* uma obra de arte.

Byron endireitou os ombros sob a luz cor de âmbar e sussurrou para as meninas:

— Esta não é uma noite para se entregarem aos prazeres. Podem circular, mas tenham bom senso e maneirem na língua, entenderam?

— Entendemos — ecoou Blythe, com desdém. — Mas, se me permite dizer, tio, eu e Signa nunca vamos conseguir chamar a atenção do príncipe se o senhor estiver sempre atrás de nós. Certamente podemos circular pelo salão sozinhas, não?

Byron abriu a boca e estava prestes a dizer alguma coisa, mas, assim que reparou em quem estava presente, fechou os lábios em seguida. Signa ficou em alerta no mesmo instante e tentou seguir o olhar do homem até a pessoa que havia chamado sua atenção, mas havia pessoas demais para decifrar qual dos convidados despertara o interesse de Byron.

— Muito bem — bufou ele, arrumando o lenço amarrado ao pescoço. — Prestem muita atenção em como se comportam. E, por favor, avisem se uma das duas encontrar o anfitrião.

Signa só pôde torcer para ser a primeira a localizar o Destino, mas iria ser difícil, tendo em vista que também precisava ficar de olho em Byron.

Soltou o braço de Blythe com delicadeza.

— Temos mais chances de encontrar o príncipe se nos separarmos. Você consegue ficar sozinha?

Ela poderia muito bem vir a se arrepender dessa decisão mais tarde, mas precisava ficar um tempo sozinha se quisesse ficar de olho em Byron.

Blythe jogou o cabelo para trás, soltou um "Claro que consigo" ríspido e sumiu no meio da turba de convidados. Não demorou para Signa pular de susto ao sentir uma mão no seu ombro.

— Srta. Farrow?

A garota conteve um gemido, porque era a mesma voz estridente que ouvira ao subir a escada.

— Srta. Blackwater. — Signa tentou dar seu sorriso mais cortês ao se virar para Diana, mas seu esgar mal chegou a tocar suas bochechas. Sorte que o salão estava tão mal iluminado. — Que prazer em vê-la.

— Igualmente. — Diana tinha um brilho nos olhos que fez Signa ficar com a sensação de que era um rato, sendo Diana o mais faminto dos felinos. — Devo admitir que não esperava vê-la fora de casa tão cedo, tendo em vista o escândalo.

Ao que tudo indicava, estavam indo direto ao assunto, então. Muito bem. Se havia algo que Signa tinha aprendido àquela altura, é que alguém não deveria se acovardar quando vira alvo de um abutre, porque desta forma o carniceiro só vai continuar a rondar. A bicar e esgotar sua presa até ela estar pronta para virar banquete.

Signa Farrow podia ser muitas coisas, mas não era uma presa. Como não tinha a menor intenção de permitir que Diana continuasse a bicando, adotou uma postura altiva e lançou mão de uma habilidade que toda dama que se preza foi obrigada a empregar em um momento ou outro da vida, fosse em benefício próprio ou de um homem cujo ego pretendia massagear: fingir ignorância.

— Escândalo? — Nessa hora, Signa levou a mão ao próprio peito. — Só posso presumir que você está se referindo à tragédia que se abateu sobre o lorde Wakefield. O homem foi assassinado a sangue frio, Srta. Blackwater. Céus, eu não ouso reduzir o que aconteceu com ele a um mero escândalo. — Ah, como foi bom ver as bochechas de Diana ficarem carmesins. — Fico feliz que o Sr. Hawthorne tenha tanta disposição para ajudar na investigação de tamanha tragédia.

Signa disse isso com um tom levemente ofegante, muito orgulhosa de sua atuação. Pena que Blythe não estava por perto para assistir: teria se deleitado.

— Claro que não. — Os lábios de Diana estavam retorcidos, em uma expressão ardilosa, e ela os apertou em seguida, formando uma linha tão fina que quase parecia não ter boca. — Só que você não ganhará nada se continuar associada a essa família. Estava indo tão bem com Everett, mas imagino que, agora, ele não deva mais estar tão interessado pela senhorita.

O sorriso impiedoso de Signa permaneceu inabalado.

— Como *vai* o lorde Wakefield? — perguntou, referindo-se a Everett. Foi estranho pronunciar o novo título do rapaz, ainda mais dadas as circunstâncias.

— Pergunte para Eliza. — Diana abriu um leque branco e comprido e se abanou, indicando a multidão com a cabeça. — Ao que tudo indica, apesar das circunstâncias, ela não pôde recusar o convite de um príncipe.

Signa acompanhou o olhar de Diana. Dito e feito: Eliza não estava em casa, em luto pela morte do tio. Nem sequer estava usando os tradicionais trajes de luto. Muito pelo contrário: usava um lindo vestido cor de lavanda. Mesmo assim, quando Signa observou a garota conversando com um pequeno grupo que lhe dava suas condolências, percebeu que sua pele tinha uma certa palidez, e seus olhos, olheiras perturbadoras. Ficou surpresa ao ver que um dos homens mais próximos de Eliza era Byron.

— Que hora para estar flertando, tentando arranjar casamento em um baile. — Diana deu uma leve abanada com o leque, que não escondeu seu sorriso cruel. — Suponho que ela não devia amar o tio como queria nos fazer acreditar.

Não havia muito nos antigos livros de etiqueta de Signa a respeito de como se comportar na presença da realeza, muito menos logo após o falecimento de um familiar. Apesar de a presença de Eliza no baile ser incomum, sim, Signa duvidava que seria fácil recusar um convite expresso de um príncipe. Ainda assim... era impressionante de tão estranho, ainda mais considerando que a garota estava conversando com Byron.

— A Srta. Wakefield está fazendo o melhor que pode.

Foi outra voz que disse isso: uma voz que, normalmente, teria acalmado Signa. Mas, naquele momento, fez sua pele se arrepiar toda — Charlotte Killinger. Sua amiga de infância de mais longa data, e a única pessoa que a vira ir atrás de Percy jardim afora, na noite em que todos acreditavam que o rapaz havia sumido da Quinta dos Espinhos. Signa se esforçara ao máximo para não se encontrar com Charlotte e seus olhos curiosos, mas isso certamente seria mais difícil agora que o Destino a obrigava a voltar para o seio da sociedade.

— Todos estamos.

Signa odiou ter ficado tensa quando Charlotte pôs a mão em seu ombro. Odiou a culpa que se assomou dentro dela e ameaçava vazar feito uma torneira enferrujada.

Não se arrependia do que havia feito nem da decisão de pôr fim à vida de Percy em troca da de Blythe. Mas tampouco queria que mais alguém soubesse disso. Jamais.

— Como tem passado? — perguntou Charlotte.

E Signa logo desejou que a amiga não fosse tão gentil. Que ela fosse ríspida e reservada, como fora logo que Signa chegara à Quinta dos Espinhos, no outono passado.

— Todos estamos impacientes para saber a verdade — disse, à guisa de resposta, desprezando o peso que sentia no peito. — Como está Everett?

— Ainda tentando lidar com a gravidade da situação, acho eu. Mal disse uma palavra desde aquela noite.

Signa podia até não conseguir se recordar dos pais, mas lembrava-se da avó, que amava profundamente. Também se lembrava da dor de tê-la perdido e nunca mais gostaria de reviver as emoções que — disso ela sabia — Everett estava enfrentando.

— O assassino do duque será descoberto.

A garota disse essas palavras com tamanha confiança que tanto Charlotte quanto Diana endireitaram as costas, como se tivessem sido repreendidas. Signa nem ligou, porque essa era a única maneira de se convencer disso. Já descobrira um assassino antes. Agora, só precisava fazer isso de novo. Ao ver Byron preencher o carnê de baile de Eliza, se perguntou se Elijah já poderia tê-la colocado no rumo certo.

DEZ

BLYTHE

Blythe sabia quando sua presença era indesejada. Sobretudo porque a experiência era completamente diferente daquela proporcionada pelos sorrisos fingidos e pelas vozes demasiadamente alegres com as quais estava acostumada. Ao seu redor, via os rostos com os quais convivia desde que se conhecia por gente, mas nem uma única pessoa chegou a perguntar como ela ou a família estavam passando.

Ficar preocupada com isso seria tolice, no entanto, porque ser alvo de fofocas sempre tem uma data de validade, e os abutres virariam a página no instante em que o próximo escândalo se revelasse. E, quando resolvessem voltar a lhe dar as boas-vindas— quando tentassem cair em suas graças e trocar fofocas com ela como se fossem ouro — hã! A garota os comeria vivos. Porque Blythe Hawthorne não perdoava tão fácil quanto a prima, nem de longe, e não tinha o menor desejo de ser como Signa.

Ficou feliz, entretanto, com o fato de a prima ter concordado em permanecer na Quinta dos Espinhos. Ainda que estivesse agindo de forma mais estranha a cada dia que passava – o que queria dizer muita coisa, tendo em vista a perpétua estranheza de Signa –, Blythe não sabia como poderia viver sem ela. Por mais egoísta que isso fosse, torcia para que Signa continuasse para sempre em sua companhia na Quinta dos Espinhos. Porque, desde que tivesse uma pessoa a seu lado, Blythe se recusaria a dar a menor bola para o que os outros pensavam. Suas opiniões a respeito da sociedade eram parecidas com as do pai: existia para quando aparecesse a necessidade de se distrair e, apesar de ser importante tentar, pelo menos, fazer um mínimo de esforço para manter o nome da família fora dos tabloides, nada daquilo tinha grande importância, no fim das contas. Enquanto Blythe continuasse tendo dinheiro e status, os abutres não demorariam a enfiar seus biquinhos gananciosos nos bolsos dela de novo.

E tudo bem que fosse assim. Blythe não precisava da pena de ninguém, tampouco de proteção. Passara tempo demais sendo tratada como se fosse uma frágil relíquia de família, feita para ficar guardada em uma estante, preciosa demais para ser carregada mundo afora. Mas a garota não era nenhum objeto quebrável, nem a boneca delicada que, pelo jeito, a família pensava que era.

Talvez fosse por isso que, quando Blythe atacava, atacava com força. Era pequena e ainda estava fragilizada por causa da doença e, como tinha cabelo loiro, pele clara e lábios rosados e lindos feito uma rosa, as pessoas não raro subestimavam sua inteligência e sua habilidade de cuidar de si mesma sem a ajuda de ninguém. Mas a alta sociedade era o seu domínio desde o nascimento, e ela sabia muito bem navegar nesse ambiente como bem entendesse. Blythe apenas... jamais chegou a se importar com isso.

Ao ver que Signa estava distraída – e tendo se dado conta de que o príncipe ainda não estava presente –, Blythe escapuliu do salão de baile cor de âmbar e dos cochichos. O Palácio das Glicínias era muito mais exuberante do que a Quinta dos Espinhos. E, quando deu por si, a garota percebeu que não conseguia parar de admirá--lo, hipnotizada pela ousadia do lugar, que era luxuoso e, talvez, até um pouco cafona, de tanta extravagância. Para onde quer que se virasse, porém, encontrava algo magnífico, que chamava a sua atenção. Bustos intrincados esculpidos em mármore. Pinturas a óleo refinadas, feitas do mais intenso dos cobaltos e de um dourado tão impressionante que Blythe era incapaz de imaginar quanto cada uma daquelas obras custaria a um colecionador afoito. A coleção não tinha um tema: cada um dos quadros e cada uma das estátuas era absolutamente diferente do restante.

As vozes atrás de Blythe foram se dissipando à medida que ela foi indo de obra em obra, percorrendo um corredor interminável, passando por delicadas esculturas de borboletas e cerâmicas tão antigas que davam a impressão de pertencer a outra época. Parou no fim do corredor, debaixo de um enorme quadro retratando uma mulher tão linda que Blythe ficou sem fôlego. Como a figura do chafariz do pátio, a mulher estava de pé, com água até a cintura, dentro de um laguinho cheio de flores de lótus. Segurava uma dessas flores na palma da mão com ternura e a olhava com tamanha afeição que a garota se sentiu compelida a se aproximar para examinar melhor.

O cabelo da mulher era branco como a neve e caía até a cintura em ondas elegantes, cujas pontas mergulhavam no lago. Usava um vestido branco e fino, que esvoaçava na água, feito de um tecido tão transparente que, por baixo dele, o corpo beirava a visibilidade. Raposas se esgueiravam pela grama atrás da mulher, com seus olhos dourados observando através de samambaias gigantescas. A imagem dava a impressão de ser um instante capturado no tempo, tão real que Blythe ficou esperando a mulher erguer os olhos. Continuou esperando para ver se os olhos dela eram castanhos, azuis ou verdes...

— São prateados.

A garota quase caiu dentro do retrato quando ouviu aquela voz vinda de trás dela — vigorosa, grave e, sem dúvida, masculina. Virou para trás na mesma hora e, tendo em vista a altura do homem, a primeira coisa que viu não foi o rosto dele, mas uma sobrecasaca cor de marfim e dourada e calças justas nos mesmos tons. Só pela qualidade e pela cor do tecido, Blythe entendeu imediatamente com quem estava falando e fez uma reverência bem ensaiada.

— Vossa Alteza.

Ela baixou a cabeça, com o coração saindo pela boca. Por mais que achasse a sociedade e todos os seus costumes uma tolice, sabia se comportar por tempo suficiente para impressionar um príncipe.

— Você estava tentando olhar nos olhos dela, não estava? — perguntou o príncipe. — São prateados.

Muito lentamente, Blythe ajeitou a postura, acompanhando com os olhos a bela costura da sobrecasaca, depois dirigiu o olhar para o lenço branco de babados que subia tanto no pescoço do homem que parecia estrangulá-lo. Em seguida, olhou ainda mais para cima, para o rosto do príncipe, e ficou sem ar.

Dois olhos cor de âmbar bem conhecidos desviaram dela e se dirigiram ao quadro, sem dar a menor atenção à garota, que estava boquiaberta. O homem que estava diante de Blythe era o mesmíssimo que ela havia xingado, em seu próprio quarto, várias noites antes. O mesmo homem para quem pretendia dizer poucas e boas da próxima vez que o visse. O homem que acusara seu pai era o mesmíssimo príncipe que deveria seduzir. Mas, só de pensar em dirigir a ele uma única palavra gentil que fosse, Blythe teve vontade de cortar a própria língua.

— Você. — A palavra escapou dos lábios da garota antes que sua cabeça conseguisse acompanhar a boca. Ela teve que se agarrar às saias para impedir que as mãos tremessem. — *Você* é o príncipe Aris?

Blythe não teve certeza de que ele a havia reconhecido, porque o príncipe fez apenas um ruído gutural entredentes e se aproximou do quadro. Ficou sem expressão ao examiná-lo.

— O que achou dela?

A garota ficou tão irritada com a pergunta que se virou e acompanhou o olhar do homem até o quadro, dando à sua mente um instante para processar o fato de que seria melhor pedir licença e ir embora antes que dissesse algo de que se arrependeria. Engoliu cada palavra maldosa que ardia em sua língua: sabia que já causara uma péssima primeira impressão quando praticamente avançou no homem e o recriminou na Quinta dos Espinhos. Assim como sabia que alguém como ele poderia mudar o destino de sua família com uma única palavra.

— É a mulher mais linda que já vi na vida — respondeu, sendo sincera e acalmando os nervos.

O homem grunhiu de novo, mas não se virou para ela.

— Só isso?

Para que o príncipe não percebesse sua irritação, Blythe ficou na frente dele e tentou olhar para o quadro não como uma mera consumidora, que se impressiona com uma obra apenas na superfície, mas como uma artista.

— Ela é delicada — comentou —, mas triste. Tem um peso no seu sorriso e rugas nos olhos, que dão a impressão de que é mais velha do que aparenta ser. Essa mulher tem muito amor por este lugar, seja qual for, mas está muito cansada. Talvez de tanto ficar parada de pé em um lago gélido que fede a cocô de pato e peixe morto...

Quando se afastou da pintura, com um sorrisinho malicioso no rosto, Blythe se deu conta de que o príncipe não estava mais olhando para o quadro e sim para ela. Torceu para que o homem tivesse achado pelo menos um pingo de graça, mesmo debaixo daquela postura rígida, mas sua expressão permaneceu taciturna. O príncipe ficou com as mãos atrás das costas e, com um tom ainda mais ríspido, falou:

— Você é a garota que avançou em mim como se fosse um javali selvagem.

Blythe precisou apertar os lábios para não falar a primeira coisa que lhe veio à mente: chamá-lo de brutamontes, invejoso e ressentido, assim como dizer ele que tinha, potencialmente, arruinado a vida dela, não ajudaria muito. Mesmo assim, não pôde deixar de retrucar:

— E você é o homem que condenou publicamente meu pai à prisão, sem ter provas.

O príncipe estalou a língua, e a garota odiou o fato de não conseguir, por nada neste mundo, decifrar o olhar vago no rosto dele. Tédio? Intriga?

— Foi seu pai quem entregou aquela taça para o lorde Wakefield, não foi?

A maneira com que ele elaborou a pergunta fazia tudo parecer tão simples que dava raiva, e Blythe apertou mais as saias.

— Meu pai jamais mataria o lorde Wakefield. Ele foi acusado injustamente.

— Foi mesmo? — Aris passou a mão no lenço amarrado no pescoço, como se quisesse tirar um grão de poeira invisível. — Então responda à pergunta: seu pai entregou ou não entregou para o lorde Wakefield a taça que o matou?

Blythe nascera naquela vida da alta sociedade. Passara anos obedecendo às suas regras e aprendendo que jogos de palavras não são mais seguros do que empunhar uma espada. Mesmo assim, Signa era melhor do que ela naquela dança de artimanhas e em se livrar com elegância de uma situação na qual não queria estar.

Blythe herdara por demais o temperamento do pai e estava se tornando pior em controlar sua irritação a cada ano que passava.

Tinha tão pouca paciência com aquele joguinho que respirou fundo pelo nariz e exalou pela boca, para não dizer nada rude. Não porque o príncipe não merecesse, mas porque ela precisava daquele homem. Infelizmente.

— Meu pai é um homem inocente.

A garota pronunciou essas palavras com um tom mais incisivo, desafiando o príncipe a contradizê-la.

A expressão vaga de Aris deu lugar ao mais leve esboçar de um sorriso irônico.

— Se esse é o caso, então tenho certeza de que a justiça vai prevalecer. Ao que tudo indica, seu pai será um homem livre em breve.

Certamente seria, no que dependesse de Blythe. O comentário do príncipe, contudo, parecia-se tanto com algo que Byron diria que a garota teve que se segurar para não fazer careta.

— Pode parecer, senhor — Blythe começou a falar, tentando ao máximo imitar as gentilezas forçadas da prima —, que o senhor tem um apreço demasiado por si mesmo. Um homem com o seu título deve ter consciência da influência que exerce na sociedade.

Aris ficou um pouco envaidecido ao ouvir isso e, caso Blythe já não o odiasse, certamente passaria a odiá-lo naquele momento.

A garota já perdera a mãe, e o irmão fugira da Quinta dos Espinhos sem dizer uma palavra. Se alguém quisesse levar seu pai, teria que arrancá-lo dos dedos gelados e sem vida dela. Por mais pomposo que aquele príncipe fosse, era, muito provavelmente, a maior esperança que o pai de Blythe podia ter. Ela só precisava fazer as jogadas certas.

— Por favor, perdoe meu ataque daquela noite, Vossa Alteza. — O sorriso que deu foi tão forçado e escancarado que seus olhos se espremeram. — É compreensível, já que não estou acostumada à morte, muito menos a presenciar um assassinato dentro de minha própria casa. Entretanto, pergunto-me por que o senhor compareceu ao baile daquela noite vestido de plebeu? Eu não fazia ideia de que o senhor era um príncipe.

Aris ficou olhando para Blythe com um ar astuto, e a garota teve a sensação de que o homem estava avaliando se ela era digna ou não de sua atenção. Para sua surpresa, o príncipe se aproximou dela.

— Pretendo ficar um bom tempo nesta cidade e queria conhecer seus habitantes livre de segundos interesses.

— E o senhor é natural de onde? — Nessa hora, ela deu um passo para trás. — Devo admitir que nada sabia sobre a existência deste palácio. É tão lindo que me parece uma pena mantê-lo escondido por todo esse tempo. As obras de arte, por si sós, bastariam para abrir um museu.

— A senhorita gostou das obras de arte?

O príncipe deu a impressão de ter ficado satisfeito com isso, e Blythe se agarrou imediatamente a essa migalha.

— Achei a maioria delas fenomenal. O senhor é colecionador?

Aris abriu a boca, fechou-a em seguida, repetiu esses movimentos mais uma vez e perguntou:

— *A maioria delas?*

O coração de Blythe se sobressaltou, apavorado. Mas, antes que pudesse dar uma desculpa para salvar a própria pele, Aris balançou a mão, em um gesto evasivo e disse:

— Sou um consumidor de arte em todas as suas formas. Pinturas, música, livros, esculturas... tudo, menos poesia. Nunca gostei de poesia. Pretensão demais.

Pretensão demais, disse o príncipe, perambulando pelos corredores de seu enorme palácio dourado. Blythe se obrigou a encontrar alguma outra coisa em que se concentrar antes que pudesse rir desse absurdo.

— E ela? — perguntou, então apontou para o enorme retrato da mulher. — É a mesma mulher que vi no pátio, não é? É encantadora.

— É mesmo. — A luz ardente dos olhos de Aris se dissipou um pouco. — E é também o objeto de valor mais inestimável deste palácio.

— Certamente é o maior — Blythe inclinou a cabeça para trás. Não conseguia imaginar quanto tempo alguém deveria ter levado para pintar uma obra tão magnífica. Tinha, pelo menos, o triplo de sua altura e o dobro de sua largura, e ocupava toda a extensão da parede. — Tendo em vista que a obra tem um valor tão inestimável, o senhor tem sorte de não precisar se preocupar que alguém saia de fininho levando o retrato. Seria preciso um pequeno exército para carregá-lo.

— No mínimo — concordou o príncipe, suavizando um pouco o tom severo. — Mas duvido que alguém tentaria roubar algo do Palácio das Glicínias se quisesse continuar com a cabeça em cima do pescoço.

Aris fitou o quadro mais uma vez, e Blythe reparou na estranheza de seus olhos. Eram parecidos com os de Signa, só que os do príncipe tinham um tom ainda mais intenso de dourado. Talvez a coloração fosse genética. Não que tivesse visto algum outro integrante daquela família real para saber. Não fazia a menor ideia de que cara eles tinham nem de quem seriam. Se quisesse se aproveitar daquele homem, teria primeiro que descobrir mais a seu respeito. E, se Aris não a ajudasse, talvez houvesse uma rainha disposta a ouvi-la suplicar pelo pai.

— Por que o senhor está aqui, andando pelos corredores, em vez de aproveitar o baile? — perguntou Blythe, tentando desviar a atenção dele do quadro. — O senhor é o anfitrião. A esta altura, não deveria estar se ocupando de ser incomodado por todas as matronas e homens de negócios influentes?

Aris torceu o nariz e, por uma fração de segundo, foi tomado por um ar infantil, *quase* a ponto de parecer amistoso.

— Suponho que estejam procurando por mim, não é mesmo? Estamos na temporada social, afinal de contas.

— Não foi por isso que o senhor nos convidou? Para encontrar uma princesa e dar continuidade à sua tão prestigiosa linhagem?

— Não me recordo de ter convidado *você*. — O maxilar do príncipe ficou repuxando enquanto ele olhava para a garota, e Blythe precisou de todas as suas forças para não deixar a vergonha transparecer. Aris tinha mesmo evitado convidá-la, então. A garota supôs que isso estava dentro do esperado, tendo em vista tudo o que havia acontecido com a família Hawthorne. Mas doeu mais do que gostaria de admitir ser zombada de forma tão ostensiva.

— Peço desculpas se minha presença lhe ofende — disse, com cada gota de rancor que tinha a oferecer. — Recentemente, estive doente, fiquei confinada à minha cama por um bom tempo. Agora que estou bem de novo, me deixei levar pela empolgação de ver o convite endereçado à minha prima.

Se estivesse olhando para cima, Blythe poderia ter sentido o calor no olhar fixo de Aris. Poderia ter visto os milhares de fios diáfanos que cercavam os olhos do príncipe. Alguns até estavam ligados a ela, e o Destino os examinou com grande interesse.

— Você — disse o homem, por fim — é a garota que desafiou a morte.

Blythe ficou sem ação ao ouvir esse comentário insólito. Não precisava nem perguntar como o príncipe sabia disso: a cidade inteira fedia a fofoca. Mesmo assim, foi estarrecedor ouvir aquilo sendo dito com todas as letras, e ela não queria dar mais atenção àquela época de sua vida.

— Sou uma mulher — corrigiu-o. — Mas, sim, muito provavelmente, eu já deveria ter morrido diversas vezes. É um milagre isso não ter acontecido.

— Um milagre de fato. — A garota ficou na dúvida se estava ou não imaginando que o tom de voz de Aris se tornara significativamente mais frio ou se o príncipe deu a impressão de demonstrar um interesse renovado por ela. — Fico feliz que tenha vindo, senhorita...

— Hawthorne — completou a garota. — Eu me chamo...

— Blythe!

Blythe se virou na direção de onde vinha aquela voz aflita que a chamava, do outro lado do corredor. A pele de Signa estava corada e seus cachos caíam desfeitos, como se ela estivesse correndo. Em vez de olhar para a prima, contudo, Signa tinha os olhos fixos no príncipe. Blythe tentou chamar a atenção dela e avisá-la de que aquele era o homem que estavam procurando. *Aquela* era a pessoa que precisavam impressionar. Só que a prima não se virou para ela nem uma única vez. Blythe precisou se aproximar um passo para perceber que os olhos de Signa estavam ainda mais estranhos do que de costume, arregalados de tão alarmados.

— Blythe — repetiu Signa, com a delicadeza de um touro —, precisamos voltar para o baile. Byron logo vai perceber sua ausência.

Mais uma vez, Blythe tentou transmitir uma mensagem para a prima com os olhos. Mas, se Signa compreendeu, não deu a mínima, porque Aris passou por Blythe e se colocou na frente da outra garota.

— Ah, Srta. Farrow — disse. Blythe poderia jurar que o tom de voz do príncipe se suavizou. Que seus passos, subitamente, ganharam um vigor que não tinham há poucos segundos. — Estava torcendo para que a senhorita viesse.

Signa se aproximou devagar e quase derrubou uma daquelas esculturas estranhas. Não tirou os olhos de Aris. Estava se comportando feito um filhote de cervo arisco que olha no cano de um rifle.

— Minha prima e eu já íamos entrar para aproveitar o baile — comentou ela, dando um passo para o lado e pegando no braço da prima com tamanho vigor que Blythe se encolheu toda. — Nosso tio deve estar nos procurando.

— *Comporte-se, Signa.* — Blythe falou baixo, cuspindo as palavras com um sorriso nos lábios. — Este é o *príncipe*.

Torceu para que essa notícia tranquilizasse Signa. Que ela endireitasse a postura e parasse de se comportar de maneira tão deselegante. Mas, pelo jeito, teria que ser dama em dobro para compensar o comportamento da prima, que nem sequer se mexeu.

— A Srta. Farrow tem razão. — Blythe sorria a cada palavra que dizia, com o coração batendo mais forte. Pelo pai, precisava causar uma boa impressão. — Alguém pode interpretar mal se nos flagrar aqui a sós. Mas adoraríamos que um cavalheiro nos acompanhasse de volta ao salão de baile. Ainda não tenho par para a primeira dança.

— Não acho que essa seja uma boa...

Signa avançou bem na hora em que o príncipe Aris ofereceu o braço para Blythe. Os olhos dele tinham um brilho tão dourado quanto os painéis folheados a ouro que os rodeavam.

— É claro, Srta. Hawthorne. — Aris deu um sorriso, e Blythe deu o braço para o príncipe. — Seria um prazer.

ONZE

Se fosse possível matar só com os olhos, Signa teria fulminado o Destino com os dela quando ele entrou na pista de dança de braço dado com Blythe. O Destino fez um esgar com um dos cantos dos lábios ao flagrar Signa olhando feio para ele. Pela posição das mãos dele e a expressão presunçosa que iluminava seu rosto, parecia que estava fazendo de tudo para provocar Signa. Infelizmente para a garota, estava funcionando.

— Por acaso aquela é Blythe Hawthorne, de braço dado com o *príncipe?*

Pessoas se acotovelaram atrás de Signa, mergulhando em um burburinho de cochichos que a fez fincar os pés no chão de mármore. Fora uma tola de perder Blythe de vista, havia se distraído demais com Byron e Eliza, que, naquele exato momento, disputavam sua atenção. O par não estava mais parado perto da pista de dança, havia se escondido em um canto do salão. Eliza não dirigia o olhar a Byron: na verdade, estava cobrindo a boca com o leque. De quando em quando, Signa via de relance os lábios da outra garota e podia enxergar que estavam se mexendo. Byron estava perto dela, a ponto de conseguir ouvir, e apesar de disfarçar bem, também estava falando.

Signa ansiava por se aproximar dos dois, sentindo, com todo o seu ser, que estava perdendo algo importante. Mas, se o Destino havia deixado alguma coisa bem clara, é que não pretendia dar trégua a Signa — que já fora tola o suficiente de permitir que Blythe caísse nas mãos dele. Não cometeria o mesmo erro de novo permitindo que tivesse algo além do que uma única dança com a prima.

O salão de baile ficou em silêncio quando o Destino fez uma mesura para Blythe, que retribuiu a formalidade com uma reverência. Apesar de, àquela altura, provavelmente já ter ouvido os cochichos, a garota se movimentou com a leveza de uma pluma e se comportou com a elegância de uma rainha: colocou a mão delicada no braço do Destino e permitiu que ele colocasse a outra mão em sua cintura. O ritmo da valsa tomou conta do salão, e a pulsação de Signa latejava no pescoço a cada passo do casal.

Como foi que o Destino conseguiu convencer a todos de que era integrante de alguma família real? Bastou aparecer que as damas já começaram a bajulá-lo, e os cavalheiros, a endireitar seus coletes. Signa pensou em pedir mais informações para alguns desses homens — de onde o príncipe supostamente era, ou de onde eram seus pais, o rei e a rainha — mas, no instante em que seus lábios pronunciavam as palavras, os olhos dos cavalheiros ficavam vidrados e a fitavam sem expressão. Olhavam para a garota como se estivessem presos em um sonho, nem chegavam a ouvir as perguntas.

Ninguém mais percebeu, mas Signa sim. Assim como percebeu que, apesar de o tom das vozes ter ficado baixo, as pessoas empunhavam seus cochichos como se fossem facas afiadas com esmero e cercavam Blythe feito lobos em volta da presa. Mais uma vez, desejou que o Ceifador estivesse presente — nem que fosse apenas para sentir o frio confortante dele em seus ossos — enquanto observava a prima com um pavor crescente no estômago. Sozinha, as habilidades de Signa ainda não eram páreo para as do Destino. Passou o dedo nos frutinhos de beladona que, a despeito de tudo, trouxera por baixo do vestido, só por garantia. Quer o Destino pretendesse isso ou não, estava tornando o alvo nas costas de Blythe ainda maior e, mais dia menos dia, alguém iria atirar. Signa apenas desejou que pudesse ser o escudo da prima.

O Destino pôs a mão na base da coluna de Blythe, um gesto singelo, mas que estava longe de ser inocente. Como todas as demais mulheres solteiras presentes, Signa se preparou para atacar assim que a valsa terminou: não estava disposta a ficar parada olhando a prima continuar aquela farsa que consistia em jogar o cabelo para trás e sorrir, em uma tentativa ridícula de conquistar um homem que, sem dúvida, odiava.

— Olhe só para eles — sussurrou Charlotte, com um ar sonhador, encostando a cabeça no ombro de Signa. — Formam um belo casal, não? Os filhos dos dois sairiam parecidos com raios de sol.

— O príncipe sabe que o pai dela foi acusado de assassinato, não sabe? — Diana abanou o leque para aliviar o calor do salão. E, pela primeira vez, Signa se deu conta de que também gostaria de ter o próprio leque. Por que tais eventos, à primeira vista, sempre pareciam tão mais glamurosos do que de fato eram?

Foi um desafio ficar ali imóvel enquanto o Destino e Blythe dançavam. Contudo, tendo em vista todos os olhos que estavam sobre Signa, a garota não tinha muita escolha a não ser dar um sorriso forçado. Precisava entrar naquela pista de dança: precisava, pelo menos, dar a impressão de que era simpática. Charlotte e Diana já estavam sendo inundadas de convites, os carnês de baile das duas estavam cheios de nomes. Eliza Wakefield também se juntara às outras damas na pista. Apesar de seu vestido ofuscar os presentes quando ela se virava e rodopiava nos braços de um homem que Signa nunca havia visto na vida, seu sorriso era tenso, e a garota não parava de dirigir o olhar para o canto onde Byron se encontrava parado observando, a luz das arandelas lançando sombras sinistras em seu rosto.

Signa quase soltou um palavrão quando se deu conta do que Eliza estava fazendo. Teria sido muito mais fácil se tivesse dito a verdade para o Ceifador, revelado suas intenções de ir ao baile e pedido para ele ficar de olho em Byron. Naquelas circunstâncias, tinha que tomar uma decisão — teria tempo para lidar com Byron depois. Mas, antes, sua prioridade era levar Blythe para o mais longe possível do Destino.

A garota aceitou o convite do primeiro homem que a tirou para dançar e se posicionou na frente do par, em uma fileira de outras mulheres. Seus olhos percorreram essa fileira, procurando por Blythe. Foi só quando tornou a olhar para seu par que Signa percebeu que o homem que estava diante dela não era o mesmo homem que a tirara para dançar. Era o próprio Destino, calado, com exceção do brilho nos olhos, que falava mais alto do que uma gargalhada. Signa não teria tempo de bater em retirada antes que a música tivesse início.

— Posso lhe ajudar com alguma coisa, Srta. Farrow? Pude sentir que seus olhos estavam fixos em mim do outro lado do salão.

O Destino deu um passo à frente. O tom de âmbar queimado das paredes lançou um brilho no chão que fez Signa se lembrar do pôr do sol no fim do outono — quase tinha a impressão de que estavam dançando em cima de folhas de bordo caídas. Só que não ouvia o ruído suave das folhas sob seus pés, não sentia nada da tranquilidade em seus pensamentos e do alívio no peito que acompanhava a quietude do outono. Signa imitou os movimentos do rapaz, que ergueu uma mão no ar, as palmas das mãos dos dois quase se encostaram, e o casal ficou se rondando, como se estivessem em lados opostos de um espelho.

Um calor ardeu na distância que separava as mãos de Signa e do Destino, choques de eletricidade estática que fizeram a ponta dos dedos da garota formigar. Signa continuou com uma expressão impassível apesar de tudo isso. Do ritmo suave da música à iluminação de pôr do sol, tudo relacionado ao Destino era uma atuação à qual ela se recusava a dar atenção.

— Seja lá qual for a sua questão comigo, minha prima não tem nada a ver com isso.

— Pelo contrário — disse o Destino, e Signa percebeu, pela primeira vez, que ele tinha um leve sotaque. Não era parecido com nenhum outro sotaque que a garota já ouvira, mas algo muito antigo e estranho, quase gutural. — Graças à sua insistência para que Blythe vivesse, sua prima agora já desafiou o próprio destino três vezes. Três vezes em que deveria ter morrido.

Signa ficou com um nó na garganta ao perceber que o burburinho das conversas do salão havia parado. A suavidade do outono havia se dissipado, e o frio silencioso do inverno começara a se infiltrar. Não se ouviam mais cochichos nem risos, nem mesmo o delicado tilintar das taças. As pessoas que a cercavam continuaram dançando, mas seus movimentos se aprimoraram, um mais preciso do que o outro, perfeitamente coordenados. Lindos rostos que não sorriam para ninguém, enquanto os olhos que não piscavam se enchiam de lágrimas que escorriam pelo rosto e paravam em lábios sorridentes. Não passavam de fantoches, e o Destino era o titereiro, fazendo-os rodopiar, virar e se dobrar a todos os seus caprichos.

Para onde quer que Signa dirigisse o olhar, havia indícios do poder do Destino. Do palácio e dos fios dourados tecidos em volta dele ao controle que exercia sobre tantos seres ao mesmo tempo. Era um poder exercido naturalmente — ele não dava indícios de pensar nele enquanto girava Signa pela pista de dança.

— Liberte essas pessoas.

Apesar de ter dado essa ordem com firmeza, a garota teve o cuidado de não deixar as emoções transparecerem. Não queria dar ao Destino mais nem uma gota de poder sobre ela, só que algo nos olhos brilhantes do rapaz transmitiram que ele já sabia que seu poder a incomodava profundamente.

— Você deve querer fazer muitas perguntas para mim — disse ele. — Prometa-me mais uma dança, e responderei tudo o que você quiser.

A garota teve que se segurar para não erguer as sobrancelhas. O Destino estava jogando verde, sim, mas se existisse a menor possibilidade, qualquer que fosse, de ele ter sido sincero...

— Tudo mesmo? — insistiu Signa, examinando cada movimento do Destino.

— Dentro do bom senso. Mas, primeiro, você precisa prometer que vai parar de me olhar feio.

Ela se obrigou a desviar o olhar dele.

— E de fazer careta.

— Muito bem. — Foi em Blythe que Signa pensou ao bloquear a imagem daqueles rostos vazios que rodopiavam ao lado dela. — Concordo em lhe conceder mais uma dança.

Estonteante era a única palavra para descrever o sorriso que foi se esboçando aos poucos nos lábios do Destino. Ele fez o mais minúsculo dos movimentos com a mão livre, os dedos mal se mexeram, e, de repente, os risos tomaram conta do ambiente. Os cochichos recomeçaram, assim como as conversas, por todo o salão. Quando a dança terminou, e os pares se separaram, em busca do próximo nome que estava no carnê de baile das damas. Durante todo esse tempo, o Destino continuou segurando Signa com firmeza.

Era tão indiscreto que Signa só pôde torcer para que suas bochechas não tivessem ficado coradas, porque ouviu suspiros de assombro e risos alvoroçados vindos de trás. Primeiro Blythe, e agora ela. Só podia imaginar o que Byron deveria estar pensando, mas não fora o próprio Byron quem sugeriu que Marjorie dormisse com Elijah, para que o irmão pusesse fim ao luto pela falecida esposa? Talvez acreditasse que era exatamente esse tipo de joguinho que Signa deveria estar fazendo.

— Obrigada por isso — censurou a garota, o que lhe rendeu apenas um esgar do Destino, enquanto a música voltou a reverberar pelo salão. Não era uma valsa propriamente dita, mas uma melodia antiga, que parecia algo de outra época. Algo que a fez sentir que os dois deveriam estar dançando de pés descalços em uma clareira na floresta e não naquele salão de baile mal iluminado.

O Destino estava tão perto de Signa que a garota conseguia sentir o perfume de glicínia nas roupas dele, suave e adocicado. Ele deu o primeiro passo, guiando-a na coreografia com uma elegância ensaiada.

— Você tinha razão. Eu tenho perguntas sim, e *muitas* — disse Signa, tentando parecer menos ansiosa do que realmente estava.

Para sua surpresa, o toque do Destino era firme, mas delicado. O rapaz ficou observando o rosto de Signa como se ela fosse um quebra-cabeça que precisava ser solucionado. A garota suspeitou que seu próprio rosto devia ter a mesma expressão.

— Enquanto a música estiver tocando, e nós estivermos dançando, pode perguntar.

Seu tom foi mais gentil do que Signa esperava.

— Por que ninguém está questionando o fato de um palácio ter surgido do nada? — indagou Signa, sem perder tempo. — Parece que ninguém reconhece que você é o homem que acusou meu tio. Todos só o veem como príncipe.

Os passos dela eram rígidos, enquanto contava de um até três em pensamento. Ai de Signa se se permitisse estragar uma simples dança diante do Destino.

— É fácil contentar as mentes humanas. — Mais uma vez, os fios dourados em volta do príncipe reluziram. — Sou capaz de controlar o que veem, o que fazem... Se necessário, posso fazer todo mundo esquecer que Elijah um dia esteve na prisão.

O Destino segurou Signa quando a garota errou o passo, como se tivesse previsto que faria isso. Foi só aí que Signa se permitiu olhar de verdade para aquele homem. Não gostava do calor do corpo do Destino nem do fato de que suas mãos suavam quando encostava no príncipe. Ainda assim, ficou agradecida por ele tê-la tratado com delicadeza e por ter lhe revelado informações com tanta facilidade. O fato de poder assumir o papel de príncipe com naturalidade também vinha a calhar. O rosto do Destino era um rosto que devia figurar nas páginas dos jornais do mundo todo, amplo e cinzelado em todos os lugares certos, com um maxilar quadrado e garboso. Ele também era forte, Signa podia sentir a rigidez do corpo dele sob seus dedos. E não podia se esquecer da inteligência daqueles olhos — sempre um tanto espremidos, como se ele estivesse em um constante estado de observação e ficasse perpetuamente insatisfeito com suas descobertas.

A garota poderia jurar que já vira aquele olhar antes, só não conseguia saber onde fora.

— Por que você está aqui? — perguntou, quando ele a rodopiou.

A resposta que o Destino deu foi simples demais. Tranquila demais.

— Estou aqui para conhecê-la, Srta. Farrow.

Ela errou mais um passo, mas o Destino segurou seu cotovelo e a corrigiu antes que alguém pudesse notar.

Signa fez uma careta, tentando não se deixar consumir pelas palavras do Destino por muito tempo. Tinha a impressão — e evidências crescentes — de que aquele homem era um verdadeiro e legítimo libertino, cuja língua era afiada como poucas.

— E o seu irmão? Não está aqui por causa dele?

O Destino inclinou o corpo para a frente, ficando a um suspiro de dar início a um novo escândalo.

— Eu não tenho mais irmão. Já lhe disse: estou aqui por sua causa.

Signa pousou os olhos no peito dele e se odiou quando sentiu as bochechas ficarem quentes.

A luz nos olhos do Destino diminuiu quando olhá-la nos olhos se mostrou impossível.

— A música não vai continuar para sempre. Você não vai me perguntar *por que* estou aqui por sua causa?

— Não. — Signa não tinha a menor intenção de cair nos truques dele, ainda mais quando, sem dúvida, havia assuntos mais urgentes. — Quero que deixe Blythe em paz. O preço pela vida dela já foi pago.

— Sim, por um homem que tinha mais dez anos de vida na face desta terra. Pode acreditar: estou ciente disso. — O Destino a segurou com mais força e, apesar de não ter demonstrado, Signa pôde sentir que uma tempestade se avolumava dentro dele. — Inicia-se um efeito em cascata quando alguém interfere no destino de uma pessoa. Por que não tenta adivinhar para quem sobra lidar com as repercussões?

A pele da garota ardeu sob os dedos abrasadores do príncipe.

— Juro que ela vale nosso esforço. O meu e o seu.

O Destino achou graça e deu uma bufada que veio bem do fundo do peito.

— Ninguém vale tanto.

— Não acredito que esteja falando sério. — Signa não pensou no que estava dizendo, as palavras saíam aos borbotões, apesar da expressão severa do Destino. — Você não pode me dizer que nunca teve ninguém por quem faria qualquer coisa. Que nunca acreditou que alguém valia a pena.

A música chegou ao fim de repente. Em volta de Signa, corpos se inclinaram para a frente, dobrando-se na cintura, feito marionetes que tiveram os fios cortados. As paredes bruxulearam, o revestimento descascou, revelando pontos de uma pedra cinza sem nenhum revestimento, cheia de teias de aranha e rachaduras. A garota lançou um olhar de pânico para os convidados, procurando por Blythe, mas não havia nem sinal da prima.

O Destino respirou e segurou Signa com mais força quando a música recomeçou. Imediatamente, a pedra em ruínas sumiu, mais uma vez substituída pelo âmbar folheado a ouro, e os corpos se endireitaram de repente, feito soldadinhos de chumbo, e voltaram a rodopiar, sem dar nenhum sinal de que haviam parado.

— O que foi que a Morte lhe disse, exatamente?

— Só que você já amou uma mulher — respondeu Signa, em um só fôlego, olhando para as paredes, que alternavam entre o cinza e o dourado —, e que ele precisou levá-la.

— Bem, é um começo. — A risada do Destino era igual ao raspar das correntes de um comboio de carruagens se arrastando pelos paralelepípedos. — Mas receio que isso não seja da história a metade, *Passarinha*.

Signa ficou toda arrepiada e teve que resistir a todos os seus instintos, que a mandavam se afastar daquele homem.

— Não ouse me chamar assim. A Morte estava prestes a me contar mais. Mas *você* lhe roubou a habilidade de falar comigo. Não roubou?

Com seu maxilar quadrado sombreado pelas velas bruxuleantes, o rosto principesco do Destino se partiu, com uma minúscula rachadura de dor. Desapareceu tão rápido como surgira, em um piscar da garota, assim como ocorrera com o palácio.

— O Ceifador da Morte não merece a felicidade.

A música estava chegando a um *crescendo*, e o Destino apressou os passos da dança, até que começaram a se movimentar tão depressa que Signa agora apenas enxergava borrões.

— E quanto a mim? — indagou a garota. — Por acaso minha felicidade não significa nada?

— Pelo contrário, Srta. Farrow: significa tudo.

Signa estava quase sem ar quando a música chegou a fim. O suor se acumulava em suas têmporas e escorria pelo pescoço. O Destino não tinha um cabelo sequer fora do lugar.

— É a minha vez de lhe fazer uma pergunta — disse ele, por fim. Tão baixo que a garota teve que se esforçar para conseguir ouvir. — Pôde reconhecer esta canção que acabou de tocar?

Signa vasculhou suas lembranças, torcendo para encontrar algo que o satisfizesse. A resposta que o Destino queria era clara e, com tanta coisa em jogo, tudo o que a garota mais desejava era dar essa resposta para ele. Mas, independentemente de quanto se esforçasse — independente de quanto olhasse para aquele homem e deixasse que sua pele a queimasse —, nada no príncipe lhe era conhecido.

— Já ouvi muitas canções na minha vida. Não pode esperar que eu me lembre de todas.

O Destino passou as mãos no rosto e gemeu dentro delas. Foi só depois que relaxou os ombros e sua raiva retrocedeu que estendeu a mão para Signa.

— Por favor. — Foi uma súplica, delicada como uma canção de ninar. — Segure minha mão e vamos tentar de novo. Preciso que você se lembre. Preciso que *escute* e se lembre de quem sou.

Signa se afastou e posicionou as mãos nas laterais do corpo.

— Quem você é? — Talvez a impressão inicial que teve do Destino não tivesse sido tão disparatada quanto ela pensara. — Eu saberia se já o tivesse visto antes.

O Destino não recolheu a mão, pelo contrário: estendeu mais ainda e olhou bem nos olhos de Signa.

— Não, Srta. Farrow, não saberia. Não se tivéssemos nos conhecido em outra vida.

DOZE

Signa ficou com a sensação de que não seria apropriado dar risada. Nem da situação, nem daquele homem, que havia desvelado a própria alma e dava a impressão de estar apavorado com o que a Signa poderia fazer com ela. E, sendo assim, não deu risada, apesar de um riso nervoso ter borbulhado dentro dela, porque aquela era uma das coisas mais estapafúrdias que já ouvira na vida.

— Você ficou sem reação. — Nessa hora, o Destino mexeu o maxilar de um lado para o outro. — Por favor, diga alguma coisa.

A garota abriu a boca, mas as palavras azedaram feito creme de leite em sua língua. Aquele homem era o Destino — sabia como a vida das pessoas transcorreria, assim como deveria saber quem estava por trás do assassinato do lorde Wakefield e como poderiam salvar a pele de Elijah. Signa podia até não ser a pessoa que ele queria que ela fosse, mas tampouco podia se dar ao luxo de tê-lo como inimigo.

— Você acha que eu sou... o quê? Sua amada reencarnada? — Quando o Destino percorreu a distância que os separava, teve a sensação de que estava com a boca toda cortada, como se tivesse engolido cacos de vidro. — Céus, por que você pensaria que sou *eu*?

— Para cada vida humana, existe uma tapeçaria que define seu destino — explicou ele. — Na sua, havia fios de prata que não foram tecidos por mim. Meus fios são de ouro, e os da Morte são pretos. E os seus... os seus sempre foram prateados.

A garota não olhou para o Destino enquanto ele falava, mas para os fios dourados e cintilantes que o cercavam. Estavam *por toda parte*. Ele havia imobilizado todas as pessoas presentes naquele salão. Fizera o tempo parar. E, mesmo assim, mesmo com tudo isso, não havia uma gota sequer de suor em sua testa.

Signa sempre soube que o Ceifador era poderoso, apesar de as habilidades dele, não raro, aparecerem em grandes e súbitas explosões — um vento gelado ou um toque letal. O poder do Destino lhe parecia mais avassalador. Era infinito e apavorante, e a garota conseguiu apenas aproximar a mão dos frutinhos de beladona que trazia consigo.

— Não há cores suficientes neste mundo para que cada pessoa tenha a própria cor — sussurrou. — Por que eu tenho uma, então?

A garota ficou imóvel quando o Destino segurou seu queixo entre dois dedos e inclinou sua cabeça para trás, para que só conseguisse olhar para ele.

— Porque você não é um ser humano comum e tampouco é uma ceifadora. Você é a Vida e não faz ideia de há quanto tempo venho procurando-a.

O Destino tinha um olhar que quase fez Signa se afastar quando se deu conta do que era: fome. Como se ele fosse um homem faminto; a garota, um banquete disposto diante de seus olhos.

Vida.

Vida.

Desta vez, Signa não conseguiu controlar o riso. Pôs as duas mãos sobre a boca, abafando o ruído, mas era tarde demais. O Destino pensava que ela era a *Vida*? Meu bom Deus, por onde teria andado naqueles últimos meses?

Os olhos do Destino se espremeram, e rugas profundas se formaram entre suas sobrancelhas.

— Você não se sente atraída pela Morte porque é uma *ceifadora*, Srta. Farrow. Sente-se atraída pelo Ceifador porque foi ele quem roubou você de mim. Em outra época, você foi *minha* esposa.

Outra risada borbulhou na garganta de Signa, mas esta ela conseguiu segurar. *Esposa* do Destino! A ideia em si era um disparate, porque, obviamente, aquele homem jamais testemunhara seus poderes letais em ação.

— O meu amor pertence a seu irmão. — Signa falou baixo e com delicadeza, como se estivesse tentando acalmar um filhote de cervo arisco. — Não sou quem você pensa que sou, mas vou ajudá-lo a procurá-la. Podemos buscar pela Vida juntos.

Pelo modo como o Destino se afastou de Signa, seria de pensar que a garota havia lhe dado um tapa na cara. O ouro dos olhos do Destino se derreteu e, atrás dele, o Palácio das Glicínias estremeceu por inteiro. Durante uma fração de segundo, Signa tornou a ver o palácio como realmente era — paredes cinzentas, lisas, e piso de ardósia rachado. Vazio, oco e tão sem vida quanto as marionetes dele, que se balançaram quando o chão sob seus pés tremeu, e mantinham-se de pé apenas por causa de seus fios dourados. Em seguida, estavam de volta ao salão de baile âmbar, cercados pelo riso dos convidados, a transição tão rápida que Signa precisou se convencer de que não fora fruto de sua imaginação.

— Minhas tapeçarias não mentem. — O Destino deixou de ser reservado ou tímido. Seus movimentos eram erráticos, e ele a segurou pelos ombros, abaixando-se para capturar o olhar da garota. — Não sou homem de implorar, mas agora estou implorando para você me escutar. Estou implorando para que *pense*, Srta. Farrow. Pense no que quer. Você se contentaria em passar o resto da vida cercada pela morte? Pela dor e pelo luto?

Signa só se deu conta de que estava tremendo quando ergueu a mão para afastá-lo dela.

— Não é tão pavoroso assim — sussurrou, lembrando-se da noite em que vira uma alma pela primeira vez ou da noite em que o Ceifador a levara para a ponte até a vida após a morte. — A morte é simplesmente como as coisas funcionam.

— "Como as coisas funcionam"? — zombou o Destino. — E se essas suas mãos *pudessem* fazer mais do que matar? Posso lhe mostrar. Posso ensiná-la. Você gostaria disso, não gostaria?

Signa não gostaria.

Signa *não podia* gostar.

Fazia pouco tempo que a garota aceitara a escuridão que havia dentro dela e descobrira sua beleza. E, apesar disso... ouviu aquele sussurro, novamente. Aquele sussurro que a alertava que, se hesitava tanto em admitir o que era e as coisas que era capaz de fazer para Blythe, talvez fosse mesmo uma aberração.

Não queria que Blythe tivesse medo dela. Não queria que *ninguém* que amava tivesse medo dela. Mas, se soubessem da verdade... como poderiam não ter medo? Não havia vivalma capaz de receber uma ceifadora de braços abertos.

Foi só por esse motivo que Signa se sentiu atraída pela promessa do Destino, mas não existia um mundo no qual pudesse contar com a ajuda daquele homem. Se não fosse pela maneira como isso afetaria a Morte, então seria porque ela havia começado a se sentir à vontade na própria pele apenas recentemente, e pensar em se abrir mais uma vez para descobertas era apavorante. Sendo assim, Signa não respondeu à pergunta a respeito de seus poderes. Em vez disso, falou para o Destino:

— Independente do que você diga ou do que possa pensar, amo seu irmão. Não irei abandoná-lo e tampouco é justo mantê-lo longe de mim.

O sorriso do Destino esmoreceu, e uma escuridão se assomou em seus olhos.

— Dizem que, no amor e na guerra, vale tudo. Já fiz minha trincheira, trouxe meus rifles e não tenho a menor intenção de bater em retirada. Vou ficar atrás de você até que se lembre de quem é. Se, para tanto, terei que cortejá-la, Signa Farrow, é isso que farei. Flores, passeios, até poesia, se é isso que quer. Tudo o que gosta, irei aprender. E, uma hora, vai se lembrar da vida que tivemos juntos.

Aquilo tudo não estava saindo como Signa esperava, nem de longe. Ela era capaz de sentir os nervos pinicando ao longo do peito e teve que dar um passo para trás, pegar o leque da mão congelada de Diana e abri-lo, em uma tentativa desesperada de se refrescar.

O Destino só podia estar enganado. Ela não era a Vida. Não podia ser. Havia matado tia Magda. *Roubava* vidas, não as dava. O Destino era um homem tolo de ter essa esperança. Mas, talvez, houvesse uma maneira de usar isso a seu favor.

— Faça um trato comigo.

Mal teve tempo de pensar nessas palavras antes de pronunciá-las em voz alta, parando de abanar o leque.

— Um *trato*? — repetiu ele. — Acho que você não compreende a magnitude de fazer um trato comigo.

É claro que Signa não compreendia. Fazer um trato com o Destino lhe parecia tão perigoso quanto fazer um trato com a Morte e, apesar disso, a garota não conseguiu se controlar. Se aquela era a sua oportunidade, precisa aproveitá-la.

— Não preciso ficar parada esperando que você me jogue flores ou apareça à minha porta. Mas, se você restaurar minha habilidade de comunicação com o Ceifador, irei realizar essa sua fantasia.

O Destino cerrou os dentes, e Signa teve a sensação de que o Palácio das Glicínias era uma fornalha que queimava sua pele, de ar abafado e opressivo. Apesar de querer, mais do que tudo, ir até uma das janelas para fugir do calor da severidade daquele homem, a garota manteve os ombros bem retos e o queixo erguido, até que a expressão do príncipe se anuviou.

— Tenho minhas condições. Em primeiro lugar, a sua comunicação com a Morte só será restaurada durante as noites, depois que eu e você nos encontrarmos.

Quando Signa abriu a boca para argumentar, o Destino ergueu as sobrancelhas, interrompendo o protesto da garota. Ao que tudo indicava, aquele era o melhor trato que ela iria conseguir.

— E jura por sua honra que cumprirá esse trato?

— Claro que sim. — Cada palavra do Destino foi pronunciada de maneira entrecortada. — Não faz muita diferença, no cômputo geral das coisas. Uma hora ou outra, você vai se lembrar de mim e, quando isso acontecer, vai optar por parar de se comunicar com ele por si mesma. *Isso* será melhor do que qualquer vingança que eu possa imaginar.

Signa sentia a garganta raspar a cada fôlego. O Destino estava confiante demais. Calculista demais. Mas que alternativas ela tinha?

— Muito bem. Conte hoje como nossa primeira saída, e eu aceito.

Signa falou tão baixo que nem sequer teria certeza de que havia dito aquelas palavras em voz alta caso não tivesse visto o sorrisinho do Destino. Já o achava enigmático antes, mas teve a impressão de ter apertado um botão ao pronunciar as duas últimas palavras. Ele estava praticamente radiante.

— Tratos com o Destino são compulsórios, Srta. Farrow. Quando eu quiser cobrar, deve estar preparada para pagar o preço.

Ele disse isso como se estivesse saboreando cada palavra.

Signa lera contos de fada suficientes para saber que não deveria concordar tanta facilidade.

— Você só terá três eventos sociais ou saídas. E, depois disso, vai restaurar completamente minha habilidade de me comunicar com o Ceifador.

A risada do Destino fez um arrepio percorrer a espinha da garota.

— Um mês — corrigiu ele —, durante o qual posso convidá-la para sair múltiplas vezes.

Era menos tempo do que Signa esperava mas, ainda assim, tempo suficiente para ela não precisar disfarçar sua frustração.

— Muito bem — concordou a garota —, mas, antes, tenho mais uma pergunta que você precisa responder: quem matou o lorde Wakefield?

Para sua surpresa, o sorrisinho não se dissipou do rosto do Destino.

— Acabou a música, e ninguém mais está dançando. — Todas ao mesmo tempo, as pessoas se viraram para as portas e foram descendo as escadas, marchando feito soldados. — Espero que a sua noite tenha sido tão agradável quanto a minha. Vamos nos ver em breve, Srta. Farrow.

Signa não se demorou nem se permitiu passar mais um segundo sequer refletindo sobre a situação em que havia se metido. Como os demais convidados que saíam do salão de baile em fila, segurou as saias e fugiu do Palácio das Glicínias.

TREZE

Signa encontrou Blythe jogada dentro da carruagem, com cara de quem havia retornado de uma descida aos infernos — ambas haviam feito exatamente isso.

— Onde você se enfiou? — indagou Signa, já batendo a porta da carruagem, para a grande surpresa do cocheiro, que havia se inclinado para a frente para fazer a mesma coisa.

Blythe piscou. Uma vez, depois mais uma.

— Eu... estava dançando, eu acho? Fazia tanto calor lá dentro que devo ter vindo para cá tomar um ar.

Ela disse cada uma dessas palavras com toda a calma, encaixando-as como se fossem peças de um quebra-cabeça.

Blythe não se lembrava. *Claro* que não se lembrava.

A cabeça de Signa caiu para trás, encostando no assento, enquanto ela tentava decidir se ficava brava ou aliviada. Por fim, bufou:

— Parecia que estávamos dançando nas próprias labaredas do

inferno. — E ficou torcendo para que isso aplacasse o mal-estar de Blythe. — Byron já está na carruagem atrás de nós. Todo mundo está indo embora.

— Tão cedo? — Blythe franziu o cenho, ainda colocando as engrenagens mentais para funcionar. Espiou pela janela e viu um céu negro feito piche. — Céus, aonde é que o tempo foi parar?

Foi só quando o cocheiro puxou as rédeas e os cavalos começaram a descer a montanha que Signa se permitiu respirar aliviada. Blythe, contudo, ficou cutucando as unhas, arrancando as cutículas a esmo.

Apesar de, naquela manhã, ambas terem cuidado da aparência com todo o esmero, parecia que Blythe fora caçada floresta afora, a julgar pelo estado de seu cabelo loiro-claro. Uma auréola de fiozinhos soltos, espetados para todos os lados, formara-se em volta do rosto, e suas bochechas brancas estavam bem vermelhas. De sua parte, Signa tinha a sensação de que cada centímetro quadrado da pele estava melado e imaginou que todo o pó e o *rouge* que se dera ao trabalho de passar naquela manhã, provavelmente, tinha derretido.

— Você descobriu alguma coisa? — perguntou Blythe, encostando a cabeça na janela.

Signa também se encostou na janela, tentando avistar o chafariz do pátio uma última vez. A escultura da mulher era tão pouco parecida com ela que a garota coçou os braços e tentou expulsar essa possibilidade de seus pensamentos.

Não era ela. Não podia ser.

— Só mais boatos — respondeu Signa. — Charlotte estava no baile. Eliza também.

— E nem estava em trajes de luto — comentou Blythe. — Estranho, você não acha? Não conseguia tirar os olhos de Aris, apesar de ter dançado a noite toda com o lorde Bainbridge.

O sangue de Signa gelou.

— *Aris*? Você não quis dizer o príncipe?

— Será que preciso ser tão formal assim com você também, prima? — censurou-a Blythe. Signa precisou morder a língua para não retrucar. Blythe era inteligente: se achasse que a prima estava omitindo informações, farejaria a verdade, feito um cão perdigueiro. Foi um alívio quando ela continuou falando, apenas com um leve tom de sarcasmo: — Fiquei surpresa pela mera presença de Eliza. Se continuar assim, não vai demorar muito para os abutres se abaterem sobre ela.

Apesar de Signa não ser muito fã de Eliza — a jovem sempre fora a pior das fofoqueiras e, talvez, a mais intolerante de todas as damas que a garota conhecera até então —, entendia, melhor do que a maioria das pessoas, que o luto pode obrigar alguém a fazer coisas inimagináveis.

— Garanto que é a temporada que está mudando seu comportamento, não o luto — completou Blythe, como se fosse capaz de ler os pensamentos de Signa só de olhar para a cara da prima. — No mesmo instante em que ouviu falar que um príncipe estava entrando no jogo, tornou-se afoita feito uma matrona. Viu só o decote dela?

— Você viu o meu?

Signa apontou para o corpete do próprio vestido. Blythe espichou o braço e pôs a mão no joelho da prima.

— É exatamente disto que estou falando! O seu comportamento atroz à parte, viemos aqui com a maior intenção de seduzir um príncipe, assim como Eliza. Ou aquele visconde, na pior das hipóteses. Só que se concentrar nisso me parece estranho depois da morte do tio, não parece? O duque era a coisa mais próxima de um pai que Eliza tinha.

Era, *sim*, um tanto insólito, assim como era insólito o fato de Eliza ter passado tanto tempo perto de Byron quando não estava dançando. Mesmo assim, antes mesmo da morte do lorde Wakefield, Signa havia testemunhado a mudança de comportamento de Eliza no mesmo instante em que debutou na sociedade. Queria arrumar um pretendente já no primeiro ano, o que não era algo que a garota pudesse recriminar. Afinal de contas, a própria Signa já não havia torcido para que isso acontecesse consigo?

— Vale a pena ficar de olho nela — concordou Signa. — Mas não vejo que motivo Eliza teria para matar o duque.

Blythe soltou um suspiro e tirou as luvas.

— Não, suponho que Eliza não teria um motivo. Até que gostava de desfilar pela cidade de braço dado com ele. O duque sempre lhe comprava os mais lindos vestidos.

Talvez o motivo ainda estivesse por ser descoberto, mas parecia que isso era querer demais. Parecia que *todos* os suspeitos eram querer demais. Signa tinha a impressão de que encontrar o assassino não passava de uma busca vã e, apesar de Byron estar no topo de sua lista, as peças do quebra-cabeça não estavam se encaixando. A garota queria contar para a prima que percebera algo entre o tio dela e Eliza Wakefield, mas Blythe já passara pelo suficiente no quesito família: Signa não queria que a prima se sentisse traída pelo tio também.

A estrada que a carruagem percorria foi ficando menos acidentada à medida que desciam a encosta da montanha. Quando a conversa estagnou, Blythe encostou a cabeça na janela novamente e fechou os olhos. Depois de alguns instantes, sua respiração se tornou pesada. Signa se recostou, abriu as pernas debaixo do vestido e franziu o cenho, porque esse movimento a fez lembrar da primeira vez que puxou conversa com o Ceifador — com Sylas. Os dois estavam dentro de um vagão de trem, e ele espichou as pernas obscenas de tão compridas. Não poderia ter sido mais grosseiro.

Meu Deus, como Signa gostaria que o Ceifador estivesse com ela agora.

Ao olhar pela janela, viu de relance uma linda lua azul através dos altíssimos pés de bétula. Olhar para a lua fez lembranças do outono virem à tona. De andar a cavalo sob as estrelas, com Sylas ao seu lado. Do vento que pinicara sua pele. E ainda conseguia recordar do sorriso sarcástico no rosto do rapaz, que levou a cabeça para trás, olhou para o céu e uivou junto com Gundry.

Signa não queria que a Morte soubesse de sua escapada para o Palácio das Glicínias, ainda mais considerando que o Ceifador havia implorado para que ela não fosse. Mas sentia falta da Morte e não tinha como saber quanto tempo duraria o acordo do Destino. Não queria esperar até estar de volta à Quinta dos Espinhos para falar com a Morte: como Blythe, tornou a encostar a cabeça no vidro da carruagem e fechou os olhos.

Você pretende me contar o resto da história do seu irmão?, perguntou. *Ou devo ficar sentada imaginando o final por toda a eternidade?*

Signa ficou esperando e parou de mexer o pé quando percebeu que estava batendo com ele no chão, nervosa. Talvez sua tentativa fosse em vão. Talvez o Ceifador ainda não fosse capaz de ouvi-la, e aquilo não passasse de uma piada cruel do Destino. Teve a impressão de que se passou uma eternidade até que seus olhos arderam de lágrimas, porque sentiu a atenção do Ceifador se voltando diretamente para ela. Nem sempre conseguia saber quando a Morte estava escutando. Mas, desde que conversar em pensamento se tornara a forma mais frequente de comunicação entre os dois, Signa aprendera a sentir todas as pequenas sutilezas do Ceifador – uma vibração silenciosa no corpo. Um despertar dos sentidos, que se tornavam, de repente, mais sintonizados com os da Morte.

Ah, Passarinha, senti tanto a sua falta.

Apesar de o Ceifador não estar ali com Signa em pessoa, a voz da Morte foi um bálsamo que acalmou a garota mesmo assim. Ela ficou feliz por Blythe estar dormindo, porque não tinha como disfarçar o sorriso. Limpou as lágrimas, saboreando aquele momento.

O Destino era um tolo se achava que, um dia, Signa abandonaria a Morte. A garota amava o Ceifador como o inverno, resoluto e avassalador. Amava o Ceifador com a constância do verão e com a ferocidade da própria natureza.

Também senti sua falta, respondeu, enquanto ainda podia. *E tem um milhão de outras coisas sobre as quais gostaria de falar com você, mas não sei quanto tempo temos.*

A garota ouviu o suspiro da Morte como se o Ceifador estivesse do lado dela e se obrigou a fingir que estava mesmo. A fingir que, se esticasse a mão, o frio gélido do corpo do Ceifador iria se infiltrar no dela.

Presumo que tenha falado com meu irmão.

Preciso que você me conte quem é a Vida, disse Signa, à guisa de resposta, torcendo para evitar qualquer discussão para a qual não tinham tempo. *Preciso que você me conte tudo.*

Durante um bom tempo, houve só silêncio. Signa titubeou, achando que a parte do Destino naquele acordo poderia já ter alcançado seu limite de tempo. Mas, quando se concentrava, ainda era capaz de sentir o Ceifador à espreita, nos recônditos de sua mente, pensando bem antes de responder.

Por muitas eras, o Destino foi tudo o que eu tinha. Nosso relacionamento não era perfeito: ele sempre achava que eu deveria interferir menos no mundo dos humanos, e eu sempre sugeri que ele interferisse mais. Que ouvisse os pedidos das almas cuja vida tece e os levasse em consideração. Mas o Destino acredita que é o artista perfeito. Assim que uma história é tecida, parte para a próxima e não olha para trás. Nem sempre concordávamos com os métodos um do outro. Mas, no fim das contas, eu era tudo o que ele tinha, e ele era tudo o que eu tinha. Até que, um dia, deixou de ser assim.

Foi nesse momento que a Morte parou de falar, dando a impressão de estar organizando os pensamentos. A impressão foi de que cada palavra subsequente era dolorosa, como se aquela lembrança estivesse lhe custando muito.

Havia uma mulher como nós, continuou o Ceifador. *Uma mulher que sempre esteve presente neste mundo, de uma forma ou de outra. Ela se chamava Vida e era radiante. O Destino se sentiu imediatamente atraído por ela, e os dois se apaixonaram diante dos meus olhos. A Vida criava uma alma, e o Destino dava a essa alma um propósito. Tecia a história dessas almas na frente da Vida. Eram histórias mais benevolentes, naquela época. Tecidas com mais capricho, porque a Vida queria que suas almas se realizassem, e o Destino queria que a Vida fosse feliz. Que sorrisse. Ela tinha um sorriso lindo.*

Os ombros de Signa ficaram levemente tensos, e a Morte foi logo esclarecendo:

Eu a amava muito, Passarinha. Mas não era nada romântico. Quanto mais envelhecíamos, mais comecei a me dar conta de que a Vida não era como eu e o Destino. Eu e ele éramos atemporais, nossa aparência não mudava. Mas linhas começaram a enrugar os olhos e a boca da Vida. Ela começou a se cansar, e chegou uma hora em que só conseguia gerar umas poucas almas novas, com um grande intervalo entre uma e outra.

Um dia, a Vida me puxou para um canto e contou que estava na hora de ela se ir. Disse que a vida não deveria ser infinita e que, logo, logo, voltaria para nós, sob outra forma. Porque não existe vida sem a experiência da morte. A Vida pediu que eu a levasse. Mas, antes, queria ter mais um dia, para passar com o Destino. Mais um dia para se despedir dele.

É claro que o Destino se deu conta do que estava acontecendo, prosseguiu o Ceifador, dando a impressão de que cada palavra se grudava em seus dentes, feito um tendão ao osso. *Exigiu que eu recusasse o pedido da Vida e deixou claro que, se eu não fizesse isso, jamais tornaria a falar comigo. O Destino não conseguiu enxergar que eu também estava de luto e que, nesse luto... eu estava suscetível.*

Quando a Vida veio falar comigo no dia seguinte, recusei seu pedido, e essa foi a coisa mais egoísta que já fiz. Porque a Vida era mais forte do que qualquer um de nós dois e sabia que estava na sua hora de ir embora. Iria reencarnar, mas nem eu nem o Destino sabíamos onde ou que forma ela assumiria — tampouco sabíamos quanto tempo levaria para ela nos reencontrar. Já havíamos passado uma grande parte de nossa existência sem a Vida, e nem eu nem o Destino queríamos tornar a correr esse risco. Mas, como já disse: por bem ou por mal, estava na hora dela.

Quanto mais eu resistia, mais a situação piorava. Signa ficou bem quieta, mal respirando, absorvendo cada palavra do Ceifador. *Ouvi o chamado da morte da Vida. Sabia que estava na hora. Mesmo assim, resisti até isso ficar tão acumulado dentro de mim que explodiu, e dei a ela a pior morte possível e imaginável.*

A praga, Signa. A Peste Negra. Eu tentei, de maneira tão egoísta, mantê-la viva, até que não consegui mais aguentar. A Vida foi a primeira vítima. E, depois, a peste se alastrou, se alastrou mais e... ai, meu Deus, como se alastrou. Você sabe quantas pessoas morreram por causa do meu egoísmo? Sabe quantas vidas inocentes foram ceifadas por causa do meu erro?

Signa desejou que o Ceifador estivesse ali, ao seu lado. Que pudesse pegar na mão dele e abraçá-lo enquanto a Morte contava aquela história, que era muito pior do que ela havia esperado.

Vinte e cinco milhões, disse ele, enfim, e Signa sentiu a gravidade de tal número feito um soco no estômago. *Em quatro anos, ceifei vinte e cinco milhões de vidas inocentes. Tudo porque não queria abrir mão dela.*

Você a amava, comentou Signa, odiando o fato de só conseguirem se comunicar por meio daquela estranha ligação que existia entre os dois. *Todos nós fazemos coisas ridículas pelas pessoas que amamos.*

Era por isso que Signa protegia Blythe. Era por isso que fizera aquele trato com o Destino, só para ter a oportunidade de falar com a Morte.

Não foi apenas ridículo, Signa. Foi egoísta e cruel. Não vejo a Vida desde então, assim como meu irmão. Talvez esse seja o nosso castigo. Ou, talvez, ela não se lembre de nós. É difícil ter certeza de qualquer coisa, mas nunca mais consegui encontrar a Vida desde o dia em que a vi morrer.

Signa quis contar para o Ceifador tudo o que o Destino havia lhe dito. Queria que a Morte desse risada e concordasse que era absurdo seu irmão acreditar que ela poderia ser a mulher que os dois procuravam há tanto tempo. Mas as palavras ficaram presas em sua garganta, porque a garota ficou apavorada, com medo do que o Ceifador poderia pensar.

Se fosse mesmo verdade que Signa era outra pessoa — se houvesse sequer a mínima possibilidade de ela ser a *Vida*, a mulher que o Ceifador matara e que o irmão dele amara tanto —, será que os sentimentos que a Morte tinha pela garota seriam diferentes?

Agora é a minha vez de fazer uma pergunta. Seu encontro com meu irmão foi proveitoso?

Signa voltou toda a sua atenção para cada sílaba pronunciada pela Morte, esquadrinhou o tom de voz do Ceifador, à procura de algum indício do quão bravo ele poderia estar. Era tão difícil saber que chegava a ser irritante.

O baile não adiantou de nada. Nessa hora, a garota se agarrou ao assento da carruagem. *Não sinto que estou mais perto de deter o Destino nem de descobrir quem é o assassino de lorde Wakefield do que estava na semana passada. Estou preocupada com Elijah. E com Blythe também, caso não consigamos encontrar uma maneira de recuperar a reputação do pai dela. Você não poderia entrar na cabeça do chefe de polícia e convencê-lo da inocência de Elijah, como fez com a criadagem da Quinta dos Espinhos quando Percy desapareceu?*

O silêncio do Ceifador pesou sobre Signa por um bom tempo, enquanto ele ponderava sobre esse pedido.

Se eu fizer isso, o Destino irá apenas retaliar com alguma coisa pior. Ele não vai permitir que isso passe em brancas nuvens.

Àquela altura, Signa merecia um prêmio por resistir ao crescente ímpeto de jogar a cabeça para trás e gritar. Sentindo a preocupação da garota, a Morte falou, com um tom suave como a seda:

Não perca a esperança. Já temos uma lista de suspeitos, formada por todos que estavam na Quinta dos Espinhos na noite do assassinato.

Isso não foi, nem de longe, tão tranquilizante quanto o Ceifador dava a impressão de pensar que seria.

Metade da cidade estava na Quinta dos Espinhos naquela noite.

Pode até ser, mas é um começo, o que é bem mais do que você tinha da última vez que solucionou um assassinato.

Signa supôs que isso era verdade, tendo em vista que não conhecia vivalma quando chegou à Quinta dos Espinhos. Mesmo assim, sabia que o futuro assassino de Blythe deveria ter acesso frequente à Quinta dos Espinhos, o que... não era muito mais do que ela tinha em relação ao assassino de lorde Wakefield.

Por que tenho a sensação de que, desta vez, está muito mais difícil?

Signa queria passar a impressão de que estava confiante, queria acreditar que iria solucionar aquele caso. Mas não deu conta da farsa. Não com a Morte.

Da outra vez, meu irmão não estava no seu encalço, querendo vingança e fazendo pouco caso da situação. E você não amava a família Hawthorne como ama agora. Não a princípio.

Signa amava aquela família, imensamente. E era por isso que precisava pôr a cabeça no lugar e descobrir o assassino. A Morte tinha razão. Mesmo que não fosse lá uma grande pista, ela tinha alguém por quem começar: Byron.

Ainda não sei como te ajudar, prosseguiu o Ceifador, e suas palavras foram tão tranquilizantes quanto a brisa da primavera. *Mas vou falar com meu irmão. E, nesse meio-tempo, quero que fique longe dele. De verdade, desta vez. Pode me prometer isso?*

Seria uma promessa impossível de cumprir, tendo em vista as intenções do Destino em relação a Signa. Mas a garota achava que a Morte não precisava saber de todos os detalhes da situação. Pelo menos, não até que ela conseguisse, primeiro, decifrar os próprios sentimentos.

Prometo fazer tudo o que estiver ao meu alcance e que serei discreta.

Era o melhor que Signa tinha a oferecer e, apesar de o Ceifador ter dito o nome dela com um suspiro, sabia, pelo jeito, que era melhor não protestar.

Por acaso alguém já te disse que você é imensamente teimosa?

Signa ficou surpresa com o sorriso que se esboçou nos lábios dela.

Por acaso você ficaria comigo se eu fosse diferente?

O silêncio do Ceifador foi resposta suficiente.

Continue assim, Passarinha, e veremos se vai continuar sendo tão teimosa da próxima vez que eu puser minhas mãos em você.

A imagem mental dessa promessa fez Signa se perder na própria imaginação. Ela mudou de posição, sentindo um súbito e incômodo calor, já que tinha a sensação de estar usando uma montanha de tecido.

E o que você vai fazer, exatamente? Descreva com riqueza de detalhes.

A voz do Ceifador foi um urro grave, mas Signa não conseguiu ouvir o que ele respondeu. Seu corpo levou um susto e voltou para o presente quando uma voz que, decididamente, *não* era a da Morte, perguntou:

— Céus, o que te fez sorrir desse jeito?

Signa abriu os olhos de repente quando Blythe pôs a mão no seu ombro, inclinando-se para tentar examinar a prima. Encostou as costas da mão no rosto de Signa e franziu a testa.

— Você está corada do pescoço para cima! Acha que vai ficar doente?

A mão de Blythe estava quente em contraste com a pele de Signa, mas ela só teve um instante para perceber isso, porque pulou para trás, de surpresa.

— Estou absolutamente bem!

Deve ter ficado ainda mais corada, porque Blythe espremeu os olhos por um bom tempo antes que seu rosto se iluminasse de prazer.

— Ah, meu Deus. Você estava sonhando com um homem, não estava? Quem era? Você precisa me contar!

A gargalhada grave e retumbante do Ceifador ecoou nos pensamentos de Signa.

Ande, provocou a Morte, *conte para ela.*

— Não estava sonhando com ninguém...

— Não me venha com essa. — Nessa hora, Blythe deu uma risadinha debochada. — Por acaso você conheceu alguém no baile? Tendo em vista que nem virou a cabeça na presença do príncipe, com certeza não foi ele.

Signa adoraria poder dizer que havia conhecido alguém, só que estava tão constrangida que foi uma dificuldade até lembrar do próprio nome, que dirá o de qualquer outra pessoa presente na *soirée*. Conhecendo Blythe, revelar um nome seria lhe dar permissão para perseguir o pobre homem e descobrir cada detalhe sobre ele, a família, seus segredos mais profundos e se era digno ou não de Signa. E, sendo assim, sem pensar muito, disse o primeiro nome que lhe veio à cabeça.

— Estava sonhando com Everett Wakefield.

A boca de Blythe se fechou. Ela cruzou as mãos em cima do colo, de um jeito natural, fingindo muito mal que estava à vontade.

— Bem, ele é... quer dizer, suponho que *seja* um pretendente. Mas, meu Deus, Signa, que hora. Fiquei refletindo se você ainda poderia estar interessada por ele depois de tudo o que aconteceu. Nos últimos meses, tive a impressão de que Everett não chamava mais tanto a sua atenção, mas não queria me intrometer. Só Deus sabe quanto o rapaz precisa de companhia, com tudo o que está passando... Mas você viu o jeito como Charlotte olha para ele? Fiquei pensando o que será que essa garota pode achar se vocês dois tiverem um compromisso.

— Acho que terei que perguntar para ela.

Quando os altíssimos pináculos e os portões de ferro da Quinta dos Espinhos surgiram em seu campo de visão, Signa soltou um suspiro de alívio tão profundo que embaçou o vidro. Quanto antes conseguisse sair daquela carruagem, melhor.

Afinal de contas, o Ceifador estava esperando por ela.

QUATORZE

Na manhã seguinte, Blythe não se deu ao trabalho de bater ao entrar pela porta do quarto de Signa, bem cedo, corada e ofegante, com o corpo curvado por causa do peso do arranjo de flores que estava carregando. Era quase do tamanho dela, com glicínias que caíam por cima de lindos ramos verdes.

— Posso perguntar quais foram os artifícios femininos que você empregou para conquistar a afeição do príncipe com tanta rapidez?

A garota colocou o arranjo em cima da mesa de chá da prima, tentando não tropeçar nas flores que arrastavam no chão.

O sol mal tinha raiado, mas Signa já estava bem desperta, sentada à escrivaninha da saleta e esquadrinhando a lista com os nomes das pessoas que haviam sido convidadas a comparecer à Quinta dos Espinhos na noite em que o lorde Wakefield foi assassinado. Vários desses nomes, pelo jeito, haviam sido riscados enquanto ela dormia, e a garota ficou uns bons dez minutos olhando para o papel até se dar conta de que aquela atualização só poderia ter sido feita pelo Ceifador. Essa constatação a fez escarafunchar a escrivaninha até encontrar uma carta que a Morte havia deixado para ela, dobrada junto com a lista de nomes. Havia flores silvestres grudadas no papel, e o coração de Signa praticamente explodiu ao vê-las.

O Destino até podia ser capaz de impedir que os dois conversassem, mas não era capaz de impedir aquilo. A garota acabara de desdobrar a carta, que detalhava tudo o que ela e o Ceifador fariam quando aquilo acabasse, todos os lugares que visitariam, quando Blythe entrou intempestivamente pela porta, obrigando Signa a enfiar a carta no corpete do vestido quando levantou da cadeira. Foi até o outro lado do quarto e examinou as flores com o cenho franzido.

— São lindas — disse Blythe, entre um alongamento e outro, tentando aliviar as costas, que doíam por causa do peso do arranjo. — Tendo em vista a maneira com que você falou com o príncipe e o fato de, andar sonhando acordada com o lorde Wakefield, cheguei a pensar que eram para mim, antes de ver seu nome no cartão. Não faço ideia de como você conseguiu domar um homem tão feroz, mas estou impressionada.

Signa se abaixou e viu que Blythe tinha razão — no meio do arranjo, havia um envelope dourado, endereçado a ela. Tirou o cartão das flores e, na pressa, derrubou algumas pétalas em cima da mesa.

— Achei que você não gostava do príncipe — insistiu Blythe, espremendo os olhos e dando vários passos para se aproximar da prima e examinar o envelope.

— Para alguém que tampouco gosta do príncipe, você certamente me parece interessada no que ele enviou — retrucou Signa.

Não teve a intenção de ser tão hostil, mas a bisbilhotice de Blythe lhe dava nos nervos e, seja lá o que o cartão dizia, preferia que a prima não o visse.

— É tão errado assim eu estar curiosa? — Blythe varreu as pétalas caídas de cima da mesa com a mão. — Pode ficar tranquila, eu desprezo tanto esse homem que ele deveria ter *me* mandado flores, pedindo desculpas por me atormentar com sua existência. São bem bonitas.

E eram mesmo, infelizmente. Também pareciam ser caras, ou seja: quem as visse sendo entregues teria noção imediata das intenções do príncipe. Signa só podia imaginar as maquinações que a cabeça de Byron já deveria estar fazendo.

— Você não vai ler o cartão? — Blythe ficou na ponta dos pés, tentando, mais uma vez, ler por cima do ombro da prima. — Se você caiu nas graças do príncipe, precisa responder!

Signa se segurou para não gemer quando abriu o envelope, inclinando o corpo para trás e se afastando de Blythe, que se intrometia mais a cada segundo que passava. Signa não *queria* saber o que o Destino tinha a dizer, mas não duvidava de que ele ficaria sabendo se ela simplesmente atirasse o cartão na lareira. E, verdade seja dita: a garota também estava um tanto curiosa.

Com dedos impacientes, tirou o cartão do envelope. Havia apenas uma simples frase, escrita com letra elegante:

Se me der a chance, provarei que não sou
o vilão desta história, Srta. Farrow.

Signa ficou tonta.

— O que diz? — perguntou Blythe quando Signa aproximou o cartão do peito, tirando-o de vista.

— Nada. É só um cartão agradecendo por eu ter dançado com ele.

Os lábios de Blythe formaram um beicinho azedo.

— Eu também dancei com ele. Deixe-me ver esse…

Signa desviou quando Blythe tentou arrancar o cartão de sua mão, então se lembrou do que Elijah havia feito com o bilhete que ela havia escrito, na prisão, e o amassou. Quando a prima estendeu a mão, esperando que lhe entregasse a missiva, enfiou o papel na boca. Só que o cartão era bem mais grosso do que o pedacinho de papel que havia levado para Elijah, e Signa engasgou.

Blythe ficou de queixo caído.

— Céus, o que passa pela sua cabeça?

Com ou sem bilhete impedindo-a de falar, Signa não era capaz de responder.

Felizmente, não precisou, porque foi salva por Elaine, que bateu à porta e entrou às pressas instantes depois.

— Srta. Farrow! — gritou a criada. — A senhorita precisa se arrumar imediatamente!

— O que foi, Elaine? — Foi Blythe quem perguntou, dando a Signa um instante para cuspir a bolinha de papel e raspar a língua. Ela correu para rasgar o papel úmido e jogar os pedaços no cesto de lixo quando ninguém estava olhando. — Aconteceu alguma coisa?

— Ele está *aqui*, senhorita. — A voz de Elaine tremia de expectativa, e o sangue de Signa gelou: a garota ficou rezando para que a criada estivesse falando de Elijah. Talvez, tendo em vista o cartão do Destino, ele tivesse resolvido ajudá-los, afinal de contas. Mas então Elaine prosseguiu: — Everett Wakefield está aqui para vê-la. O Sr. Hawthorne está com o rapaz na sala de visitas.

Blythe fez um ruído de aprovação gutural.

— Primeiro o príncipe e agora o duque. *Alguém* teve uma noite proveitosa.

Signa se encolheu na cadeira.

— O lorde Wakefield está aqui para *me* ver? Mas não estou recebendo visitas hoje. — Essas palavras pareceram absurdas até aos ouvidos da própria Signa, porque, com certeza, Everett não estaria querendo vê-la sem ter um bom motivo, tendo em vista todos os acontecimentos, ainda mais tão cedo. Mesmo assim, a curiosidade fez Signa erguer-se novamente, batendo com delicadeza no ombro de Blythe quando percebeu o sorrisinho presunçoso da prima. — Muito bem. Não devemos fazê-lo esperar.

Elaine foi logo ajudando Signa a tirar a camisola e colocar um lindo vestido informal cor de creme, de gola alta, e luvas compridas, com renda em volta dos punhos. Signa calçou as luvas sozinha, às pressas, ciente do esmero da criada, que fez questão de que cada fio de cabelo da garota estivesse no lugar. Parecia-lhe ridículo preocupar--se com sua aparência, tendo em vista que o pai de Everett morrera recentemente, mas Signa não discutiu.

— Ao que parece, a senhorita causou uma grande impressão no príncipe — comentou Elaine. — Deveria ver a quantidade de arranjos que ele lhe mandou.

Meu bom Deus, tinha mais.

Blythe sacudiu a bainha da camisola no ar, fazendo uma reverência exagerada.

— Por acaso devo fazer uma mesura antes de me dirigir a você de agora em diante, prima? Não gostaria de ofender a princesa.

— Desde quando um título de nobreza a impede de ofender alguém? — As palavras de Signa foram entrecortadas por um suspiro, porque Elaine apertou os cordões do espartilho com tanta força que a garota ficou com medo de que suas costelas fossem se partir. Aprontar-se pela manhã realmente era uma tarefa árdua e, quando Signa estava vestida e pronta para sair do quarto, Elaine estava suando e Signa estava sem ar e um tanto dolorida. Blythe só observava do canto, sentada em uma cadeira.

— Por acaso o lorde Wakefield deu alguma pista do porquê de estar aqui? — perguntou Signa, calçando os sapatos e já se dirigindo à porta.

Elaine foi atrás dela. Era mais baixa do que a garota e teve que se apressar para acompanhá-la.

— Só disse que queria falar com a senhorita.

Ao longo das últimas duas semana, todos os dias Signa imaginava como Everett deveria estar passando. Ao contrário da prima Eliza, o rapaz procurara não chamar atenção, não saiu de casa nem uma vez. Se tivesse saído, Signa teria ficado sabendo das fofocas. Então por que, na primeira vez que saía, resolveu vir justo à Quinta dos Espinhos?

— Esperem! — chiou Blythe, indo atrás das duas. Ainda estava de camisola e robe, com o cabelo solto, e disparou corredor afora. — Também vou!

Elaine virou de frente para ela e soltou um suspiro horrorizado.

— Certo que não! Precisamos vestir a senhorita de maneira apropriada e não há tempo...

Blythe abanou a mão, em um gesto de pouco caso.

— Everett não vai me *ver*. Só vou escutar. Fale alto, prima. Articule bem as palavras.

Signa adoraria, mais do que qualquer coisa, falar para Blythe como seu comentário fora tolo e enxerido, mas não havia tempo para discutir. As três haviam chegado ao alto da escada, e a prima deu um passo para trás na mesma hora, escondendo-se em um canto. Elaine também ficou ali, obrigando Signa a descer sozinha.

A criada tinha razão: havia flores por todos os lados. Arranjos gigantes de peônias e rosas. Lilases. Cachopas de glicínias intermináveis, que pendiam de descomunais vasos de mármore. Dizer que aquilo era um exagero seria um eufemismo. Signa se esforçou ao máximo para ignorar tudo aquilo, dirigiu-se à sala de visitas e ficou um instante tentando entender a situação enquanto ninguém havia notado sua presença.

Byron e Everett estavam sentados de frente um para o outro, com uma bandeja de chá e docinhos intocados entre os dois. O rapaz estava todo de preto, de luto dos pés à cabeça, e segurava o chapéu no colo. A pele dourada estava cinzenta, e a testa tinha rugas finas em que, até então, Signa jamais havia reparado.

Apesar dos movimentos letárgicos, Everett conversava sobre amenidades, e Byron comportava-se como um verdadeiro cavalheiro, como Percy se comportara um dia, detendo-se em assuntos triviais e tentando não bisbilhotar, apesar de Signa ter certeza de que ele queria. A garota não ouviu nenhuma menção ao nome de Elijah nem ao nome do duque — e não demorou muito para Signa se deixar levar pela curiosidade. Parada na soleira da saleta, ela pigarreou.

Os dois homens ficaram de pé.

— Srta. Farrow! — Everett deu um ínfimo passo à frente, lançando um olhar discreto para as flores que havia atrás de Signa. — Perdoe-me por, mais uma vez, ter vindo sem avisar. Prometo que não tornarei isso um hábito. Eu teria mandado uma carta, avisando de minha visita, mas...

O rapaz não precisava dizer mais nada. Ultimamente, as pessoas não passavam de piranhas, esperando Everett emergir para poderem estraçalhá-lo. Signa entrou na sala de visitas e foi logo para o lado dele. Por mais inapropriado que fosse, segurou a mão de Everett.

— Não precisa pedir desculpas. Por favor, vamos nos sentar. Lamento pelo seu pai e, apesar de saber que essa não é uma pergunta justa, não posso deixar de lhe perguntar... Como tem passado?

— A Srta. Killinger tem me dispensado atenção de forma tão generosa — respondeu Everett, já se sentando e puxando Signa para se sentar ao lado dele. — Tem me ajudado a providenciar tudo. O funeral, o enterro... a cerimônia de outorga do título de duque. Na verdade, é por isso que estou aqui. Queria convidar a senhorita e sua família, e pedir desculpas pelo meu comportamento naquela noite. Não faço ideia do que deu em mim quando disse o que disse a respeito de seus tios.

Everett olhou para Byron de soslaio. O homem meneou a cabeça, concordando, mas ficou observando o rapaz com olhos de lince. Ao que tudo indicava, os dois já haviam discutido o assunto enquanto ficaram a sós.

— Eu não estava em meu juízo perfeito — prosseguiu Everett. — Quero que a senhorita saiba que fui falar com o chefe de polícia assim que recobrei meu ânimo, e que defendi Elijah.

Signa se endireitou, ignorando o baque baixinho que veio da escadaria, onde Blythe escutava a conversa.

— Por acaso está dizendo que Elijah será solto?

A demora para Everett tornar a falar foi resposta suficiente. Com a maior delicadeza, ele soltou a mão de Signa.

— Não acredito que seu tio tivesse um motivo para envenenar meu pai. Mas o Sr. Hawthorne confessou ter sido ele quem entregou a taça, e o chefe de polícia acredita que ele tinha motivos para querer a morte de meu pai. Seu tio seguirá preso independentemente do que eu diga. Eu só pensei que a senhorita deveria saber que eu jamais tive a intenção de que isso acontecesse.

Se Signa estivesse no lugar de Everett e a situação fosse inversa, ela provavelmente o teria odiado. Na mesma hora, o lado tático de sua mente fez seus pensamentos se enveredarem pelos prováveis motivos. Mas então a garota se recordou do cartão que havia recebido do Destino, assinalando sua intenção de provar que não era o vilão daquela história. Poderia a mudança de opinião de Everett ser um presente *dele*? O ar de desculpas nos olhos do rapaz era tão sincero que Signa quase pôde permitir que o corpo relaxasse. *Quase*, mas não tanto, tendo em vista que não tinha como saber se Everett viera por vontade própria ou se o Destino havia plantado essa semente na cabeça do futuro duque.

— O simples fato de você ter defendido Elijah já é uma grande ajuda — ela conseguiu dizer, por fim. — O que aconteceu com o seu pai foi terrível, Everett. O mero fato de você estar pensando no meu tio neste exato momento é algo pelo qual lhe agradeço muito, mas você precisa pensar em si mesmo. Se houver qualquer coisa que eu possa fazer por você, por favor, me diga.

— Tem algo, sim, na verdade. — O rapaz se afastou de leve, apenas o suficiente para conseguir pôr a mão no bolso do casaco e tirar dele uma carta. — Como eu disse, preciso assumir formalmente minha posição como Duque de Berness, e significaria muito para mim se a senhorita e sua família comparecessem à investidura.

A garota ficou imóvel quando Everett colocou o convite na mão de Signa. O que o rapaz estava pedindo não era pouco e, se não fosse pelo Destino, Signa duvidava de que Everett pensaria em convidá-la. Signa acreditava, entretanto, que, sem a interferência do Destino, Elijah jamais teria sido acusado do crime, para início de conversa. Ainda assim, se ela e a família dessem as caras na cerimônia de investidura tendo em mãos um convite entregue pelo mesmo homem que havia acusado seu ex-tutor de ser o culpado... Bem, haveria melhor primeiro passo do que esse para recuperar a reputação de Elijah?

— Fiz uma acusação precipitada naquela noite. — Everett passou a mão no cabelo, e seu pomo de adão ficou saltado na garganta. — Por isso, peço desculpas. Acredito que é o mínimo que posso fazer para ajudar a reparar o dano que causei à sua família.

Byron pigarreou, e Signa olhou para ele apenas por tempo suficiente para ver que o homem acenou com a cabeça uma única vez.

A garota pôs o convite no colo e deu um sorriso para Everett.

— Pode contar com nossa presença.

A garota só percebeu como o rapaz estava tenso quando os ombros de Everett relaxaram depois de ouvir essa resposta.

— Que maravilha — disse, e Signa teve certeza de que, mesmo que o Destino tivesse orquestrado tudo aquilo, cada palavra dita por Everett havia sido sincera.

O rapaz era uma pessoa mais bondosa do que ela — do que a maioria das pessoas, na verdade. Uma pessoa profunda e maravilhosamente bondosa.

Everett ficou de pé em seguida, e tanto Byron quanto Signa fizeram a mesma coisa.

— É melhor eu ir antes que alguém veja minha carruagem lá na frente. Mas peço desculpas mais uma vez, a toda a sua família, e espero sinceramente vê-los todos na cerimônia.

— Você se sairá um belo duque — elogiou Byron. — Seu pai ficaria orgulhoso.

Essas quatro palavras, por si sós, bastaram para tirar o fôlego de Everett e roubar qualquer resquício de luz que havia em seus olhos. Signa ficou olhando para os lábios levemente apertados do rapaz, e a culpa foi se assomando dentro dela enquanto observava Everett tentando se recompor.

— Obrigado. — O futuro duque disse isso sem emoção, mas se obrigou a dar um sorriso. — Com certeza, espero que sim. Agora, se me dão licença...

Talvez porque não conseguisse mais fingir estabilidade, Everett pôs o chapéu e foi às pressas para a carruagem.

No instante em que a porta se fechou, depois de ele ter saído, Blythe desceu a escada, praticamente voando. A camisola, que ia se arrastando atrás da garota, ficou presa entre dois arranjos de flores, e ela teve que parar para puxar a bainha.

— Vocês acham que Everett estava sendo verdadeiro? — perguntou quando recuperou o fôlego.

— Ele me pareceu sincero — admitiu Signa. — Mas é difícil saber.

— É exatamente desse tipo de atenção que precisamos. — Byron espiou pela porta aberta, onde as criadas ainda estavam ajeitando os presentes enviados pelo Destino. — Temos que pisar em ovos. Um passo em falso, Srta. Farrow, e tudo vai desmoronar. Quando é a investidura?

Signa abriu o envelope e tirou dele o convite, lendo rapidamente as palavras escritas com letras elegantes até encontrar a data.

— Dia 20 de abril.

— Daqui a menos de uma semana. Não sobra muito tempo para nos prepararmos. — Byron passou a mão no maxilar e, quando tornou a olhar para Signa, não foi com um olhar de preocupação, mas com a mesma consideração que alguém teria ao inspecionar um cavalo antes de uma corrida. — Isso está se saindo melhor do que a encomenda. Continue assim, e poderemos ter Elijah de volta antes do esperado.

Se Byron esperava isso *mesmo*, contudo, era a questão. E estava na hora de Signa, enfim, obter uma resposta.

QUINZE

Os frutinhos de beladona estavam secos e murchos quando Signa os tirou da trouxinha. Só restavam dez e, enquanto os olhava, a garota imaginou a voz do Ceifador ecoando em sua cabeça, dizendo para não correr aquele risco. Que os dois encontrariam outra maneira.

Durante duas semanas, Byron não fizera nada que provasse ser ele o culpado. Se fosse, no entanto, não havia tempo a perder. Signa esperou horas e horas, até ele sair do gabinete de Elijah, mas não tinha como saber quando o homem retornaria. Byron mal saía do recinto, nem para dormir. E, quando saía, nunca deixava a porta destrancada. Se a garota quisesse descobrir o que passava o dia inteiro fazendo lá dentro, aquela era a sua chance.

A temperatura do quarto foi caindo drasticamente, e Signa tinha certeza – apesar de não conseguir enxergar o Ceifador – de que a Morte estava ali com ela, observando-a colocar cinco dos frutinhos que restavam na palma da mão. As janelas se escancararam, ficaram com o parapeito tapado de geada, o vento entrou com tudo no quarto e derrubou um dos frutinhos de sua mão. A garota olhou feio para trás, para o local onde – assim torcia – a Morte estava, antes de recolher o frutinho e controlar o tremor das mãos, porque não queria que ele visse como estava com medo.

Alguma coisa estranha estava acontecendo com os poderes dela, mas o Destino não iria permitir que ela caísse doente a ponto de morrer se suspeitava que a garota era a reencarnação da Vida. Esse não era um pensamento reconfortante, mas deu a Signa a confiança necessária para pôr seu plano em prática. Colocou os frutinhos na boca antes que desse tempo de mudar de ideia e mastigou, fazendo careta por causa do gosto podre que tomou conta da sua língua. Em seguida, ajoelhou-se, apoiada na cabeceira da cama, esperando que os tão conhecidos efeitos se apoderassem do corpo. Demorou mais do que de costume, os frutinhos estavam menos potentes. A garota precisaria agir rápido para não ficar presa do outro lado da porta do gabinete.

Até que enfim, depois que o mundo girou, transformando-se em uma névoa cinzenta, e o corpo dela ficou gelado, Signa abriu os olhos. Não precisou se virar para saber onde o Ceifador estava, porque as sombras da Morte já haviam se enroscado nela e a puxado para perto do peito. O Ceifador abraçou Signa com tanta força que a garota pensou que ele não iria mais soltar.

Signa se aclimatou àquela tão conhecida onda de poder que a percorria quando estava naquela forma, encostou a cabeça no Ceifador e invocou a noite. Sombras vieram correndo até ela, subindo pelos pés, encostando de leve nas pontas dos dedos, até cobrirem a pele toda, feito uma armadura. A garota abriu e fechou as mãos, dando as boas-vindas às sombras. Tinha a sensação de que aquele poder era tão natural que dava pena do Destino e da esperança dele.

– Oi, Passarinha.

A voz da Morte atravessou a noite como uma ardência gelada na pele de Signa.

Meu Deus, como era bom ouvir a voz dele. Não só dentro de sua cabeça, mas varrendo o quarto, feito uma gloriosa tempestade. A garota se afastou um pouco para conseguir olhar para o Ceifador — não um ser humano, mas sombras projetadas na forma de um homem, o rosto e a pele mascarados pela escuridão.

— Não fique bravo comigo — sussurrou Signa. Adoraria, mais do que tudo, jogar-se nos braços do Ceifador e senti-lo contra seu corpo, mas temia ter menos tempo do que jamais tivera para permanecer naquele estado, já que os frutinhos estavam tão velhos. — Não temos tempo para isso.

— Não temos tempo para nada ultimamente. E não adianta eu ficar bravo: já me resignei à ideia de que você sempre vai ignorar meus desejos e fazer o que bem entender. — Apesar de falar baixo ao segui-la porta afora, o Ceifador ficou pairando ao alcance da mão, observando cada movimento de Signa. Os dois se esgueiraram pelas paredes, bem perto dos retratos dos ancestrais da família Hawthorne, que a Morte inspecionava à medida que passavam por eles. — Eles são muitos, não é mesmo? — A Morte deu mais alguns passos e se deteve em outro retrato, de uma mulher com olhos sem expressão e boca furiosa. — Eu me lembro do dia que vim buscar essa aí. Não parava de gritar e me falou que, se estava morta, eu também precisava levar o marido, então. Marido esse que gozava da mais perfeita saúde.

Signa sorriu e deu a mão para o Ceifador, saboreando o momento enquanto podia. Já percorrera aqueles corredores com Sylas, bancando a detetive à procura de pistas do assassinato de Lillian Hawthorne. Sabia que não deveria estar se sentindo tão eufórica, nem de longe, só que sua vida nunca fora normal, e tinha a sensação de que entrar escondido no gabinete para investigar o tio com a Morte ao seu lado era sua modalidade exclusiva de ser cortejada por um rapaz.

— É essa.

A garota parou para tentar ouvir o som de passos ou de algum sinal de vida lá dentro. Como o silêncio foi a única resposta, estremeceu e atravessou a porta.

O gabinete de Elijah estava igualzinho ao que ela recordava: um recinto amplo, com poltronas de couro de um tom intenso de caramelo, mobília elegante e lustrosa. Tinha uma essência masculina, calorosa, sofisticada e com cheiro de pinho. As centenas de livros nas estantes que ocupavam as paredes eram imaculadas e intocadas, mas a mesa era outra história. Uma bagunça de papéis manchados de chá e diários repletos de anotações em cada página.

A Morte se aproximou de Signa, que deu a volta na mesa e ordenou que as sombras tirassem a poltrona do caminho, para que ela não fosse obrigada a pairar no meio de um móvel, sentindo-se um verdadeiro fantasma. O Ceifador deu uma risada grave e satisfeita ao vê-la fazer isso.

— Eu não esperava que já tivesse tamanho controle.

— Claro que tenho. — Signa ordenou que as sombras ficassem em volta dela outra vez, as ramificações virando as páginas que a garota não podia tocar em forma de espírito. — Sou uma ceifadora, afinal de contas.

Essas palavras foram ditas tanto para si mesma quanto para o Ceifador, apesar de Signa ter tropeçado nelas. Quando estava naquela forma, capaz de comandar as sombras, sentia-se mais poderosa do que tudo neste mundo. Gostava do fato de ela e o Ceifador serem tão parecidos. Gostava de ter um lado que só a Morte era capaz de compreender.

Mas, por mais que ansiasse por sentir a vibração daquele poder atravessando seu corpo, as suspeitas do Destino ainda lhe deixavam com a pulga atrás da orelha. Se tivesse razão — se as mãos de Signa pudessem mesmo conceder vida em vez de morte —, não deveria ser *este* o poder pelo qual ela ansiava, então?

Signa não queria acreditar que isso poderia ser verdade e, mesmo assim, essa ideia havia se infiltrado tanto em sua mente... uma coceira constante, que ela não conseguia aliviar. Precisava se distrair dessa ideia folheando os papéis e recortes de jornal espalhados pela mesa. O primeiro que chamou a sua atenção foi um artigo a respeito do incêndio que ocorreu no jardim.

Signa ficou com um nó na garganta. Estava tão perdida nos próprios pensamentos que tentou pegar o papel por conta própria, mas sua mão fantasmagórica o atravessou. O Ceifador ficou ao lado dela, examinando as páginas por cima do ombro da garota. Então disse, com todas as letras, a verdade que enchia Signa de tamanho pavor.

— Byron está investigando o desaparecimento de Percy.

Não eram apenas anotações nos livros-caixa, mas também nomes de fornecedores e amigos. O nome de Charlotte Killinger estava sublinhado, e Signa reparou, com grande desgosto, que o próprio nome estava circulado. O de Elijah também.

Atrás da garota e do Ceifador, havia um mapa, e a Morte se virou e o inspecionou em um silêncio pesaroso. Signa também se virou para o mapa, mas se arrependeu de ter feito isso em um instante. Havia cidades marcadas com um X, e apenas uma ainda estava circulada: Amestris. A garota voltou para a mesa e encontrou o mesmo nome em um dos livros-caixa, onde estavam anotados o endereço de todas as estalagens e tavernas que existiam na cidade.

— Byron está procurando por ele — sussurrou Signa.

A culpa que sentia era ácida e queimava todo o seu corpo. Ao que tudo indicava, àquela altura, Byron já havia procurado por quase metade do país. A cada página, as anotações iam perdendo a elegância, até o diário ficar todo rabiscado, com uma letra quase ilegível. Algumas partes eram tão difíceis de ler que Signa quase não percebeu uma palavra no alto da página mais recente: *Assassinato?*

As sombras se evaporaram de Signa feito fumaça, e ela foi cambaleando para trás. O Ceifador a segurou pelos ombros, para que não caísse.

— Ele sabe. — Se a garota estivesse em sua forma mortal, teria vomitado. No estado em que estava, pôs a mão em cima da barriga e tentou apaziguar aquela culpa ardente. — Byron sabe que Percy morreu. Sabe que alguém o matou. Meu nome está nesses papéis, Morte. Ele deve achar que fui eu. Deve saber...

— Byron não sabe de nada. — Os dedos do Ceifador se enroscaram na pele de Signa. — Não deixamos nenhum vestígio. Ele pode suspeitar quanto quiser, mas não sabe de nada. Juro, eu me encarreguei disso.

Talvez. E, mesmo assim, Signa só conseguia enxergar os mapas com as cidades riscadas e as dezenas de anotações espalhadas, escritas por uma mão descontrolada. Por fora, Byron estava mantendo a compostura. Mas, por dentro...

— Ele amava Percy. — Os lábios de Signa se amorteceram ao pronunciar essas palavras. — Byron amava o sobrinho e nunca mais tornará a vê-lo. Nem sequer sabe o que foi que aconteceu com ele.

A garota tinha a sensação de que era uma boneca abandonada, cujos pedaços se mantinham juntos por fios de uma costura que estava se desfazendo. Por mais cruel que Percy tenha sido no fim da vida, será que sua família não merecia explicações? Signa tinha a esperança de poupá-los de uma verdade tão dolorosa, mas não havia nada que pudesse dizer sem que descobrissem que ela era a responsável pela morte de Percy. Se isso acontecesse... perderia a família Hawthorne para sempre.

— Signa... — O Ceifador apertou seu ombro. O corpo da garota ia e voltava da forma de espírito, ficava visível e, no instante seguinte, translúcido. As sombras se arrepiavam ao redor dela, frenéticas. — Se não tivessem chorado a perda de Percy, chorariam a de Blythe...

A Morte interrompeu a frase bruscamente, porque a maçaneta da porta se mexeu.

O Ceifador lançou suas sombras em volta dos dois. Mesmo que Byron não fosse capaz de vê-los nem de ouvi-los, Signa e a Morte ficaram o mais imóveis possível, um se alimentando da ansiedade do outro.

Só que não foi Byron quem entrou no gabinete. Foi Blythe, e Signa ficou ali parada, invisível na forma de ceifadora, e se sentiu um tanto tola por não ter primeiro perguntado para a prima onde estava a chave daquele cômodo. Vinha pisando em ovos com Blythe no que dizia respeito às suas suspeitas em relação a Byron. Mas deveria ter adivinhado que a prima suspeitaria do tio tanto quanto ela. Deveria ter adivinhado que, enquanto fazia coisas pelas costas da prima, Blythe estava conduzindo sua própria investigação.

Ao se aproximar da mesa, Blythe guardou o silêncio dos mortos. Mas não teve o mesmo zelo de Signa ao remexer nos papéis, nem de longe. Nem sempre deixava os diários na página em que estavam abertos ou se preocupava em manter tudo organizado. Para que Byron não percebesse que haviam estado ali, Signa tinha o cuidado de reorganizar tudo toda vez que Blythe virava o rosto e pegava outro papel. Deviam ser apenas fantasmas de passagem, assim como Sylas lhe falara há tantas estações atrás.

Blythe foi mais longe do que Signa, escarafunchando tudo o que havia na mesa, até que encontrou uma minúscula caixinha de veludo em uma das gavetas. Ficou parada, e Signa se agarrou ao ombro do Ceifador. Mesmo sem ver o que havia lá dentro, o conteúdo da caixa era incontestável. Apesar disso, Blythe abriu a tampa, revelando uma esmeralda impressionante, engastada em um anel de ouro.

A mesa é de Elijah. A garota lançou as palavras sobre o Ceifador, e as sombras dele estremeceram, dando a impressão de estar incomodadas.

Byron está utilizando a mesa há uma semana. O anel pode ser de qualquer um dos dois.

O anel, provavelmente, não era de Elijah, tendo em vista que ele havia deixado de passar os dias se perdendo nos pensamentos relacionados à falecida esposa apenas recentemente. Byron, por outro lado, nunca esteve tão interessado por uma temporada social como estava naquela.

Signa se lembrou do estranho comportamento dele durante a *soirée* organizada pelo Destino e que Byron e Eliza ficaram lado a lado em mais de uma ocasião. É certo que não poderia estar havendo algo entre os dois... poderia?

Blythe fechou a caixa com força e atirou o anel de volta na gaveta, franzindo bem o cenho. Voltou sua atenção à mesa, agora com um olhar mais crítico, e pegou diversos recortes para dar mais uma lida. A garota levou um pouco mais de tempo do que Signa para se dar conta. Foi só quando reparou no artigo a respeito do incêndio que deixou cair os recortes de jornal, ficando com o rosto branco feito osso ao esquadrinhar a teoria de Byron. De que Percy não havia ido embora, mas que também fora assassinado. Blythe ficou rígida, releu aquelas palavras demasiadas vezes. Depois reuniu os papéis e os colocou de volta onde havia encontrado. Agarrou-se à beirada da mesa, sem saber que Signa estava ao lado dela, observando a prima ler os nomes que estavam na lista de Byron. Observando-a se deparar com o nome de Elijah. Com o de Signa.

— Não — sussurrou Blythe.

E ah, como Signa queria segurar a mão da prima e contar tudo. Mas Blythe jamais a perdoaria. E por que faria isso?

153

Signa estava convencida de que não guardava aquele segredo para se proteger, mas para proteger Blythe. Só que, à medida que a culpa foi pesando em seus ombros, a garota se deu conta de como estava mentindo para si mesma. Queria poupar Blythe, claro. Mais do que tudo, entretanto, estava apavorada, com medo de perdê-la. Estava apavorada, com medo de voltar sozinha para a Quinta da Dedaleira, deixando para trás, mais uma vez, aqueles que amava. Se a Morte não a estivesse segurando, a garota teria retomado a forma humana, nem que fosse só para encostar na prima. Para pedir desculpas por tudo que foi obrigada a fazer para salvar a vida de Blythe, naquela noite na floresta.

As palavras do Destino ecoavam em sua cabeça, sem parar: *E se essas suas mãos pudessem fazer mais do que matar? Você gostaria disso, não gostaria?*

Naquele momento, Signa gostaria. Se isso significasse nunca mais ter que ser a responsável pelas lágrimas de alguém que amava, então, por Deus, sim, ela gostaria.

Tudo girou ao seu redor, subitamente quente demais. Não, não apenas quente. Ardente. Escaldante, abrasador, parecia que algo a queimava viva. A garota segurou a própria cabeça e foi caindo até ficar de joelhos.

Aquilo não era o resfriamento reconfortante da Morte, mas um fogo ardente que foi dilacerando o corpo de Signa, e ramos grossos brotaram das tábuas de madeira que havia debaixo de seus pés. Foi como naquela noite na floresta, quando Gundry ficou ao lado de Signa e a garota fez o jardim morto ressurgir para ludibriar Percy. Só que não eram arbustos mortos ressurgindo da terra, mas uma trepadeira florescente, que foi se esparramando pelo chão, feito um incêndio.

O que está acontecendo?, indagou Signa, em pânico, enquanto um líquen espesso devorava as pernas da mesa de Elijah e glicínias se entrelaçavam entre as lascas da madeira. A Morte foi jogada para trás, bufando e tentando arrancar os ramos que, sabe-se lá como, enredaram-se em suas sombras.

Blythe se afastou da mesa e da terra que brotava com um gritinho, chutando o musgo que subia por suas botas. Esfregou os olhos lacrimejantes, como se tentasse se libertar daquele delírio. Mas, quando baixou as mãos, caules verdejantes saíram da parede e se enroscaram em seus dedos. Desta vez, Blythe berrou e caiu em uma cadeira.

É melhor irmos embora. O Ceifador pegou um punhado de trepadeiras que haviam se enredado nas mãos de Signa. Espinhos se enfiaram na pele da garota, arrancando fiapos de escuridão, não sangue. Ela não conseguia enxergar direito para arrancá-los, e ficou tremendo enquanto a Morte os arrancava e a tirava correndo do gabinete. Não pararam nem uma vez sequer até chegar aos aposentos de Signa. Nem para falar. Nem para fazer perguntas. Nem para nada. Mas, no instante em que *voltaram*, as trepadeiras floridas caíram do corpo dos dois, varridas pelas sombras que, com a permissão do Ceifador, derramaram-se dele, que voltou à forma humana. Foi só aí que Signa pôde ver a veemência do olhar da Morte, que fitava a garota como se nunca a tivesse visto na vida.

— Desculpe — disse ela, com a voz rouca. — Juro que não era minha intenção. Eu... eu não sabia que era verdade. Eu não... eu não achei...

Signa sentiu um aperto no peito quando o ar voltou aos seus pulmões de supetão. O sangue fervia nas veias, e o corpo aparecia e desaparecia. Mas ainda não estava passando mal. Não estava tossindo sangue nem vomitando, e se apegou a essa vitória.

— Diga alguma coisa.

A garota praticamente choramingou quando, enfim, teve coragem de se dirigir ao Ceifador. Em geral, ele bancava o humano muito bem. Mas, naquele momento, esquecia-se de piscar enquanto olhava fixo para Signa, que tentou se recompor. Tentou permanecer firme e calma de todas as formas que podia, já que não ajudaria em nada se começasse, mais uma vez, a fazer coisas brotarem.

O Ceifador entrelaçou os dedos nos de Signa, um por um, fechou os olhos e declarou:

— Você fez aquilo brotar, Signa.

— Eu sei. Não tive a intenção...

— Você não está me escutando.

A Morte apertou a mão da garota com força, e o medo tomou conta dela. Não podia ser verdade.

Não podia. Signa havia matado Percy. Havia matado Magda. Suas mãos eram *letais*. Venenosas e mortais, porque ela era uma ceifadora.

Ela era uma *ceifadora*.

Mas bastou um olhar nos olhos cinzentos da Morte para que seu mundo inteiro mudasse.

— Você fez algo *brotar*. — Havia uma calma periclitante nas palavras do Ceifador, que se abaixou para olhar Signa nos olhos. — Você não ceifou uma vida. Você não matou nada nem ninguém. Você *criou* algo. Só existe uma única pessoa neste mundo cujos poderes são capazes de fazer algo assim.

Signa abriria mão de toda a sua fortuna para impedir o Ceifador de continuar falando. Para atingir o relógio e parar o tempo para sempre. Porque, apesar de compreender as palavras que estavam por vir, e de alguma parte profunda e secreta dela *querer* ouvi-las, não havia nada que a preparasse para o peso do significado das palavras que a Morte pronunciou:

— Signa... Você usou os poderes da Vida.

Desta vez, não havia como negar. A garota vira os espinhos e os ramos brotarem, saindo de baixo dos próprios pés. Observara esses ramos subirem pelas sombras e se esgueirarem em sua pele.

Ainda assim, aquilo lhe parecia impossível. Porque, se possuía os poderes da Vida... se era capaz de *dar* vida...

Durante toda a sua vida, todos que cercavam Signa a trataram como se ela fosse o mal encarnado. Ao longo dos anos, a garota aprendera a contar com as estranhezas de ser quem era e do que era capaz de fazer — e, finalmente, se sentia à vontade na própria pele.

E apesar disso... durante anos, Signa internalizara aquele ódio por si mesma. Apesar de achar que havia conseguido superá-lo, aquela mudança não seria tão fácil assim, ao que tudo indicava. Não existia um interruptor que poderia simplesmente apertar, que lhe permitiria esquecer quanto havia odiado a si mesma. As lembranças eram fustigantes como o mar, ameaçando afogá-la naquele autodesprezo que a consumia.

Esse tempo todo, sua vida jamais precisou ser assim.

— Você sabia? — A voz da Morte foi uma foice que despedaçou o peito da garota. — Você sabia que era por isso que meu irmão veio até aqui?

Signa segurou a mão do Ceifador com firmeza porque, em sua cabeça, uma voz em segundo plano a aconselhava a não soltar. Que, se soltasse, tudo seria diferente.

— Eu estava com medo de acreditar que isso pudesse ser verdade.

O Ceifador apertou sua mão com mais força.

— Mas *é* verdade, Signa. Esse tempo todo, não passei de um tolo ao acreditar que eu e você éramos feitos um para o outro. Que, se o Destino tinha sua cara-metade, eu, com certeza, também poderia ter a minha. Achei que era um sinal o fato de eu poder encostar em você sem te matar. Mas agora sei por que...

— Era exatamente por isso que eu estava com medo! — A cabeça de Signa era uma avalanche de pensamentos, o que tornava suas palavras ríspidas. — Não ouse filosofar para cima de mim. Não ouse pensar, nem por um segundo sequer, que isso muda alguma coisa entre nós. Você me falou que foi você quem ceifou a alma da Vida. Como fez isso?

A Morte ficou imóvel.

— Como eu sempre faço.

— Através do toque, certo? — Signa ficou tão aliviada quando o Ceifador assentiu com a cabeça que precisou conter o riso. — Então, será que você não consegue enxergar: não sei o que sou, mas não posso ser ela. Não morro quando você toca em mim, Morte. Não sou *ela*.

— Mas você tem os poderes dela. Ou seja: suas opções são ilimitadas, Passarinha. Você não precisa mais ser tão absolutamente consumida por tudo que é morto ou moribundo.

— Você não tem o direito de tomar essa decisão por mim. — A garota faria qualquer coisa, até iria à guerra, se, com isso conseguisse fazer o Ceifador ouvir a voz da razão. — Você não tem o direito de me dizer o que devo fazer e não tem o direito de se afastar de mim. Agora não.

A Morte deu a impressão de ter reconhecido a intensidade da emoção que se derramava da garota antes mesmo que a própria Signa, porque roçou os lábios nas costas da mão dela e a puxou mais para perto de si.

— Jamais sonharia em fazer isso. Você é mais importante para mim do que será capaz de compreender um dia, e eu não te abandonarei de livre e espontânea vontade. Mas, se formos continuar juntos, quero que seja por *escolha*. Não bloqueie este seu outro lado só por que tem medo de como posso me sentir. Se você é quem eu acho que é... merece explorar isso. Merece saber o que isso significa.

Talvez, mas Signa não tinha palavras para traduzir o abalo profundo que essa ideia lhe causava. Aqueles poderes não eram algo leve. Eram como um incêndio que tomava conta da pele, dando a sensação de que a devorariam com suas chamas, caso ela permitisse.

— Seja qual for sua decisão, estarei aqui — prometeu o Ceifador.
— Até o momento em que você me mandar ir embora, estarei do seu lado.

Signa encostou a cabeça no peito dele, tentando apaziguar a dor que sentia no coração.

— E o Destino? Se for verdade que posso ser quem ele está procurando, onde seu irmão se encaixa na nossa história?

A garota ficou feliz com a súbita determinação da expressão do Ceifador. Feliz por a Morte ter se enroscado nela e a puxado bem para perto.

— O que você é e o que é capaz de fazer, seja o que for, não é quem o Destino espera que você seja. Você continua sendo Signa Farrow, e eu não serei um homem à sua altura se permitir que meu irmão a roube de mim.

Eram essas as palavras que Signa queria ouvir — que *precisava* ouvir — e só lhe restava torcer para que o Ceifador estivesse sendo sincero. Porque Signa Farrow tinha outro segredo — um segredo que não ousava admitir em voz alta. E era que, quando os ramos se esparramaram pelo chão e a ardência dos poderes da Vida se desencadeou dentro dela, a garota se recordou da canção que embalara sua dança com o Destino.

Havia ouvido a canção que ele lhe pedira para recordar.

DEZESSEIS

Blythe

Certamente, alguém devia estar envenenando Blythe, pois o que mais poderia explicar o que ela acabara de ver no gabinete do pai?

Nunca na vida havia corrido tão rápido quanto naquele instante em que conseguiu se libertar das trepadeiras. Depois passou horas e horas andando de um lado para o outro, aflita, tentando se convencer de que só podia estar vendo coisas, antes de conseguir criar coragem suficiente para voltar ao gabinete, onde descobriu que, lá dentro, não havia planta nenhuma à espreita. As tábuas do chão estavam todas incólumes, a mesa e os papéis que havia nela não tinham um grão de terra sequer.

E foi aí que Blythe se deu conta de que estava enlouquecendo.

Recusou-se a continuar no gabinete e saiu correndo — respirando ofegante — não para seus aposentos, mas escada abaixo, até sair da Quinta dos Espinhos, tentando não gritar para não alertar todos na mansão de seu suplício.

Fazia muito tempo que Blythe não saía da Quinta dos Espinhos sem ser de carruagem. Com receio de que a filha tivesse uma recaída, Elijah ficara de olho nela, garantindo que a garota não fizesse muito esforço físico e que a criadagem a paparicasse. Só que a ferocidade com que o corpo de Blythe tremia era demasiada para que ela conseguisse se entocar no próprio quarto, sozinha. E, sendo assim, começou a dar voltas e mais voltas no pátio, ficou pisoteando o chão por quase uma hora, deixando que o calor da primavera se infiltrasse nos ossos e ponderando se devia ou não contar para Signa o que havia acontecido.

No fim das contas, Blythe concluiu que queria um pouco mais de tempo. Um pouco mais de tempo para ver se aquilo não passava apenas de uma recaída temporária. Um pouco mais de tempo para se sentir, pelo menos, um tanto normal, sem que todos a tratassem como se ela fosse uma frágil relíquia de família, feita de cristal. E, sendo assim, resolveu se dirigir aos estábulos, onde encontrou um cavalariço que nunca vira na vida agachado no feno, ao lado de um pequeno potro, todo encolhido. O pobrezinho estava tremendo, com os olhos fechados e a respiração pesada. Uma linda égua dourada ergueu a cabeça na baia mais próxima, observando tudo. Blythe sentiu um aperto nas entranhas ao se dar conta de que aquela era Mitra, a égua da mãe.

O cavalariço cantava enquanto acariciava a pelagem do potro e, apesar de a garota ter levado um minuto para reconhecer a melodia, deu uma risada que foi o mais suave dos suspiros ao se dar conta de que o rapaz estava cantando, com uma voz cansada e um sotaque cadenciado e carregado, uma canção absolutamente imprópria, sobre uma moça esquelética que trabalhava em uma fazenda.

Blythe tirou os olhos do cavalariço, dirigiu o olhar para o potro e, bem baixinho, perguntou:

— Ele ficará bem?

O rapaz foi logo se endireitando.

— Srta. Hawthorne! Ai, meu Deus. Mil perdões. Não fazia ideia de que estava na presença de uma dama. — Os olhos redondos do cavalariço estavam arregalados, e ele tentou não se atrapalhar todo, mas não obteve o menor sucesso. — Posso fazer alguma coisa pela senhorita?

— O potro. Ele ficará bem?

A expressão do rapaz se suavizou.

— Só o tempo dirá, senhorita. Agora só resta deixá-lo à vontade e rezar pelo melhor.

Blythe mal conseguia respirar tamanho o aperto que sentia no peito, e odiou o fato de ter seguido seu primeiro instinto, o de virar o rosto para longe do recém-nascido. Ultimamente, era difícil demais olhar para os mortos e moribundos, não aguentava recordar que havia passado tanto tempo na fronteira entre a vida e a morte, aquilo ainda era terrível demais para ela.

A garota se obrigou a prestar atenção novamente na tarefa diante de si. O pai ficaria furioso se ficasse sabendo que ela havia caminhado até os estábulos, para começo de conversa. Que dirá se soubesse que Blythe tinha vontade de andar a cavalo. Felizmente, para ela, o cavalariço era novo no cargo, fora contratado por Byron há apenas uma semana.

— Eu gostaria de ir passear com Mitra.

Blythe cruzou as mãos atrás das costas e tentou fazer uma expressão confiante. O cavalariço olhou por sobre o ombro da garota, com uma ruga minúscula entre as sobrancelhas, ao ver que ela estava sozinha.

— A senhorita precisa que alguém a acompanhe?

Foi uma pergunta sincera. Uma pergunta genuína, dentro do esperado, que qualquer cavalariço que se preza pensaria em fazer. Apesar disso, Blythe ficou irritada com a indagação, porque houve um tempo em que andar a cavalo era algo tão simples para ela que a questão do rapaz seria risível. Agora, estava tão desacostumada àquele vigor recém--adquirido que não sabia quando poderia ficar cansada e não era tola a ponto de correr o risco de ficar presa na floresta, desacompanhada. E, sendo assim, Blythe mordeu a língua e falou:

— Eu agradeceria muito, senhor...

— Crepsley. William Crepsley.

O rapaz tinha as mãos calejadas pelo trabalho braçal, era corpulento, e sua pele queimada de sol não condizia com um homem da alta sociedade. Não deveria ser muito mais velho do que Blythe, que reparou no rosto redondo e bondoso dele e em sua seriedade. Sem dúvida, tendo em vista que fora contratado muito recentemente, queria causar boa impressão, ou seja: seria fácil demais tirar vantagem daquele rapaz.

— O potro ficará bem sozinho?

— Ele não ficará sozinho — prometeu William. — O clínico chegará em breve, e o Sr. Haysworth cuidará dele nesse ínterim.

Blythe fez que sim, apesar de não ter a menor ideia de quem era o Sr. Haysworth. Durante vinte anos, vivera entre as paredes da Quinta dos Espinhos e, apesar disso, o lugar estava se tornando mais desconhecido a cada dia que passava. Levaria séculos para decorar os nomes e o rosto dos novos integrantes da criadagem.

— Muito bem. Então gostaria que o senhor me acompanhasse até a residência da família Killinger, Sr. Crepsley. Pode deixar que mostro o caminho.

Quando William balançou a cabeça, concordando, e foi aprontar os cavalos, Blythe se deu conta de que estava grata além do que aquele rapaz jamais saberia. Não porque William era bondoso e ocupava aquela posição há tão pouco tempo que não se deu conta de que ela não deveria estar ali. Mas porque, caso limo e espinhos começassem a brotar da terra novamente, desta vez, pelo menos, Blythe não estaria sozinha.

William estava demorando mais do que deveria, mas Blythe não o repreendeu por isso. Tinha certeza de que o rapaz estava checando três vezes o próprio trabalho, provavelmente porque ainda não tivera a oportunidade de preparar um cavalo como manda o figurino para alguém montar desde que começara a trabalhar na Quinta dos Espinhos. A garota, contudo, teve paciência, e o cavalariço logo voltou trazendo Mitra e outra égua branca, ambas seladas.

Mitra se aproximou de cabeça baixa e balançando o rabo. Deu uma bufada simpática, cumprimentando Blythe, que pôs a mão na testa do animal e enroscou os dedos em sua bela crina dourada. Fazia séculos que não via aquela égua. Fazia séculos que sua mãe não estava mais viva e bem a ponto de andar a cavalo com ela, coisa que fizera quase todas as tardes. Blythe era quase capaz de ouvir a risada da mãe ecoando enquanto as duas cavalgavam. Era quase capaz de ver o cabelo da mãe soprado pelo vento, brilhando contra o céu, feito um clarão de sol.

Fazia tanto tempo que a garota evitava pensar na mãe, em seu desespero para não seguir pelo mesmo caminho. Mas agora que estava do outro lado dos portões da morte, Blythe sentia tanta saudade dela que chegava a doer, tanta que sentiu um anseio de ver qualquer resquício da mãe que ainda pudesse existir na face da Terra.

— Prontinho, senhorita.

William segurou Mitra, Blythe passou o pé no estribo e ergueu o corpo até ficar em cima da sela. Ficou com um nó na garganta no instante em que sentiu a melodia constante da respiração da égua sob seu corpo. Quanto tempo fazia que não tinha forças para erguer o próprio corpo sem precisar pensar? A garota escondeu o rosto do cavalariço quando seus olhos se encheram de lágrimas.

Talvez o subconsciente soubesse, desde o início, que era aquilo que Blythe precisava. A garota devia estar mais fragilizada do que notara para encontrar tamanho consolo nos estábulos. Ainda assim, o coração não conseguia acalmar por completo as batidas fortes e descontentes. Não depois do que Blythe vira no gabinete do pai nem do que lera naqueles diários.

Ela segurou as rédeas, determinada a descobrir a verdade.

Charlotte Killinger havia encontrado Signa por acaso na noite em que Percy desapareceu. Foi Charlotte quem avisou Elijah que o jardim estava pegando fogo. Blythe já havia conversado com ela, meses atrás. Mas talvez houvesse mais informações a serem levantadas: se havia alguém capaz de lhe dizer mais alguma coisa a respeito do que havia acontecido naquela noite, lá na floresta, esse alguém era Charlotte.

Blythe foi na frente, cavalgando pelo solo amaciado, adentrando naquela floresta que chegava a doer, de tão conhecida que era — a ponto de ela voltar a se sentir como criança. A garota não enxergava apenas árvores verdejantes que se inclinavam na direção dos dois feito bocas famintas: enxergava o fantasma da mãe perpassando os galhos esqueléticos, sem jamais permitir que rasgassem a barra do vestido branco, como acontecia com tanta frequência com o de Blythe. Pássaros bicavam os troncos dos carvalhos altíssimos, cumprimentando-os, ou cantavam doces e agradáveis melodias de primavera. Blythe ouviu o riso do irmão em meio a esses cantos. Ouviu Percy ralhando com ela por se permitir ficar tão suja, e chamando a mãe para ajudar a desenroscar o cabelo da irmã, preso nos galhos ávidos.

Quanto mais adentravam a floresta, mais o nariz de Blythe ardia, e seus olhos lacrimejavam. A garota ficou feliz porque, pelo menos, o tempo não a fizera perder a familiaridade que tinha com aquela terra. Blythe crescera naquele solo, arrancando frutinhos maduros dos arbustos e seguindo Percy até ver o irmão, sempre tão cavalheiro, embrenhar-se em um emaranhado de árvores com diferentes damas ao longo dos anos, quando achava que ninguém estava prestando atenção nele. Quase deu risada ao recordar dessa cena: não podia se esquecer de debochar de Percy por causa disso quando conseguissem encontrá-lo.

Blythe não precisava de uma trilha para saber aonde ia. Conseguia se localizar em plena floresta pela maneira como os galhos se inclinavam ou por quais árvores ficavam com as folhas amarronzadas a cada estação que findava. A floresta sempre fora parte dela. Jamais havia se dado conta de que aquele lugar estava tão enraizado em sua alma.

Teria dado qualquer coisa para poder fechar os olhos e se permitir virar à esquerda, percorrendo a trilha esquecida que levava ao jardim da mãe, onde seria acariciada pelo aroma dos lírios. Queria dar a si mesma permissão para acreditar que a mãe ainda estaria esperando por ela, observando as flores de lótus cascatearem pelo laguinho ou sentada em seu banco preferido, lendo um livro que, mais tarde, Blythe roubaria para lê-lo também.

Mas o que esperava por Blythe no jardim eram apenas cinzas e o fantasma de lembranças açucaradas demais. Sendo assim, a garota virou à direita, afastando-se do jardim e aproximando-se da casa de Charlotte Killinger.

Levou menos de vinte minutos para chegar à propriedade, que ficava aninhada na base da floresta, protegida por uma fortaleza de olmos altíssimos. Não era tão grande quanto a Quinta dos Espinhos, nem de longe, mas seu charme era incomparável. O que a Quinta dos Espinhos tinha de soturna, a propriedade da família Killinger tinha de encantadora: até a fumaça cinzenta que saía pela chaminé era assim. Trepadeiras rastejantes serpenteavam pelas pedras escuras da mansão, lutando para devorar a porta principal, que dava a impressão de também estar em guerra com os arbustos que cresciam apoiados nela. Se alguém arrancasse a imagem de uma casinha de contos de fada e, com um passe de mágica, fizesse essa imagem criar vida, Blythe imaginava que seria igual à casa de Charlotte. A casa se erguia em cima de um gramado cujo tom de verde era intenso e vibrante, cercada por ameixeiras e um único sabugueiro. A cerca de ferro que dava a volta no terreno era coberta de musgo e, através dos vãos, Blythe viu que Charlotte já estava fora de casa.

Entretanto, não estava sozinha.

Everett Wakefield estava sentado ao lado de Charlotte, exibindo um sorriso infantil. A garota dava risada, enlaçando as mãos do rapaz, enquanto os dois conversavam por meio de sussurros baixinhos e felizes. Não havia nem sinal de acompanhante por perto, e Blythe se sentiu uma verdadeira *voyeur* quando Everett roubou um beijo, que foi retribuído por uma Charlotte toda feliz e contente.

Com as faces vermelhas, Blythe se virou para William e disse, mais alto do que tinha direito a dizer:

— Olhe só para isso, Sr. Crepsley. Ao que tudo indica, chegamos antes do esperado!

Charlotte empurrou Everett, e os dois sussurraram, aos borbotões, palavras que Blythe não conseguiu decifrar. Fingia estar olhando para o outro lado e que não havia reparado na presença de Everett, que saiu correndo, a perder de vista.

Blythe sempre soube que Charlotte se interessava pelo rapaz: só não sabia que o interesse da garota era recíproco. Que curioso o fato de nenhum dos dois ter comentado nada a respeito do relacionamento.

Foi só depois de arrumar o vestido e se certificar de que o cabelo estava em seu devido lugar que Charlotte veio correndo na direção das visitas.

— Olhe só para você! — exclamou, com um suspiro de assombro. — Faz tanto tempo que não a via montada em um cavalo!

Ignorando o cansaço que sentia nos ossos e tudo o que acabara de testemunhar, Blythe ergueu o queixo e falou:

— Receio que o mundo não esteja preparado para o poder que possuo, agora que minhas forças retornaram.

Charlotte revirou os olhos e declarou:

— E, em um estalar de dedos, já vi o suficiente.

Charlotte tentou, discretamente, se livrar de uma mancha de grama na saia, esfregando o tecido. William apeou da égua e segurou as rédeas de Mitra, para que Blythe conseguisse desmontar. Ela não havia se dado conta de como estava extenuada porque, de ter recuperado boa parte de suas forças nos últimos meses, de quando em quando, aquela tão conhecida exaustão tomava conta do seu corpo, fazendo-a ver bolinhas ou provocando-lhe um aperto no peito. Um lembrete de que não devia se cansar em demasia.

Sendo tão observadora, Charlotte deve ter conseguido sentir a fadiga da amiga. Deu o braço para Blythe, em uma oferta de apoio silenciosa.

— Estão só vocês dois? — Charlotte olhou mais adiante, para a floresta, provavelmente procurando por Signa. — Por que não nos sentamos um pouco. Sr. Pembrooke? — Charlotte, então, se dirigiu a um homem alto e corpulento que acabara de sair da casa vestindo um terno. — Por favor, mostre ao cavalariço da Srta. Hawthorne onde ficam os estábulos e cuide para que lhe deem tudo o que ele precisar.

— Imediatamente, milady.

O Sr. Pembrooke meneou a cabeça e, no instante seguinte, os dois homens já atravessavam o gramado, dirigindo-se aos estábulos.

— Perdoe minha espontaneidade — declarou Blythe, assim que ficou a sós com Charlotte. — Sei que você não costuma receber visitas no dia de hoje. Mas achei que me faria bem sair um pouco da Quinta dos Espinhos.

Por um momento, a luz presente na expressão de Charlotte se apagou.

— É surpreendente o fato de você não sair de lá com mais frequência, com tudo o que dizem daquele lugar.

Se Charlotte tivesse dito algo assim na véspera, Blythe poderia ter ficado ofendida. Mas, depois do que havia testemunhado no gabinete, não podia mais ter certeza de que eram infundados os boatos sobre a Quinta dos Espinhos ser assombrada.

— Até agora não tive problemas — respondeu Blythe. Atrás das duas, havia um arbusto de *blueberry*, triste e moribundo, apesar do clima mais quente. Ela ficou olhando para o arbusto enquanto falava, passando os dedos nos galhinhos desfolhados. — Mas tenho um assunto que gostaria de tratar com você.

Blythe jamais tinha visto alguém engolir um sapo, mas imaginou que, caso visse, a pessoa ficaria com uma expressão igualzinha à de Charlotte naquele momento.

— Ah, é? — indagou.

Os olhos da garota se dirigiram ao local para onde Everett havia fugido às pressas. Blythe adoraria, mais do que qualquer coisa, perguntar sobre a cena entre os dois que acabara de testemunhar, só que Charlotte era certinha demais para não ficar constrangida se soubesse que alguém estava a par daquele instante de ternura tão tremenda.

— Eu gostaria que você me contasse tudo o que viu na noite em que meu irmão desapareceu.

O alívio de Charlotte foi tão intenso que Blythe quase conseguiu senti-lo, relaxando os próprios músculos cansados.

— Essa conversa não vai trazer nada de bom, Blythe. Já encerramos esse assunto.

E haviam encerrado mesmo. Ainda assim, Blythe insistiu:

— Faça-me esse favor novamente. Prometo que esta é a última vez que irei perguntar.

Charlotte soltou um suspiro e levou Blythe para um banco que ficava ali perto, sob a sombra de um grande pé de bordo, longe dos olhares curiosos.

— Eu já te contei tudo o que sei. Vi Percy na floresta por breves instantes, indo para o jardim de sua mãe. Ele mal respondeu quando eu falei "oi" e...

— E como ele estava? — interrompeu-a Blythe, espremendo bem os olhos para o chão, tentando visualizar mentalmente a cena. — Estava com pressa? Estava andando devagar?

Os olhos castanho-escuros de Charlotte se dirigiram a Blythe com uma seriedade alarmante.

— Seu irmão me pareceu igual a qualquer um que sai correndo da Quinta dos Espinhos falando de fantasmas. Se quer que eu seja franca, Percy falava de um jeito meio enlouquecido. Disse que estava indo para o jardim... só isso. Nossa conversa foi breve.

Charlotte, então, contou para Blythe que Signa fora atrás de Percy, e que ela própria foi correndo para a Quinta dos Espinhos, avisar Elijah.

— E aí a fumaça começou, certo? — perguntou Blythe. — Devemos estar deixando passar alguma coisa! Percy não fugiria correndo para o meio da floresta, simplesmente. Não sumiria desse jeito, ainda mais que...

— Que você estava doente? — Charlotte não esperou que a expressão de Blythe se anuviasse para se aproximar e pôr a mão no colo da amiga. — Se Percy foi mesmo embora de livre e espontânea vontade, deveria ter um bom motivo para isso.

Era a mesma história que Blythe já ouvira mil vezes. A mesma que Signa havia contado. Percy estava paranoico, dizendo que alguém estava atrás dele, depois de ter sido envenenado no baile de Natal. Como Elijah deixara bem claro que Percy jamais assumiria seu lugar no Clube Grey, o rapaz não tinha motivos para continuar morando na Quinta dos Espinhos. Fugira para garantir a própria segurança. Essa história, sob todos os aspectos, fazia sentido.

Com exceção de um detalhe: por que Percy nunca tentou entrar em contato com a família? Nem para pedir dinheiro, nem para informar sobre seu paradeiro, nem — o que era mais doloroso — para perguntar sobre o estado de saúde da irmã e ter certeza de que ela ainda estava viva. Talvez tivesse medo de que, caso entrasse em contato com alguém, correria perigo. Mas... será que, pelo menos, não teria *tentado*?

Talvez Percy tivesse mesmo começado uma nova vida com outro nome, em algum lugar onde sua família não fosse uma alvo constante. Blythe, contudo, não podia ignorar as anotações de Byron nem os mapas com cidades riscadas. Os recursos da família Hawthorne eram infinitos. Quando tornou a abrir a boca, Charlotte estava hesitante, e falou baixo:

— Se Percy foi morar em outro lugar, deveriam ter conseguido encontrá-lo.

— O que você quer dizer com "se" — insistiu Blythe, sem conseguir parar de pensar naquela única palavra. — Se ele não foi embora de livre e espontânea vontade, o que você acha que aconteceu, então?

Charlotte olhou de esguelha para trás, como se quisesse se certificar de que ninguém estava vindo.

— Não cabe a mim especular.

— É claro que eu quero que você especule! É por isso que estou aqui...

Desta vez, Blythe foi interrompida porque Charlotte colocou a mão sobre a boca da amiga, abafando qualquer ruído.

— Você não está levando em consideração uma parte importante do que aconteceu logo depois, Blythe. A parte em que eu encontrei sua prima. Não é para mim que você deveria fazer essas perguntas: não fui que corri *de encontro* ao incêndio naquela noite.

Blythe se desvencilhou de Charlotte, limpando a boca.

— Você acha que *Signa* é a causa do desaparecimento de Percy? — A risada que a garota deu foi um som ríspido, cortante, que fez Charlotte endireitar a postura e ficar com o corpo todo tenso. — O que acha que minha prima poderia ter feito ao meu irmão? Expulsá-lo da cidade? Você acha que ela tem força suficiente para ter matado Percy?

Blythe era uma cobra enrolada, pronta para dar o bote, pronta para cuspir no prato em que comeu. Sabia muito bem que não tinha o direito de se comportar daquela maneira na casa da própria Charlotte. E, apesar disso, não pôde conter a raiva que fervilhava dentro dela. Estava acostumada a que as pessoas se afastassem quando ela atacava: era assim que se protegia daquilo que não queria encarar. Então, quando Charlotte continuou sentada, com uma postura altiva, sem se abalar, foi Blythe quem começou a encolher, e o pânico foi tomando conta da garota.

— Conheci Signa quando nós duas éramos apenas crianças — insistiu Charlotte. — Sua prima era minha amiga mais próxima, porque eu *gostava* do fato de ela ser um tanto estranha e de que, como eu, passava os dias na floresta. Falavam muita coisa de Signa, mas nunca dei ouvidos. Só que os boatos correm. Boatos sobre por que sua prima foi passada de família em família e por que todos os tutores dela morreram.

"Sempre disseram que Signa era amaldiçoada, só que eu nunca acreditei, até que o tio dela morreu — prosseguiu Charlotte, falando cada palavra um pouco mais baixo do que a anterior. — E, depois, minha própria mãe faleceu. Eu e meu pai fugimos e, durante anos, achei que era bobagem. Signa não poderia ter sido a causa de minha mãe e o tio dela terem contraído a doença que os matou. Fiquei feliz em revê-la. Mas, desde aquela noite, lá no jardim, não posso deixar de me perguntar... por que Signa correu *de encontro* ao incêndio?"

Blythe não precisou pensar para adivinhar a resposta: bem no fundo, sabia qual era.

— Ela estava procurando Percy.

— Talvez. — Os dedos de Charlotte se agarraram à beirada do banco. — Repito: não cabe a mim especular.

Subitamente, Blythe se arrependeu de ter ido à casa de Charlotte. Porque Signa havia *salvado* sua vida. Ficara ao seu lado quando ninguém mais ficou. Era sua *pessoa preferida*, e ela só conseguia pensar nisso quando fez sinal para William trazer os cavalos. Montou em Mitra sem dizer uma palavra, e Charlotte ficou apenas olhando, com uma expressão hostil.

— Everett quer ficar de olho nela, sabe? — gritou, quando Blythe segurou as rédeas. — Por que você acha que ele convidou todos vocês para a investidura? Certamente, não deve acreditar que foi porque Everett ainda gosta de sua prima.

Blythe parou então, só por um instante e só porque jamais ouvira tamanha maldade se derramar da língua de Charlotte. Pelo jeito, até a Srta. Killinger reconheceu prontamente o próprio deslize, porque arregalou os olhos e tapou a boca.

E, apesar de Blythe saber que não deveria fazer isso — apesar de não querer dizer nenhuma palavra sobre o assunto —, sentia tamanho fogo protetor em relação a Signa que não pôde deixar de retrucar.

— Tendo em vista o que acabei de testemunhar entre você e Everett, essa ideia nem sequer me passou pela cabeça. Quando encontrar com Everett novamente, por favor, mande um olá meu, sim?

Charlotte se afastou, e Blythe odiou o fato de ter acertado o alvo. Bastaria uma palavra sua para que a reputação da outra garota fosse arruinada.

Blythe não iria dizer nada, claro, e odiou a si mesma por sequer permitir que Charlotte acreditasse que ela poderia fazer isso um dia.

As duas não trocaram mais nem um suspiro. Charlotte foi correndo para dentro de casa, Blythe puxou as rédeas e partiu montada em Mitra. William seguiu ao lado dela, acompanhando seu ritmo.

— Havia um homem escondido lá nos estábulos — sussurrou o cavalariço. — Estava agachado atrás de um fardo de feno.

Blythe lançou um olhar indignado para o rapaz.

— Não, não havia.

Desta vez, a garota atiçou Mitra delicadamente, com o pé, e correu para o abraço da floresta. Não foi na mãe que Blythe pensou quando os galhos se atracaram em seus fios de cabelo e puxaram seu vestido. Em vez disso, lembrou-se das damas daquela temporada social, que se agarrariam a qualquer um em quem conseguissem pôr as mãos: a competitividade de Charlotte fez que seu comportamento não fosse nada melhor do que o das demais damas.

Só que não era por isso que, naquele momento, Blythe odiava Charlotte mais do que qualquer outra pessoa no mundo. Era porque Charlotte havia plantado uma semente em sua cabeça. E, por mais que Blythe tentasse se livrar dela, aquela ideia era uma erva daninha em meio aos seus pensamentos, que se enterrou bem fundo e esparramou suas raízes.

Não havia como Signa ter feito mal a Percy, jamais. Ela amava Percy, assim como amava Blythe...

... não amava?

DEZESSETE

Houve uma época, no início da temporada social, em que homens esperançosos faziam visitas às damas da Quinta dos Espinhos todas as terças e quintas-feiras. Vinham trazendo presentes luxuosos e sentimentos açucarados e davam de cara com a rejeição sem rodeios de Blythe e com os pedidos de desculpas de Signa. Aqueles homens foram rareando ao longo das semanas e desapareceram por completo depois da morte do lorde Wakefield. Apesar de Byron ter ficado tão irritado com isso que não virou uma vez sequer a página do jornal que fingia ler, Signa ficou agradecida, porque essa situação permitia que ela passasse o tempo com Blythe, as duas esparramadas em um divã na sala de estar, comentando suas respectivas teorias, à caça do assassino do lorde — enquanto o tio, provavelmente, suspeitava que as garotas deveriam estar fofocando sobre homens.

Entretanto, Blythe andava calada desde o incidente no gabinete, no dia anterior. E, não raro, Signa flagrava a prima dirigindo-lhe o olhar, esquadrinhando-lhe o rosto de um jeito que nunca havia feito antes. Certamente, não teria como saber que Signa tinha tudo a ver com o que havia acontecido e, mesmo assim...

— E Charlotte? — sussurrou Blythe, com as pernas dobradas debaixo do corpo, fumegando o próprio rosto com uma xícara de chá escaldante. — Nos livros, o assassino é sempre a pessoa mais calada.

— A única coisa que Charlotte quer é arrumar um bom pretendente ainda nesta temporada. — Signa ficou grata por Byron ainda insistir que pães doces fresquinhos e chá quente estivessem sempre à disposição, apesar da procura ínfima pelas duas naqueles dias de visitação. Como Signa havia invocado seus poderes de ceifadora no dia anterior, um cansaço inexplicável apoderara-se dela, tornando seus pensamentos enevoados, e o corpo, dolorido. A garota passou geleia de limão em um pão doce e torceu para que o açúcar fosse capaz de reavivá-la. — E qual é a sua opinião a respeito de Everett?

O rosto de Blythe se contorceu, mas ela não deu tempo para Signa questionar sua estranha expressão antes de disfarçá-la e responder:

— Imagino que Everett queira descobrir o assassino tanto quanto nós. Isso para não falar que jamais ouvi esse homem erguer a voz.

— Nem eu — concordou Signa. — Mas tomar posse do título de duque é, *sim*, uma motivação.

— Talvez, mas de que isso lhe serviria agora? Everett iria herdá-lo de qualquer forma, e não dá para dizer que lhe falta dinheiro ou status.

— Pelo menos não que eu e você saibamos — ponderou Signa, mas era um argumento fraco.

Sempre havia a possibilidade de o assassinato ter sido aleatório. Mas, em todos os anos que Signa passou rodeada pelos mortos, quando o caso era de assassinato, o responsável tendia a ser mais próximo da vítima.

Não seria prudente descartar Everett, mesmo que a garota só conseguisse pensar que o rapaz ficara absolutamente arrasado e no vazio dos olhos dele quando se debruçou sobre o cadáver do pai. Os familiares do lorde Wakefield, contudo, não eram os únicos suspeitos em questão.

Apesar de Signa ter sentido a ansiedade pinicando a pele, obrigou-se a pronunciar as seguintes palavras em um tom de sussurro:

— Byron também tem um motivo, sabia? — Ela, então, olhou para o homem de soslaio, certificando-se que ainda estava distraído pelo jornal. — Seu tio sempre quis o Clube Grey.

Para a surpresa de Signa, Blythe encarou essa teoria com naturalidade.

— Eu sei. Mas, por mais frio que meu tio Byron seja, ele ama a família. Ainda assim... seria tolice não considerar essa hipótese, e é por isso que entrei escondida no gabinete dele.

Nunca — nem mesmo na presença da Morte — o sangue de Signa havia ficado tão gelado.

— Encontrou algo de interessante?

Passos ecoaram no corredor bem na hora em que Blythe pegou na mão de Signa e abriu a boca para falar alguma coisa. Byron se endireitou na cadeira quando uma das criadas entrou na sala trazendo um único cartão de visitas, bem no meio de uma bandeja de prata. Ele lançou um olhar para as garotas e ordenou, entredentes:

— Endireitem-se imediatamente. É o príncipe.

Signa nunca imaginou que poderia se sentir tão aliviada com a chegada do Destino.

Blythe praticamente voou até a banqueta do piano, que ficava mais para o fundo do recinto, mas não sem antes puxar o corpete de Signa. Esforçou-se ao máximo para baixar o decote, até que Signa deu um tapinha na mão dela e o colocou de volta no lugar, em tempo de ouvir o bater das botas do Destino, fazendo sua entrada triunfal.

Estava exatamente igual à última vez que Signa o vira, o que queria dizer que estava belo por maioria de votos, distinto e incapaz de se mostrar mais pretensioso, de tão confiante. Apesar de a sala de visitas em si ter se iluminado com a presença do príncipe, as perspectivas de Signa para aquele dia ficavam mais sombrias a cada segundo que passava.

— Prazer em vê-lo, Sr. Hawthorne.

O Destino baixou a cabeça. As mãos estavam ocupadas demais, trazendo mais flores ridículas, para apertar a mão de Byron como mandava a etiqueta.

— O prazer é todo nosso, príncipe Aris. — Byron fez sinal para que entrasse. — Por favor, sente-se e permita que lhe providenciemos um chá. — As garotas se entreolharam. Nunca nenhuma das duas ouviram Byron falar com tanto... obséquio. — Blythe, por que não permite que sua prima tenha privacidade?

— Estou muito bem aqui, obrigada — respondeu Blythe, sentada na banqueta do piano, perto o bastante para escutar qualquer conversa, caso realmente apurasse os ouvidos. — Acho mesmo que o Sr. Worthington está de olho em mim e não gostaria de ofendê-lo, caso apareça hoje.

A garota não se virou para ver a careta que Byron fez, muito pelo contrário: pressionou os dedos contra as teclas do piano, dando início a uma linda peça. Signa percebeu que o som era suave demais, parecia que Blythe não estava pressionado as teclas até o fim.

Chegava a ser espantoso como a prima era de fato enxerida.

O Destino foi até o outro lado da sala e se sentou ao lado de Signa. Glicínias pendiam de suas mãos novamente, desta vez, de um buquê.

— Olá, Srta. Farrow. — Quando tentou entregar o buquê para Signa, a garota lançou um olhar para Byron, tentando ver se ele estava observando. Tendo em vista que estava, Signa aceitou o buquê, e as juntas dos dedos ficaram brancas, de tanto que ela o agarrou contra o peito.

— Olá, *Alteza*. A que devo este prazer tão inesperado?

— É realmente tão inesperado assim? — A temperatura do ambiente diminuiu bruscamente quando o Destino se aproximou. Apesar de Signa saber, dado o frio, que o Ceifador estava por perto, o Destino não revelou onde o irmão estava, nem sequer com um olhar, e perguntou: — Gostou das flores?

Signa fungou, sentindo que estava prestes a espirrar, e colocou o buquê em uma mesinha de canto.

— O senhor certamente tem uma predileção e tanto por suas coisas favoritas, não é mesmo?

Até então, Signa não havia percebido como o nariz dele tendia a se retorcer quando não gostava de alguma coisa.

— São as *suas* favoritas — corrigiu o Destino. — Ou, pelo menos, eram.

Ele permaneceu parado quando Signa se ajeitava, ficando meio de lado, entre o rapaz e Blythe. O rapaz ficou olhando de uma para a outra antes de abrir os botões do colete e se sentar.

— Não tenho a menor intenção de fazer mal à sua prima.

— E por que eu deveria acreditar em você? — provocou Signa, com seu sussurro mais feroz. — Você já mandou uma pessoa da família Hawthorne para a prisão.

O Destino cerrou os dentes, com um estalo audível.

— Seu tio teria ido para a prisão quer eu estivesse lá ou não.

Cada uma dessas palavras foi um breve sussurro. O Destino falou tão baixo que seria impossível Blythe escutar, por mais devagar ou delicadamente que tocasse o piano.

— Mas você *estava* lá, não estava? — Por causa de Byron, Signa cuspiu essas palavras, arrematando-as com um sorriso. — Não consigo acreditar em nenhuma palavra que está dizendo.

O Destino ficou com uma expressão cansada, murcha.

— Sei que ainda estamos nos conhecendo, Srta. Farrow, e por isso tem poucos motivos para acreditar em mim. Mas faço questão de jamais mentir.

Até que enfim, o Destino dirigiu o olhar um pouco mais para cima, além do ombro de Signa. Não passou de um olhar fugidio, mas bastou para a garota saber exatamente onde o Ceifador estava. O simples ato de imaginá-lo ali fez o aperto que ela sentia no peito diminuir, porque Signa sabia que, independentemente do que acontecesse, o Ceifador garantiria a segurança de Blythe.

O Destino ficou de pé tão rápido quanto se sentou.

— Com a sua permissão, Sr. Hawthorne, eu adoraria que a Srta. Farrow me acompanhasse em uma caminhada pelas dependências da Quinta dos Espinhos. O senhor acha que seria possível?

A pergunta foi dirigida mais a Signa do que a Byron porque, quando o ouro dos olhos do Destino brilhou e os fios em volta dele reluziram feito o orvalho da manhã, Byron ficou com uma expressão prostrada e com o olhar vago. Apesar de o decoro exigir que mais alguém acompanhasse o casal, a única reação de Byron foi balançar lentamente a cabeça. Blythe permaneceu olhando para as teclas do piano, tocando repetidamente os mesmos três acordes, em uma sucessão infinita.

A coluna de Signa ficou tensa, feito um arco de violino, e ela lançou um olhar para o local onde a Morte estava.

— Eu sei me cuidar. Fique aqui com Blythe, por favor.

— Você ouviu a dama.

O Destino lhe ofereceu o braço, e Signa só pôde imaginar a cara que a Morte deve ter feito quando ela o aceitou.

A garota ficou feliz, naquele momento, por não ser capaz de enxergar o Ceifador, porque desprezava o quão profundamente aquilo o afetaria. Se a situação fosse inversa, a cena deixaria Signa chafurdando na própria infelicidade, ainda mais tendo em vista suas recém-descobertas habilidades. Apesar disso, Signa torceu para que o Ceifador compreendesse que ela não estava fazendo aquilo pelo Destino, porque apenas duas coisas lhe importavam: tirar Elijah daquela cela e manter o Destino bem longe de qualquer outro integrante da família Hawthorne.

E, sendo assim, Signa seguiu o Destino pela trilha que ele demarcou pela mansão afora, saindo pelas portas da frente da Quinta dos Espinhos e se enveredando nos campos de flores silvestres, que desabrochavam e se esparramavam a perder de vista. A garota foi obrigada a se apoiar no braço do Destino bem mais do que gostaria: cada um de seus passos foi lento e calculado, e o corpo dela estava bem mais fraco do que queria admitir.

Tão fraco, na verdade, que o Destino reparou.

— Você usou os poderes do Ceifador — comentou, sem nenhuma emoção. — Não usou?

Recusando-se a dar ao Destino a satisfação de uma careta, Signa conteve a raiva dentro da própria barriga, apertando-a bem.

— Havia algo que precisava fazer.

O rapaz cantarolou entredentes, seu braço ficou tenso em contato com o dela.

— Valeu a pena enfrentar as consequências?

Tendo em vista tudo o que havia acontecido e tudo o que Signa havia descoberto, era impossível responder a essa pergunta. Por um lado, a garota ficou feliz por ter essas informações. Por outro, ainda recordava do calor que a escaldou e daquela música que revirou as profundezas de sua mente enquanto observava Blythe fugir correndo do gabinete de Elijah.

Prestando uma súbita e grande atenção nas próprias botas, Signa respondeu:

— Prefiro não falar desse assunto.

O riso do Destino não era igual ao da Morte. Não era aquele chamado sedutor na madrugada, que fazia um arrepio percorrer a espinha de Signa, com promessas obscuras. Muito pelo contrário: era quente e revigorante, como o crepúsculo do verão.

— Muito bem — disse, tentando não esmagar as flores silvestres com as botas, levando Signa por uma trilha pela qual ela e Blythe já haviam andado uma centena de vezes.

O final da primavera estava longe de ser a época do ano preferida de Signa. Algo no calor fazia seu humor ficar exasperado; minava a energia até os ossos, deixando-a murcha, queimada, com uma sede insaciável pelo resto do dia. *Opressivo* era a única palavra para descrever o ar que cercava os dois, tão denso e úmido que Signa já estava começando a transpirar, debaixo de tantas camadas de vestido. Os cabelos mais finos em volta do rosto começaram a se encaracolar, fiozinhos soltos escapavam de suas elegantes delimitações a cada minuto que ela passava ao ar livre, com aquela grama por cortar arranhando os tornozelos.

Em vez de darem uma caminhada, depararam com uma grande manta de piquenique, estendida debaixo do tronco torto de um carvalho. Signa fez careta quando o Destino fez sinal para que ela se sentasse em cima da manta. A garota não conseguia tirar os olhos de uma lesma que se arrastava ao longo da barra da manta, procurando um lugar à sombra e fresco onde se esconder. Até então, Signa jamais havia se identificado tanto com uma lesma na vida.

Nunca, nem em um milhão de anos, a garota poderia ter imaginado a Morte sentada ali diante dela, ambos murchando no sol, tentando tomar chá e se divertir enquanto o calor olhava feio para os dois. Signa não gostaria de ser um girassol, que abre as pétalas à luz do dia aos olhos de todos. Preferia ser um adorável cogumelinho, que cresce nas reentrâncias escuras, onde poucos se dignam a olhar.

— Bem? — O Destino colocava as mais lindas travessas de porcelana diante de Signa, tomando muito cuidado para dispor cada uma delas exatamente na posição que queria. — Gostou?

Havia tamanha esperança em seu tom de voz que, em vez de lhe dar mais um golpe, Signa ficou parada. Olhou para a lesma, como se a criatura pudesse ajudá-la a encontrar as palavras certas, quando ele colocou a cesta de piquenique ao lado dele e fez que ia ficar de pé.

— Se não gostou, não tem problema — foi logo dizendo. — Podemos assistir a um balé hoje à noite. Podemos realmente fazer uma caminhada, em volta do parque, quem sabe...

Signa esticou o braço para segurar a mão do Destino e pulou de susto, de tão quieto que ele ficou. Nunca na vida sentira tamanho domínio sobre alguém, nem mesmo com o Ceifador. Naquele momento, sentiu cada gota da tensão que se acumulava dentro do Destino prestes a se libertar, a se desprender da pele dele. Era um homem desesperado e mais suscetível do que Signa esperava. Um dia, a garota poderia usar isso a seu favor. Mas, naquele momento, só conseguia pensar em como aquilo era triste. Em como *ele* era triste e desamparado.

— É muito agradável — respondeu. Seu estômago ardia de culpa, e os ombros dele relaxaram. Signa pensou no agradável frio do Ceifador em contato com sua pele, desejando-o mais do que nunca, naquele calor insuportável. E, apesar disso, preferia sofrer ali, no calor, do que ser vista publicamente com o *príncipe* Aris.

— Antes, você adorava a primavera — sussurrou o Destino. Em seguida, sentou-se, fazendo uma expressão de dor por ter que se afastar de Signa —, mas o verão era a sua estação preferida. Passávamos os dias exatamente assim, fazendo nossas refeições à beira-mar ou passeando por cidades velhas que nos pareciam novas. Eu tinha esperança de que um piquenique pudesse avivar alguma espécie de lembrança.

Signa fez careta. A canção que recordara tocava sem parar dentro da cabeça dela. Talvez fosse uma mera casualidade: estava se deixando levar pela lembrança de ter dançado com o Destino, lá no Palácio das Glicínias — não era nada além disso. Tinha mais curiosidade a respeito daquele homem do que tinha o direito de ter, e apesar de ser verdade que, na presença dele, sentia uma estranha e inegável atração, não havia nada de romântico entre os dois.

— Odeio o verão. — Signa não teve a intenção de ser cruel e odiou quando, depois de ela ter dito essas palavras, o Destino se retraiu todo, ficando com o cenho franzido e uma expressão severa. — E tampouco sou muito fã da primavera. Prefiro as estações mais frias.

O rapaz abria e fechava as mãos que agarravam a cesta, com o maxilar tenso.

— É claro. Minhas desculpas.

Não dirigiu o olhar para Signa quando lhe ofereceu uma travessa de carnes defumadas, depois de sanduíches, que haviam sido cortados com a máxima precisão. Até a limonada recém-espremida com calda de açúcar foi servida de forma meticulosa, os dois copos ficaram com o líquido exatamente na mesma altura: nem tão baixo a ponto de não satisfazer, mas nem tão alto que a garota derramasse quando fosse beber. Delicadas pétalas de lavanda flutuavam na superfície.

— Você fez tudo isso sozinho?

Signa aceitou o suco, agradecida, tentando espiar o que mais havia dentro da cesta — doces, incluindo uma espécie de tortinha glaceada, que dava a impressão de ter sido feita por mãos de mestre.

— Está surpresa? — perguntou o Destino, à guisa de resposta, e o discreto sorriso que tentou esconder foi o que bastou para confirmar as suspeitas de Signa de que ele havia feito tudo aquilo.

Olhando para a limonada, a garota tomou um gole pequeno, por precaução, só para descobrir se o gosto era tão bom quanto a aparência — era ainda melhor.

Foi aí que Signa olhou de verdade para o Destino, enquanto ele fazia um prato para ela, depois outro para si. Ao contrário do Ceifador, aquele homem fora feito para o sol. Praticamente brilhava sob aquela luz, como se o astro fosse parte dele. Parecia à vontade em uma camisa branca ajustada, com o colarinho aberto, e calças na altura dos tornozelos, que ficaram à mostra quando o ele inclinou o corpo para trás, para observá-la.

— Estarão na moda um dia — comentou, quando percebeu que Signa estava olhando. — Vai demorar um pouco para a moda pegar, mas eu queria experimentá-las desde o dia em que teci o destino da mulher que as inventou.

Signa colocou o prato que o Destino havia lhe servido no colo, deu uma mordida tímida em uma fatia de carne defumada tão saborosa que começou a salivar.

— Meu bom Deus. — A garota teve que olhar para o que estava comendo só para confirmar que não era, de alguma maneira, uma manifestação da própria fome. — Você sempre come esse tipo de coisa?

A gargalhada que o Destino deu foi de orgulho e entusiasmo.

— É claro. Conheço os melhores cozinheiros e artesãos do mundo, Srta. Farrow. Por que eu me contentaria com a média quando tudo que encosta na minha língua pode ser um manjar dos deuses?

Realmente, o Destino e o Ceifador eram completos opostos. E quando Signa deu por si, estava imaginando como seria passar uma eternidade com os poderes do Destino. Apesar de existir a possibilidade de que cada dia fosse rico e empolgante, pensou que tudo o mais poderia parecer sem graça em comparação com isso. Em como cada dia deve ser frustrante quando se está sempre à caça de uma coisa mais bonita ou mais luxuosa do que a anterior.

— E as obras de arte do Palácio das Glicínias? — Quando percebeu, já havia perguntado. — Como acabou formando aquela coleção?

— Algumas obras são dos mais talentosos artistas que já conheci, a maioria deles não alcançou o reconhecimento do público. A maioria das obras, contudo, é minha.

Havia uma naturalidade no jeito que o Destino disse aquilo, um ar descontraído em sua voz e postura que Signa não sabia muito bem como encarar. Queria odiar o Destino, de verdade. Mas, apesar de os métodos do príncipe precisarem de muito aperfeiçoamento, a garota também os compreendia, porque faria qualquer coisa para ajudar Elijah. Já havia matado alguém por Blythe. E, se o Ceifador, um dia, estivesse na mesma situação... Signa estremeceu só de pensar até onde iria para salvar a vida dele.

A própria Signa não era muito melhor do que o Destino, na verdade. E, apesar de não poder dar o que ele queria, tinha que admitir que estar em sua companhia não era tão ruim quanto esperava.

— Então você passa os dias bebendo os vinhos mais finos e comendo os pratos mais deliciosos que é capaz de encontrar? — debochou Signa. — Isso me parece exaustivo.

Um leve esboço de um sorriso se formou nos lábios dele.

— Receio que minha vida não seja tão luxuriante assim. Passo a maior parte do tempo trabalhando.

— Fazendo tapeçarias — especificou Signa.

Em seguida, tirou a lesma de cima da manta e a colocou na terra, na base do carvalho. A garota poderia até estar fadada a se queimar na luz do sol. Mas a lesma, pelo menos, não era obrigada a fazer isso.

— Fazendo tapeçarias — ecoou o Destino. — Sim. Só que você faz isso parecer uma coisa tão simples.

— E não é?

Signa pensou em suas próprias habilidades de ceifadora e no fato de esses poderes lhe parecerem algo natural. Seus poderes da Vida, contudo... Por mais que se sentisse atraída a explorá-los, empregá-los lhe deu a sensação de estar sendo despedaçada de dentro para fora.

Signa se agarrou às palavras do Destino, desesperada para entender. Teria um certo alívio, pensou, se soubesse que havia mais alguém que enfrentava dificuldades com as próprias habilidades insólitas.

Ele inclinou o corpo para a frente, e seu sorriso foi tão alegre que o coração de Signa se alvoroçou.

— Posso lhe mostrar, se quiser.

A curiosidade contaminou a garota por dentro, mas ela só podia imaginar as ideias que o Destino teria, caso aceitasse a proposta. Signa não tinha a menor vontade de permitir que aquele homem continuasse acreditando que havia a possibilidade de algo existir entre os dois, por mais tentadora que pudesse ser a ideia de vê-lo trabalhar.

— Você disse que não faria mal a Blythe. — Signa pôs o prato e o copo de lado, ambos vazios. — E disse que faz questão de não mentir. Então, pode me jurar isso? Que, independentemente do que aconteça entre nós, não fará mal a ela? Que não irá deturpar a mente de Blythe nem a transformar em uma de suas marionetes?

— Minhas marionetes? — O Destino soltou uma risada debochada e terminou de beber a limonada antes de pôr a mão no bolso e tirar dele uma agulha prateada. Sem hesitar nem por um instante, furou a ponta do próprio dedo. Assim que fez isso, uma única gota de sangue brilhou, dourada. — Muito bem. Se é disso que necessita para tranquilizar sua mente, então vou te fazer a promessa mais compulsória de todas. Dê-me sua mão.

Signa estava tão acostumada a furar o próprio dedo para testar suas habilidades que nem sequer piscou quando o Destino enfiou a agulha em sua pele. No instante em que o sangue se acumulou, ele pressionou o próprio contra o dela.

— Enquanto eu existir, juro que jamais farei mal a Blythe Hawthorne.

O sangue do Destino queimou a pele de Signa, que cerrou os dentes e deu um suspiro de dor.

Antes que desse tempo de o príncipe se afastar, a garota segurou a mão dele com força.

— E o Ceifador? — Mesmo sabendo que estava abusando da sorte, já que o Destino tentou soltar a mão dela, Signa insistiu. — Você também vai jurar não fazer mal a ele?

O Destino parou de tentar se desvencilhar de Signa, permitiu-se olhar bem nos olhos da garota e falou, com frieza:

— Ele não terá direito à mesma cortesia.

Signa se afastou com um pulo, o sangue pulsava em um ritmo maníaco. Racionalmente, era capaz de entender a raiva do Destino. Tendo em vista a quem era dirigida, contudo, não aceitava nem um pingo dessa raiva.

— Espero que minha comunicação com o Ceifador seja restaurada imediatamente — exigiu, enquanto o Destino limpava o sangue dos dois com um lenço que tirou do bolso.

Era uma sombra do homem que fora até poucos instantes. Fazia uma careta tão profunda que mais parecia que alguém havia pegado um cinzel e entalhado aquela expressão no rosto dele.

— Você será capaz de conversar com ele esta noite. — O Destino ficou de pé e saiu pisando firme em cima da manta antes de pegar a cesta, com a torta ainda lá dentro. Se Signa ao menos tivesse esperado mais cinco minutos antes de puxar aquela briga, talvez tivesse conseguido prová-la. — Descanse bem, Srta. Farrow. Nós nos veremos em breve.

Signa tinha certeza: com isso, ela poderia contar.

DEZOITO

Naquela noite, quando Signa voltou para seus aposentos, o Ceifador estava esperando por ela.

Apesar de não conseguir enxergá-lo, sentiu o peso da apreensão do Ceifador no instante em que passou pela porta. A sensação era de que estava tentando caminhar em uma piscina de gelatina, obrigando-se a dar um passo por vez, a excitação abafada pelo instinto de dar as costas.

Os olhos da garota perscrutaram o recinto, e ela gostaria muito de poder ver a Morte, nem que fosse apenas de relance. Mas só viu Gundry encolhido perto do fogo, com as patas esticadas, quase na lareira, dormindo, dando a impressão de que não tinha uma preocupação sequer neste mundo, apesar de todos os pelos do pescoço de Signa terem se arrepiado.

— Que foi? — sussurrou a garota, apesar de já saber a fonte da raiva da Morte antes que as palavras do Ceifador tomassem conta de seus pensamentos.

Diga que estou enganado. Pela primeira vez, a voz da Morte não foi um bálsamo para a alma de Signa, mas uma nevasca que gelou cada centímetro do corpo dela. *Diga que você não é tola, Passarinha, e que não fez um trato com meu irmão.*

— Não fiz um trato com seu irmão. — A garota, então, fechou a porta e virou a tranca, com medo de que alguém pudesse passar por ali e ver que sua respiração formava nuvens no ar. — Fiz *dois*. E entendo se você estiver frustrado, mas...

Frustrado? O fogo da lareira bruxuleou, acordando Gundry. O cão ergueu a cabeça e soltou um rosnado baixinho e gutural. *Você não tem a menor ideia de onde se meteu. O Destino não é alguém com quem se possa fazer* tratos, *Signa.*

A última vez que a garota recordava de tê-lo ouvido tão bravo foi logo depois que ela conheceu Eliza Wakefield e as outras garotas durante um chá da tarde, meses antes. O Ceifador tinha odiado o fato de Signa ter se reprimido na companhia daquelas jovens, fingindo ser alguém que não era só para agradá-las. Desta vez, contudo, o tom do Ceifador não era só de raiva, havia mais alguma coisa que Signa não conseguiu identificar.

— E que alternativa eu tinha? — perguntou ela. — Das duas, uma: ou eu fazia um trato com seu irmão ou nunca mais poderia te ver ou falar com você. Além disso, a ideia foi minha, não do Destino.

A risada que a Morte deu foi o mais inebriante dos venenos e, quando Signa deu por si, tudo o que mais queria era se afogar nesse veneno, mesmo em meio à sua irritação crescente.

Era isso que meu irmão queria que acontecesse. O Ceifador cuspiu cada uma dessas palavras, como se quisesse que elas deixassem seus lábios o mais rápido possível. *Foi o Destino quem planejou este jogo e posicionou os peões exatamente onde queria que ficassem. E você caiu na armadilha.*

Uma tempestade se formava no peito de Signa, a raiva aquecia suas bochechas e a palma de suas mãos. Aquilo fora ideia *dela*, não do Destino. *Ela* inventara aquilo. *Ela* se aproximara dele, fazendo questão de pronunciar cada palavra com determinação, para conseguir exatamente o que queria daquele trato.

Ela estava no controle da situação... não estava?

Essas não são decisões que você precisa tomar sozinha, declarou o Ceifador, e Signa teve certeza de que a Morte deveria estar por perto, porque uma espécie de geada roçou-lhe os lábios. *E, mesmo assim, você fez isso.*

O Ceifador disse as últimas palavras com um tom tão contundente que elas calaram fundo em Signa. A garota se apoiou na mesa, tentando ignorar a rispidez da declaração.

— O que você está tentando dizer, exatamente?

A resposta do Ceifador não veio acompanhada de vento forte de tempestade, mas de um suspiro que muito aliviou a tensão contida no recinto.

Eu seria capaz de entender se você quisesse fazer esse trato, Signa. Você teve que enfrentar tanta coisa e agora tem opções que antes não tinha. Faz sentido estar curiosa, mas devo te avisar...

— Não preciso dos seus avisos.

Foi aí que Signa se deu conta do que aquela estranha tensão no tom de voz do Ceifador era: medo.

A Morte achava que Signa estava *interessada* no Destino. A ideia em si era absurda, só que nenhum riso borbulhou na garganta da garota. Pelo contrário: Signa acompanhou o olhar de Gundry até o ponto em que o Ceifador estava e não se permitiu perder tempo contemplando antes de se aproximar. Arrancou a luva no último segundo, conseguiu encontrar um pedacinho de pele à mostra e encostou no Ceifador, antes que ele tivesse tempo de se afastar.

Na mesma hora, os batimentos do coração da garota ficaram mais lentos. Só que, desta vez, a transformação em ceifadora estava longe de ser tranquila. Signa caiu de joelhos quando seus pulmões entraram em colapso; a cabeça girava, porque o corpo tinha dificuldade de respirar; a respiração se recusou a vir. Apertou a própria garganta e só parou de arranhar quando tudo ficou branco. Não havia como saber por quanto tempo ficou assim, até que sombras iradas entraram em seu campo de visão, apoderando-se dela. Mesmo em sua raiva, o Ceifador era terno, e Signa se aninhou em seus braços.

— Ah, minha menina tola — sussurrou a Morte, enlaçando a garota com seus braços poderosos, apertando-a com força. — No que você estava pensando?

Aí é que estava o problema: quando se tratava das pessoas que Signa amava, com frequência ela agia ser pensar. A garota inclinou-se para trás e segurou o rosto do Ceifador com as duas mãos.

— Você é que é tolo — falou. — Fiz esse trato porque queria *você*, não o ridículo do seu irmão. Por que você tem tanto medo dele?

O Ceifador colocou as mãos sobre as de Signa e, apesar de ter dado um sorriso pelo que ela disse, esse sorriso não se refletiu em seus olhos.

— Não é dele que tenho medo, Signa.

— De quem, então? — insistiu a garota, tentando encontrar a resposta no olhar do Ceifador, que ficou duro ao olhar para ela. — De quem você tem medo?

Não havia como interpretar o olhar do Ceifador. Não havia como decifrar aquela tensão em seu maxilar quando ele se afastou e estendeu a mão para Signa.

— Venha — sussurrou a Morte, e a garota gostaria de poder se fundir com aquela voz açucarada. — Vou te mostrar.

O Palácio das Glicínias estava quase irreconhecível enquanto o Ceifador levava Signa pelo pátio, que um dia havia sido tão grandioso.

PURPUREA

Se não fosse o chafariz de mármore e as glicínias em flor que pendiam da copa das árvores, a garota não faria a menor ideia de para onde a Morte a levara. Naquelas circunstâncias, contudo, ficou em dúvida quando se aproximaram de um palácio que em nada se parecia com aquele no qual havia adentrado poucas noites atrás.

— Precisamos agir rápido — declarou o Ceifador. — Não temos como saber quando o Destino vai voltar.

A Morte deu a mão para Signa, e os dois atravessaram o gramado para chegar à construção de pedra dilapidada. Era igualzinha à que Signa vira de relance no momento em que os poderes do Destino perderam o efeito, durante a *soirée* organizada por ele. Como podia enxergá-lo por completo na luz do sol que se punha, Signa observou bem aquelas pedras cinzentas e antiquíssimas, com a impressão de que bastaria alguma porta bater para tudo aquilo desmoronar. Se não estivesse em sua forma de ceifadora, talvez não tivesse coragem de chegar perto do palácio, com medo de que a construção desabasse sobre ela.

— Por que o palácio está desse jeito? — perguntou.

Signa franziu o cenho ao ver a grama murcha que havia sob seus pés, sentindo falta dos campos verdejantes que vira há poucos dias. Tampouco havia animais ali, percebeu. Nada de balido de ovelhas nem de bater de cascos ecoando pelo ar. O palácio estava mergulhado em um silêncio sinistro — um mundo de sonho adormecido, esperando a volta de quem o sonha.

— Meu irmão criou esta casa séculos atrás. — O Ceifador lançou um olhar ao entorno e então puxou Signa, atravessando com a garota a parede da fachada. — É uma parte dele e sempre refletiu quem o Destino é e como se sente por dentro.

Onde antes havia uma entrada grandiosa e um saguão deslumbrante com uma lareira ardente, agora havia uma entrada que tossia densas nuvens de fumaça cinzenta, vinda das brasas que se apagavam.

193

As paredes internas eram tão despidas de ornamentos e arruinadas quanto o exterior do palácio. E, apesar de a maioria das obras de arte ainda estarem em exibição, as cores haviam desbotado, mimetizando-se com as pedras cinzentas. Sumira qualquer indício da extravagância que o Destino fizera questão de exibir.

— Nem parece o mesmo lugar — sussurrou Signa, subindo um degrau da escada. Estava em condições tão precárias que a garota não teve dúvidas de que as tábuas teriam se partido, caso houvesse pisado nelas em vez de flutuar logo acima dos degraus.

— Antes, era exatamente tão luxuoso quanto da última vez que você o viu, sempre se transformando para atender aos caprichos do Destino ou evocar algum local que ele havia visitado.

O Ceifador manteve suas sombras perto de Signa enquanto os dois subiam até o último andar.

— O que foi que aconteceu com o palácio?

Signa cruzou as mãos e as levou ao peito, pressionando-o, resistindo ao ímpeto de tocar em alguma coisa quando passou, com a Morte, pelo salão de baile. A garota espiou dentro do salão, e seu coração se partiu quando percebeu que todos aqueles lindos painéis de âmbar haviam desaparecido.

O Ceifador não respondeu logo de cara, mas avançou um pouco mais pelo corredor com ela, até chegar ao retrato diante do qual Signa vira Blythe e o Destino conversando. Na ocasião, a garota não teve oportunidade de admirar a obra com atenção, mas agora percebia que a mulher retratada era a mais linda que já vira na vida: tinha um cabelo claro como osso e traços de tanta suavidade que Signa não conseguia tirar os olhos deles.

— É a Vida — sussurrou ela, reconhecendo aquela mulher, sabe-se lá como. — Não é?

Um pesar tomou conta dos olhos do Ceifador.

— O Palácio das Glicínias começou a se deteriorar no instante em que meu irmão a perdeu. Eu me permiti acreditar que ele melhoraria com o passar do tempo, mas nunca vi este lugar em um estado tão deplorável.

Signa percebeu que o retrato da Vida era a única coisa no palácio que ainda mantinha as cores intactas. Precisou se afastar bastante e, parada, jogar a cabeça para trás para conseguir ver o quadro por inteiro, já que ele ocupava toda a extensão da parede. Signa inclinou a cabeça para o lado, tentando enxergar os olhos da mulher, quando o Ceifador a soltou.

— Você me perguntou de quem eu tenho medo. — Ele estendeu a mão e roçou os dedos na moldura do quadro. — Meu irmão até pode ser um incômodo, mas não tenho medo dele. Contudo, tenho medo, sim, de você, Signa. Temo que, um dia, você vá partir meu coração.

A sinceridade do Ceifador estraçalhou Signa, fazendo-a arquear as costas.

— Ao que tudo indica, até a Morte tem medos irracionais — sussurrou a garota. O Ceifador, contudo, não deu indícios de estar convencido disso.

— Só existe uma pessoa neste mundo que já possuiu o poder que você empregou naquela noite, no gabinete de Elijah — explicou. — Enquanto meu irmão acreditar que você e ela são a mesma pessoa, não vai deixar você em paz. Como pude ver o Destino e a Vida juntos, posso entender por quê.

"Quando olho para este lugar, enxergo meu irmão como ele realmente é — prosseguiu a Morte. — Um homem desesperado que passou centenas de anos sem conseguir esquecer da mulher que se apossou do coração dele. O Destino só terá paz quando a encontrar. Para fazer um trato com meu irmão, você precisa compreender o que está em jogo. Precisa enxergá-lo como ele é de verdade. Ninguém iria querer passar uma única vida em tamanho desespero, que dirá a eternidade que meu irmão terá que enfrentar."

Signa não conseguia tirar os olhos do retrato. A mulher do quadro era completamente diferente dela e, apesar disso, a garota se sentia atraída pela Vida de uma maneira que palavras não seriam capazes de descrever.

O Destino se apresentava como um homem confiante e seguro. Mas, se o que o Ceifador havia dito fosse verdade, e o Palácio das Glicínias realmente fosse um reflexo de seu eu interior, o Destino estava à beira de desmoronar, de um jeito irreversível. Signa tentou engolir aquele sentimento de pena que a deixou com um nó na garganta e deu as costas para o retrato.

— Há mais coisas para ver. — O Ceifador encostou na moldura do quadro de novo, mantendo uma das mãos em Signa, para garantir que a garota permanecesse em sua forma de ceifadora. Levou um instante para encontrar uma pequena trava, que fez um clique baixinho quando ele a pressionou.

O retrato se afastou da parede, revelando um cômodo enorme, cheio de tapeçarias.

— Cuidado com a cabeça — alertou a Morte, quando os dois entraram ali.

Signa se abaixou bem na hora em que uma das tapeçarias passou voando por cima dela. Os fios se desataram em uma infinidade de cores, e cada linha caiu em um cesto separado.

A garota não conseguia tirar os olhos dali. Não fazia sentido aqueles varais cheios de tapeçarias continuarem se movimentando, que dirá os fios e as agulhas, que teciam sem que uma mão os guiasse. Mesmo assim, porém, aquele cômodo fez Signa pensar em uma fábrica. Estava fascinada por aquele processo. Ficou tentada a ir mais adiante, sumir em meio ao varal e bisbilhotar, só que, bem nessa hora, a Morte apertou sua mão.

— Nós dois sempre só conseguiremos enxergar tapeçarias ao olhar para essas coisas. Mas, para o Destino, um único fio é a diferença entre a vida e a morte. Esse é o poder dele, Signa. Se um dia você acreditar que está no controle da situação... se um dia meu irmão tentar fazer algum outro trato... quero que se lembre deste lugar.

Signa estremeceu. Podia até não entender completamente aquele local, mas não havia como negar sua magia primitiva. Talvez o Ceifador tivesse razão: ela podia não ter sido tão inteligente quanto pensava quando propôs aquele trato com o Destino.

— Meu irmão vai usar cada gota do poder dele para afastar você de mim. — A Morte, então, desceu a mão até o quadril de Signa e encostou a garota na parede de pedra, e uma possessividade sombria foi se infiltrando em sua voz. — E, a menos que você decida que *quer* ir com ele, vou usar cada gota do meu poder e ainda mais para que você fique aqui comigo. Chega de tratos. Você entendeu?

O Ceifador ergueu o queixo de Signa e pronunciou essas palavras com os lábios encostados nos dela.

A voz da Morte confundiu os pensamentos da garota, que ficaram desgovernados. Signa arqueou as costas e se entregou ao toque do Ceifador. Sentia-se indefesa em contato com ele, ansiava pelo toque da Morte em sua pele.

— Chega de tratos — repetiu Signa, tendo espasmos de prazer ao beijar os lábios do Ceifador. A Morte gemeu baixinho e enlaçou sua cintura, puxando-a para cima, para que Signa conseguisse enroscar as pernas em sua cintura.

— Ótimo.

Nessa hora, o Ceifador colocou a mão por baixo das saias da garota e foi subindo pelas coxas dela.

Signa sequer lembrou onde estavam quando encostou a cabeça na pedra, incitando-o a tocá-la mais para cima. Mas o Ceifador ficou parado quando ouviu um barulho vindo do primeiro andar. Tirou a mão das coxas da garota e a colocou nos lábios dela.

Calma, sussurrou a voz da Morte nos pensamentos da garota. *Meu irmão não consegue nos ver quando estamos desta forma.*

Talvez não, mas *conseguiria* ver que a porta estava entreaberta. Bem devagar, o Ceifador estendeu suas sombras na direção do retrato. No instante em que ia fechar a porta, contudo, a pintura soltou um rangido quase inaudível, que fez o resto do palácio ficar imóvel, como se segurasse a respiração. O Destino também ficou em silêncio por um bom tempo, até que Signa ouviu o bater das botas dele, subindo os degraus às pressas.

A garota pousou os dedos nos ombros do Ceifador.

— Jogada brilhante. Bem "fantasmas passando" de sua parte — sussurrou, ficando mais tensa a cada degrau que o Destino subia.

O Ceifador a ignorou, e as sombras se esticaram de repente, fechando a porta com um ruído tão alto que Signa quase gemeu.

Nessa hora, a Morte deu um sorrisinho irônico para a garota, depois deu um último beijo em seus lábios, inclinou-se para a frente e sussurrou no ouvido dela:

— Segure firme.

Signa segurou e, no instante em que a porta se escancarou e o Destino entrou, o Ceifador lançou suas sombras em volta dos dois e os levou de volta à Quinta dos Espinhos.

DEZENOVE

Apesar de já ter lido a respeito de festas no jardim, Signa nunca tivera o prazer de comparecer a uma, muito menos a uma festa dada por uma rainha.

O Palácio de Covington possuía 575 cômodos e, desde o momento em que Signa entrou por suas portas opulentas, ficou impressionada, tanto com o número de cômodos quanto com a aparência do local. Colunas de mármore branco presidiam a entrada, adornadas por capitéis de bronze folheados a ouro. Uma por uma, as pessoas eram admitidas e levadas por um interminável tapete vermelho, tão felpudo que Signa ficou imaginando qual seria a sensação de pisar nele com os pés descalços. É claro que não ousaria experimentar, tendo em vista seus acompanhantes. Tinha a impressão de que não havia nem um único nariz que não estivesse empinado de forma arrogante, e que tampouco havia um só homem solitário que não andasse com o peito estufado, inchado como se tivesse sido picado por um enxame de vespas.

Os convidados foram conduzidos até um recinto que tinha paredes de marfim e um lustre do mesmo material, do tamanho da sala de visitas da Quinta dos Espinhos, de onde pendiam cristais tão grandes que um único deles bastaria para fazer um homem pobre virar rico. Signa encontrou o assento que lhe fora designado, ao lado de Blythe e de Byron. Os três não ousaram dizer nada, porque ficaram com a sensação de que aquele recinto era suntuoso demais para arruiná-lo com palavras.

No outro lado do salão, havia um trono dourado e carmim, e todos baixaram a cabeça quando a rainha surgiu. Signa só a vira uma única vez, quando foi apresentada à sociedade, na temporada em que debutou. Na ocasião, estava tão nervosa que os tornozelos quase sucumbiram quando fez a reverência. Daquela vez, contudo, conseguiu fazer a devida mesura quando a linda mulher de pele negra sentou-se no trono. A rainha era rechonchuda e de meia-idade, usava um vestido de gala de seda rosada e gola em renda de bilro, além de uma pequena coroa de diamantes na cabeça. Seu olhar só se suavizou quando Everett Wakefield entrou no recinto e foi trazido diante dela.

O rapaz usava um belo traje feito sob medida, de chenile de seda preta com detalhes em pele. O colete era fartamente enfeitado com fios de prata e botões metálicos, além do brasão da família — um lobo cinzento rodeando um escudo branco e prata —, que ele exibia com orgulho, logo acima do coração.

Everett não era a única pessoa para quem o olhar distraído de Signa se dirigia. Parou de olhar em volta, para os demais convidados, todos em polvorosa de tanta excitação, quando avistou os olhos do Destino fixos nela. Já haviam se passado vários dias desde a noite em que o príncipe quase havia flagrado a garota com o Ceifador no Palácio das Glicínias, e o sentimento de pena ainda deixava Signa com um nó na garganta.

Recebera mais flores dele naquela mesmíssima manhã – desta vez, acompanhadas de chocolates, que Blythe lhes tirara das mãos com a maior boa vontade. Todos os dias, Signa se esforçava ao máximo para ignorar os presentes e as risadinhas das criadas. Apesar de sentir compaixão por aquele homem, também precisava levar o Ceifador e os medos dele em consideração. Esse era o único motivo para a garota desprezar os presentes do Destino: não queria se sentir pressionada porque ele mantinha falsas esperanças e tampouco queria que tivesse motivos adicionais para descontar suas frustrações no Ceifador ou na família Hawthorne.

Signa não saberia dizer com precisão quando começou a ter esse sentimento – talvez sempre tenha estado presente, de certo modo –, mas a pressão de tentar corresponder a tantas expectativas vinha se acumulando rapidamente: Blythe esperava que Signa fosse uma boa prima, uma prima *normal*, ao passo que Byron queria que a garota fosse uma dama como manda o figurino, ajudando a restaurar a reputação do sobrenome da família. O Destino esperava que ela fosse uma mulher completamente diferente, uma mulher cujos poderes Signa teria dado qualquer coisa para possuir, em outro momento.

E a própria Signa... bem, ela precisava solucionar um assassinato, proteger todo mundo que amava e entender a fundo quem era e o que era capaz de fazer.

Isso era exaustivo.

Everett se ajoelhou diante da rainha, e Signa dirigiu sua atenção a ele quando o título de duque lhe foi outorgado. A rainha encostou o cetro no ombro direito do rapaz, depois no esquerdo. A garota bateu palmas quando ele se levantou – assim como fizeram as demais pessoas –, exibindo sua postura mais bem-educada e recatada para os diversos olhares de censura e as múltiplas expressões de soberba dirigidas à sua família. Todos já haviam começado a se encaminhar para o lado de fora, onde seria a festa, e Byron cutucou a perna de

Signa com a bengala, ordenando, de forma silenciosa, que ela fizesse a mesma coisa.

— É um excelente rapaz, esse Everett — murmurou Byron, alto o suficiente para os bisbilhoteiros que cercavam os três ouvirem. — Ele se sairá um duque maravilhoso.

Apesar de Signa concordar com ambas as afirmações, não fez nenhum comentário. Era muito estranho olhar para Everett naqueles trajes formais e não conseguir ver nada além das lágrimas nos olhos dele quando segurou a mão do cadáver do pai, há apenas poucas semanas.

— Signa? — A voz de Blythe interrompeu os pensamentos da garota. — Você está com uma cara apatetada. Ande, vamos para a festa.

Dito isso, deu o braço para a prima.

Blythe andava arredia desde aquele incidente no gabinete e, não raro, Signa via a prima com um olhar inquieto, vasculhando os cantos do cômodo em que estivesse. Também percebera a luz de uma vela acesa escapando por baixo da porta do quarto da prima na noite anterior, quando Blythe deveria estar dormindo. À tarde, quando tomavam chá, Signa tentava distrair a cabeça da outra garota trazendo recortes de jornal sobre crimes recentes, mas o interesse que Blythe demonstrou por eles foi forçado e tenso.

Signa torceu para que o passeio daquele dia fizesse bem para a prima. Apesar de as pessoas dirigirem olhares de escárnio para as duas, as fofocas seriam mínimas na presença da rainha, o que era uma trégua bem-vinda. A garota procurou entre os presentes e viu Everett de relance quando era levada até o jardim. Sentiu um calor no peito quando o rapaz acenou para ela.

Já ia retribuir o aceno quando se deu conta, com uma vergonha súbita, de que Everett havia acenado para Charlotte Killinger, que estava a poucos passos mais para trás dos três. Charlotte deu um sorriso alegre e luminoso como a lua cheia, então colocou uma mão no ombro de Signa e outra no ombro de Blythe.

— Vocês duas estão encantadoras — comentou.

Signa gostaria de poder dizer a mesma coisa, mas *encantadora* era pouco para descrever Charlotte. A amiga usava um vestido cor de malva claro, com chapéu de penas do mesmo tom, tão encantadora que dava a impressão de que todos os olhos a seguiam. Também estava com uma postura tão irretocável que, quando percebeu, Signa endireitou as costas, intimidada por tamanho lustro. Blythe, por outro lado, ficou rígida e agarrou a mão de Signa.

— Eu acho que essa festa está parecendo um cortejo fúnebre — comentou Blythe, friamente, sem olhar para Charlotte. — Você também está sentindo, não está, Signa? O ar está pesado.

Tendo em vista que a experiência de Signa com os mortos era muito mais pronunciada, ela não sentia nada do tipo. Mas compreendia a sensação e balançou a cabeça, concordando com a prima.

— Como o lorde Wakefield tem passado? — Signa dirigiu a pergunta a Charlotte. — Ouvi dizer que você tem sido de grande ajuda para ele.

— Everett está se saindo melhor do que eu esperava, apesar de tudo. — Signa não fazia a menor ideia do que poderia ter acontecido entre as duas, mas ficou com a impressão de que Charlotte tinha plena consciência do embaraço de Blythe, porque se afastou, abriu o leque e ficou se abanando, com movimentos suaves e delicados. — Eu não esperava que a família Wakefield me procurasse, tendo em vista tudo o que aconteceu, mas fico feliz que tenham feito isso. A família está precisando de apoio.

Signa ignorou o riso de deboche discreto de Blythe e perguntou:

— "Tudo o que aconteceu" o quê?

Charlotte parou de se abanar com o leque e deixou que o objeto lhe tapasse a boca. Apesar de boa parte de sua expressão ter ficado escondida, Signa pôde perceber que os olhos da amiga se arregalaram de leve, como se ela tivesse se dado conta de que havia feito um comentário infeliz. Foi só então que Blythe lhe dirigiu o olhar, apertando os lábios.

— Nada que seja digno de nota. — Charlotte fechou o leque ostensivamente, tentando se esquivar da pergunta. — De todo modo, Eliza estava preocupada com o primo e pediu que eu ficasse com eles nos dias que se seguiram à morte do duque. Everett passava mal toda vez que comia: não conseguia segurar nem um pedaço de pão no estômago. Acho que apenas agora começou a se dar conta de que o pai se foi para sempre. Everett não está bem, mas está lidando com a perda da melhor maneira possível.

Blythe devia ter ficado tão desconfiada quanto Signa com o fato de Charlotte ter desviado daquele assunto com tanta rapidez, porque lançou um olhar sugestivo para a prima. Infelizmente, logo perdeu o interesse, porque soltou um suspiro e ficou olhando para a face direita de Signa. Falou com um tom ríspido ao pegar na mão da prima e chegar mais perto.

— Céus, o que é isso no seu cabelo?

Signa ficou com o estômago embrulhado, rezando para que não fosse alguma aranha pavorosa ou algo do tipo.

— Tire! — Tentou olhar, mas não conseguiu ver nada, até que Blythe puxou vários fios que estavam presos atrás da orelha.

Fios esses que eram brancos, com um brilho tão prateado quanto a luz das estrelas.

— Dê um jeito. — As palavras de Signa mal passaram de um suspiro aflito. — Arranque, se for preciso, mas não deixe ninguém ver.

— Por acaso você perdeu a cabeça? Não vou arrancar o seu cabelo!

Ah, como Signa gostaria de xingar o Destino. Queria acreditar que havia se safado da última vez que usou seus poderes de ceifadora, pagando apenas com um pouco de cansaço. Mas, pelo jeito, ele tinha razão quando falara das consequências de fazer isso, afinal de contas.

Blythe franziu o cenho, com uma expressão severa, e foi escondendo os fios brancos com todo o cuidado, bem na hora em que Charlotte deu uma olhada, erguendo a sobrancelha. Signa endireitou a postura e sorriu, apesar de o coração estar batendo forte no peito.

Um duque havia morrido, o Destino interrompera a comunicação da garota com a Morte, sua amiga de infância era uma possível suspeita do assassinato desse duque e, agora, seu cabelo estava ficando branco, como se ela tivesse envelhecido da noite para o dia.

O que mais poderia dar errado?

Signa tentou se obrigar a voltar para a realidade. Não queria se concentrar tanto no próprio cabelo a ponto de chamar a atenção de outras pessoas para seu infortúnio. Voltou a dirigir o olhar para Everett, que estava cumprimentando mulheres encantadoras, com seus vestidos de chá em tons claros, girando suas sombrinhas para bloquear a luz do sol, que se esforçava ao máximo para queimar Signa, ali onde ela estava. Everett não *parecia* um homem capaz de assassinar alguém... mas a garota já havia se enganado sobre crimes antes.

Eliza também estava por perto, e Signa percebeu, depois de olhar com mais cuidado, que o homem de cabelo castanho-escuro que conversava com ela era ninguém mais, ninguém menos, que Byron. Quando Charlotte a flagrou olhando para a dupla, murmurou entredentes.

— A Srta. Wakefield sempre quis se casar com um homem da família Hawthorne — debochou. — Eu só achei que seria Percy. Os dois eram bem próximos antes de ele ter ido embora.

O ruído que Blythe fez foi ininteligível.

— Eliza e meu *tio*? Sua mente é bem mais apta a inventar histórias do que eu poderia imaginar.

Charlotte começou a se abanar mais rápido e lançou um olhar fulminante para Blythe.

— Já faz um tempo que os dois têm se visto socialmente. Ele é um bom partido, solteiro e influente. Ouso dizer que Byron já teria pedido a mão de Eliza em casamento a essa altura, se o escândalo de seu pai não tivesse ocorrido. Ou talvez tenha pedido, e os dois estão apenas esperando a reputação de sua família ser restabelecida.

Por mais que Signa não gostasse da ideia de Eliza ser bem recebida no seio da família, isso certamente ajudava a entender o anel que haviam encontrado no gabinete de Elijah.

Blythe abraçou a própria barriga: provavelmente estava pensando a mesma coisa.

— Ao que tudo indica, aconteceram muito mais coisas enquanto estive de cama do que eu havia percebido.

— Ou, talvez, você esteja preocupada demais consigo mesma para levar em consideração o que as outras pessoas estão fazendo.

— Ora, ora, já chega — declarou Signa, alarmada. Seja lá o que tivesse acontecido entre Charlotte e Blythe, teriam tempo de se acertar depois, a sós. — Estamos entre amigas aqui...

Ela deixou a frase no ar quando viu que alguém de cabelo dourado se aproximava, desviando dos demais convidados. Um calor de fúria se alastrou pela barriga de Signa, que pensou naqueles cabelos brancos e na discussão que os dois tiveram da última vez que se falaram. Havia tanta coisa acontecendo, eram tantos pensamentos para processar, que a garota não sabia como conseguiria lidar com mais alguma outra coisa. Felizmente, o Destino mudou de direção no último instante e não se aproximou dela, mas de Everett.

— Juro que, nos últimos tempos, não consigo acompanhar seu ritmo — declarou Blythe, bufando disfarçadamente. — Primeiro, você fica sonhando com um duque, e agora perde a linha do raciocínio na presença de um príncipe.

— Você andou sonhando com Everett?

PURPUREA

O maxilar de Charlotte tinha uma certa tensão, mas Signa não teve coragem de responder. A presença do Destino era avassaladora. Apesar de estarem ali para restabelecer o nome de Elijah e causar uma boa impressão nos convidados, Signa duvidava muito de que alguém se lembraria de que ela e os membros da família Hawthorne haviam comparecido ao evento, já que havia alguém bem mais interessante em quem pensar.

— Não acredito que ele veio lá de Verena. — Signa se virou e viu que a voz que disse isso vinha de um grupinho de damas que ela reconhecia de outros eventos sociais daquela temporada. Diana Blackwater estava entre elas, abanando o leque com tamanha ferocidade que o chapeuzinho branco, amarrado no queixo, ficava balançando no alto da cabeça pequena. — É um lugar tão encantador, bem à beira d'água. Meu pai me levou para visitar, quando eu era mais nova. Eu e o príncipe ficamos muito próximos.

Uma das garotas mais jovens soltou um suspiro de assombro e perguntou:

— Você acha que ele veio de tão longe por sua causa?

Definitivamente, Diana, bendita seja, estava se vangloriando. Que tolice era ver a garota — e, como ela, a cidade inteira — cair na armadilha do Destino.

— Fale mais dele, por favor — disse uma das damas, bisbilhotando com um tom esperançoso. — Ele é sedutor?

— Um cavalheiro *e tanto* — respondeu Diana, com um faniquito ensaiado. Ao que tudo indicava, todo mundo havia aprendido a atuar nos últimos tempos. — É bem-educado e inacreditavelmente atencioso. Se você achou o Palácio das Glicínias lindo, morreria se visse o palácio real da família do príncipe.

Hã. Bem-educado, sim senhor.

— Devo admitir que fiquei feliz ao ver Aris… desculpem, eu realmente quis dizer o *príncipe* Dryden… visitando a cidade no ano em que debutei – prosseguiu Diana. – Sempre tive tanto carinho por Verena, sempre me imaginei indo morar lá um dia.

Lidar com ela seria uma perda de tempo. *Não valia a pena lidar com ela.* E, mesmo assim, as mãos de Signa se retorceram de irritação. Diana e suas mentiras não queriam dizer nada no cômputo geral das coisas. Mas algo na jovem irritou tanto Signa que ela se virou de frente para a garota.

– Deve ser coisa do destino – ironizou Signa, com um sorriso tão largo que seus olhos quase fecharam, de tão espremidos que ficaram.

Diana deu um sorriso discreto, abanando-se com um pingo a mais de agressividade.

– Ouso dizer que você tem razão, Srta. Farrow.

– Concordo plenamente. O destino é algo muito poderoso.

Foi o próprio pretenso príncipe quem disse isso, aproximando-se do grupinho na companhia de Everett. Diana e as demais damas ficaram caladas quando ele e o recém-empossado duque baixaram a cabeça para cumprimentá-las. Os olhos do Destino, contudo, se ergueram para observar Signa por baixo de seus longos cílios, e ela tornou a sentir aquele estranho calor na barriga.

– Príncipe Aris – disse, com o máximo de repulsa, dentro dos limites do que era publicamente aceitável. – O senhor ainda está na cidade?

– *Ainda?* Vossa Alteza pretendia ir embora? – Foi Everett quem perguntou, colocando a mão no ombro do Destino, como se os dois fossem velhos amigos. Signa não pôde deixar de se fixar nesse toque, olhando feio. Como era possível que o Destino conseguisse não apenas ser visto mas também *tocado*, já que a Morte não conseguia nenhuma dessas duas coisas? – Eu contava que o senhor ficaria aqui durante toda a temporada.

– E ficarei – respondeu o Destino, com um tom tão frio que a pele de Signa ficou toda arrepiada. – A Srta. Farrow deve ter entendido mal. Tenho toda a intenção de permanecer aqui até que ela aceite meu pedido de casamento.

As palavras foram tão fortuitas que todos que estavam a uma distância audível se entreolharam, para ter certeza de que haviam ouvido a mesma coisa. As bochechas de Signa pegaram fogo.

— Certamente o senhor quis dizer até que *alguém* aceite seu pedido de casamento.

Signa tentou sorrir. Amenizar o comentário do príncipe.

Felizmente, o Destino baixou a cabeça e lhe brindou com um sorrisinho irônico, de quem havia achado graça.

— É claro, Srta. Farrow. Por favor, perdoe o ato falho.

Ah, como Signa gostaria de poder convocar suas sombras e ceifar a vida do Destino bem ali. Odiou o fato de ele ter sido tão encantador, de que exibia uma covinha na bochecha que lhe dava uma aparência simpática demais. Quando resolveu que não conseguiria mais aguentar entretê-lo, Signa dirigiu sua atenção para Everett.

— Parabéns, lorde Wakefield — declarou, por fim, torcendo para que, com isso, tivesse distraído os demais daquele joguinho perpetrado pelo Destino.

— Sim, parabéns. — Charlotte soltou um suspiro agudo quando Everett se aproximou dela. — Você está muito respeitável com esta faixa. Seu pai ficaria orgulhoso.

Everett ficou com uma expressão tão acanhada quando ajustou o colete que Signa tentou trocar um olhar fortuito com Blythe. A prima, contudo, estava com os olhos fixos no chão.

— Muito obrigado, Srta. Killinger — disse Everett. — Meus sinceros agradecimentos.

Charlotte virou o rosto, tímida, e tirou um cacho que caíra em seu ombro. Ao que tudo indicava, poderiam ter ficado naquela lenga-lenga o dia inteiro, caso ninguém fizesse algo para tirá-los daquele torpor. E, apesar de Signa ter aberto a boca para socorrer a amiga, o Destino falou mais rápido do que ela.

— O dia está perfeito demais para continuarmos aqui de pé conversando. — Então, inclinou a cabeça, indicando o jardim. — Gostariam de jogar uma partida de croqué?

VINTE

Sob todos os aspectos, o jardim do Palácio de Covington era exatamente o oposto do jardim do Palácio das Glicínias. Tinha uma beleza contida, composta por elegantes roseiras e frondosos carvalhos, ladeando caminhos muito bem aparados. Criados passavam com bandejas de sanduíches e canapés delicados, que os convidados comiam fofocando à sombra das árvores. Enquanto ela e Blythe atravessavam o gramado, Signa se deu conta de que desejava ser como aqueles convidados que se deixavam levar pela beleza do jardim e se fartavam de comida.

Em vez disso, quando deu por si, percebeu que não parava de olhar para Everett, examinando aquele sorriso que não chegava a contagiar os olhos do rapaz, enquanto ele cumprimentava os demais convidados. Poderia ele ter um motivo para matar o pai? Poderia aquele rosto ser o rosto de um assassino?

Charlotte estava ao lado dele, falando em voz baixa, com um tom alegre. Signa ficou observando os dois o tempo todo, tentando, de forma deliberada, não prestar atenção ao Destino. Blythe deveria estar fazendo a mesma coisa, porque assoviou baixinho, disfarçadamente.

— Talvez esteja na hora de você se concentrar em ser princesa, afinal de contas. Aqueles dois, ao que tudo indica, formam um casal e tanto.

Blythe disse isso como se quisesse averiguar qual era a opinião de Signa em relação ao assunto.

— E, apesar disso, nenhum dos dois comentou sobre um possível noivado, nem uma palavra sequer — respondeu Signa.

Então cutucou Blythe, para que a prima olhasse para Everett, que estava fazendo reverência para outras damas e matronas afoitas que se aproximaram, ao passo que Charlotte ficou apenas olhando, com uma expressão cada vez mais vaga a cada novo rosto que aparecia.

Eram interrompidos a cada poucos metros. O Destino ia na frente, atravessando aquela área coberta pela mais perfeita das gramas, que parecia interminável — de fato, não havia nem uma única folha ficando amarronzada e dava a impressão de que cada filete de grama havia sido cortado na mesma altura, com precisão. Quando o Destino flagrou Signa olhando para ele de forma disfarçada, ofereceu-se para dar o braço para a garota e estufou o peito, todo convencido. Blythe praticamente empurrou a prima para a frente, e Signa lhe lançou um olhar fulminante antes de dar o braço para o Destino — a contragosto — e permitir que ele continuasse o trajeto com ela a reboque.

— O que me diz de uma partida, Srta. Farrow? — perguntou.

Apesar de ter feito essa pergunta em tom de provocação, era fácil perceber a vulnerabilidade que ele estava tentando disfarçar.

— Eu diria "não" — respondeu ela, sendo sincera. — Mas por acaso tenho escolha?

O Destino não se deixou abalar pela alfinetada que recebeu da garota.

— Por acaso sua resposta seria diferente caso eu dissesse que podemos considerar essa partida como parte de nossa corte?

A garota quase tropeçou. Diante de tantos olhos, a última coisa que queria era que a vissem sendo cortejada pelo Destino. E tampouco queria pôr lenha na fogueira de seus interesses, já que havia se recusado a prometer que não faria mal ao Ceifador. Mas, mesmo que recusasse o convite, Signa duvidava muito que o Destino iria embora. Isso para não falar que a garota daria quase qualquer coisa para tornar a ouvir a voz da Morte.

— Permita que o Ceifador passe um dia inteiro comigo. — Signa chegou um pouco mais perto do Destino e tentou continuar falando baixo. Blythe, ela tinha certeza, deveria estar se esforçando ao máximo para ouvir a conversa dos dois. — A partir de agora.

O Destino andava com passos firmes e confiantes mas, de certa forma, ainda conseguia ter um ar elegante. Quase como se estivesse flutuando, sem um arranhão sequer nas botas de couro.

— Não farei alterações nos termos de nosso acordo.

Signa fez questão de chutar a grama com um pouco mais de força ao dar o próximo passo, torcendo para que um pouco de lama fosse parar nas botas do Destino. Sabe-se lá como, não conseguiu.

— Muito bem. Mas nada de trapacear. Não gosto de homens que fazem jogo sujo.

Ele deu risada.

— Se for necessário fazer jogo sujo para que se recorde de tudo o que perdeu, então serei o canalha mais imundo que a senhorita já conheceu na vida, Signa Farrow. Você terá seu tempo com o Ceifador depois de nossa partida.

Signa não esperava por aquele calor que se acendeu dentro dela. Ficou com tamanho nó na garganta que não conseguia engolir e não teve coragem de olhar o Destino nos olhos.

O campo estava vazio, com exceção das traves e estacas que haviam sido colocadas ali por causa do jogo. Se isso era devido ao fato de todos os demais serem espertos a ponto de apenas desfrutar da comida do palácio enquanto podiam ou se fora obra do Destino, Signa não saberia dizer. Ficou feliz por ter alguns segundos de trégua quando ele saiu do seu lado e foi pegar dois tacos, um dos quais lhe entregou.

— O que me dizem, damas? Que tal uma partida? — perguntou Everett.

O rapaz estava com um brilho nos olhos e, depois de tudo o que ele havia enfrentado nas últimas semanas, o mau humor de Signa diminuiu ao ver aquela cena bem-vinda.

— Prefiro assistir — respondeu Charlotte, com um sorriso tímido que fez Everett sorrir para ela imediatamente. Signa não conseguia acreditar no que seus olhos estavam vendo: quando aquele fogo entre os dois havia começado?

— Você ficará por perto? — indagou Everett.

— Claro. — Charlotte se afastou alguns metros e parou sob a sombra de um galho de árvore torto. — Ficarei bem aqui, torcendo pelas duas equipes!

— Se esse é o caso, ficarei com minha prima — declarou Signa, porque não estava disposta a permitir que ela ou Blythe fossem obrigadas a ficar de dupla com o Destino.

Apesar de a garota ter esperado que o Destino ficasse irritado com a declaração dela, ele, ao que tudo indicava, achava cada vez mais graça daquela situação.

— Muito bem, mas a senhorita precisa saber que, em Verena, só jogamos se houver prêmios.

Um pavor se infiltrou no estômago de Signa. Ela deveria ter adivinhado que haveria uma condição.

— Qual é o prêmio? — perguntou Blythe, sentindo o peso do próprio taco.

— O que as senhoritas quiserem. — O Destino chutou duas bolas para cada equipe. As duas de Signa tinham uma listra roxa, combinando com o taco. — Se ganharmos, que tal uma canção escrita e cantada em nosso louvor? Algum favor? Ou quem sabe até um beijo de uma dama encantadora?

Everett endireitou um pouco a postura, lançando um olhar para Charlotte.

— Não acho que isso...

— Ah, não me venha com essa, Everett. — Nessa hora, o Destino deu risada. — É apenas um beijo.

A recusa estava na ponta da língua de Signa, mas Blythe foi logo perguntando:

— Podemos pedir qualquer coisa?

A arapuca estava armada, e Signa estava convencida de que o Destino não seria capaz de esboçar uma expressão mais vangloriosa do que a que ele fez naquele momento.

— Qualquer coisa que estiver ao meu alcance.

Blythe não parou para pensar no que iria pedir, mas pelo menos teve o bom senso de falar mais baixo quando declarou:

— Se nossa equipe ganhar, o príncipe terá que fazer uma declaração defendendo meu pai. — Antes que qualquer um dos homens pudesse dizer mais alguma coisa, a garota completou: — E quero vê-lo. Imediatamente.

Everett baixou o taco, com uma expressão severa, e disse:

— Srta. Hawthorne, isso não é possível...

— Considere feito. — A falta de hesitação do Destino deixou Everett sem resposta. O rapaz piscou, dando a impressão de que questionava, naquele momento, qual seria o verdadeiro alcance do poder de um príncipe. — Aceito esses termos.

A mente de Signa ficou examinando aquela declaração, esquadrinhando a seleção de palavras do Destino em busca de algum significado oculto. Mas, antes que pudesse concatenar os pensamentos, a prima pôs o taco no ombro e começou a se dirigir para o campo.

— Que maravilha. — Nessa hora, Blythe tirou do rosto um cacho loiro que havia se soltado do chapéu de aba larga, cor de marfim. — É melhor o senhor se preparar, principezinho. Não tenho a menor intenção de permitir que o senhor me beije.

— *Permitir?* — A risada que o Destino deu foi sincera demais. — A senhorita não é do meu agrado, querida.

— Então, ao que tudo indica, Deus existe. — Blythe uniu as mãos e olhou para o céu, como se estivesse rezando. — Bastou que eu visse de relance suas obras de arte para compreender que o que é do seu agrado contraria o bom gosto.

O Destino apertou bem o taco, e Everett e Signa se entreolharam. Pelo menos, duas pessoas do grupo estavam se comportando de maneira adequada, mas o Destino e Blythe exalavam tamanha determinação que estava fora de questão convencê-los a jogar sem que houvesse prêmios ao final da partida. Ainda que, por um segundo, Signa tenha considerado a possibilidade de torcer o pescoço da prima.

Como alguém poderia vencer o Destino em seu próprio jogo? Será que ele não poderia subverter o resultado? Distorcer tudo a seu favor? Signa queria vencer tanto quanto Blythe, mas foi só quando uma lufada de vento gelado tomou conta do ar ao redor dos ombros dela que a garota acreditou que poderia ter uma chance.

Signa segurou o cabo do taco e tentou capturar o ar fugidio que respirava. Na mesma hora, virou-se para o Destino, que acabara de se entregar, porque olhou diretamente para um ponto ao lado de Signa — onde, ela agora se dera conta, a Morte deveria estar. Apesar de Signa não conseguir enxergar nem ouvir o Ceifador, sentiu o taco pressionar as palmas das mãos dela, como se a Morte quisesse dizer que estava ali, ao seu lado. Que a ajudaria.

— Primeiro as damas — sugeriu o Destino, com uma ponta de irritação. Foi o único indício que deu de como exatamente estava se sentindo com a chegada do Ceifador.

Blythe se posicionou como se já tivesse jogado mil vezes e acertou a primeira tacada. A bola foi arremessada, passando bem no meio da primeira trave, e o sorriso do Destino se transformou em uma careta. O príncipe olhou de soslaio para a garota, depois para o Ceifador. Mas, até onde Signa pôde perceber, o mérito daquela tacada fora todo da prima.

Blythe deu um sorriso malicioso para o Destino e foi rapidamente até a bola, já que ganhara mais uma chance de marcar pontos. Sua próxima tacada fez a bola ir até o outro lado do campo, percorrendo mais da metade do caminho até a próxima trave. A garota examinou sua proeza, meneou a cabeça de leve, satisfeita, e em seguida voltou até onde os demais estavam, com toda a calma.

— Suponho que, por ora, basta.

Era a vez de Everett jogar, e Signa sentiu o frio se dirigir para o rapaz. O Destino também deu um passo sutil, aproximando-se de Everett. Fios dourados brilharam, levando o taco para trás. Mas, pelo jeito, alguma coisa segurou a bola no instante em que o taco a atingiu — o Ceifador. Ele, pelo menos, teve a decência de movimentar a bola alguns centímetros para a frente, para não constranger Everett. Só que foi uma tacada torta, que passou bem longe da primeira trave, fazendo o rapaz coçar a cabeça.

— Minhas tacadas não costumam ser tão pavorosas.

Everett olhou para cima, como se quisesse se certificar de que fora agredido pelo próprio vento.

— Você acertará na próxima. — Blythe falou de modo automático; parecia que já fora obrigada a dizer isso antes para outros jogadores, demasiadas vezes. — Talvez o príncipe compense a sua jogada quando for a vez dele.

— Pretendo — retrucou o Destino, e ficou olhando feio, já que Blythe não deixou de sorrir um segundo sequer.

— Ao que tudo indica, alguém nos subestimou. — Ela esticou a mão enluvada diante dos olhos, inspecionando-a para ver se encontrava algum sinal de terra. — Eu obrigava meu irmão a jogar comigo todos os domingos.

Signa poderia jurar que a voz da prima ficou minimamente embargada e que, de repente, quando ela e Charlotte se entreolharam, os olhos azul-gelo da garota tornaram-se mais aguçados. Só que não havia muito tempo para pensar nisso, porque Blythe foi obrigada a alertá-la:

— É a sua vez, Signa.

Tudo o que Signa sabia sobre croqué aprendera observando Blythe pelos últimos cerca de dois minutos. Aproximou-se da bola, assim como a prima havia feito, posicionando-se a uma certa distância, e se esforçou ao máximo para dar a impressão de que tinha um talento natural para a coisa, que já havia empunhado o taco mil vezes antes. Na verdade, entretanto, estava suplicando para o Ceifador, entredentes.

Ainda bem que, ao que tudo indicava, a Morte sabia exatamente o que fazer. A garota nem sequer saberia dizer se o taco bateu na bola, que passou pela próxima trave com a rapidez de um foguete. Everett deu um assovio baixo atrás das duas garotas. Mas, quando Signa, estampando um sorriso vitorioso, buscou o olhar da prima, que estava atrás dela, ficou surpresa ao ver que a expressão presunçosa de Blythe havia se apagado: seu cenho estava franzido, as sobrancelhas claras bem unidas.

Blythe estar concentrada por demais era uma possibilidade. Com um prêmio daqueles em jogo, como poderia não fazer isso? Ainda assim, ficou olhando para a bola e para a prima com tamanho ceticismo que as palmas das mãos de Signa começaram a suar, umedecendo as luvas. Ela sacudiu as mãos antes de segurar o taco para jogar de novo.

Mais uma vez, sentiu a tão conhecida brisa das sombras da Morte quando o Ceifador partiu para a ação, fazendo a bola deslizar pelo campo em linha reta, até atravessar a próxima trave.

— Ouso dizer que fomos enganados, Vossa Alteza — brincou Everett. Ficava olhando para Charlotte de quando em quando, para ver se ela estava se divertindo. — Talvez devêssemos desistir enquanto ainda podemos sair por cima.

O Destino deu uma risada debochada e se aproximou da bola de sua equipe.

— Que tolice. Temos tempo para nos redimir.

Os fios ao redor do príncipe brilharam, com um dourado intenso, e se enroscaram no taco dele. Mas as sombras da Morte devem ter se entrelaçado com esses fios, porque a tacada foi mais lenta do que deveria ter sido. Mesmo assim, a bola passou pela trave.

— Ah, como eu gosto de um bom jogo *limpo*. — O Destino se reposicionou para dar a segunda tacada, inclinando o corpo na altura dos quadris. No instante em que fez isso, sussurrou para o chão: — Não tenho o hábito de trapacear, querido irmão. Mas, se você continuar trapaceando, também farei isso.

Em seguida, bateu na bola que, desta vez, se desviou, sem passar pela trave. O príncipe olhou feio para a bola, com os lábios retorcidos, como se o objeto tivesse lhe ofendido pessoalmente.

Blythe já estava se preparando para dar sua tacada quando o Destino voltou até onde os demais estavam. Parou e ficou observando a garota, ao passo que o Ceifador, pelo jeito, não conseguiu deixar de interferir uma última vez. Quando Blythe ergueu o taco para trás, ele escapou de suas mãos e acertou o Destino, bem no meio das pernas.

Blythe quase caiu para trás, imitando o gesto de Signa, que tapou a boca com as duas mãos. Uma lufada de vento envolveu as duas, forte a ponto de derrubar os chapéus de umas poucas damas ultrajadas que estavam mais ao longe. Signa olhou bem feio para o lugar onde a Morte deveria estar.

Foi como assistir a uma cena em câmera lenta quando o Destino cambaleou, apertando tanto os lábios que eles ficaram brancos feito osso, e caiu de joelhos.

Atrás deles, Charlotte tapou a boca, soltando um gritinho.

Blythe foi correndo até o Destino, parou, deu um passo para trás e, em seguida, continuou a se aproximar dele, como se não conseguisse se decidir se achava que Aris ia querer um pedido de desculpas ou a cabeça dela em uma bandeja. Por fim, optou pelo pedido de desculpas. As bochechas da garota estavam vermelhas, feito uma torta de cereja.

— Alteza! O senhor está bem? Mil desculpas, posso fazer alguma...

Everett a segurou pelos ombros e a puxou para trás, com uma expressão severa.

— Talvez ficar a uma certa distância, Srta. Hawthorne. Não há necessidade de se envolver em uma situação tão delicada.

Signa mordeu a própria língua, com força.

— Isso era mesmo necessário? — sussurrou, censurando o Ceifador. — Ele já quer te matar!

Foi um acidente, Passarinha. Precisam mesmo dar um jeito de melhorar a pegada destes tacos. Eu não esperava que o taco fosse bater nele.

Quando ouviu a voz da Morte em sua mente, Signa ficou tão emocionada que teve a sensação de que o próprio peito estava estufado, com o triplo do tamanho. Ao que tudo indicava, a dor causada pelo acidente sofrido pelo Destino devia ter neutralizado temporariamente os poderes dele. E, apesar de a garota saber que isso não podia ser boa coisa, sentiu um frio na barriga mesmo assim. Como era bom voltar a ouvir o Ceifador, mesmo que fosse apenas por alguns segundos.

— O senhor está bem? — indagou Blythe. — Devo verificar se há um médico aqui para lhe examinar?

— Não há necessidade de médico, Srta. Hawthorne. — O Destino disse isso com um tom de fúria. — E, certamente, não preciso ser examinado. Apenas... me dê um instante.

— Fique sentado pelo restante da partida — sugeriu Everett, todo encolhido. — Eu representarei nossa equipe. A Srta. Farrow e a Srta. Hawthorne podem escolher qual das duas irá representar a equipe delas.

— Não vamos fazer uma tempestade em copo d'água. Não foi nada. — Mesmo encolhido de dor, o Destino conseguiu dizer isso de um modo convincente.

Nada?, repetiu o Ceifador, achando graça. *Eu não admitiria isso com tanta facilidade, querido irmão.*

Se Signa fosse capaz de enxergar o Ceifador, ele certamente teria sido alvo de seu olhar mais insidioso. A garota não sabia que dois irmãos poderiam ser tão irritantes. Será que a Morte estava *tentando* atrair a ira do Destino, para que se derramasse sobre ambos?

Quando ficou de pé, o Destino balançou os ombros para trás, ignorando o Ceifador.

— O ferimento não foi grave. Estou bem, posso continuar jogando.

Apesar de Blythe dar a impressão de não acreditar, não ousou contradizê-lo, para não ferir o orgulho do príncipe. Everett tampouco fez isso e não demorou muito para retomarem a partida, fingindo que nada havia acontecido.

O jogo durou cerca de duas horas, durante as quais a voz do Ceifador se dissipou. Tacada após tacada, tanto Everett quanto Signa se esforçaram ao máximo — sem a interferência da Morte —, apesar de o rapaz não ter conseguido passar várias bolas por dentro das traves, e a garota não ter conseguido acertar a bola com o taco de jeito nenhum. Blythe e o Destino eram os únicos que marcavam pontos para suas respectivas equipes, e a tensão entre eles se intensificou tanto que os outros dois tentaram ficar longe dos companheiros de equipe.

Blythe foi espetacular. Estava tão concentrada no jogo que nem sequer sorria a cada vez que a bola passava por dentro de uma trave. Seu olhar era frio e centrado, e seus pensamentos não se desviavam da missão em questão.

O Destino tinha a mesma experiência. E deveria ter mesmo, supôs Signa, tendo em conta o tempo que já havia vivido. Não precisava lançar mão de sua magia e cumpriu sua palavra: não a empregou nem mesmo quando tentava empatar o jogo. Logo, logo, bem na hora em que as costas de Signa começaram a doer, e ela meio que teve vontade de deitar naquela grama tão bonita, a tacada de Blythe tirou a bola do Destino de sua posição, perto da última trave, e a garota marcou o ponto decisivo.

Foi só depois disso que Blythe largou o taco e se virou para o Destino. Os olhos da garota brilhavam, com uma satisfação contida. Signa não tinha dúvidas de que, se as duas estivessem sozinhas, a prima estaria comemorando a vitória com nada mais, nada menos, do que um grito de guerra.

— Quero ver meu pai amanhã.

Blythe declarou isso com uma voz sem emoção e, apesar de o Destino estar com uma cara de homem desprezado, meneou a cabeça, concordando.

— Eu cumpro minhas promessas, Srta. Hawthorne. Considere isso feito.

Enquanto jogavam, as horas foram passando sem que ninguém notasse. Não estava tarde a ponto de o sol ter se posto completamente, mas estava tarde a ponto de os convidados terem começado a se dispersar e de o palácio ter parado de servir comida e bebida.

Apesar de a partida não ter sido particularmente cansativa, o sol estava escaldante, e Everett secou a transpiração da testa com um lenço. Foi agradável disputar aquela partida com o rapaz, vê-lo fazer gracejos, sorrir e fingir que eram pessoas normais, com vidas normais — pessoas que não eram cercadas pela morte e pela tragédia, ainda que fosse apenas por algumas horas.

Everett se dirigiu às duas primas e a Charlotte, que voltara para perto deles e, de quando em quando, olhava de soslaio para Blythe.

— Devo acompanhar as damas até a carruagem? — perguntou o rapaz. — Não me dei conta de que estava tão tarde.

— Acho que seria de bom tom.

Havia algo de errado no tom de Blythe. Uma tensão que apenas um ouvido treinado perceberia. Signa se empertigou ao ouvi-la.

Não era do feitio de Blythe não dar o braço para ela quando as duas caminhavam nem deixar de se locupletar de suas vitórias. Signa olhou disfarçadamente para Charlotte, mas ela foi logo virando o rosto quando foi se despedir das duas primas, na companhia de Everett.

— Foi uma boa partida, Srta. Hawthorne — admitiu o Destino, quando Blythe e Signa pararam ao lado da carruagem delas. — Amanhã, chegue à prisão antes do amanhecer. Verei o que pode ser feito.

Blythe balançou a cabeça e, apesar de não dar a impressão de que estava *tentando* ser ríspida, foi logo dando as costas para o Destino e escancarando a porta da carruagem.

— Vamos embora — ordenou.

E, apesar de Signa sentir uma coceira por todo o corpo, porque sabia que havia algo de errado, errado de um modo terrível e desesperador, entrou no veículo logo depois da prima.

VINTE E UM

BLYTHE

Blythe tinha a apavorante sensação de que o peito estava prestes a explodir quando se espremeu contra o fundo da carruagem, ficando o mais longe possível de Signa que o espaço permitia. Colocou os dedos suados na própria garganta, concentrou-se na pulsação da veia do pescoço e foi contando cada respiração, para tentar recuperar uma certa aparência de calma.

Não conseguia parar de olhar para Signa, que não era tola a ponto de não perceber que ela estava olhando. Como Blythe, também se espremeu do outro lado da carruagem, encolhendo-se no espaço exíguo.

"Sempre disseram que Signa era amaldiçoada". Por mais que tentasse, Blythe não conseguia se livrar da advertência de Charlotte. "Por que Signa correu *de encontro* ao incêndio?"

Desde o primeiro instante em que a viu, Blythe teve certeza de que havia algo de estranho com Signa. Considerava o nervosismo que a prima suscitava nas outras pessoas um mal-entendido e um preconceito social, só porque a pele dela tinha uma palidez sinistra e seus olhos eram grandes e perspicazes. Quando Signa chegou à Quinta dos Espinhos, porém, a vida de Blythe ficou dez vezes melhor. Ficou *divertida*.

Agora ela tinha alguém para lhe contar todas as fofocas e escândalos que perdera. Alguém que não a tratava apenas como uma garota doente e frágil. Isso para não falar que sua vida fora poupada graças à prima. E, além do mais, também ganhara uma amiga maravilhosa. Uma irmã, na verdade.

Pelo menos, era o que pensava.

Ela cerrou os punhos e afundou as unhas na pele, como se a dor pudesse, sabe-se lá como, organizar seus pensamentos, que estavam embaralhados desde aquela partida de croqué.

Não havia palavras para descrever o que vira: vislumbres enevoados e vaporosos de sombras, pairando atrás de Signa. Sombras essas com as quais a prima havia conversado quando achou que ninguém estava ouvindo e que a ajudaram a guiar o taco.

Era algo absolutamente ridículo, inacreditável e despropositado e, mesmo assim... Blythe já vira aquelas sombras. Quando ficara a poucos suspiros de morrer, essas sombras lhe fizeram companhia, em seu próprio quarto. A garota não queria dar atenção àquela época sombria nem ficar remoendo lembranças tão amargas, mas tinha certeza de que Signa também vira as mesmas sombras, falara com elas.

Como Blythe havia estado tão perto da morte, a lembrança em si era enevoada. Por mais que tentasse, não conseguia clarear a memória nem fazer a cena ganhar detalhes. Mas também havia outras esquisitices. Esquisitices das quais a garota se recordava, *sim*, como aquela vez em que o reflexo de Elaine se revelou um corpo doente e moribundo. Ou aquela ocasião em que trepadeiras espinhosas brotaram debaixo das tábuas do chão e a envolveram.

Blythe ainda podia enxergar as sombras, mais suaves do que antes, mas ainda pairando ao redor de Signa, feito uma névoa cinzenta. Espremeu os olhos, certificando-se de que não era uma ilusão de ótica.

— Que foi? — perguntou Signa, com um tremor de nervos na voz que no mesmo instante revoltou o estômago de Blythe, de tanta culpa. — Por acaso cresceu um braço a mais em mim?

— Não, mas *estão* brotando cabelos brancos em você. — A boca de Blythe estava tão seca que chegava a doer.

Até pronunciar as palavras era uma dificuldade, porque ela odiava esses pensamentos. Odiava até o fato de estar pensando em Signa daquela maneira. Mas a semente plantada por Charlotte havia germinado, e as suspeitas da outra garota, de que Signa tinha algo a ver com o desaparecimento de Percy, haviam criado raízes e cresciam em Blythe, transformando-se em uma verdadeira conspiração. E, depois dos acontecimentos daquele dia, ela ficou ainda mais convencida de que havia algo de *errado*.

— O que foi que aconteceu hoje?

Uma a uma, essas palavras arranharam a garganta de Blythe e, apesar de ter feito a pergunta, ela não sabia se estava preparada para ouvir a resposta.

Signa ficou tensa.

— Você está falando do príncipe?

A pergunta foi tão sincera que Blythe, mais uma vez, pensou que aqueles estranhos horrores poderiam ter sido uma alucinação. Talvez fosse um estranho efeito colateral de ter estado tão perto da morte demasiadas vezes, e Signa não soubesse nada a respeito da escuridão que a seguia. Talvez, todos esses horrores fossem coisa da cabeça de Blythe.

Mas não havia como Signa não saber *alguma coisa* a respeito de Percy e, sendo assim, Blythe se obrigou a insistir.

— Quero que você me diga que estou enganada. Quero que me diga que preciso deitar e que estou vendo coisas, porque os cômodos em que você adentra ficam *gelados*, Signa. Seu cabelo está perdendo a cor e, mesmo agora, há uma escuridão que te segue. Uma escuridão com a qual eu vi você *conversar*.

"Você nunca jogou uma partida de croqué na vida — prosseguiu Blythe. Era um palpite, mas devia estar certo, tendo em vista que Signa não se contrapôs. — Alguma coisa ou *alguém* estava te ajudando. Preciso que você me explique o que é isso, porque tenho a sensação de que estou enlouquecendo."

Signa abriu a boca, provavelmente para discutir. Mas ainda bem que a fechou em seguida.

Foi aí que Blythe teve certeza — uma certeza que vinha do fundo de seu ser, por mais que quisesse dar uma de desentendida —, de que Charlotte havia descoberto algo e que, talvez, os boatos a respeito de Signa tivessem um fundo de verdade maior do que ela e os membros de sua família estavam dispostos a reconhecer.

A prima ficou calada e, por instinto, Blythe segurou a maçaneta da carruagem, caso precisasse pular lá de dentro de uma hora para a outra. Dava a impressão de que Signa estava tendo alguma espécie de conversa mental consigo mesma, e Blythe pensou que ela poderia tentar inventar alguma desculpa. Que poderia tentar se safar da situação.

Em vez disso, Signa pegou na outra mão de Blythe, e a garota só conseguiu apertá-la com força, torcendo para que seu incômodo fosse um engano. Para que Signa dissesse que ela estava sendo paranoica.

Em vez disso, a prima declarou:

— Preciso te mostrar uma coisa.

E Blythe teve a sensação de que seu mundo havia se partido em mil pedaços.

VINTE E DOIS

A cada fôlego, Signa rezava para que seus pulmões entrassem em colapso, que se transformassem em chumbo ou temporariamente parassem de funcionar, para poupá-la dos instantes que estavam por vir.

Tem certeza de que quer fazer isso?

A voz do Ceifador soava em sua mente, e, ai, meu Deus, como Signa gostaria de poder se perder nessa voz. Era coisa demais – Everett, Byron, Charlotte, Elijah... e agora Blythe, fazendo perguntas que Signa gostaria que a prima não tivesse feito. O aperto no peito era tão grande que Signa tinha a sensação de que bastaria um movimento em falso para que ela explodisse.

Precisava contar para Blythe. *Tinha* que contar.

Blythe já estava se afastando o máximo possível da prima, abraçando o próprio corpo. Signa precisava ignorar a própria dor e seguir em frente, porque, naquele exato momento, Blythe a observava com um olhar que não se distinguia em nada dos demais. Como se estivesse convencida de que Signa pudesse, de repente, pular e atacá-la. Como se Signa fosse um animal. Um monstro.

E talvez fosse. Talvez merecesse aquele medo. Afinal de contas, havia cometido atrocidades irreparáveis. Ainda assim, amava Blythe e lhe devia a verdade. Mas não é possível simplesmente confessar que se é uma ceifadora apaixonada pela Morte e querer que as pessoas acreditem. Signa precisava provar.

Chegaram à Quinta dos Espinhos e não demorou muito para Byron dispensá-las, espichando as costas, louco para trocar aquela roupa por trajes noturnos. Signa não permitiu que Blythe se desse a esse luxo. Pegou a prima pela mão imediatamente, levou-a lá para fora e se dirigiu aos estábulos. No processo, teve que ficar abrindo e fechando os dedos, porque Blythe puxou a mão e se desvencilhou dela.

Posso falar com Blythe quando ela estiver dormindo, insistiu o Ceifador. *Vou falar que o irmão dela foi embora. Para Blythe parar de procurá-lo. Você não precisa fazer isso.*

Preciso, foi tudo o que Signa disse. Se Blythe era obstinada a ponto de os sussurros do Ceifador não terem surtido efeito na primeira vez que ele tentou demover todos os moradores da Quinta dos Espinhos de tentar encontrar Percy, não havia nenhuma chance de a garota cair nessa conversa agora. Além disso, se distorcessem os pensamentos de Blythe, Signa e a Morte se comportariam como o Destino. Ele até podia manipular os seres humanos como se fossem brinquedos, mas Signa não criaria marionetes do tipo. Não queria passar a vida escondendo a verdade da prima.

— O que viemos fazer aqui? — perguntou Blythe.

Seu corpo estava tenso, parecia que ela estava prestes a sair correndo conforme Signa a levava até os estábulos, parando na baia onde o potro recém-nascido estava deitado, encolhido em cima do feno. Mais uma vez, William Crepsley estava sentado ao lado do animal, acariciando a pelagem castanha do potro. A respiração do cavalo não passava de chiados, e o pobrezinho tremia toda vez que respirava. Por mais que as pessoas quisessem acreditar que aquele potro sobreviveria, Signa sabia que ele não iria passar daquela noite.

William ficou de pé quando reparou na presença das duas, tirou o quepe do uniforme e o segurou em cima do peito, com as duas mãos.

— Não esperava que alguém aparecesse hoje à noite. Posso fazer alguma coisa pelas senhoritas?

— Pode nos deixar a sós por alguns minutos — respondeu Signa, com uma calma gélida. — Gostaríamos de ficar um pouco com o potro.

— É claro, Srta. Farrow. — O rapaz assumiu uma expressão terna e assentiu com a cabeça antes de abrir a porta da baia e sair cautelosamente dali. Blythe entrou com Signa na baia, a passos desconfiados, e se ajoelhou no feno, de frente para a prima. Virou-se para trás, certificando-se de que William fora embora antes de colocar a mão no pescoço do potro, com toda a ternura, e de sussurrar para a prima:

— Você está me assustando. O que viemos fazer aqui?

Em silêncio, Signa tirou as luvas e as colocou de lado. Temia que, se dissesse alguma coisa, perderia toda a coragem. Timidamente, tirou os últimos frutinhos murchos de beladona do bolso e os colocou na língua.

— Signa! — Blythe tentou derrubá-los batendo na mão dela, mas Signa tirou o corpo do alcance da prima. — O que deu em você? Cuspa isso já!

— Não encoste em mim. — Signa falou com um tom de voz tão letal quanto as pessoas acreditavam que ela era. Blythe caiu para trás, com um olhar perdido: parecia um cervo assustado prestes a sair correndo. Só depois de ter certeza de que Blythe estava assustada a ponto de não se aproximar, Signa completou com mais calma: — Vou ficar bem.

Torceu para que isso fosse verdade. Até então, jamais havia usado seus poderes desta maneira específica. Mas o Ceifador lhe dissera, certa vez, que esses poderes dependiam da intenção. Bastava querer e tomar.

O que Signa queria agora era se permitir continuar visível para Blythe, mesmo em sua forma de ceifadora. Precisava provar para a prima que de fato era capaz de fazer as coisas que estava prestes a alegar ser capaz e, sendo assim, foi nisso que se concentrou quando a náusea se apoderou de seu corpo e o veneno se alastrou dentro dela.

O Ceifador surgiu ao lado de Signa no mesmo instante, todo tenso. Não parava de falar que ela era uma tola por ter ingerido os últimos frutinhos. Por um instante, a garota poderia jurar que Blythe olhara para ele, ou, pelo menos, para a direção onde ele estava. Blythe estremeceu por causa da súbita lufada de frio, e se encostou na lateral da baia. Signa não recriminaria a prima caso ela fugisse. Ficaria feliz com isso. Mas a conhecia bem o suficiente para saber que a garota não iria a lugar nenhum.

— Você precisa vomitar isso agora mesmo. — A voz de Blythe saiu trêmula, mas ela não movia um dedo para se aproximar de Signa. — Precisa expulsar esse veneno de você.

Signa fechou os olhos, sem saber se deveria se sentir tão aliviada.

— Você consegue me enxergar?

Blythe ficou rígida de tão tensa.

— É claro que consigo te enxergar. Pare de falar bobagens!

O plano de Signa podia até ter dado certo, mas seu corpo tremia pelo tanto de esforço para continuar visível, e as sombras que a rodeavam eram claras demais. Cinzentas demais. O Ceifador ficou ao lado da garota na mesma hora e tocou na pele à mostra com as duas mãos, amaldiçoando-se enquanto ajudava Signa a consolidar seu lugar daquele lado do véu.

— Isso não deveria ser possível. — A Morte disse essas palavras em um tom ofegante. — Não enquanto Blythe ainda estiver viva.

Deve ter acontecido algo quando salvamos a vida dela, disse Signa, dirigindo-se ao Ceifador. *Blythe escapou da morte três vezes distintas. Talvez o preço a pagar por isso seja maior do que imaginamos.*

Signa pairou perto do potro, tomando o máximo de cuidado para não encostar em nada, nem de relance.

— Fale que você está aqui — sussurrou, dirigindo-se a Blythe. — Conforte este animal da melhor maneira que puder. Ele não ficará demasiado tempo neste mundo.

— O Sr. Crepsley disse que ele poderia se recuperar. — O lábio inferior de Blythe tremia, mas nem por isso a garota deixou de aninhar a cabeça do potro no colo e de acariciar o pescoço dele. — Tente ficar tranquilo, meu anjo. Você vai ficar bem. — Disse isso com uma voz tão suave como o ruído que um floco de neve faz ao cair.

Signa tentou se convencer de que pôr fim à vida do potro seria um ato de compaixão. O animal já havia sofrido o suficiente, e a garota sabia que, se esticasse os dedos nus e encostasse nele, poderia dar ao cavalinho o descanso tranquilo e natural que o potro tanto merecia.

— Faça o que quiser — alertou Signa —, só não encoste em mim. Não importa o que veja, não importa o que ache, não ouse tocar em mim.

Foi só quando Blythe concordou com a cabeça, em uma fração de meneio, que Signa deslizou os dedos pela crina escura do potro, pressionando a pele aveludada do pescoço do animal. Não houve necessidade de invocar os poderes de ceifadora: eles exalavam de todo o seu ser, sombras pingavam da ponta dos dedos, e um frio absoluto assumiu o controle.

E, naquele momento, sob seu toque, o coração do potro parou de bater. Blythe tapou a boca, com lágrimas nos olhos, e Signa se odiou por possuir este poder. Com um único toque, o potro estremeceu e então expirou o ar da forma mais fraca possível.

Estava morto no decorrer de um segundo. Signa o *matou* no decorrer de um segundo.

Ninguém se mexeu um milímetro sequer até que Blythe, finalmente, ergueu os olhos e fitou a prima. Abraçou-se ao potro, enlaçando seu pescoço com os braços.

— É... é melhor chamarmos William. Ele pode saber como ressuscitá...

Signa afundou os dedos na palha.

— Não há como ressuscitar os mortos, Blythe. Ele faleceu.

A garota não havia previsto que o olhar da prima a fulminaria com tamanha severidade. Os olhos de Blythe estavam vermelhos e transpareciam repulsa.

Antes disso, Signa já vira aquele mesmo olhar, demasiadas vezes. Em outros rostos, talvez, mas sempre aquele mesmo olhar. Vira-o quando a família Killinger fugiu, depois que o tio de Signa morreu. Vira-o quando deixou a casa de tia Magda, há seis meses, e teve a impressão de que todos da cidade apareceram por lá para fazer o sinal da cruz enquanto observavam sua partida.

Era um olhar de desprezo.

De ódio.

De medo. E doía muito mais desta vez, porque vinha de Blythe.

— Você o matou. — Não foi uma pergunta. Foi um cântico sussurrado, que a garota ficou repetindo sem parar, abraçando o potro morto com uma força ainda maior. — Por que, Signa? Por que você fez uma coisa dessas?

No instante em que essa pergunta deixou os lábios de Blythe, Signa sentiu algo se despedaçar dentro de si.

Talvez, ela não tivesse nascido para ter aquela vida. Não tivesse nascido para ter amigos ou pessoas vivas, com ar nos pulmões, que gostassem dela. Porque, uma hora ou outra, as pessoas sempre olhariam para Signa como Blythe acabara de fazer.

Será que seria diferente, perguntou-se Signa, se ela se entregasse a seus outros poderes? Se deixasse de lado o canto de sereia do Ceifador e, em vez disso, se entregasse à magia ardente da Vida? Será que isso poderia fazê-la feliz, ou ela não seria muito diferente daquela garota que fora no outono, concentrada apenas em agradar todo mundo?

— Traga-o de volta. — As palavras de Blythe eram venenosas, letais e tão lancinantes que Signa ficou com um nó na garganta. — Traga-o de volta agora mesmo.

— Não posso fazer isso...

— Agora, Signa! Quero que ele volte *agora!*

A culpa se assomou dentro de Signa, e o calor havia voltado, insinuando-se em seu ventre, enquanto ela tentava dar a Blythe o que queria. Tentava dar à prima uma versão de si mesma que era digna do amor que Blythe tinha a oferecer. O corpo de Signa ardia por dentro, tanto que a garota ficou com medo de que sua pele fosse derreter. Recusou-se, contudo, a se acovardar diante disso, enroscou os dedos na crina do potro mesmo quando as lágrimas brotaram em seus olhos e um grito rasgou sua garganta.

Foram segundos que mais pareceram anos de agonia: a impressão era de que a própria Signa estava nas profundezas do inferno, sendo devorada viva pelas chamas. Ao longe, ouviu o Ceifador chamando por ela, mas não conseguiu entender o que a Morte lhe disse. Doía demais ouvir. Concentrar-se. Fazer o que quer que fosse... Até que, de repente, parou de doer.

Aconteceu tudo ao mesmo tempo: o calor sumiu e, sob as mãos de Signa, o peito do potro expandiu-se e contraiu-se, mais forte desta vez. O animal se soltou dos braços de Blythe, com os olhos límpidos, livre daquela névoa que pesava sobre ele desde que nascera.

O peito do potro subia e descia. Signa não conseguia tirar os olhos do animal, contando cada respiração.

Uma. Ela havia feito aquilo...

Duas. Ela havia feito *aquilo.*

Três... Signa se virou para o Ceifador na mesma hora. Mas, como a beladona fora eliminada de seu corpo e o coração voltara a bater, a Morte havia sumido de vista.

— Eu o trouxe de volta à vida.

Signa ficou olhando para o animal. Tinha a sensação de que suas mãos pegavam fogo e teve que tocar os próprios lábios para confirmar que não haviam derretido. Virou para Blythe quase que no mesmo instante e, apesar de não saber ao certo o que estava esperando, certamente não era ver Blythe ficar de pé, trôpega, e ir cambaleando para trás, como se Signa fosse o demônio em pessoa.

Porque foi isso que Blythe pedira.

Era isso o que Blythe *queria.*

E, mesmo assim, com palavras tão cruéis que cada uma delas provocava uma sensação pior do que a morte, Blythe falou, engasgada:

— Eu não estava falando do *potro.*

Signa foi novamente inundada pelo frio, que eliminou qualquer resquício daquele calor doloroso. Pela primeira vez, não encontrou consolo nele. As duas garotas ficaram se entreolhando: Blythe era uma predadora, e Signa a presa ferida.

— Posso explicar... — Signa começou a dizer, mas Blythe não deixou que ela falasse nem mais uma palavra.

— Preciso que me diga uma coisa. — Apesar de a garota ter falado baixo, sua voz era o único som do mundo que Signa era capaz de ouvir naquele momento. — Preciso que você me diga se meu irmão foi mesmo embora da Quinta dos Espinhos na noite do incêndio.

O que Signa não daria para ter desenvolvido aquelas habilidades antes. Se as possuísse alguns meses atrás, poderia ter salvado

Blythe sozinha. Poderia ter encontrado uma outra maneira de lidar com Percy.

Por que agora, justo agora? Por que agora, quando era demasiado tarde para voltar atrás?

Ela baixou a cabeça e, apesar de saber que isso seria o seu fim, falou:

— Não.

Blythe levou a mão à boca, mal contendo o soluço de dor que lhe sacudiu o corpo. E foi soluçando que ela se obrigou a dizer cada uma destas palavras:

— O meu irmão está vivo?

— Blythe...

— Sim ou não?! — A rispidez da voz de Blythe não tinha a intenção de ferir, mas de matar. — Percy está vivo?

Signa sabia que algum dia essa pergunta seria feita. Por todo esse tempo, sabia que, um dia, teria que admitir a verdade do que havia feito àquela família. Só gostaria que esse dia não tivesse chegado tão cedo. Gostaria de ter podido ficar mais tempo com Blythe antes de perdê-la para sempre.

Mas fora avisada de que pagaria um preço por brincar com o Destino e por bancar o papel de Deus. E, ao que tudo indicava, o dia do acerto de contas finalmente havia chegado.

— Não — sussurrou Signa, sabendo que, todos os dias, pelo resto de sua existência, desejaria esquecer aquele momento. — Não, não está.

Blythe não piscou. Não exalou nem sequer estremeceu os lábios. O único indício de que ouvira Signa foi a mão trêmula que passou na própria barriga, como se quisesse conter a si mesma dentro do próprio corpo. E, quando Blythe finalmente falou, soltando o ar de um jeito irregular, tornou-se o inverno encarnado, e cada palavra irrompeu dela com a força de uma tempestade.

— Quero que deixe a Quinta dos Espinhos até amanhã pela manhã.

Onze palavras, foi o que Blythe sussurrou. Onze palavras, e Signa sentiu que todo e qualquer resquício de felicidade que ainda pudesse ter havia lhe escorrido pelos dedos.

Sem deixar chance para réplica, Blythe segurou as saias e saiu correndo dos estábulos. Signa só pôde continuar sentada, paralisada e oca por dentro, observando o potro se abaixar para comer feno.

VINTE E TRÊS

Signa não pensou muito no que fez em seguida. Pensar exigiria sentir, e ela não tinha o menor desejo de ser acometida por algo desse tipo. Ainda não.

Instantes depois de Blythe ter fugido, William retornou, em pânico, e deu de cara com Signa abraçando os próprios joelhos, sem tirar os olhos do potro.

— Srta. Farrow? — O medo tingia a voz do cavalariço.

Se fosse capaz de observar a si mesma, Signa talvez pudesse entender por que o rapaz recuou quando ela ficou de pé diante dele. Teria visto o próprio olhar de loucura e a palha grudada em seus cabelos. Teria visto os dedos dobrados como tivesse garras no lugar das unhas, e a dor que lhe trincava as feições como faria com uma xícara de porcelana. Uma palavra em falso, um passo em falso, e ela iria se estilhaçar.

— Deixe-me em paz.

— Está ficando tarde — sussurrou William. — Vim acompanhá-la até a mansão.

Signa lançou um olhar tão fulminante para o rapaz que ele fechou a boca na mesma hora. E foi só depois de passar um bom tempo olhando para o potro que William entrou na baia e o pegou no colo.

— Fique o tempo que quiser, então. Mas vou levar o potro para ficar com a mãe dele.

O cavalariço disse essas palavras com um tom inquisitivo, por isso Signa assentiu com a cabeça. Seria melhor assim, se não tivesse que olhar para o potro — para a evidência do que ela era e do absurdo de seu feito.

Esperou que William desaparecesse. Que os ruídos à sua volta se resumissem ao balançar de caudas e um bater baixinho de cascos antes de erguer a cabeça para o teto, fechar os olhos e indagar:

— Você ainda está aqui, não está?

A resposta veio por uma onda de ar gelado que a atingiu e por uma voz que deslizou por seus pensamentos feito o mais fino dos veludos.

Claro que estou.

— Eu trouxe o potro de volta à vida.

Você trouxe o potro de volta à vida, repetiu o Ceifador, sem um pingo de emoção que deixasse transparecer o que estava pensando. *Os fios brancos do seu cabelo também sumiram. Como está se sentindo?*

A pergunta era tão ridícula que a garota não pôde conter o riso, um riso rancoroso. Como ela estava se sentindo? Meu Deus, não era sequer capaz de começar a processar tudo aquilo.

Diga o que posso fazer para ajudar, Passarinha. Signa sabia que a Morte havia se aproximado quando a ponta dos dedos dela ficaram dormentes por causa do frio do corpo do Ceifador. *Diga o que posso fazer para melhorar a situação.*

E a verdade era simples: não *havia* como melhorar aquela situação, e essa realidade assentava-se tão rápido que Signa era incapaz de processar.

— Sinto que estou sendo puxada em mil direções diferentes. — A garota admitiu isso em voz baixa, um sussurro que veio de suas mais frágeis profundezas. — Estou cansada de as pessoas terem medo de mim. Estou cansada de sentir que não basto. Não importa o que eu faça. Sempre acabo decepcionando alguém. Mas quem mais me decepciona, de verdade, sou eu mesma, porque odeio me sentir assim, Morte. Achei que isso tinha ficado para trás.

A voz do Ceifador saiu com a suavidade da brisa de outono, varrendo Signa para seu conforto acalentador.

Se as pessoas têm medo, disse a Morte, *deixe que tenham medo, então. Você não deveria suportar o peso da expectativa delas nos próprios ombros, Signa. Você não existe para agradar aos outros.*

O Ceifador tinha razão. Apesar do que ocorrera, Signa não se arrependia de ter contado a verdade para a prima, de ter se livrado do fardo daquele segredo.

Ela havia tentado agradar Blythe: obrigara-se a sentir como se estivesse queimando por dentro para trazer o potro de volta à vida. Só que aquilo não fez a menor diferença. *Nada* daquilo fez diferença. Signa tomara decisões e, agora, estava na hora de assumi-las.

Mesmo assim, ficaria de luto por tudo o que iria perder, como entrar de fininho no quarto de Blythe para fofocar a qualquer hora da noite, ouvir aquelas discussões familiares ridículas durante o jantar, rir com a prima de alguma coisa ridícula que Diana falou ou fez durante o chá da tarde. Não teria mais passeios com Mitra nem veria o jardim de Lillian depois que se recuperasse do incêndio e voltasse a florescer. Não teria nem a voz do Ceifador em sua mente para facilitar aquela transição, caso o Destino continuasse impedindo seu contato com a Morte.

Signa ficaria completa e absolutamente sozinha.

— Você me perguntou o que eu quero — disse a garota, por fim, entrelaçando os dedos no feno —, e o que eu quero é saber que você não vai me abandonar também. Não importa o que eu seja ou deixe de ser. Não importa o que seu irmão tente fazer: diga que estará do meu lado.

Signa se calou quando sentiu a pressão do beijo que o Ceifador depositou nas costas de sua mão enluvada, um beijo frágil feito um pedido.

Eu sou seu. Signa se agarraria a essa promessa, a guardaria. Protegeria. *Enquanto você me quiser, sempre serei seu.*

— E se eu quiser você agora?

Signa estava ajoelhada no feno, seguindo a voz do Ceifador. Ao erguer a cabeça, torcia para que estivesse olhando para o ponto onde ele estaria agachado, invisível aos seus olhos.

Talvez fosse tolice, mas, durante toda a vida de Signa, a Morte fora a única constante. O Ceifador havia ajudado a garota a se sentir à vontade na própria pele mais do que qualquer outra pessoa neste mundo. Como tudo e todos se esforçavam para acabar com isso, dizendo quem ela era e o que deveria ser, fazia sentido que Signa precisasse do Ceifador mais do que tudo no mundo.

A Morte não fez nenhum ruído ao considerar as palavras dela e, quando respondeu, foi com um tom suave como o bater das gotas de chuva depois de uma tempestade.

Signa, eu não quero te ferir. Não vou pôr sua vida em risco.

Ela sabia disso, claro. Tampouco queria arriscar a própria vida. Como não tinha a menor ideia do funcionamento dos novos poderes nem de até onde o Destino estava disposto a ir para impedi-la de ficar com a Morte, não valia a pena correr riscos. Contudo, quando o Ceifador ergueu a mão e a pousou em seu rosto, Signa conseguiu sentir o couro das luvas dele roçando seu lábio inferior e teve uma ideia. Uma maneira de desafiar os limites que separavam os dois e, ainda assim, conseguir exatamente o que queria: ele.

Signa conteve a mão do Ceifador com um simples toque, acariciando sua palma em movimentos circulares. Não havia nada diante da garota, aos menos era o que os olhos lhe diziam. Não estava segurando mão nenhuma. Não olhava nos olhos de ninguém. *Sentia* o Ceifador, contudo. E isso era muito.

Signa... A Morte falou num tom grave e hesitante quando a garota deslizou os dedos pelos braços dele, seguindo o contorno dos ombros, depois foi descendo pelo peito. Descendo e descendo mais, até que o Ceifador deu um pulo e se afastou. *Cuidado. Quase encostamos pele com pele.*

A garota estava tão cansada de ter que ser cuidadosa. Havia tirado as luvas quando usou suas habilidades no potro, e elas permaneciam meio enterradas no feno. Signa se levantou para pegá-las e deslizou o cetim das peãs sobre os dedos.

— Só teremos problemas se encostarmos pele com pele, não é mesmo? Então, não deixaremos isso acontecer.

Os lábios da garota doíam de tão desesperada que estava para segurar o rosto do Ceifador, aproximá-lo do seu e beijá-lo. Para *vê-lo*. Mas, por ora, teria que se contentar com aquilo. Então Signa pegou a mão do Ceifador e a foi guiando por baixo do vestido e da anágua, até um dos tornozelos, depois foi erguendo-a lentamente, por toda a meia-calça. Apoiou-se no canto da baia, ergueu as saias até os joelhos. O ruído grave e gutural de deleite que a Morte soltou era a mais inebriante das músicas. Signa não precisou guiar a mão do Ceifador: teve a impressão de que a Morte havia tirado as luvas antes de desafivelar as botas dela, jogá-las para o lado e roçar o dedão no seu tornozelo. Nas panturrilhas, mais para cima, cada vez mais, acariciando o interior da coxa.

Um calor a inundou, o ventre se remexeu de expectativa logo que fechou os olhos e se concentrou no calor que as carícias do Ceifador provocavam em sua própria pele. Nos arrepios que percorreram sua espinha.

Adoro quando você faz essa cara, debochou a Morte, erguendo o outro dedão para acariciar logo abaixo dos olhos de Signa as bochechas que estavam indubitavelmente coradas. *É tão raro eu conseguir vê-la. Normalmente, quando estamos assim. . .*

— Eu estou morta? — sugeriu a garota, com uma risada ofegante. — Apenas temporariamente.

Era diferente vivenciá-lo assim, ainda viva, com o sangue pulsando. A respiração de Signa se acelerou quando a Morte a segurou pelo quadril e a colocou em seu colo, e ficou ainda mais rápida por conta da descarga elétrica que acometeu o corpo dela quando se encaixou na coxa do Ceifador. Com uma mão, a Morte segurou as costas da garota e, com a outra, envolvia sua coxa, trazendo-a bem para perto, e Signa se encaixou no corpo do Ceifador.

Signa o queria. Mais do que jamais quisera algo ou alguém, queria se perder naquele homem e se esquecer de tudo. Queria acreditar, por alguns instantes, que formavam um casal como os outros. Se fechasse os olhos, quase poderia acreditar.

Por baixo das saias de Signa, o Ceifador enfiou a mão entre a própria coxa e a dela. Uma fina camada de musselina era tudo o que lhes separava.

Eu também quero você. A rouquidão da voz da Morte fez o coração de Signa retumbar. *Sempre.*

A garota balançou os quadris, se esfregando naqueles dedos que roçavam em seu corpo, e se deixou perder naquele prazer. Naquele momento, o Destino não tinha a menor importância. Nada tinha. Signa passou os dedos pelo pescoço do Ceifador e soltou suspiros bem baixinhos, com os lábios encostados no ombro dele, que enroscava os dedos nos cabelos dela e sussurrava seu nome.

E, quando Signa jogou a cabeça para trás e se perdeu no Ceifador, imaginou que a Morte estava ali com ela em carne e osso e que, um dia, os dois construiriam a vida que sempre quiseram, juntos. Uma vida na qual nunca mais precisariam se sentir daquela maneira.

VINTE E QUATRO

Blythe

Blythe temera aquele momento do mesmo modo como ansiara por ele.

Estava na carruagem, sentada de frente para Byron, sufocada por aquele espaço exíguo e pelo silêncio incômodo — e pelo vestido de viagem à marinheira que estava usando, fechado até o pescoço para passar a impressão mais respeitável possível. Byron já lhe dera um sermão porque Signa partira intempestivamente na noite anterior e, segundo ele, aquilo só pioraria as coisas para a família Hawthorne, tendo em vista que a garota vinha sendo deveras *prestativa*. Blythe ficou ali calada enquanto ele bufava furioso, deixou o tio espairecer a raiva, concentrando-se em um único grão de poeira que havia atrás dele no fundo da carruagem, e se recusou a revelar um detalhe a mais que fosse a respeito do porquê Signa havia ido embora. Não podia contar para o tio o que a prima havia feito nem que Percy jamais iria voltar.

Pelo menos, não por ora. Não até que ela mesma conseguisse processar aquela informação.

Signa Farrow era uma traidora, e seu lugar não era na Quinta dos Espinhos. Era uma mentirosa. Uma *assassina*. E ainda pior do que tudo isso: era capaz do impossível, com o poder tanto de ceifar como de dar vida, pelas próprias mãos.

A informação não impactara Blythe com a força que, talvez, fosse merecida, e a garota passou a noite inteira virando de um lado para o outro na cama, imaginando se, em algum canto das profundezas de seu ser, soubera da verdade desde sempre. Vira sombras de relance e enxergara réstias de coisas inimagináveis. Coisas que, com certeza, fariam que fosse mandada para um hospício, caso algum dia as contasse.

Só que Signa também as vira. Seja lá qual fosse o estranho mundo em que Blythe pusera os pés desde que batera às portas da Morte, era um mundo onde Signa estava imersa.

Alguém com mais bom senso do que Blythe talvez tivesse mantido Signa por perto, a fim de obter respostas. Mas a última coisa que Blythe queria era que o envolvimento da prima com aquilo, seja lá o que fosse, afetasse seu pai. Ainda mais justo naquele dia, quando, semanas depois de o pai ter sido tirado dela, Blythe enfim iria tornar a vê-lo, graças ao trato que fizera com o príncipe.

Chegaram antes de o sol raiar, enquanto as ruas ainda estavam em silêncio. A carruagem parou perto de um castelo enorme em ruínas, cuja fundação estava caindo aos pedaços. Quando ficara sabendo que um castelo abandonado fora transformado em uma prisão masculina, Blythe imaginara os prisioneiros vivendo em conforto, alguns deles recebendo comida e moradia melhores do que tinham antes de terem sido presos. Mas não havia nem uma gota de conforto para se vangloriar na prisão onde Elijah estava confinado, e a garota se viu obrigada a ir se transformando em pedra à medida que se aproximavam, não permitindo que nem uma sombra de emoção deixasse transparecer como estava se sentindo.

O gramado da prisão era cercado por grossas grades de ferro, altas e escorregadias demais para que fosse possível escalá-las, mas com vãos grandes o suficiente para que os transeuntes conseguissem observar os prisioneiros trabalhando, uma forma de lembrete da vida que um cidadão incapaz de agir de acordo com as leis deve aguardar. Blythe não esboçou reação ao ver homens enfileirados darem um passo atrás do outro, subindo degraus para movimentar uma roda de moinho que não parava de girar. Cada homem tinha seu próprio compartimento minúsculo, com paredes dos dois lados, para que não conseguisse enxergar os demais prisioneiros. Todos estavam acorrentados a uma barra diante deles, na qual se seguravam para não perder o equilíbrio enquanto movimentavam a roda.

— Eles vão passar o dia inteiro assim — comentou Byron, sem o menor remorso. Blythe indagou se seria um traço da família Hawthorne a capacidade de, externamente, se transformar em uma pedra sem sentimentos quando a necessidade se impunha, ou se o tio de fato não sentia pena. — Farão as pausas apropriadas, claro, mas ficarão moendo grãos até o crepúsculo.

E, simples assim, a garota obteve a resposta que procurava.

— As pausas *apropriadas*? — Por mais que tentasse conter um pouco do rancor, Blythe falou com um tom ríspido. Mais homens trabalhavam arduamente no descampado, soltando e desfiando pedaços de corda. Os homens não se olhavam. Não falavam. Mesmo que quisessem, não poderiam, porque levavam o rosto tapado por uma máscara com apenas rasgos minúsculos no lugar dos olhos.

O sangue de Blythe gelou ao pensar no pai em um lugar daqueles — obrigado a andar em uma roda sem fim, do alvorecer até o crepúsculo, ou passando os dias desfiando cordas ou seja lá o que mais obrigavam aqueles homens a fazer. Se dependesse dela, teria ateado fogo à prisão, até reduzi-la a cinzas.

— Não consigo enxergar qual parte desta cena é apropriada.

O olhar que Byron lançou para a sobrinha foi simplesmente fulminante.

— Não seja tão manteiga derretida, menina. Todos os homens que estão atrás destes muros são criminosos. O trabalho braçal vai ajudá-los a tornarem-se homens melhores, aptos a voltar ao seio da sociedade e, com sorte, impedir que voltem a cometer o mesmo erro.

— Meu pai não precisa se tornar um homem *melhor*. Ele já é melhor do que qualquer homem que conheço.

Foi só aí que Blythe retribuiu o olhar furioso de Byron. Em seguida, deu as costas para o tio e saiu da carruagem sem pedir ajuda.

Byron saiu logo depois, não sem antes esperar que William descesse de seu posto de cocheiro e lhe abrisse a porta.

— É melhor se controlar de agora em diante — censurou-a. — Se eu achar que a sua presença aqui é um erro, mandarei que a levem de volta à Quinta dos Espinhos. Entendido? Cuidado com a língua, antes que seja nossa ruína.

Ao que tudo indicava, Blythe não tinha muita escolha. Se tivesse que representar o papel de jovem dama respeitável, que assim fosse. Falta de prática certamente não seria o problema.

Um homem pálido, de expressão severa e bochechas com manchas vermelhas, os aguardava no portão. Ergueu a mão quando os dois se aproximaram.

— Talvez a senhorita prefira esperar dentro da carruagem. — A voz do homem era grave e anasalada, como se tivesse uma sinusite perpétua.

Blythe cerrou os punhos, segurando-se para não revelar seus pensamentos rancorosos, de que *aquele homem* é quem iria preferir se esconder na carruagem depois que ela lhe dissesse poucas e boas.

Antes que a sobrinha pudesse fazer isso, Byron colocou duas moedas na palma da mão do homem.

— Ela fica. — Isso foi tudo o que disse.

O homem grunhiu e pôs as moedas no bolso antes de abrir o portão e dar passagem. Ficou olhando para Blythe por um instante além do apropriado, e a garota teve que se esforçar para não lançar a ele o olhar mais diabólico de que era capaz. Ela sentia uma fúria que pinicava cada centímetro da pele. Estivera assim desde a última vez que falara com Signa. A garota *queria* uma desculpa para estar furiosa. Pelo bem do pai, porém, engoliu aquela emoção turbulenta, e manteve os punhos cerrados e trêmulos junto ao corpo. Torceu para que quem os visse achasse que estava nervosa.

— Vocês têm uma hora — instruiu o carcereiro da cara manchada.

Foi levando os dois prisão adentro com passos apressados, desceu uma escadaria de pedra tão rachada e íngreme que Blythe precisou apoiar a palma da mão na parede para manter o equilíbrio. O ar ficava mais gélido a cada degrau que desciam e não demorou para a garota se dar conta de para onde, exatamente, aquele homem a levava. Haviam prendido o pai dela em um calabouço antigo e congelante.

— É só para fins de visita — sussurrou Byron, como se fosse capaz de sentir a raiva fervilhante da sobrinha. — Seu pai voltará lá para cima, com os demais prisioneiros, assim que formos embora.

A garota não encontrou consolo nisso. Preparou-se para o pior quando a porta se abriu: era a primeira vez que via o pai em um mês. Só que nada seria capaz de prepará-la para ver a pessoa que a aguardava além da porta.

Elijah Hawthorne era uma sombra do homem que outrora fora. Perdera peso demais em pouquíssimo tempo, e a pele que restava em volta do pescoço era prova disso. O rosto estava encovado; o físico, tão murcho que dava a impressão de que um vento mais forte poderia derrubá-lo. Abaixo dos olhos havia rugas de um roxo muito escuro, e ele estava ainda mais desgrenhado do que ficara no ano anterior, quando estava de luto pela morte da mãe de Blythe. Também tinha um corte no lábio, vermelho e em carne viva — e era tão óbvio que aquilo fora obra de outra pessoa que Blythe se agarrou às grades da porta da cela para controlar a raiva.

Mal reconheceu o pai daquele jeito, encolhido e maltrapilho, com aquele uniforme cinza imundo, as pernas acorrentadas a uma cadeira e os pulsos algemados. O olhar do pai foi a única coisa que impediu Blythe de cair em desespero — não tinha o brilho da inteligência ou da sagacidade de antes, mas tampouco tinha o ar desolado de um homem condenado. O fogo diminuíra, certamente, mas Blythe ficou feliz ao ver que a faísca ainda não fora apagada.

A porta da cela rangeu e se fechou atrás deles, e Blythe ficou sem ar quando o pai ergueu os olhos para ela e suavizou sua expressão.

— Você é mesmo um colírio para os olhos. — Elijah se recostou na cadeira, e as algemas fizeram barulho. — Como você está, minha menina?

Blythe sentiu os olhos arderem. Lágrimas ameaçavam cair, embora ela não tivesse a menor intenção de que o pai as visse. Gostaria tanto de poder abraçá-lo sem que alguém a atirasse de volta na carruagem.

— Estou melhor agora que o vejo. Mas o senhor certamente não está bem. O que aconteceu com seu rosto?

Enquanto Elijah mudava de posição para, discretamente, tentar tapar o corte com a mão, Blythe dirigiu o olhar para o guarda parado fora da cela. Se fosse ele o responsável por aquilo, a garota o queimaria na fogueira dos hereges. Antes que tivesse tempo de perguntar, Byron pôs a mão no ombro da sobrinha e o apertou.

— Já chega — sussurrou, entredentes. — Não é o lugar nem o momento para isso.

Não havia como ignorar o olhar de escrutínio que Byron lançava a Elijah, que levou a cabeça para trás e deu sua risada de escárnio mais cruel.

— Suponho que seja do seu agrado me ver dessa maneira...

O rancor do pai pegou Blythe tão desprevenida que ela ficou em dúvida se deveria mesmo se sentar em uma das cadeiras que havia na frente dele. A garota ficou só olhando para Elijah e para Byron, que se sentou. Tendo em vista a intensidade do escrutínio do guarda, Blythe não teve escolha a não ser fazer a mesma coisa.

— Falta apenas uma semana para o julgamento, Elijah. Temos outros assuntos para discutir.

Blythe sentiu um nó de pânico atravessando a garganta. Uma semana. Ficara tão distraída com Signa que não se dera conta de que o julgamento estava tão próximo.

— Você tem se inteirado do que se passa no clube? — perguntou Elijah, com um tom de desdém.

Mais uma vez, Blythe olhou do pai para o tio, perguntando-se o que poderia ter deixado passar.

— Claro que sim. — Se existia algo para o qual podiam contar com Byron, era cuidar dos negócios da família. — Não que faça alguma diferença. Tendo em vista tudo o que aconteceu e os esforços que você empreendeu durante um ano para arruinar a reputação do clube, não temos um único sócio.

Elijah arranhou as calças com as unhas, suas pernas estavam inquietas.

— Deixei uma lista de espera na gaveta do meu gabinete. Mande um convite para as pessoas desta lista: vão querer se apossar de um título enquanto há chance. Tudo isso será esquecido logo, logo.

Aquela era a última emoção que Blythe queria ouvir do pai. Elijah não falava aquilo porque se preocupava com o Clube Grey, mas porque estava preocupado com *eles*. Queria que o futuro da família estivesse assegurado caso fosse condenado e, só de pensar nisso, a garota sentiu um gosto de bile na boca.

— O senhor mesmo pode mandar o convite, já que sairá daqui dentro de uma semana — disse.

Elijah esticou os braços, como se quisesse apertar a mão da filha, mas as algemas o impediram. A expressão de Blythe se anuviou: tudo o que mais queria era poder soltar as mãos do pai.

— Por que Signa não veio? — perguntou Elijah, com o maxilar tenso, já que o silêncio se arrastava. Apesar de ter se dirigido a Blythe, querendo explicações, foi Byron quem respondeu:

— A Srta. Farrow voltou para a Quinta da Dedaleira hoje pela manhã.

As algemas de Elijah ressoaram ao baterem na cadeira.

— E ela pretende voltar para a Quinta dos Espinhos?

— Considerando que levou sua dama de companhia consigo, tenho minhas dúvidas.

Elijah murchou a olhos vistos, a tez ficou amarelada e enfermiça. Os ombros se encurvaram.

— Se ela resolveu nos abandonar, então temo que será mais difícil do que pensávamos.

Blythe odiou o tom de ressentimento que ouviu na voz do pai. Odiou o fato de o fogo nos olhos de Elijah ter diminuído, tanto que deu um soco na mesa, para chamar a atenção dele. Atrás da garota, um carcereiro gritou, repreendendo-a, até que Blythe se recompôs, ainda fervilhando de raiva.

— Você não tem o direito de dizer isso. — A garota fez essa declaração com um tom ríspido, uma palavra mais furiosa do que a outra. — Todos nós estamos tentando restabelecer sua reputação. As chances de Signa conseguir fazer isso não se diferem das minhas.

E daí que Signa era capaz de fazer o impossível? Blythe também era, mesmo que agora não tivesse tanta certeza disso. Faria um trato com o próprio demônio, caso isso fosse necessário para libertar o pai.

— Tem certeza de que você deveria se ocupar de encontrar o assassino do falecido lorde Wakefield?

Um arrepio percorreu a espinha de Blythe ao ouvir a pergunta feita pelo tio. Apesar disso, foi o pai da garota que perguntou, com um tom incisivo:

— Você tem algum motivo para achar que *não deveríamos*?

Byron olhou bem nos olhos do irmão e respondeu:

— Quero dizer que, talvez, não consigamos encontrar o culpado, Elijah. E que, talvez, esteja na hora de procurar estratégias alternativas para tirá-lo da prisão ou, na pior das hipóteses, atenuar sua pena.

Ah, como Blythe teve vontade de estrangular o tio. Elijah também, se sua expressão de raiva servisse de indício. Talvez tenha sido uma sorte o fato de suas mãos estarem algemadas.

— Por acaso você está sugerindo que eu matei o lorde Wakefield? — Apesar de toda a raiva, o tom de Elijah impressionava de tão contido. — Que motivo eu teria para fazer tamanha tolice?

Byron não deu nenhum indício de que retiraria o que disse. Parecia que nem era capaz de ouvir como suas próprias palavras soavam ridículas.

— Não estou sugerindo nada. Apenas estou tentando tirar você daqui, Elijah, e estamos ficando sem opções.

Elijah inclinou o corpo, aproximando-se o máximo que pôde do irmão, e sussurrou, entredentes:

— Eu não o matei. Estou sempre disposto a admitir meus erros do passado, que são muitos. Mas você realmente acha que meu intelecto é tão fraco a ponto de, se *quisesse* matar o duque, faria isso debaixo do meu próprio teto, com uma bebida envenenada dada com minhas próprias mãos? Eu teria feito isso de um modo que levantaria bem menos suspeitas, posso lhe garantir.

Tendo crescido na Quinta dos Espinhos, Blythe estava completamente acostumada às brigas entre o pai e o tio. Pelo jeito, não havia uma única reunião de família em que os dois não batessem de frente, porque Elijah era vulgar demais para o gosto de Byron, e Byron era rígido demais para o gosto de Elijah. Mesmo assim, Blythe olhou bem feio para o pai.

— O senhor acha que é prudente admitir isso em voz alta enquanto está algemado, dentro de uma cela, aguardando julgamento? — O sorriso de Elijah se dissipou. Blythe ficou satisfeita com o constrangimento do pai, então dirigiu-se ao tio: — E o senhor... Se guardasse suas opiniões para si mesmo apenas por alguns segundos, até conseguir raciocinar direito em vez de permitir que uma competitividade tola lhe atrapalhe as ideias, talvez não estivesse perdendo tempo com acusações infundadas.

A cabeça de Byron ficou vermelha, mas a garota ignorou a reação do tio.

— Eu não tenho nenhuma dúvida de que o senhor é inocente. — Blythe falou baixo, para que o carcereiro não viesse bisbilhotar. — Não vamos pensar em alternativas: vamos encontrar o assassino. Prometo, para vocês dois, que não irei descansar até que meu pai saia daqui inocentado, e o culpado seja levado à forca. Agora, parem de bater boca, vocês dois, e vamos fazer uma lista dos suspeitos.

Tinham uma semana e, com a ajuda de Deus, Blythe precisava fazê-la render.

PARTE DOIS

VINTE E CINCO

A Quinta da Dedaleira ficava localizada na beira de um precipício fustigado pelas intempéries.

Quem visse o alpendre envergado ou as vidraças espatifadas não a chamaria de "imponente", e o lugar tampouco era a mansão à beira-mar calorosa e convidativa onde Signa havia imaginado, um dia, levar uma vida como manda o figurino. No estado em que se encontrava, a Quinta da Dedaleira era de um cinza tão lúgubre quanto o céu que emoldurava a construção e das águas que se debatiam lá embaixo. Era protegida por samambaias que há muito não eram podadas e jasmins esmaecidos que subiam pelas paredes, agarrando-se àquela casa enorme.

Signa sentiu o frio impiedoso da região antes de sequer pôr os pés para fora da carruagem, onde Gundry lhe rodeava os calcanhares enlameados. Elaine saiu em seguida, segurando bem o chapéu amarrado no queixo, enquanto o vento os açoitava. O rosto pequeno da criada estava todo retraído, observando a tempestade rondar feito um predador faminto, esperando para dar o bote.

À beira do precipício como estava, Signa não pôde deixar de pensar que uma tempestade como aquela poderia arrancá-las do chão e atirar os corpos no mar bravio. Olhou para baixo, para os caranguejos que rastejavam e se reuniam nas rochas salientes, cobertas por espuma do mar, e franziu o cenho, porque saciar a curiosidade não ajudou em nada a acalmar os pensamentos perturbados. Teria, é claro, preferido que, antes de sua chegada, a casa já tivesse sido reformada e que a criadagem estivesse contratada, para que a Quinta da Dedaleira ao menos não tivesse uma *aparência* tão precária quanto a impressão que passava. Teriam, porém, que se contentar com aquilo. Ela e Elaine haviam trazido apenas os pertences pessoais e os suprimentos necessários para passarem os primeiros dias, o que era uma sorte. Considerando que a tempestade ameaçava cair a qualquer momento, não havia como saber quando conseguiriam ir até a cidade.

Ainda assim, a Quinta da Dedaleira não podia se resumir a desgraça e desalento. Os pais de Signa haviam morado naquela mansão um dia, afinal de contas, e, de acordo com os boatos, deram dúzias de *soirées* extravagantes nos anos que ali passaram. O desalento, talvez, fosse raro naquela época. Ou, melhor ainda: talvez existisse certa beleza em meio ao desalento, e a garota precisasse apenas espremer um pouco as pálpebras para conseguir enxergá-la. Tentou — com muito afinco, na verdade — até as têmporas começarem a latejar e os olhos ficarem doloridos.

— Tem potencial.

Signa tentou dizer isso com um tom esperançoso, mais para si mesma do que para Elaine, que estava com cara de quem havia se arrependido — e muito — de todas as decisões que tomara nas últimas 24 horas. Se a minúscula sombrinha branca à qual se agarrava servia de indício, Elaine estava completamente disposta a deixar a melancolia da Quinta dos Espinhos para trás, trocando-a por uma vida à beira-mar. Ao ver o pavor da criada, Signa quase se sentiu culpada por ter pedido para a mulher acompanhá-la.

Quase.

— Só precisa de uma boa dose de mãos à obra — insistiu Signa, determinada a não permitir que a criada lhe desse as costas na primeira oportunidade.

Elaine deu uma olhada naquelas pedras cinza cor de ardósia e soltou um suspiro.

— Receio que eu não tenha tantas mãos assim, senhorita.

Gundry era o único que parecia ter gostado do local. Já estava com as patas cobertas de lama e pedaços de grama, abanando o rabo, e ficou cheirando os calcanhares do cocheiro, que havia descido do assento na carruagem, segurando o quepe, para que o vento não o levasse. Levou o que faltava da bagagem para dentro da mansão e voltou correndo. Signa jamais vira alguém com tamanha pressa. O homem estava mais afoito para ir embora do que os próprios cavalos, que bateram os cascos e bufaram em reprovação quando o cocheiro voltou correndo para seu assento. O homem nem deu a Signa a chance de convidá-lo para entrar e esperar a tempestade passar. Pelo contrário: estalou as rédeas e saiu trilha afora, a toda velocidade.

Um corvo crocitou para eles, de cima do pináculo mais alto da mansão, e Elaine sussurrou uma oração.

Signa não podia recriminá-la.

— Colocarei um anúncio no jornal — resolveu, em voz alta, virando-se para a criada com o sorriso mais largo que conseguiu dar. — Tenho certeza de que, sem demora, teremos uma criadagem completa para nos ajudar.

Elaine soltou um ruído baixo e gutural que provavelmente devia ser de concordância, mas que mais parecia com um gemido de agonia.

— Claro, senhorita.

Signa decidiu que, se Elaine decidisse ficar, deveria ter o cargo que quisesse dentro da casa. Não era como faltassem cargos. A Quinta da Dedaleira parecia ser tão grande como a Quinta dos Espinhos, mas era mais alta e também mais estreita, com enormes pináculos cinzentos. A garota tinha certeza de que o vilarejo deveria achar que aqueles pináculos eram alegres e nem um pouco perturbadores. E, apesar de não ter chegado perto o suficiente para conferir em que condição se encontravam por baixo de toda aquela vegetação verdejante, viu que também possuía estábulos, que exigiriam a contratação de um cavalariço e de um tratador assim que ela adquirisse alguns cavalos. Teria muito mais trabalho do que jamais lhe passara pela cabeça.

— É melhor entrarmos logo — sugeriu Elaine, acompanhando o olhar de Signa. — Vamos ficar na chuva se nos demorarmos aqui fora.

A mulher tinha razão, apesar de Signa ter certeza de que a criada queria mesmo era fugir do frio que tentava se infiltrar nos ossos. Apesar de a garota estar acostumada a tamanho frio, até seu corpo mortal tinha seus limites e, uma hora, não teria outra opção a não ser dar os poucos passos que faltavam para entrar em seu novo lar se não quisesse acabar congelada.

A Quinta da Dedaleira era o lugar onde Signa deveria construir, sozinha, sua nova vida. Uma vida que passaria sem a família Hawthorne, o Ceifador ou qualquer pessoa que amava. Tentava impedir que esses pensamentos soturnos infestassem sua mente e, em vez disso, esforçou-se para imaginar todas as possibilidades que a aguardavam quando passou com cuidado por cima de cacos de vidro e pôs os pés na mansão.

Signa ficou feliz ao descobrir que, tirando a poeira, o interior não era tão lúgubre quanto sugeria a fachada, nem de longe. Era, contudo... insólito.

A entrada em si era um corredor comprido, com retratos de ambos os lados, meticulosamente dispostos, espaçados com a máxima precisão. Só que estavam longe de ser coloridos e precisos como os retratos aos quais estava acostumada. Eram angulosos e pouco refinados, e o artista tinha a tendência de exagerar certos traços, como o branco dos olhos, a magreza ou os volumes do corpo ou um sorriso tão largo que chegava a ser perturbador.

Com exceção de uma mesa acinzentada, decorada com um vaso solitário que continha flores há muito murchas, prestes a se despedaçar ao mais singelo dos toques, nem tudo parecia tão macabro. Em total dissonância com as obras de arte, todas as paredes da Quinta da Dedaleira eram pintadas com tons claros — amarelos cor de manteiga, azuis delicados e papéis de parede com estampa de pássaros —, que quase convenceram Signa de que aquele realmente era o alegre refúgio à beira-mar que imaginara. Dos relevos elegantes que margeavam o teto aos tapetes felpudos que atravessava, cada detalhe devia ter sido encantador antes de ter ficado neste estado, encardido e coberto de fuligem.

O clima estava longe de ser seco, o que transparecia mesmo depois de vinte anos de abandono. O alpendre estava envergado, e várias janelas haviam sido destruídas por trepadeiras e heras que se alastraram através de vidros quebrados. Mas não havia nada que não pudesse ser remediado.

Signa ia caminhando quase no ritmo de uma lesma. Entrou em uma sala de visitas de um verde acinzentado, onde, sobre a mesa, encontrava-se um requintado aparelho de chá. Havia travessas com incrustação de ouro, arruinadas pelos contornos pegajosos do que um dia esteve pronto para ser servido, mas há muito fora roubado pelas formigas. Signa sentiu um arrepio ao se aproximar, sem coragem de tocar naquele instante, que dava a impressão de estar parado no tempo.

— A senhorita está bem?

Elaine perguntou isso com a voz trêmula e, pelo bem da criada, Signa fez que sim.

— Estou — respondeu.

Falou com dificuldade enquanto tirava os olhos dos bustos de mármore empoeirados e os dirigia para o sofá de couro requintado. Tentou imaginar qual seria a aparência daquele cômodo vinte anos atrás, quando os pais ainda eram vivos. Um vinco profundo em uma das almofadas continuava visível — será que o pai teria sentado ali? Será que a mãe, Rima Farrow, teria preferido o sofá ou a bela poltrona verde que ficava de frente para o móvel? Será que ambos teriam tomado chá ali, naquela mesa?

Como teria sido maravilhoso se a garota tivesse uma única lembrança que fosse dos pais existindo naquele espaço. Como não era o caso, só lhe restavam os resquícios do que os dois deixaram para trás.

Signa se virou para mais uma série de retratos pendurados, prontos para que ela os inspecionasse, alguns dispersos por toda a saleta. Todos pareciam ter sido feitos pelas mesmas mãos, mas foi um retrato de duas mulheres que chamou a atenção da garota. Signa logo reconheceu a mãe: o cabelo castanho-escuro, que fora pintado com pinceladas rápidas e displicentes, e os olhos severos, do mesmo formato que os da filha. Ao lado da mãe, havia uma jovem com cachos grossos, cor de biscoito de gengibre. Seus traços eram mais suaves do que os de Rima, e o fantasma de um sorriso brincava em seus lábios rosados, que faziam beicinho, formando um coração. Passava o braço em volta da cintura de Rima, puxando-a para perto de si, a fim de posar para o retrato.

Ainda queria saber tanta coisa a respeito da própria família, mas andar por aqueles corredores lhe dava a sensação de ser um fantasma infiltrando-se nas lembranças de pessoas desconhecidas.

Era impossível dar um único passo sem questionar se a mãe havia decorado o cômodo em que estava ou se o pai costumava terminar as noites por ali, como Elijah fazia, com tanta frequência, na sala de visitas da casa dele. Permitindo-se divagar, a garota tocou o retrato, quase sem perceber, e passou o dedo pela tinta envernizada. Parou de repente, contudo, porque os lábios da mulher que estava ao lado de Rima formaram uma careta.

Signa conteve um suspiro de assombro e tirou a mão de repente, porque não queria alarmar Elaine. Levou apenas um segundo para ficar com a ponta do dedo inerte devido ao arrepio que lhe percorreu a espinha feito uma descarga elétrica.

Um espírito observava as duas. E agora sabia que Signa era capaz de enxergá-lo.

Que maravilha.

— Você terá seu próprio quarto na ala da criadagem — disse a garota, dirigindo-se a Elaine, enfiando o dedo inerte nas dobras do casaco e oferecendo um sorriso bem ensaiado. — Fique à vontade para escolher o que quiser e arrumar suas coisas nele.

Elaine nunca se moveu tão rápido como no instante em que se abaixou para pegar a bagagem. Concordou com a cabeça e foi correndo procurar onde ficava a tal ala da criadagem, lançando olhares furtivos por cima do ombro, como se esperasse que alguém fosse tentar agarrá-la por trás.

Signa esperou Elaine chegar ao corredor antes de pôr a mão na cabeça de Gundry e soltar um suspiro.

— Vamos encontrar um quarto para nós, sim?

E talvez, enquanto faziam isso, encontrassem um espírito também.

A garota pegou seus pertences e dirigiu o olhar para a escadaria. Era bem mais simples do que a da Quinta dos Espinhos, o corrimão feito de uma robusta madeira de mogno. Uma pequena porção estava quebrada e ao seu redor havia uma mancha escura na madeira.

Quanto mais Signa adentrava na casa, mais vagarosos ficavam seus passos, porque a ansiedade ia se infiltrando em seus ossos.

Ela estava tentando permanecer otimista, de verdade. Estava *tentando* pensar positivo. Mas agora que estava sozinha, pela primeira vez em todo aquele dia, o nervosismo começava a tomar conta dela.

E se abrisse seu quarto de bebê por acidente? Ou pior, a suíte dos pais? Os pensamentos de Signa começaram uma batalha — metade queria apenas encontrar essa suíte e reunir todas as informações possíveis sobre a vida dos pais, enquanto a outra dizia que os pertences dos dois deveriam permanecer intocados. E se lá dentro houvesse coisas que os pais não quisessem que Signa encontrasse? E se encontrasse alguma coisa que mudasse sua visão dos pais, contrariando a dupla impecável que a garota criara, com tanto esmero, na própria cabeça? Isso sem falar do espírito que estava rondando. Ela conseguia sentir olhos fixos em sua pele, arrepiando-lhe a nuca. E se fosse um espírito maldoso, como Lillian um dia fora?

Gundry saiu correndo na frente de Signa e, apesar de a garota ter pensado que o cão poderia ter uma aparência minimamente ameaçadora enquanto caçava espíritos, Gundry ficava com a língua pendente, caída para o lado, toda vez que retornava a cada poucos minutos, como se quisesse dizer que o caminho estava livre. Signa viu alguns relances de uma luz súbita que escapava pela fresta da porta de um cômodo pelo qual passava e, de canto de olho, alguns lampejos do azul-claro característico que revelava que havia um espírito aparecendo e desaparecendo. Seja lá quem fosse, Gundry não dava indícios de preocupação. Signa se convenceu de que, se o cão não estava preocupado, ela tampouco deveria estar. Era uma ceifadora, afinal de contas.

Passou vários minutos perambulando pelos corredores até criar coragem para tentar abrir uma das portas. Felizmente, a primeira suíte com a qual se deparou era, pelo visto, reservada a hóspedes. Era tão maravilhosamente sem graça que, assim que Signa entrou, livrou-se daquela coceira persistente nos ossos e da sensação de turbilhão no estômago. A tensão nos ombros diminuiu quando ela colocou a bagagem no chão.

Signa resolveu que a primeira coisa que deveria fazer era uma limpeza. Elaine não merecia desempenhar aquela tarefa tão árdua sozinha, e o esforço físico a ajudaria a se distrair. E, sendo assim, Signa tirou as cobertas da cama — que poderiam ter sido brancas um dia, mas ela não saberia dizer, tantas eram as camadas de poeira. E isso foi tudo o que chegou a fazer, pois toda aquela poeira a fez se lembrar de quando vivia com tia Magda e de como fora infeliz antes de ir para a Quinta dos Espinhos. Dali em diante, não demorou muito para que a represa de emoções acumuladas que ela vinha segurando desde que fora embora de lá enfim transbordasse, fazendo-a se lembrar, mais uma vez, de como estava sozinha.

Com um aperto no estômago e o peito oscilando, Signa chutou a roupa de cama, deixando o lado sujo virado para o chão, e deixou-se cair. Depois de espirrar várias vezes por causa da poeira, Gundry se aproximou e deitou ao lado da dona, apoiou a cabeça na perna da garota e lhe deu uma lambida delicada. Signa enroscou os dedos no pelo do animal conforme as lágrimas caíam, quentes e rápidas.

— Somos só eu e você, menino.

Ela se abaixou até conseguir apoiar a cabeça nas costas de Gundry e aninhou o rosto no pescoço do cão. O animal era um dos poucos resquícios de normalidade que ainda lhe restavam na vida, e era um lobo em pele de cordeiro — essa ideia foi tão ridícula que Signa quase deu risada. Então abraçou Gundry mais apertado, até que ouviu o estrondo de um trovão do lado de fora da janela.

O cão se levantou de repente, com os pelos da coluna eriçados e mostrando as presas. Tensa e segurando o fôlego, Signa seguiu a direção em que as orelhas em pé dele apontavam até uma penteadeira antiga, que ficava perto da janela. O espelho da penteadeira estava embaçado de tão sujo, mas não tanto a ponto de a garota não conseguir enxergar a barra esvoaçante de um vestido, que apareceu em um segundo e desapareceu no seguinte. O pânico se assomou dentro dela. Segundos depois, porém, Signa enxergou a provável causa: não era um espírito, mas uma fresta minúscula no parapeito da janela. O vento forte que entrava fazia as cortinas esvoaçarem. Signa foi logo fechando a janela e voltou para o lado de Gundry.

— Está tudo bem — sussurrou. Puxou a ponta das cobertas e cobriu os dois, formando um casulo. Teve que dizer isso mais algumas vezes, coçando as orelhas do cão, até que Gundry se enroscou no seu corpo, em um gesto protetor. — Vamos ficar bem. Agora, este é o nosso lar, e não vou deixar nada nos fazer mal.

Os dois permaneceram em silêncio e, apesar de a respiração de Gundry logo ter se aprofundado com o sono, cada rangido das tábuas do chão e cada lufada de vento manteve Signa bem desperta. Por um tempo, ela chegou a pensar em desistir por completo de dormir, mas agora a Quinta da Dedaleira era seu lar, e Signa se recusava a permitir que alguém ou alguma coisa a fizesse ter medo da mansão.

E, sendo assim, aninhou-se em Gundry, fechou os olhos e obrigou o sono a se apoderar dela.

VINTE E SEIS

Naquela noite, em plena madrugada, enquanto a chuva batia nas janelas e os trovões retumbavam, Signa acordou, sentindo duas mãos apertando seu pescoço.

Estivera, até então, perdida em nostalgia, sonhando que comia doces com Percy e tinha aulas com Marjorie na sala de visitas, até que sua visão se afunilou, mergulhada na escuridão. De repente, era o rosto de Percy que Signa via, com os olhos escuros feito noite sem luar, estrangulando-a. Blythe estava de pé atrás dele, olhando por sobre o ombro, sem reparar no que estava acontecendo. Signa estendeu o braço para a prima, tentou chamá-la. Seu grito ecoou silencioso em meio à noite enquanto sua visão foi ficando turvada. Entretanto, mesmo depois que a imagem de Percy desapareceu, Signa continuou sentindo o aperto em sua garganta. Foi aí — quando não obteve sucesso ao tentar respirar pela boca — que ela se deu conta de que o sufocamento não era um sonho e acordou, sobressaltada.

Diante dela, Gundry estava em posição de alerta, tendo assumido pelo menos o triplo de seu tamanho normal. Mostrava as presas, e sombras pingavam da mandíbula. Estava rosnando, embora Signa não fosse capaz de ouvir nada além do próprio sangue, zumbindo em seus ouvidos.

A garota tentou levantar de supetão, mas percebeu que não conseguia se mexer. Uma idosa que Signa nunca vira na vida estava sentada sobre seu peito. A mulher aproximou o rosto, dando um sorriso flácido, que fez Signa se lembrar da avó. Alisava o cabelo da testa de Signa com uma mão e apertava-lhe a garganta com a outra.

Está tudo bem, murmurou o espírito. *Volte a dormir.*

Signa tentou pôr a mão no bolso e entrou em pânico quando se deu conta de que estava vazio. Havia ingerido os últimos frutinhos de beladona para revelar seus poderes a Blythe. As mãos da garota começaram a tremer quando ela foi tomada pelo pavor. Signa se debateu, desesperada para se desvencilhar daquela mulher, mas o espírito a segurava com força, e o frio foi se infiltrando cada vez mais fundo em seu corpo.

Era igual àquela vez em que ficara possuída pelo espírito de Thaddeus, lá na biblioteca da Quinta dos Espinhos, tantos meses atrás. Só que, daquela vez, não era uma possessão – Signa ainda tinha o controle do próprio corpo, mesmo que com dificuldades – e o espírito a devorava por completo. E foi com horror que a garota se deu conta de que poderia, muito bem, ser assassinada.

Signa, contudo, só conseguia pensar que não tinha o direito de morrer. Não enquanto o destino de Elijah pendia por um fio e, certamente, não antes de conseguir ter uma vida com a Morte ao seu lado. Não era o momento de testar se suas habilidades incluíam escapar da morte por asfixia. E, sendo assim, à medida que o coração foi desacelerando e ela ficou no limiar entre a vida e a morte, a garota aproveitou a breve oportunidade que tinha e deixou que seus poderes a inundassem, antes que perdesse a consciência.

Signa? Na mesma hora, a voz do Ceifador soou na cabeça da garota, que teria gritado de alívio se sobre ela não houvesse nenhum espírito. *Signa, o que está acontecendo?*

Não havia tempo para explicações. Aquela sensação gelada e tão conhecida de seus poderes de ceifadora instalou-se em suas veias, acalmando-a. Signa foi devorada por cada sombra que havia no quarto e sentiu-se invencível. Abandonou as dúvidas e a lembrança do pavor que vira nos olhos de Blythe quando nesgas de escuridão serpentearam e envolveram a ponta de seus dedos. Signa se permitiu envolver pelas sombras, deixando que sentissem seu desespero e sua necessidade de fugir. Em seguida, lançou essa escuridão para o alto, como se brandisse uma arma, e deixou que a noite obedecesse a todas as suas ordens.

A garota não saberia dizer o que se passou naqueles últimos instantes. Não sabia exatamente quantas sombras se reuniram ao seu redor nem percebeu que toda a Quinta da Dedaleira ficara imóvel, maravilhada com o poder que ela detinha. Só sabia que, instantes depois, estava de quatro, ofegante com o ar exigido pelo próprio corpo. A garganta coçava, dolorida, e havia hematomas no pescoço. Não sabia se era de frio ou devido à experiência de morte que evitara por um triz, mas tremia com tamanha ferocidade que foi impossível abrir mão daqueles lençóis imundos sobre os quais pegara no sono.

Apenas então o Ceifador chegou, ocasionando um vendaval que sacudiu as janelas. Precipitou-se contra a mansão, atirando o espírito à parede e algemando-o com suas sombras. Ergueu a mão, disparando trovões, e a noite se acumulou em seus dedos, formando uma foice.

A Morte não disse nada nem deu um segundo que fosse de trégua àquele espírito acovardado antes de atacá-lo. A lâmina, contudo, pairou sobre a garganta da mulher, contida pelas sombras que Signa usou para segurar a foice no último instante. O Ceifador se virou de repente, com certa fúria nos olhos, e encarou a garota.

— Ela estava tentando te *matar* — disparou, tentando movimentar a foice, testando se Signa ainda conseguiria impedi-lo. — Você tem noção da energia que um espírito precisa reunir só para *encostar* em uma alma vivente? Ela deveria morrer só pela ousadia de erguer um dedo contra você.

— Gundry a teria levado — argumentou Signa, tentando se manter calma.

— Sua menina tola, Gundry não tem a capacidade de ceifar espíritos!

Signa continuou segurando a foice com firmeza, e o cão uivou.

— Não a leve. — Olhou o Ceifador bem nos olhos, até que os ombros dele relaxaram, e a raiva retrocedeu apenas o suficiente para Signa recolher as próprias sombras, acreditando que a Morte não faria nenhum movimento repentino.

Ela se obrigou a levantar, de pernas trêmulas e batendo os dentes. Signa adoraria adotar uma postura altiva diante daquela mulher, porém precisou pegar um cobertor do chão e se enrolar nele para conseguir caminhar, de tão desesperada que estava pela mera promessa de calor. Cambaleou e, apesar de não estar tossindo sangue daquela vez, viu de canto de olho que a cor se esvaía do cabelo, que mais uma vez ficava branco. Teria que se preocupar com isso depois.

Como estivera concentrada apenas em tentar salvar a própria pele, Signa não havia analisado o espírito com a devida atenção. Agora que estava de pé diante da mulher, percebeu que não parecia ser tão velha quanto havia pensado de início, estando talvez na casa dos 60 anos. Tinha entradas bem pronunciadas no cabelo, e seu rosto parecia fazer uma careta permanente, criando rugas profundas ao redor dos lábios e na testa. A boca perversa estava pintada de vermelho, e de seu olhar veio puro desdém quando a garota se aproximou e perguntou:

— Quem é você?

Passei vinte anos esperando que você entrasse por essa porta.

O espírito disse isso em um tom ríspido e cruel, fazendo Signa se recordar tanto da falecida tia Magda que ficou de estômago embrulhado.

— Você tem duas opções — disse a garota, entregando-se à sensação de naturalidade com que aquelas palavras saíam, exasperada pela ameaça e pelos poderes que dela emanavam. — Pode abrir mão de seu contato com este mundo e ir para o além-túmulo ou ser removida daqui à força. Caso escolha a segunda opção, fique sabendo que sua alma terá um fim permanente.

Sem desviar os olhos de Signa, o espírito declarou:

No instante em que ele me soltar, tentarei te matar sem descanso, até você vir me encontrar no além.

Signa ficou agradecida pelo cobertor enrolado no corpo e pelo fato de já estar tremendo, porque, assim, o espírito não perceberia o efeito que essas palavras tiveram sobre ela.

Talvez tenha sido tola por não ter inspecionado o restante da mansão antes de pegar no sono. Como a presença dos pais pairava em cada centímetro da Quinta da Dedaleira, tivera vontade de se enfurnar em um espaço que fosse só seu e descansar. Mas agora não podia mais pensar apenas em si mesma, e foi com um susto que se lembrou que Elaine estava sozinha na ala da criadagem, sem vivalma para ajudá-la.

Naquele exato momento, Signa não sentia o afã dos poderes da Vida se agitando dentro dela. Sentiu-se ceifadora por completo quando olhou para a Morte e ordenou:

— Leve-a.

Então saiu correndo do quarto, sem nem esperar para vê-lo baixar a foice.

Correu para a ala da criadagem, largando a coberta em algum momento. A tempestade furiosa que caía lá fora deixava o céu tão escuro que Signa não fazia a menor ideia de que horas eram quando desceu a escada às pressas. Estava descalça, e o frio do chão não ajudou muito a dissipar seus tremores, mas nada poderia fazê-la diminuir o passo. Até que, finalmente, avistou Elaine, sentada a uma mesa perto da cozinha, ainda de camisola, bebericando uma xícara de café fervilhante. A mulher deu um gritinho quando percebeu a presença de Signa.

Sozinha. Elaine estava absoluta e maravilhosamente sozinha.

— Srta. Farrow! — Elaine levou uma mão ao peito e quase deixou cair a xícara de café que segurava com a outra. — A senhorita me assustou! — Nessa hora, a criada deve ter percebido que a garota tremia, porque espremeu os olhos. — Aconteceu alguma coisa? Céus, o que a senhorita fez nesse seu cabelo?

Signa tentou esconder os fios brancos, jogando-os para trás.

— Sim — respondeu, bem devagar, porque seus planos não incluíam esse detalhe. Apenas pensara que, se ela própria estava sendo incomodada, Elaine também estaria, com certeza. Precisou sacudir a cabeça para se recompor e mordeu os lábios. — Peço desculpas por aparecer correndo assim, sem avisar. Ouvi um barulho terrível e precisava ver se você estava bem.

Elaine ficou com uma expressão tranquilizada.

— Tenho certeza de que o que a senhorita ouviu foram apenas os uivos do vento.

A criada fez menção de pegar na mão de Signa, mas a garota se encolheu, jogando o corpo para trás. Havia usado seus poderes há pouco — se ainda restasse algum efeito deles, a última coisa que queria era fazer mal a Elaine.

— A mansão é grande — a criada se pôs a dizer, com delicadeza, sem dar nenhum indício de que havia ficado ofendida. — E é nova, tanto para mim como para a senhorita. Admito que também não dormi tão bem quanto deveria. Mas tenho certeza de que, logo, logo, nós duas nos sentiremos à vontade aqui, ainda mais depois que... Srta. Farrow, está ouvindo um som de piano?

Com efeito, sem sombra de dúvida, dava para ouvir os sons característicos de um piano desafinado sendo tocado, vindo do andar de cima.

Signa sentiu-se uma completa marionete do Destino quando se obrigou a dar um sorriso a contragosto.

— Como você disse, tenho certeza de que são apenas os uivos do vento.

— Será que deveríamos dar uma olhada? — perguntou Elaine com uma seriedade lúgubre, já se levantando. Signa foi logo fazendo sinal para a criada tornar a se sentar.

— Prefiro que comece a preparar o café da manhã quando terminar de tomar seu café.

Era muito cedo, e Signa não conseguiria comer com o estômago embrulhado como estava. Mas precisava manter Elaine ocupada enquanto procurava a origem daquele som.

Felizmente, não precisou insistir muito para convencê-la. Elaine, pelo jeito, contentou-se em segurar a xícara de café com as duas mãos, fingir que não escutara nada e deixar Signa voltar correndo lá para cima.

Três espíritos haviam se alojado na sala de estar. Dois deles estavam sentados naquela mobília intocada pelo tempo — uma mãe e um pai, ao que parecia. A mulher era mais velha, tinha curvas generosas e o rosto saturado de maquiagem, visível apesar da pele translúcida do espírito. O penteado era quase cômico de tão alto e, quando a garota deu por si, estava tentando imaginar como raios poderia se manter preso.

O espírito sentado ao seu lado era um homem baixinho, franzino. Usava óculos mais para a ponta do nariz aquilino e espremia os olhos, observando o terceiro espírito, uma mulher que estava sentada no banco do piano, tocando uma melodia lúgubre com uma maestria que Signa jamais sonharia em ter. Fisicamente, parecia ter mais ou menos a mesma idade de Signa. Tinha o pescoço comprido e esguio; o rosto, pequeno e oval, com o cenho franzido de concentração. Enquanto tocava, seus dedos translúcidos nem sequer encostavam na grossa camada de poeira. Havia um rato caído embaixo da banqueta, morto havia muito tempo: restava pouco dele além do esqueleto. O tornozelo do espírito pairava ao lado da ossada.

A mãe e o pai da garota olhavam para a filha com orgulho, até que a mulher se virou para o lado ao ouviu o ranger de uma das tábuas do chão conforme Signa se aproximava. Bateu no ombro do homem – Signa só podia supor que era o marido dela – para chamar a atenção dele. Na mesma hora, o piano parou de tocar.

É a moça, sussurrou a mãe, já se levantando para conseguir ver Signa melhor. *É ela, não é?*

Já está na hora?, perguntou o homem. *Onde está o marido dela?*

A jovem se virou na banqueta do piano. Com uma voz estridente e anasalada, respondeu:

Ao que tudo indica, ela não tem marido. Não usa aliança!

Se quisessem acreditar que Signa não era capaz de enxergá-los nem os ouvir, ela permitiria. Sem encarar nenhum dos três, a garota se aproximou da banqueta do piano, como se estivesse inspecionando o móvel, procurando a origem da música que soava até então.

Não tem marido? O homem deu uma risada debochada e rondou Signa, chegando perto demais para o gosto da garota. *Está querendo me dizer que ela será a única herdeira desta casa?*

Talvez seja assim que funcione agora, pai. Certamente, seria uma mudança bem-vinda.

Deveriam ter nos avisado que ela viria. Era a mãe que falava agora, com um tom de voz que transmitia toda a magnitude do desgosto que a existência de Signa lhe causava. *Ela deveria ter mandado a criadagem vir antes, para arrumar a casa.*

Signa concordou: seus pulmões estavam parcialmente obstruí-
dos devido à absurda quantidade de poeira que havia na Quinta da
Dedaleira.

Sempre soubemos que este dia chegaria. O homem tirou os óculos e ba-
forou neles, depois esfregou as lentes e tornou a colocá-los. Tendo
em vista que não havia ar em seus pulmões, aquilo não fez muita
diferença. *Uma casa como essa não ficaria desocupada para sempre.*

Atrás dele, a mulher colocou uma mão em cada lado da cabeça,
como se quisesse equilibrar o penteado, e foi se aproximando.

*Mesmo depois de todos esses anos, você ainda tem um respeito desmedido pelo
bom gosto da família Farrow. Você era um arquiteto duas vezes melhor do que aquele
homem jamais poderia ser. Por acaso já esqueceu que é por causa deles que estamos
presos aqui, para início de conversa?*

Mamãe tem razão, completou a garota sentada junto ao piano. *Talvez
devamos relembrar esta moça disso. Esta casa é nossa há muito mais tempo do que
pertence a ela.* A garota cuspiu essa última palavra como se fosse um
catarro e veio parar tão perto de Signa que ela precisou de todas as
suas forças para não se encolher de medo. *É só bater algumas janelas e
estalar algumas tábuas do chão. Ela vai sair correndo.*

Podemos assombrar os espelhos, sugeriu a mãe. *Ah, como eu gosto de uma
bela assombração de espelhos. A garota não pode ficar aqui se não tiver criadagem.
Teremos que afugentá-los toda vez que aparecerem.*

Não vou chegar nem perto da criada que a moça trouxe, chiou a jovem.
A aparência dela não me agrada. A senhora é que terá que assombrá-la, mamãe.

Signa ficou tão brava que mordeu a própria língua. Uma coisa
era se meter com ela, mas assombrar Elaine?

— A única coisa que você vai fazer é parar com essa música. — Signa
foi pisando firme, em linha reta, até chegar ao piano. Então fechou
a tampa, batendo-a com força. — Meu bom Deus, dá para imaginar
o que vai acontecer se alguém ouvi-la tocando sem que haja vivalma
sentada na banqueta? E nem ouse pensar em assombrar alguém.

Os três espíritos ficaram tão perplexos que, por um bom tempo, ninguém disse nada. A mãe olhou de soslaio para o marido e sussurrou baixinho:

Por acaso ela está falando com...

— Com vocês? — Signa pôs as mãos na cintura. — Claro que estou.

Um silêncio pesado ficou pairando no ar, até que o homem pigarreou e a filha sussurrou, com uma voz estridente, em tom de incredulidade:

Você consegue nos enxergar?

— Por acaso acha que estou falando com as paredes? — Signa, então, cruzou os braços. — Agora escutem bem, porque esta casa pode ser *nossa* ou pode ser *minha*, mas certamente não é *de vocês*. Se eu os vir estalando uma só tábua do chão, mandarei meu cão desenterrar seus ossos e vou queimá-los até virarem cinzas. Compreendido?

Você é a filha do casal Farrow?, perguntou o homem. *A bebê, Signa?*

— Sou, sim. — A voz da garota tremeu bem de leve ao responder. — E estou tentando seguir com a minha própria vida aqui, então chega de piano.

A menina fez careta e aproximou as mãos esqueléticas das teclas.

Mas temos tocado há anos...

— Tenho certeza que sim — censurou-a Signa. — Mas não vou permitir que as pessoas pensem que minha casa é assombrada.

Mas é assombrada, afirmou o homem.

Signa se virou para ele. Apesar de não ser capaz de beber, o homem mexeu, com uma colher enferrujada, uma xícara de chá velha que estava a seu lado, agindo como se aquilo fosse normal. O líquido havia evaporado há muito tempo, deixando apenas uma mancha escura e circular no interior da xícara.

— Eu *sei* disso. — Signa passou a mão no cabelo, exasperada. — Mas não preciso que o restante da cidade acredite que sou uma solteirona tresloucada que anda por aí com fantasmas.

Os espíritos se entreolharam, e a única reação da garota foi tornar a fazer careta para eles.

— Deixe estar. — Fez sinal para a menina se levantar da banqueta do piano. — Saia daí. Saia! Não vou permitir que isso continue assim.

Então o que sugere que façamos?, indagou a menina. Seus olhos brilhavam com tamanha raiva que, por um instante, Signa se preparou para o pior. *Não temos muitas alternativas para nos entreter!*

Foi aí que Signa sentiu a pontada gelada da Morte tomando conta de sua pele. Os espíritos arregalaram os olhos e se abraçaram, fugindo do Ceifador, que a garota não era capaz de enxergar. Apesar disso, a mera presença dele bastou para fortalecer a determinação de Signa.

— Sempre existe a possibilidade de tentar fazer a passagem para a vida além-túmulo — sugeriu. — Tenho certeza de que há muita coisa para fazer no além. Ouvi dizer que até é possível reencarnar, se quiserem.

Ainda de camisola, com o cabelo todo desgrenhado, Signa não estava nem um pouco preparada para ter aquela conversa, que dirá lidar com a situação que se apresentava. Continuava a sentir a garganta arranhando. A voz rouca, carregada de tensão.

Ao reparar nos tremores que acometiam o corpo de Signa, a mulher perguntou:

O que foi que aconteceu com você?

— É o que estou tentando descobrir.

Mais uma vez, Signa dirigiu o olhar para o corredor, certificando-se de que Elaine ainda estava na ala da criadagem. Sentou-se em uma otomana, de frente para os espíritos, e abraçou o próprio corpo. O frio que sentia por dentro diminuía, não chegava aos pés do frio que sentira ao ser possuída por aquela outra mulher. Pelo menos, tinha um motivo para se alegrar.

— Quantos espíritos habitam na Quinta da Dedaleira, exatamente?

Signa torceu, com todas as suas forças, para que o número fosse pequeno. Não estava preparada para ouvir a verdade da boca do homem, que falou rápido demais enquanto olhava de Signa para a Morte.

Cerca de vinte, imagino, respondeu o espírito.

A garota apertou mais o abraço quando uma onda de enjoo tomou conta dela. Gostaria de poder olhar no rosto do Ceifador. *Vinte*. Signa já estranhara o fato de ter visto um trio de espíritos de uma só vez. Certamente, ao longo da vida, já havia passado por lugares onde os espíritos vagavam livremente. Regiões que, um dia, foram campos de batalha e hospitais. Mas vinte espíritos morando sob o mesmo teto? Aquilo era um acinte.

– Onde estão? – insistiu Signa. – Por que não vi mais espíritos?

Cada um tem seu local preferido. O espírito do homem empurrou os óculos no nariz. *Nós gostamos de ficar aqui, longe de toda a gentalha. A maioria fica no salão de baile, mas alguns gostam de perambular pelos corredores*.

O sangue de Signa gelou. Óbvio que estariam no salão de baile.

– Devem saber que estou aqui. – Sua voz saiu em um murmúrio baixo e rouco, como se ela houvesse engolido um sapo. – Por que mais ninguém veio me procurar e por que deixaram minha criada em paz?

Não lhe pareceu prudente contar para eles que fora atacada há poucos minutos. Não queria dar ideias aos três.

O que Signa não esperava é que fossem se entreolhar de novo.

– O que foi? – perguntou.

Em seguida, aproximou a otomana do trio. Os dois espíritos que estavam no sofá foram para trás quando ela chegou mais perto. Só que, em vez de olhar *para* Signa, a mulher mirou em um ponto logo acima da cabeça dela, em direção à ala dos criados.

Eu não chegaria perto dessa sua criada nem que me pagassem. Há algo de estranho com a pele dela. Nunca vimos uma coisa dessas antes, e ninguém quer ser o primeiro a descobrir o que isso significa.

— Do que está falando? Não tem nada na pele dela.

A pele dessa sua criada brilha, disse a moça, com um vigor tão sincero que deu a impressão de ser mais nova do que realmente era. *Você não consegue enxergar? O corpo todo dela brilha e fica mais luminoso, meio prateado, toda vez que chegamos perto dela.*

Signa se obrigou a manter a calma enquanto permanecia sob o escrutínio dos espíritos, não queria deixar sua preocupação transparecer. Seria possível que seus poderes tivessem feito algo com Elaine sem que ela percebesse?

O Ceifador deve ter se aproximado e, ai, o que Signa não daria para poder ouvir a voz dele naquele momento. Não tinha dúvidas de que, se a Morte tivesse visto algo de estranho em Elaine, teria comentado.

Não iremos incomodar você, prometeu o homem. Os olhos dele estavam fixos em um ponto logo acima do ombro de Signa, onde o Ceifador devia estar. *Mas não podemos prometer nada pelos outros.*

As janelas da sala de estar se escancararam e uma lufada de vento gelado entrou. A escuridão se infiltrou no recinto e, apesar de Signa não conseguir distinguir cada sombra do Ceifador, imaginou que deveriam estar cercando os espíritos, porque a escuridão se alastrou na direção deles, drenando toda a luz do recinto.

O homem puxou a família para trás e ficou na frente das duas mulheres, como se fosse um escudo.

Não vamos fazer mal a ninguém!, prometeu. Desta vez, com mais firmeza.

Signa acreditou nele. Ainda assim, precisava ter cautela. Todos os espíritos que permanecem no mundo dos mortais são ligados a ele por uma emoção intensa ou por um forte desejo. Para Thaddeus, era a vontade de ler todos os livros da biblioteca, ao passo que Lillian queria salvar a vida da filha e descobrir quem estava tentando matá-la. Magda permaneceu porque era rancorosa, invejosa e, de modo geral, uma pessoa terrível. Não seria de admirar caso algumas das pessoas que haviam morrido ali, na Quinta da Dedaleira, fossem movidas pelo desejo de vingança.

Signa não tinha mais nenhum frutinho de beladona e, mesmo que tivesse, o preço a pagar por assumir a forma de ceifadora havia se tornado alto demais. A garota ainda conseguia sentir o cansaço nos ossos, como se tivesse envelhecido dez anos em questão de minutos. Mas os espíritos não precisavam saber disso, muito menos compreender como os poderes dela funcionavam. Só precisavam vê-la como uma ameaça e ter dimensão da gravidade do que era capaz de fazer. Signa estendeu a mão e, na mesma hora, todas as janelas se fecharam com um estrondo, e a escuridão retrocedeu.

— Sou uma ceifadora. — Signa imaginou que era Blythe quando lançou um olhar gélido para os três. — Sou a noite encarnada, a condutora das almas. — Eram as mesmas palavras que a Morte havia lhe dito, tantos meses atrás, na noite em que Percy morreu. A garota havia guardado as palavras do Ceifador consigo, para absorvê-las, por tanto tempo... Estava na hora de acreditar que eram verdadeiras. — A Morte está aqui para obedecer às minhas ordens. É melhor vocês três terem o bom senso de se lembrarem disso e passarem essa informação para os demais espíritos. Se alguém tentar levantar a mão para mim, para qualquer pessoa que vier me visitar ou para alguém da criadagem, não pensarei duas vezes antes de atacar. Aqui é o meu lar e, se houver alguém que não deseja obedecer às minhas regras, é melhor ir embora agora. Quem desobedecer não terá opção a não ser ir embora, e esses espíritos não terão nenhum futuro. Nenhuma vida após a morte. Vocês me entenderam?

Os três espíritos estavam de olhos arregalados e não piscavam. A menina até chegou a agarrar o pai pela manga, antes que ele balançasse a cabeça para Signa, concordando.

Foi só depois disso que Signa se permitiu dar as costas para os três e se aproximar do Ceifador.

— Por favor, dê o mesmo aviso para os demais — disse, baixando a cabeça em um agradecimento tácito, quando percebeu que o frio que sentia por dentro havia se dissipado.

A garota, então, compreendeu que o Ceifador havia saído do recinto para fazer como havia pedido. Foi só então, quando o calor foi voltando para a sala e o trio de espíritos foi ficando mais tranquilo, com a ausência da Morte, que Signa teve aquela sensação de formigamento na pele, de ser observada, e teve certeza de que ainda havia um espírito a observando. Tentou vê-lo de relance. Mas, quando se virou, enxergou apenas a barra de um vestido, já desaparecendo.

Era o mesmo vestido que vira assim que chegou. Não tinha sido uma cortina esvoaçando ao vento, como torcera para que fosse, nem o espírito que tentara matá-la, mas alguém completamente diferente. Alguém que observava Signa desde o instante em que a garota entrou pela porta da Quinta da Dedaleira.

Ela não se dignou a olhar novamente para o trio ao sair da sala, seguindo aquela aparição, que se dirigiu a um corredor sinuoso.

Apesar de Signa saber que não era bom ir atrás de espíritos — apesar de ter aprendido essa lição na noite em que foi até o jardim, atrás de Lillian, e de saber que o que fazia era uma tremenda tolice —, era difícil se livrar de velhos hábitos, ao que tudo indicava. Porque, quando chegou ao final do corredor, a garota seguiu aquela luz azul e fraca que piscava, incitando-a a seguir em frente, a se embrenhar cada vez mais na Quinta da Dedaleira.

VINTE E SETE

Blythe

Se alguém quisesse se inteirar da fofoca mais recente, poderia recorrer a duas fontes:

Primeiro, à criadagem. Não porque os criados têm tempo de ficar fofocando, mas porque são as pessoas mais próximas dos segredos mais bem guardados de qualquer casa. Entretanto, ao que tudo indicava, dado que tantos criados da Quinta dos Espinhos eram novos no emprego, Blythe não tinha ninguém que pudesse cooptar para fofocar com ela a respeito dos boatos que, por ventura, tivesse ouvido numa volta pela cidade. Infelizmente, isso queria dizer que a garota só podia contar com a segunda fonte: as damas da temporada, que tinham tempo *demais* para dedicar exclusivamente a fofocas, e adoravam relatar qualquer detalhe que pudessem ter ouvido, mesmo que não passasse de meras migalhas.

Na manhã em que Signa foi embora da Quinta dos Espinhos, logo ao acordar Blythe deu de cara com um bilhete sobre a mesa do quarto, contendo apenas um nome escrito: "Byron". Era a letra de Signa e, apesar de o bilhete não incluir nenhuma explicação, Blythe teve certeza de que era uma pista. Já era melhor do que tentar conjurar pistas sobre o assassinato do duque a partir do nada, mas um lado dela teve vontade de queimar o bilhete e expulsá-lo de seus pensamentos.

A situação da família já era um desastre que chega sem que mais uma variável fosse adicionada à equação. Ainda assim, Blythe não conseguia parar de pensar no comportamento do tio quando estiveram na prisão para visitar Elijah. Certamente, Byron lhe *pareceu* frustrado com a situação do irmão, mas também não saía por aí o defendendo nem tentava cair nas graças do príncipe, como a própria Blythe andava fazendo.

Ao que tudo indicava, o fardo do futuro de pai estava completamente pousado nos ombros de Blythe e, sendo assim, a garota iria fazer o que era esperado das damas de sua idade e posição: convidar outras damas para o chá da tarde.

O único problema é que Blythe não estava convencida de que alguém daria as caras na mansão. Passara a manhã andando de um lado para o outro em seu quarto, depois nos corredores, antes de passar para a sala de visitas. Quando não estava andando de um lado para o outro, passava mal sentada, graças a um nervosismo inesperado que fervilhava dentro dela.

Foi o mais puro desespero que quase fez Blythe tropeçar de alívio quando Warwick entrou na sala, trazendo Charlotte Killinger, Eliza Wakefield e Diana Blackwater a reboque. Apesar de o mordomo ter mantido o comportamento absolutamente profissional de sempre quando conduziu as damas até uma mesa posta para quatro pessoas, a garota não pôde deixar de reparar que havia uma diligência adicional no caminhar dele. Warwick deu a impressão de estar tão aliviado quanto Blythe.

— Fico tão feliz que tenham vindo! — a garota disse dando seu sorriso mais ensaiado. Levando em consideração tanto o avassalador alívio que sentia quanto a considerável prática que tinha, ninguém poderia provar que o sorriso não era genuíno. — Warwick, você poderia, por favor, pedir para que tragam o chá?

O mordomo meneou a cabeça e foi logo saindo, deixando as damas se acomodarem em seus devidos lugares. O chá fumegante foi trazido — assim como duas bandejas de pequenos sanduíches delicados e doces assados — antes mesmo que as garotas tivessem tempo de se cumprimentar. Eliza foi a primeira a pegar um pão doce de limão e passou nele uma grande quantidade de compota de *blueberry* que Charlotte trouxera para comer com as amigas, cortesia de uma súbita abundância dos frutinhos nos arredores de sua casa. Eliza jogou uma quantidade copiosa de cubinhos de açúcar na xícara de chá e mexeu. Em seguida, levou a xícara aos lábios, toda rígida e constrangida.

Charlotte também adotava uma postura rígida na cadeira. Tendo em vista a discussão que as duas tiveram, Blythe não podia recriminá-la. Diana ainda não havia tocado no chá e olhava para a xícara como se o objeto pudesse, sabe-se lá como, pular do pires e partir para cima dela.

Blythe tentou não se mostrar ofendida. Supôs que, como vira trepadeiras e heras brotarem do chão do gabinete do pai há poucos dias, xícaras selvagens não deveriam ser algo tão fora de cogitação. Se uma daquelas xícaras conseguisse *mesmo* ganhar vida e atirar chá em cima de Diana, porém, Blythe até pensaria em lhe agradecer.

Não havia convidado Charlotte apenas porque, nos últimos tempos, a garota ficara próxima de Everett, mas também como um pedido de desculpas, na esperança de reatar seu relacionamento com ela. Charlotte era uma amiga tão boa que Blythe se recusava a perdê-la pela própria teimosia.

Eliza, por sua vez, foi convidada porque, ao que tudo indicava, algo se passava entre ela e Byron. Diana, contudo, estava ali por dois motivos: primeiro porque, caso não fosse convidada, sem dúvida ficaria ofendida e encontraria alguma fofoca para espalhar a respeito da família Hawthorne, e aquilo era a última coisa de que qualquer integrante da família precisava. Segundo porque, se estivesse presente, a notícia dessa visita já teria se espalhado por toda a cidade na manhã seguinte. Blythe concluiu que não faria mal nenhum se Diana ajudasse a restabelecer um pouco da reputação da família antes do julgamento.

— Nossa, quantos séculos — queixou-se Eliza, bebericando o chá. — Quando foi a última vez que nós quatro nos reunimos para um chá da tarde?

Bem mais de um ano. Um ano em que a mãe de Blythe havia morrido, em que a própria Blythe ficara doente e enfrentara uma recuperação longa e dolorosa, que havia durado vários meses, sendo que Charlotte foi a única que se importou com ela a ponto de tentar compreender. Na noite em que o duque faleceu, fazia pouco tempo que Blythe começara a se sentir bem o bastante para querer voltar a se aventurar por ocasiões que a lembrassem da vida que tinha antes de ficar doente.

— Faz muito tempo — disse ela, à guisa de resposta, sem se dar ao trabalho de especificar, ainda que tivesse a quantidade de meses na ponta da língua. Temia que, se desse voz ao número, ele poderia, de certa forma, exercer algum poder sobre ela. Temia que, de repente, pudesse cair de novo naquele espaço escuro do qual tivera que sair se arrastando, usando cada gota de força que tinha.

— Fico surpresa que tenham recebido permissão para vir — comentou Blythe, com uma complacência natural, que não combinava nem um pouco com o escrutínio que empregou para analisar cada movimento que as demais damas fizeram ao ouvir o comentário.

Tinha certeza de que o fato de ter sido vista na companhia do príncipe durante a cerimônia de investidura de Everett tinha algo a ver com a disponibilidade daquelas garotas.

— Seu pai ainda não foi julgado. — A voz de Charlotte foi suave como uma brisa de primavera e tinha o mesmo poder tranquilizador. — E meu pai tem o bom senso de compreender que a investigação ainda está em andamento e, ultimamente, que os jornais têm tentado inventar uma história a partir de qualquer coisa.

Pelo menos uma das três acreditava na inocência do pai de Blythe. A garota só se deu conta da tensão que se acumulava em seus ombros quando ela se dissipou. Olhou para Charlotte, meneando a cabeça de leve, para dar a entender que se sentia aliviada por ter a amiga de volta.

Eliza não precisava explicar sua presença — o responsável por ela era o falecido duque, função que, agora, ficara a cargo de Everett. Nos últimos tempos, Everett andava tão ocupado com suas novas obrigações de duque e administrando o patrimônio da família que Eliza poderia muito bem se safar impunemente de qualquer coisa. Isso se Everett chegasse a se importar com o fato de Eliza ter estado na Quinta dos Espinhos.

Diana, por sua vez, ainda não havia dito nem uma palavra e acabara de dar o primeiro gole no chá. Foi um gole tímido, de quem só quer experimentar. Também não parava de olhar por sobre os ombros de cada uma das demais garotas, como se esperasse que um fantasma fosse aparecer para assustá-las.

Blythe não tinha dúvidas de que a família de Diana a proibira de comparecer e de que a garota provavelmente teve que se desdobrar para estar ali. Diana viria até a Quinta dos Espinhos cavando uma trilha à unha se, com isso, pudesse estar presente na origem do mais recente escândalo da cidade.

— A Srta. Farrow também tomará chá conosco? — perguntou

Eliza, verificando o número de pratos postos na mesa, à procura de um quinto.

— Não — respondeu Blythe, usando cada gota de compostura que possuía. — Signa precisou voltar para a própria casa, uma ocorrência um tanto inesperada.

Charlotte lhe lançou um olhar de curiosidade. Tinha inteligência o suficiente para compreender que, depois da discussão que as duas tiveram, aquilo não poderia ser coincidência.

— E Percy? — insistiu Eliza. — Tiveram alguma notícia dele?

— Receio que não...

— Nem sequer o paradeiro? — Eliza dava a impressão de estar um tanto apreensiva: agarrava a xícara com uma força demasiada. — Certamente alguém deve saber de alguma coisa.

Blythe não deixou espaço para réplica quando tornou a falar:

— Ninguém sabe nada a respeito de Percy. — Então tornou a tocar no assunto que lhe interessava, pois não estava disposta a esmiuçar aquele outro tema. — Enfim, voltando a falar de meu pai, o julgamento foi marcado para o final desta semana.

Dizer aquilo com todas as letras foi como pegar uma adaga e enfiá-la entre as próprias costelas. Blythe era incapaz de manter tanto a compostura a ponto de não deixar transparecer um certo desespero em sua voz, nem a ponto de ela conter a expressão patética de tão indefesa que fez quando colocou a xícara na mesa e as mãos no colo, torcendo-as sem parar.

— Preciso descobrir quem realmente matou o duque, para garantir que meu pai seja solto. Por acaso... — Ficou em silêncio por alguns instantes, mexendo, sem parar, a perna debaixo da mesa — ... Por acaso Everett chegou a comentar se suspeita de alguém?

Blythe não planejara ser tão incisiva, mas não tinha como voltar atrás. A tez de Eliza, que já era branca, empalideceu a ponto de ficar quase cinzenta, com olheiras roxas que mais pareciam hematomas.

— Céus, Srta. Hawthorne. Se nós suspeitássemos de alguém, não acha que já teríamos falado? — Eliza abriu o leque e ficou se abanando até a palidez retroceder. — Ninguém tentou entrar em contato exigindo dinheiro ou o título de duque. Everett tomou posse de tudo sem enfrentar nenhum problema.

— E ninguém tentou atacá-lo — insistiu Blythe, desta vez olhando para Charlotte —, certo? Você não saiu do lado dele nas primeiras semanas após a morte do duque. Percebeu algo de estranho?

Blythe escolhera as palavras com muito cuidado. Mesmo assim, Charlotte quase se engasgou com o chá e derramou uma gota na gola do vestido.

Diana se inclinou, aproximando-se de Charlotte.

— Por acaso você não continua rondando o lorde Wakefield, continua? — Blythe não gostava muito da voz de Diana em geral. Mas o tom sugestivo contido na pergunta a fez desprezar essa voz mais do que nunca. — Nunca pensei que você teria coragem de tentar *isso* de novo.

De novo?

Uma sombra que Blythe jamais havia visto passou pelos olhos de Charlotte.

— Agora já chega.

Para surpresa de Blythe, não foi para Diana que Charlotte olhou feio, mas para Eliza, que permanecia impassível, tomando chá de sua xícara de porcelana.

— Isso não é assunto para um chá da tarde — censurou ela.

Muito pelo contrário: era exatamente o tipo de assunto sobre o qual Blythe esperava conversar. Mas ainda que Blythe quisesse, mais do que qualquer coisa, esmiuçar aquela questão, a respiração acelerada e rasa de Charlotte a impediu de insistir.

— Mil perdões — disse, por uma questão de recato. — É que, ultimamente, tenho andado tão preocupada com meu pai que mal tenho dormido.

— Tenho me sentido de modo bem semelhante. — Charlotte esticou o braço, pegou na mão de Blythe e apertou com delicadeza. Blythe também apertou a mão dela, em um pedido de desculpas tácito, que Charlotte respondeu com um sorriso. — Peça para a cozinheira trazer um copo de leite quente antes de se deitar. Trarei um pouco de lavanda seca, para você colocar no leite. Não é muita coisa, mas já me ajudou.

Pensar em misturar qualquer coisa no que bebia era algo que Blythe não conseguia mais engolir. Ainda mais se esse algo fosse roxo. Entretanto, não disse isso em voz alta, até porque Diana as observava por trás da borda da xícara, com um olhar de incredulidade.

— Você a obteve em algum boticário? — As palavras de Diana foram tão ríspidas que Eliza se encolheu toda. O chá se derramou por cima dos seus dedos e caiu no pires minúsculo que estava embaixo da xícara.

Charlotte lançou um olhar fulminante para Diana, praticamente revirando os olhos.

— Não, Srta. Blackwater, eu a obtive colhendo lavanda de meu próprio jardim e deixando secar. Imagine só.

Esse talvez tenha sido o comentário mais mordaz que Blythe já ouvira a amiga fazer na vida. Charlotte se empertigou na cadeira, assumindo uma postura um tanto altiva demais. Mesmo assim, aquela conversa estava bem longe de ser tão frutífera quanto Blythe esperava, e a garota precisava fazer aquele chá da tarde render, já que passara tanto tempo bancando a detetive.

Talvez fosse mais garantido tratar do assunto de uma forma mais indireta, mas a paciência em frangalhos de Blythe a obrigou, mais uma vez, a adotar uma postura incisiva. A garota inclinou o corpo para a frente, aproximando-se de Eliza, e declarou:

— Ouvi boatos de que meu tio anda a cortejando, Srta. Wakefield.

Diana manteve a xícara perto dos lábios enquanto dirigia o olhar para Eliza. *Todas* as damas olharam para Eliza até que ela terminasse de dar um gole no chá e alisasse o vestido. Estava um tanto corada, mas, tirando isso e o fato de seus lábios estarem contraídos, lidou tão bem com aquela situação que chegava a ser impressionante.

— Ao que tudo indica, você tem fontes seguras — respondeu Eliza. — Ele tem me cortejado nos últimos meses.

As palmas das mãos de Blythe arderam quando ela recordou de ter pegado o anel de esmeralda. Não era um fato inédito um homem da idade de Byron se casar com alguém na faixa dos 20 anos, só que uma dama da posição de Eliza poderia escolher qualquer um. E Byron... bem. Era Byron.

— Meu tio nunca teve muita sorte com as mulheres. — Apesar de sua opinião pessoal a respeito da situação, Blythe se esforçou ao máximo para não dizer essas palavras em tom de crítica. — Se estiver correspondendo aos galanteios dele, espero que suas intenções sejam sérias.

Blythe não saberia dizer se apenas imaginara que Eliza passou a segurar a xícara com um pouco mais de força depois desse comentário.

— Byron é um bom homem, e eu jamais ousaria ofendê-lo. Estou considerando o interesse dele por mim do mesmo modo que estou considerando todos os demais pretendentes desta temporada.

— Quais são, mesmo? — Diana veio mais para a frente e retorceu os lábios ao morder uma tortinha. Blythe não teria achado ruim se ela se engasgasse com a torta. — Fiquei sabendo que a senhorita não tem nenhum pretendente desde que dispensou Sir Bennet.

Blythe tentou não fazer cara de nojo ao recordar desse homem tão idoso, com o qual Eliza fora obrigada a dançar na noite em que o duque faleceu.

— Ele é um homem terrível — reconheceu Eliza. Blythe talvez nunca tivesse visto a garota demonstrar tamanha calma. — Mas acredito que seja a morte de meu tio que tem afastado todos os homens de mim, Srta. Blackwater. Obrigada por me lembrar disso.

— A senhorita realmente deveria ter ficado em casa até esta temporada terminar — sugeriu Diana, e Blythe se recostou na cadeira, pegando a xícara só porque não fazia ideia do que mais poderia fazer. Teve a sensação de que se passou uma eternidade em silêncio antes de Diana perguntar, como se já não tivesse sido ofensiva demais: — Teve notícias do príncipe, recentemente? Já faz tempo desde a última vez em que tive oportunidade de visitá-lo, apesar de acreditar que ele está interessado por mim.

Charlotte ficou de queixo caído com esse disparate. Blythe, contudo, não tinha o mesmo talento para deixar as coisas passarem em brancas nuvens.

— Por acaso o príncipe lhe mandou flores? — perguntou, dando um sorriso inocente quando Diana lhe dirigiu o olhar.

— Não preciso de flores para saber que ele está interessado...

— Talvez você tenha razão. Só perguntei porque Signa recebeu tantas... As flores mais luxuosas que já vi na vida: a cidade inteira ficou comentando.

Por mais azedo que fosse o gosto que o nome de Signa lhe deixou na boca, valeu a pena só para ver o rosto de Diana se contorcer todo.

Eliza relaxou os ombros, como se tivesse ficado grata pelo fato de as damas terem outro assunto para discutir.

— Acredito que o príncipe estará em nossa companhia amanhã, na verdade. A Srta. Blackwater tem razão quando diz que quase nenhum homem me procurou nesta temporada, tendo em vista tudo o que aconteceu. Quando comentei isso com Everett, ele tomou providências e convidou todos os pretendentes que estão no topo da sua lista. Mal sabia eu que o evento seria uma caça à raposa. Como vou flertar com esses homens durante uma caça à raposa?

Charlotte retorceu os lábios e se serviu de mais uma xícara de chá.

— Passar horas e horas ouvindo os gritos de agonia das raposas. Não consigo entender como alguém pode testemunhar isso com os próprios olhos.

— A maioria das mulheres não consegue — retrucou Eliza, passando manteiga em um *croissant*, depois um pouco da compota. — É por isso que a caça é um esporte praticamente exclusivo dos homens.

— *Praticamente?* — Blythe se alvoroçou nessa hora. — No sentido de que é permitido que as mulheres participem?

Eliza a olhou, parecendo surpresa com o interesse demonstrado pela garota.

— É permitido, mas poucas resolvem participar.

— Você permitiria que eu fosse? — insistiu Blythe, ignorando o nariz torcido de Diana e o longo suspiro que Charlotte soltou. — Não para flertar, prometo.

— Você vai odiar, Blythe — comentou Charlotte. — Você não tem estômago para um esporte de gosto tão duvidoso.

— E por acaso Eliza tem?

Charlotte tinha razão por pensar que uma caça à raposa era a última coisa da qual Blythe gostaria de participar: ela não tinha um pingo de interesse naquilo. Em entrar na mansão da família Wakefield, contudo... Não poderia pedir por uma oportunidade melhor de observar Everett mais de perto ou de ficar a sós com Eliza. Em um lugar onde, quem sabe, a garota estaria mais disposta a explicar exatamente por que ela e Charlotte se entreolharam há pouco.

— Por incrível que pareça, participo de caçadas desde que era criança. — Eliza colocou o *croissant* no prato. — Pode vir, se quiser experimentar. Mas, se quer ir por causa dos homens, fique sabendo que eles entram em uma competição tão acirrada que não prestam a menor atenção em nós. Não faço ideia do que passou pela cabeça de Everett quando achou que isso iria me ajudar.

— Pode contar comigo — prometeu Blythe, se segurando para não dar um sorriso irônico. — Se, logo, logo, serei obrigada a chamá-la de "tia", está na hora de começarmos a nos entrosar.

Diana cuspiu o chá, e Charlotte tapou a boca no meio de uma mordida, engasgando-se baixinho. Eliza, por sua vez, lançou um olhar paralisante e furioso para Blythe.

— Se não tomar cuidado — ameaçou —, amanhã farei questão de providenciar que a raposa que todos iremos caçar seja *você*.

VINTE O OITO

O salão de baile da Quinta da Dedaleira ocupava todo o último andar da mansão. Signa estava parada do lado de fora, a vários metros de distância da porta dupla de carvalho por baixo da qual o espírito havia passado.

Um roçar de dedos nos delicados entalhes da porta, que retratavam cervos saltitando em um jardim, foi o que bastou para que seu corpo fosse acometido de tremores. Signa não conseguia controlá-los. Sacudia-se com uma ferocidade tal que recuou, bateu na parede oposta e caiu, com as mãos na garganta, fazendo de tudo para conseguir puxar o ar para dentro dos pulmões. Teve a sensação de que havia caído de cabeça em um lago congelado e agora estava presa sob uma camada de gelo.

Nunca havia sentido tantos espíritos pairando em um único lugar. Signa não sabia para onde o Ceifador havia ido, mas ali ele não estava: cada osso de seu corpo doía, de tanta vontade de fugir.

E se não conseguisse se defender sozinha? E se fosse possuída pelos espíritos, e aquele frio terrível que sentia por dentro nunca mais cessasse?

Precisou olhar uma segunda vez para se dar conta de que a mulher de expressão severa retratada no quatro que havia perto da porta, do lado de fora do salão, era ninguém mais, ninguém menos, que tia Magda quando jovem, e Signa não conseguiu pensar em um sinal de mau agouro pior do que aquele.

Detrás da porta, piscava uma luz pálida. Lá de dentro, também vinham ruídos. Risos, o farfalhar de saias, o tilintar de taças e um falatório que a cabeça atordoada de Signa não conseguia discernir. A garota não ousava permitir que os espíritos vissem os efeitos que causavam nela e precisou cerrar os dentes e se concentrar em dissipar os tremores que a acometiam. Não conseguiu parar completamente de tremer. Mas, assim que melhorou um pouco, tocou a maçaneta prateada. Lá dentro, as vozes se calaram.

Não foi nos delicados arcos azuis nem nos painéis de marfim do salão que Signa reparou primeiro, assim como não foi nas flores pintadas no teto abobadado. Se não estivesse tão distraída, poderia ter notado que o lustre de cristal rivalizava com o que havia visto no palácio da rainha. Ou, quem sabe, que o toque cuidadoso do pai estava presente em cada centímetro quadrado daquela mansão grandiosa. Em vez disso, Signa reparou nos cerca de doze espíritos que se viraram em sincronia e a encararam, e – só quando escorregou, de tão surpresa – que o chão onde pisava estava escorregadio.

Os pés de Signa saíram do chão à sua frente, e a dor percorreu sua espinha, alastrando-se a partir do cóccix. Vários dos espíritos flutuaram mais perto para examiná-la e, prontamente, a garota começou a se arrastar pelo chão de mármore.

– Fiquem onde estão!

Signa bem que gostaria ter trazido uma faca, por precaução. O objeto seria inútil, claro, mas ter algo afiado e sólido em mãos teria sido muito reconfortante.

É ela, sussurrou o espírito que estava mais próximo de Signa, mas nenhum dos demais deu indícios de ter ouvido. Era um dos espíritos mais lindos que a garota já vira na vida, e ela reconheceu que aquela era a mulher do retrato. A mesma – supôs – que a levara até ali. Sua voz mais parecia madressilva, de tão açucarada. Tanto que, por um instante, Signa esqueceu o que estava fazendo.

Timidamente, como se esperasse que Signa não passasse de um filhote de cervo arisco, que poderia sair correndo, assustado, caso ouvisse um graveto se partindo, o espírito se aproximou só um pouquinho e se inclinou, de modo a ficar com o rosto pairando na altura dos olhos da garota.

Ah, não acredito que é mesmo você! A mulher esticou o braço, como se fosse acariciar o rosto de Signa, mas lembrou que isso era impossível no último instante. *Esperei tanto tempo para ver esse seu rosto novamente, Srta. Signa. Meu Deus, que linda você se tornou.* Ela, então, se aproximou um pouco mais, e a garota ficou surpresa ao perceber que não havia se encolhido toda, por puro instinto.

Olhe só. A voz da mulher tinha um tom de maravilhamento. *Você tem o queixo de Rima. E a mesma seriedade do olhar dela também. E, ah!, sim, é exatamente isso! Eu vi esse mesmo olhar de afronta no rosto de sua mãe tantas vezes que perdi a conta. Mas suas mãos me parecem macias. Mais parecidas com as de seu pai. E esse seu narizinho encurvado e atrevido também. Que maravilhoso!*

Enquanto esteve parada junto à porta, do lado de fora do salão, Signa se preparara para um número absurdo de possibilidades. Virar uma manteiga derretida ao ouvir palavras ternas não foi uma delas.

— Meu pai? — conseguiu repetir, com a voz rouca.

Signa conseguira descobrir tão pouco a respeito da mãe ao longo dos anos. Sobre o pai, então, nem se falava. Tudo o que parecia saber era o mais óbvio: ele estava longe de ser tão sociável quanto Rima.

— Quem é você?

Signa irritou-se consigo mesma por ter demorado tanto para fazer essa pergunta. Toda a agressividade que reunira desapareceu no instante em que adentrou o salão de baile.

Sua mãe era minha melhor amiga, mas suponho que eu não deveria ficar surpresa com o fato de você não saber disso. Quem poderia ter lhe contado? Magda? Ela jogou na cabeça para trás e deu uma risada tão delicada que Signa não conseguia acreditar que estava conversando com um espírito. *Eu me chamo Amity.*

Antes que tivesse chance de fazer mais alguma pergunta, Signa dirigiu o olhar para outro espírito que havia chegado perto demais e ficou pairando atrás de Amity. Era uma mulher de olhos vazios e inexpressivos, que vagava de uma mesa à outra, tirava o carnê de baile do bolso e tornava a guardá-lo. O rosto da jovem podia até ter sido meigo um dia, contudo, o lado direito do crânio estava estraçalhado, e havia sangue seco grudado no cabelo, da queda que deve ter sofrido quando morreu. Signa imaginou que a garota poderia ter tentado fugir do salão, mas caíra da escada, por cima do corrimão. *Meu Deus, não conseguia sequer imaginar.*

Amity acompanhou o olhar curioso de Signa e, quando percebeu, encolheu os ombros.

Esta é Briar. Desculpe, eu deveria ter adivinhado que a visão seria coisa demais para você. Estou tão acostumada com a aparência dela que nem pensei...

— Não tem problema. — Signa mal reconheceu as próprias palavras, não sabia o que dera nela. Consolar um espírito? Que raios estava pensando? — Pode acreditar, já vi coisa pior.

Sim, ouvi dizer que você é capaz de enxergar espíritos! Fico feliz que você consegue me enxergar agora, mas suponho que deve ter sido apavorante ver coisas ainda piores do que Briar quando você ainda era criança. Gostaria de ter estado presente para lhe ajudar.

— Não há motivos para pedir desculpas — disse Signa, sem emoção. As palavras soavam estranhas, como se ela não conseguisse as articular. — Não dá para dizer que você era responsável por mim.

Talvez não completamente, admitiu Amity. *Mas sou sua madrinha. Ou era, creio.* Signa não sabia o que dizer, e Amity não lhe deu trégua para ponderar essa informação antes de continuar tagarelando — cada palavra era uma explosão de tanta empolgação. *Nós nos conhecemos na escola de etiqueta. Sua mãe odiava aquele lugar. Eu era a aluna modelo, até Rima chegar com os planos mirabolantes dela. Ela sempre nos obrigava a sair escondido no meio da noite, para assistir a qualquer balé ou circo que estivesse na cidade. Ou para ver o rapaz de quem gostava na ocasião.*

Os olhos do espírito brilharam ao lembrar disso. E, em seguida, apagaram-se, e ela olhou para Signa com um sorriso discreto e cansado.

Vi seus pais com o Ceifador naquela noite. Eles não conseguiram permanecer neste mundo, mas eu sim. Precisava garantir que alguém te encontrasse, que você fosse cuidada por alguém. Quando fiquei sabendo que a Quinta da Dedaleira seria sua um dia, decidi ficar aqui, para poder ver que tipo de mulher a filha da minha amiga iria se tornar. É maravilhoso poder falar com você.

Que estranho era ficar sabendo da existência dessa mulher somente naquele momento. Signa teria dado qualquer coisa para ter conhecido Amity anos atrás, quando tudo o que mais queria era saber que havia alguém neste mundo que pensava nela com carinho e queria que ficasse em segurança, que ficasse bem.

E, apesar disso, a garota não tinha nada que ficar íntima de um espírito, muito menos quando outro acabara de agredi-la. E, sendo assim, Signa evitou olhar Amity nos olhos enquanto tentava processar a informação de que aquela mulher era, supostamente, sua madrinha. Em vez disso, olhou por sobre o ombro de Amity, um pouco depois de onde Briar — que não parava quieta — estava, para o local onde havia vários espíritos dançando. Dois casais rodopiavam em uma valsa interminável, enquanto três mulheres

fofocavam, sentadas em uma mesa cuja toalha há muito amarele-
cera, de tão velha.

Outros dois rapazes com um porte altivo – gêmeos, a julgar pela
aparência – discutiam em um canto. De quando em quando, um dos
dois olhava de relance para a mesa onde estavam as mulheres. Todos
esses espíritos trajavam as mais espetaculares das roupas. Apesar
de os modelitos terem saído de moda há duas décadas, os vestidos
esvoaçavam, feitos dos tecidos mais requintados, e joias chamativas
brilhavam nas orelhas e nos pescoços das damas. Não havia mais
ninguém ferido de forma tão óbvia quanto Briar e, mesmo em seu
brilho azulado, todos eram maravilhosos.

Signa estava há pelo um minuto sem falar e, apesar de Amity ainda
estar se movimentando ao lado dela, inquieta, a garota continuou sem
dizer nada até terminar de dar uma boa olhada no salão, observando
os espíritos repetirem os mesmos movimentos e a mesma conversa
uma, duas, depois uma terceira vez, antes de, enfim, perguntar:

– Todos eles são assim?

Amity soltou um suspiro e se sentou ao lado de Signa. O chão
ficou mais frio com a proximidade dela, e a garota se encolheu,
enfiando as mãos no meio da saia para evitar que os dedos se quei-
massem, devido ao frio.

*Tentei tudo o que estava ao meu alcance para tirá-los de suas respectivas repe-
tições infinitas, mas ninguém quer dar o braço a torcer. Estão assim há vinte anos.*

Signa não deixou de reparar no tom de nostalgia da voz de Amity
quando a mulher se virou e ficou olhando para Briar. Se existia algo
neste mundo que a garota sabia reconhecer, esse algo era a solidão.
Vinte anos Amity passou presa ali, cercada de rostos conhecidos que
não davam sequer o menor dos indícios de que tomavam conheci-
mento de que ela existia.

A garota queria se deixar levar pela atração que sentia por Amity,
mas foi logo duvidando de seus instintos. Obrigou-se a recordar

de Thaddeus, que era o mais encantador dos homens até que seus amados livros foram danificados pelo incêndio. Perdeu o controle a ponto de Signa ficar possuída por ele, e a garota jamais conseguiria se livrar do arrepio que essa lembrança lhe causava. Quando se trata de espíritos, às vezes basta o tilintar de um alfinete no chão para eles explodirem.

— Um espírito tentou me matar hoje pela manhã. — Signa tornou a ficar em pé e se afastou de Amity. — Por acaso estou certa em supor que, por ora, ninguém aqui representa uma ameaça?

Eu com certeza espero que não. Sei que há os que culpam seus pais pelo ocorrido, mas a maioria está presa na mesma repetição infinita, sem sequer ter noção da própria morte. Se algum dia se libertarem, imagino que a maioria irá querer ir embora deste lugar para sempre. Amity soltou um suspiro e, apesar de Signa saber que não devia, era difícil não confiar em uma expressão tão sincera, em olhos que se iluminavam com tanta empolgação por, finalmente, ter outra alma com quem conversar.

Nem tudo na Quinta da Dedaleira é tão deprimente, comentou Amity, de modo instigante, depois de ter ficado pensativa por um momento. *Na verdade, tem algo que eu gostaria de lhe mostrar. Algo que acho que você vai adorar.*

Os pés da mulher nem se mexeram: Amity foi flutuando até a porta, jogando os cachos cor de biscoito de gengibre por cima do ombro ao olhar para trás, certificando-se de que Signa a seguia.

Talvez fosse um erro. Uma armadilha, criada por um espírito ardiloso. Signa sabia o que o Ceifador diria se a visse naquele momento. Mas tantos anos de esperança, desejando ter uma família e querendo que alguém estivesse ao seu lado, não iam desaparecer assim, da noite para o dia. O peito da garota ainda doía, tamanho era esse desejo, e ela foi logo atrás de Amity, saindo do salão de baile, descendo a escada e passando pelas portas de entrada da Quinta da Dedaleira.

Uma neblina densa feito algodão vinha do mar, envolvendo o penhasco em uma névoa salina, que salgou a língua de Signa. Tão escuro estava o céu que era impossível ver ao longe, e por isso Signa era obrigada a ficar bem perto de Amity. Normalmente, a garota não teria se importado com aquele tempo, apesar de os ventos uivantes e o sol latente não ajudarem muito a acalmar a mente. Mais adiante, Amity tremulava ao vento, e fiapos dela esvoaçavam a cada lufada. Quanto mais se afastavam do salão de baile, mais ela tremeluzia, piscando em meio à neblina.

Por aqui. Sua voz assombrada era como um farol, guiando os passos de Signa toda vez que a garota a perdia de vista. Tão úmido estava o solo que tentava engolir as botas de Signa a cada passo que ela dava. Signa teve dificuldade de manter o ritmo, perguntando-se, o tempo todo, se era tarde demais para fugir e voltar à mansão. Sua mente não parava, tentando pensar em todas as formas possíveis de passar para o outro lado do véu da vida e acessar suas habilidades — e se valeria a pena correr o risco —, caso Amity tentasse fazer algo contra ela.

Signa não conseguira ter nem uma ideia plausível quando Amity parou e ficou pairando logo acima de um pedaço de terra cultivado, repleto de papoulas amarelas e alecrim. Arbustos de lavanda serpenteavam pelo solo, cobertos por um manto de neblina que cercava flores cujo nome Signa não conhecia. A garota não conseguia enxergar até onde o terreno se estendia, só que era quase completamente tomado por anêmonas de tons alegres, que lutavam para encontrar um espaço onde crescer. Dava a impressão de que também poderia haver uma horta em meio àquele jardim e, quem sabe, alguns arbustos de zimbro, mas era difícil saber, tendo em vista que havia poucos arbustos e nem um único frutinho entre eles.

Este lugar está longe de ser o que já foi um dia. Amity se agachou e passou os dedos nas papoulas. *Sua mãe não levava jeito para cuidar das plantas, mas seu pai insistiu em ter um jardim. Acho que queria dar a ela algo de que cuidar antes que você chegasse — algo para lhe aquietar os pensamentos e trazê-la de volta à terra. Ele fez planos de como o jardim ficaria depois de pronto, mas os dois só tiveram tempo de espalhar algumas sementes antes de falecer. Como você pode ver, muitas dessas sementes criaram raízes.*

Signa tirou as luvas, agachou-se e espalmou a mão no solo fértil, enroscando os dedos em caules e pétalas. Há poucas coisas na vida melhores do que a sensação da terra em contato com a pele.

O primeiro pensamento que lhe veio à cabeça foi que as condições climáticas dali favoreceriam o cultivo da beladona, e a garota não sabia o que aquilo queria dizer a seu respeito. Abandonou a ideia assim que a teve, deixando isso para depois, para quando o Destino tivesse ido embora e o Ceifador não se preocupasse mais com as habilidades dela.

— Meu pai fez planos para esse jardim? — Quando se deu conta, estava perguntando aquilo, obrigando-se a ficar de pé antes que sujasse a camisola.

Teria que providenciar um guarda-roupa mais adequado para se dedicar à jardinagem, já que pretendia passar tanto tempo ali. Aquele lugar tinha tanto potencial que fez o coração de Signa bater entusiasmado no peito.

Há alguns esboços do que esse jardim deveria ser abertos no gabinete dele, respondeu Amity, mostrando-se satisfeita com o interesse de Signa. *Edward desenhou tudo, nunca fazia nada sem planejar.*

O sangue da garota gelou ao ouvir o nome do pai. Quanto tempo fazia desde que o ouvira pela última vez? Cinco anos? Dez? Será que alguém o havia pronunciado desde a época em que a garota morava com a avó?

Não era nenhum segredo que Signa quisera permanecer na Quinta dos Espinhos pelo máximo de tempo possível. Tinha pavor do dia em que voltaria à Quinta da Dedaleira e, contudo, agora que estava ali, em seu próprio lar, até que enfim, percebeu que precisava apenas de um momento a sós, num lugar onde tudo estivesse sob seu controle. Um lugar onde pudesse se concentrar em ter um pouco de terra entre os dedos. Um lugar onde pudesse, enfim, apenas... *ser ela mesma*. Sem se esconder. Sem fingir. Sem que a vissem como se ela fosse um monstro.

Signa foi até o outro lado do jardim e, com delicadeza, tocou um arbusto de zimbro murcho. Talvez estivesse, enfim, na hora de dar uma verdadeira chance a seus novos poderes — não porque esperavam isso dela, mas porque *ela* queria. Aquele jardim poderia ser seu parquinho: ali, poderia fazer tudo o que quisesse, sem que ninguém a julgasse.

A garota jogou a cabeça para trás, saboreando a maresia e o vento que se enroscava em seus cabelos. Enganara-se ao temer a mudança — enganara-se ao temer a Quinta da Dedaleira, porque era a tela em branco perfeita. Um lugar estranho, mal interpretado, que Signa poderia explorar como bem entendesse. Os semelhantes, ao que tudo indicava, se reconhecem. Ali, poderia criar as próprias raízes, e ninguém jamais poderia obrigá-la a ir embora. Ficar sozinha, quem sabe, talvez nem sempre fosse uma coisa tão ruim assim.

Signa concluiu que valia a pena sacrificar a camisola e deitou no canteiro de papoulas e fechou os olhos, deixando o frio da terra se infiltrar em seus ossos.

A Quinta da Dedaleira seria um lar perfeito.

VINTE E NOVE

Blythe

Blythe não se deu ao trabalho de fingir que sabia um pingo que fosse a respeito de caças à raposa. Logo que chegou, Eliza fez questão de garantir que estivesse vestida de acordo. Mesmo esse traje exigia espartilho, além do vestido azul-marinho apertadíssimo e o chapéu preto específico do esporte, que ficava preso no queixo.

Pouco depois, levaram-na da mansão da família Wakefield para o bosque que ficava nos arredores da casa, sem que tivesse chance de falar com Everett: Blythe mal conseguiu ver o novo duque de relance. O rapaz estava cercado por homens imponentes e mimados, que a garota conhecia muito bem.

Como Eliza previra, nenhum deles se dignou a prestar atenção nas garotas. Ao que tudo indicava, só se importavam com Everett e tentavam cair em suas graças, já que ele era o novo duque.

Everett, verdade seja dita, não se deixou abalar por todo o paparico, dando tapinhas no ombro e meneando a cabeça sempre que a ocasião exigia. Apesar disso, Blythe imaginou que o rapaz devia ter ficado aliviado quando trouxeram seu cavalo e outro cavaleiro de cabelo dourado, de expressão entediada e inflexível, posicionou-se ao lado dele.

O príncipe Aris poderia até ser a melhor chance que Blythe tinha de ajudar o pai e, mesmo assim, o estômago da garota se revoltava de ressentimento toda vez o via. Eliza não tinha o mesmo pudor. Garantindo que ninguém mais estava olhando, puxou o espartilho para que os seios ficassem mais empinados.

Blythe tentou não torcer o nariz para essa tentativa de sedução tão óbvia. Lá se ia o interesse da garota por Byron.

Como se fosse capaz de sentir o que Blythe pensava, Aris lhe dirigiu o olhar. A garota esperava que o príncipe fosse lhe virar a cara, que fosse ignorá-la de bom grado. Mas, para surpresa tanto de Blythe como Eliza, ele cutucou de leve a linda montaria branca malhada e se aproximou das damas.

Em casa, Blythe andava a cavalo como se estivesse entre bárbaros, com uma perna de cada lado do animal. Estando em público, contudo, montou como manda o figurino: em uma cela feminina, com as pernas juntas. Sentia-se instável, ainda mais sob o peso do olhar de Aris e, pela primeira vez na vida, ficou feliz por estar de espartilho, que manteve sua coluna reta e imóvel conforme ele se aproximava.

— Presumo que sua prima também esteja aqui.

O príncipe não a cumprimentou antes de dizer isso. Na verdade, mal dirigiu o olhar a Blythe e foi logo procurando Signa ao longe.

Blythe ficou cutucando as cutículas, torcendo para que esse gesto passasse uma impressão de absoluto desinteresse.

— Não, não está. Receio que, por um bom tempo, Vossa Alteza terá que se contentar apenas com a minha presença.

A garota sentiu um leve palpitar de satisfação ao ver que os olhos do príncipe se apagaram. Blythe não queria que Aris fosse seu inimigo, até porque poderia muito bem precisar da ajuda dele. Ainda assim, sentiu uma satisfação imensa ao vê-lo irritado.

— O que quer dizer com isso?

A voz do príncipe ressoou grave, numa tessitura de barítono que chamou a atenção de homens que estavam vários metros mais adiante. Era uma voz autoritária. Uma voz que exalava poder e que Blythe tinha a maior intenção de ignorar.

— A Srta. Farrow foi embora de Celadon.

Foi Eliza quem respondeu, falando em um tom meloso e agradável. A garota passava uma impressão de decoro e inocência, sentada em um elegante corcel castanho meticulosamente escovado, acariciando o pescoço do animal, com ar distraído.

Mesmo sabendo que Eliza só queria se intrometer na conversa, Blythe ficou feliz por ter sido a outra garota quem deu a notícia para o príncipe. Verdade seja dita, o homem disfarçou muito bem, mas, ainda assim, o calor de sua irritação atingiu Blythe feito uma torrente. Ela se concentrou no cavalo emprestado, de repente se dando conta de que a pelagem do animal a impressionava de tão fascinante.

— Entendo. — Aris disse isso sem qualquer emoção. — E quando a senhorita acha que ela irá voltar?

— Vai demorar bastante, suspeito. — Eliza então se empertigou em cima do cavalo. — Ela se mudou, voltou a morar na casa que era da família. Imagino que vai se estabelecer por lá. Ninguém fazia ideia de que a Srta. Farrow estava de mudança: foi tudo muito repentino.

Eliza mal conseguia disfarçar o prazer que sentia ao contar aquilo, e Blythe ficou surpresa com a própria reação, pois se percebeu irritada. Precisou se obrigar a recordar que aquilo era bom... o fato de mais alguém não querer que Signa voltasse. Por razões bem diferentes, talvez. Mas, mesmo assim...

Blythe não deveria ter ficado irritada: deveria ter ficado feliz. Deveria odiar Signa com cada célula do corpo e nunca mais querer

PURPUREA

ver a prima, não ser acometida por preocupações ridículas e frustrantes a respeito de como Signa estaria em seu novo lar.

Ela não deveria *se importar*. Não deveria ficar pensando sem parar no fato de a prima ter admitido tudo tão facilmente e que havia trechos de sua história que não faziam sentido.

Que motivo ela teria para matar Percy? Não precisava de dinheiro. E Signa, certamente, nunca lhe parecera uma pessoa *má* por natureza, só um tanto estranha. Por que, então?

Blythe só voltou a si quando seu cavalo se mexeu. Então notou que o príncipe Aris não tirava os olhos de cima dela. A garota ajustou a tira do chapéu e não disse nada.

Mais à frente, houve um grito ininteligível, os cães saíram correndo, e os cavaleiros acompanharam os animais de perto. A montaria da própria Blythe não esperou o comando para fazer a mesma coisa. A garota soltou um suspiro de assombro e segurou firme as rédeas quando o cavalo saiu a galope.

Everett ia na frente de todos, liderando o grupo. Aris deveria estar lá na frente com ele e os outros homens, mas ninguém deu indícios de sentir a falta do príncipe, que ficou para trás com as duas garotas e, assim, arruinou os planos de Blythe de encurralar Eliza. Era estranha a destreza com a qual ele parecia se integrar na sociedade. Mil pessoas deveriam estar clamando para conseguir falar com o príncipe; mesmo assim, Aris circulava com facilidade, sem se deixar incomodar por vivalma. Blythe ficou imaginando o que aquele homem poderia ter feito — ou como todos deveriam considerá-lo inatingível — para ter conquistado tamanha liberdade.

Estalando as rédeas, Eliza se colocou ao lado de Aris e perguntou:

— Em Verena a caça à raposa é comum?

Tendo em vista a severidade da expressão que ele fez ao ouvir a pergunta, seria de acreditar que a garota perguntou se a mãe do príncipe era uma mulher das ruas.

— Longe disso. Não me interesso pelo esporte. Se é preciso esse tanto de gente, mais os cachorros, para pegar uma raposa, tenho a impressão de que o tempo dessas pessoas seria mais bem empregado de outra forma.

Blythe concordava, mas não expressou sua opinião nem sua surpresa pela forma franca que o príncipe demonstrava seu desgosto, ainda mais na presença de alguém da família Wakefield. Eliza pigarreou, sem se desanimar muito de seu propósito.

— Ainda assim, fico feliz que Vossa Alteza tenha vindo. Talvez acabe se divertindo mais do que esperava. A família Wakefield cria cães de caça há várias gerações.

Certamente, era uma linda manhã, tão cedo que até os pássaros ainda despertavam, de céu claro e temperatura amena, combinação que tornava possível enxergar a perder de vista. Ainda assim, Blythe não era muito chegada em caça e preferiu ficar mais afastada, longe de onde poderia testemunhar alguma coisa. Seu único propósito era ver se conseguia obter informações e, apesar de ter esperança de conseguir ficar a sós com Eliza antes que a garota começasse a se intrometer na conversa, ao que tudo indicava, não tinha muita alternativa a não ser começar a tocar no assunto.

— Imagino que seja a última coisa na qual Everett deva estar pensando, mas por acaso ele está de olho em alguém nesta temporada? — perguntou.

Foi uma pergunta parecida com a que fizera no chá da tarde. Só que, desta vez, Eliza fez uma careta muito bem ensaiada, impressionante a ponto de fazer Blythe não se sentir tão mal assim por ter sido o alvo. Era falta de educação fofocar, principalmente com uma companhia daquelas, mas Blythe não dava a mínima para o que Aris poderia pensar. Pelo contrário: o príncipe dava a impressão de estar tão curioso quanto ela.

— Por favor, não interrompam a conversa por minha causa. — O sorriso que o príncipe deu foi tão sedutor que até Blythe ficou corada. Ele passava a impressão de absoluta naturalidade sobre a montaria, com a postura perfeita, e parecia estar à vontade até demais naquela posição de superioridade em relação às garotas. — Não quero pisar no calo de ninguém.

— Tenho certeza que não — respondeu Eliza, com elegância. — Pelo contrário: encontrar uma esposa é um assunto de suma importância para meu primo. Com o falecimento de meu tio, ter um herdeiro tornou-se mais importante do que nunca.

Havia certa inquietação nas palavras de Eliza, e Blythe não teve escolha a não ser insistir.

— Por acaso Everett já encontrou alguém? — perguntou, rezando para ouvir alguma coisa, qualquer coisa, que pudesse ajudar o pai.

— Houve uma candidata, algum tempo atrás, mas meu tio não permitiu que ele a pedisse em casamento. Everett ficou de coração partido: levou um bom tempo até voltar a ter disposição para cortejar as damas. Ele, contudo, parece-me mais feliz agora, então imagino que deva ter alguém em vista.

Blythe apertou as rédeas com tanta força que as luvas de couro que usava fizeram barulho, em protesto. *Charlotte.* Era disso que Diana estava falando ao indagar se Charlotte ainda estava rondando Everett.

— Fico feliz em saber — comentou Blythe, tentando parecer desinteressada, apesar de o turbilhão de pensamentos e o ritmo maníaco com que sua pulsação zumbia nos ouvidos. — Com certeza deve ter sido há um bom tempo que Everett quis pedir a mão de alguém em casamento. Não me recordo de ele ter cortejado ninguém além de Signa.

Depois dessa, Blythe não pôde deixar de reparar que Aris franziu o cenho e ficou com uma expressão ainda mais severa.

— Signa era a eleita de meu tio para Everett — respondeu Eliza, sacudindo a mão. — Vinha acompanhada de uma fortuna. Everett até que gostava dela, a ponto de se dispor a agradar o pai, mas Signa nunca o correspondeu, e ele acabou desenvolvendo outros interesses.

A expressão de Aris se desanuviou. Blythe, contudo, estava se esforçando ao máximo para apaziguar o embrulho que sentia no estômago.

Ela talvez fosse uma das únicas que sabia que Everett e Charlotte ainda estavam juntos. Vira os olhares de felicidade entre os dois, vira que se beijavam com o arrebatamento dos recém-apaixonados.

O duque proibira Everett de se casar com Charlotte. E, se o rapaz havia voltado a cortejá-la assim que o duque morreu...

Blythe não conseguia pensar em motivação melhor para cometer assassinato.

Manteve a boca bem fechada e os olhos fixos na crina do próprio cavalo. Se ousasse dizer alguma coisa agora, as palavras que escapariam de sua boca causariam mais problemas. Não valeria a pena.

Estava tão perdida em seus próprios pensamentos que mal ouviu Aris perguntar:

— Está bem, Srta. Wakefield?

Blythe olhou disfarçadamente bem quando Eliza ficou pálida e começou a oscilar em cima do cavalo.

— Mil perdões, Alteza. — Blythe nunca ouvira Eliza falar de maneira tão apressada. Ela tentou sorrir para demonstrar que estava bem, mas isso a fez parecer ainda mais enfermiça. — Receio que eu tenha esquecido algo importante lá na mansão.

— Gostaria que nós a acompanhássemos até lá? — perguntou Blythe, tendo que apelar para o autocontrole, porque Eliza assumira um tom claro de verde.

Se fosse possível matar usando apenas os olhos, Eliza teria mandado Blythe para a cova em questão de segundos.

— Não é necessário. Já os mantive presos por um tempo excessivo, por assim dizer. Podem se juntar aos demais: encontro vocês assim que puder.

Eliza estalou as rédeas e partiu, voltando de onde tinham vindo. O príncipe Aris deveria ter ignorado o que a garota disse e tê-la acompanhado, para garantir a segurança dela. Ao que tudo indicava, contudo, Vossa Alteza contentava-se em observar Eliza voltar a galope para a mansão. Seus olhos brilharam, refletindo a luz do sol que raiava, e por um instante ficaram com um tom tão intenso de dourado que Blythe quase soltou uma risada debochada. Uma criatura tão desagradável não tinha o direito de ser tão bela.

Foi aí que a garota se deu conta de como a floresta havia ficado em silêncio. Apesar de ter visto Everett e seus homens ao longe há poucos instantes, agora não havia nem sinal dos casacos vermelhos de caça à raposa. Ela mal conseguia ouvir os cães e, com um pavor súbito, se deu conta da situação em que havia se metido.

Blythe só queria voltar correndo para a Quinta dos Espinhos e refletir sobre quais seriam os próximos passos. Na mesma hora, desejou que Signa ainda estivesse ali para ajudá-la a traçar um plano, agora que suspeitava de Everett. Entretanto, silenciou os pensamentos porque, em vez disso, estava sozinha com Aris, desacompanhada, no meio do bosque. Bastaria um boato equivocado, e Blythe iria se tornar inútil, incapaz de ajudar a libertar o pai. Era só o que lhe faltava alguém suspeitar que ela havia seduzido o príncipe para que intercedesse em favor do pai dela.

— Precisamos voltar para a companhia dos demais — disse, aflita, já cutucando o cavalo, para que fosse adiante. — Se alguém nos vir aqui juntos pode pensar...

— Fique quieta. — Nessa hora, o príncipe desceu do cavalo e atirou as rédeas para Blythe, que quase não conseguiu evitar que batessem em seu rosto. Estava a ponto de estrangulá-lo com as rédeas quando ele sussurrou: — Há alguma coisa aqui perto.

Cada passo que Aris deu em seguida foi calculado, tentando fazer o mínimo de ruído possível.

— O senhor, provavelmente, deve estar ouvindo os cães. — Blythe examinou os arredores, procurando algum sinal de olhares curiosos ali no bosque. — Precisamos voltar. Preciso tratar de alguns assuntos...

— Pare de tagarelar e *escute*.

A garota teve vontade de ignorar o pedido do príncipe e sair em disparada, com o cavalo dele a reboque, convencida de que Aris estava lhe pregando uma peça. Resolveu, entretanto, dar uma única chance a ele e, a contragosto, fechou os olhos e prestou atenção aos ruídos.

Ouviu as melodias da floresta. Uma sinfonia de asas de inseto e cantos de pássaro. O ritmo constante de um pica-pau lá no alto, bicando as árvores. Um farfalhar de galhos, quando os pássaros voejavam de um para o outro.

E, bem ao fundo, um lamento tímido e trêmulo.

Blythe abriu os olhos de repente e perguntou:

— O que *é* isso?

Aris esticou a mão, silenciando-a. Em seguida, agachou-se e foi se esgueirando na direção do ruído. Embrenhou-se tanto em um arvoredo que a garota quase o perdeu de vista. O cavalo dela bufou, como se fosse capaz de sentir seu constrangimento e não quisesse se envolver na situação. Quando a paciência de Blythe se esgotou e a garota não conseguiu mais conter a curiosidade, desmontou e amarrou os dois cavalos no galho mais firme que encontrou.

Deveria ter voltado para a mansão com Eliza. Deveria ter se aproveitado do mal-estar dela como desculpa para tentar falar com a criadagem e obter mais informações a respeito de Everett. Em vez disso, estava trotando atrás de um príncipe bosque afora, com plena consciência do que poderiam pensar da situação, caso alguém os visse. Tentou imitar os passos cuidadoso de Aris. Contudo, tendo em vista o vasto número de gravetos e espinheiros espalhados pelo chão, era uma tarefa mais difícil do imaginara, e o príncipe, admitia, tinha seu mérito. Quando o encontrou, vários minutos depois, ofegante e corada devido ao esforço físico, estava com as saias erguidas até os joelhos.

A última coisa que ela esperava era ver o príncipe de quatro na terra, com as costas para o ar, enfiando a mão em um buraco minúsculo, na base de uma árvore.

— Agarre-se em mim — ordenou Aris.

Blythe ficou vermelha da cabeça até o pescoço.

— O que foi que disse?

— Pode acreditar em mim, querida. Se meu objetivo fosse lhe seduzir, você saberia. Agarre-se em mim, para eu conseguir pegar o que está lá dentro, seja o que for.

A garota abriu a boca e a fechou em seguida, bufando. Verificou, mais uma vez, se não havia ninguém por perto, antes de se posicionar atrás do príncipe e colocar as mãos nos quadris dele. Mesmo que o próprio Aris desse a impressão de se constranger, Blythe tentou evitar olhar para as calças dele, que contornavam as coxas tão bem que chegava a ser frustrante.

O príncipe soltou um grunhido, tateou dentro do buraco por mais alguns instantes e então começou a se reerguer, contando com a ajuda da garota para não cair para trás. Foi só aí que Blythe viu a origem do ruído: uma raposa negra minúscula, que mal passava de um filhote. O príncipe segurou o animal pelo cangote e examinou a pobre criatura.

— Tem sangue no chão — disse ele. — Fico surpreso que tenha conseguido escapar dos cães.

Blythe ficou com um nó na garganta. Teve vontade de empurrar Aris para o lado e arrancar a pobre criatura das mãos dele, mas o que faria além disso era um mistério. Não dava para dizer que poderia levar o bichinho consigo para a Quinta dos Espinhos. Talvez fosse uma possibilidade caso o pai ainda estivesse lá, mas Byron ordenaria que a raposa fosse atirada de volta no bosque no instante em que a visse.

— Vossa Alteza vai matá-la? — perguntou, sem conseguir disfarçar a inquietação.

Apesar de entender que esse era exatamente o objetivo do dia e que havia concordado em participar da caçada, aquilo tudo lhe pareceu irremediavelmente cruel.

Aris mostrou a raposinha para ela e comentou:

— Ouvi dizer que certas pessoas gostam de usá-las como adereço. Alguém poderia transformá-la em estola.

Blythe ficou sem cor.

— Vossa Alteza não teria coragem.

O príncipe aproximou a raposinha do peito mais uma vez, aninhando-a, como se fosse um bebê recém-nascido.

— Claro que não faria isso. Por acaso tenho cara de bárbaro? — Passou a mão na pelagem escura da raposa, tomando o maior cuidado ao encostar nela. — Não podemos simplesmente soltar esse animal. Os cães não vão demorar a encontrá-la, se continuar fazendo esse barulho terrível. Além disso, acho que essa raposa não tem idade para caçar sozinha.

Blythe passou a mão nas costas da raposa delicadamente, tomando o cuidado de não encostar na mão do príncipe.

— Só está fazendo esse barulho porque está com medo. Não pode evitar.

— Com medo ou não, o filhote — Aris, então, ficou calado por alguns instantes, ergueu a raposa mais uma vez e inspecionou a parte de baixo do corpo do animal — desculpe, *a* filhote irá morrer se a deixarmos aqui.

Blythe o encarou, procurando algum sinal de que Aris poderia estar brincando. Só que aqueles olhos dele, que tinham um brilho excessivo, estavam mais sérios do que nunca, e o homem já estava voltando, aproximando-se da égua. A garota soltou um suspiro, segurou as saias e foi atrás dele.

— Você quer levar uma raposa selvagem para casa? — perguntou Blythe.

— Por acaso minha suposição de que uma carruagem aguarda pela senhorita na mansão da família Wakefield estaria correta? — Nessa hora, Aris fez careta, porque o filhote de raposa se debateu em seus braços. — Fique quieta e pare de se mexer, sua coisinha medonha.

Apesar da rispidez de suas palavras, a voz do príncipe tinha uma suavidade admirável.

Blythe precisou ignorar sua surpresa para conseguir responder.

— É claro. Mas o senhor não gostaria de usar a sua...

— E sujá-la com um animal selvagem? — Ele olhou para Blythe como se um terceiro olho tivesse brotado na testa da garota. — Acho que não. A sua serve.

Blythe conteve a irritação e só disse que ele era mal-educado demais para um príncipe, o que Aris considerou um elogio. A garota continuou indo atrás dele, com os cavalos a reboque. Só que, quanto mais pensava no que o príncipe havia dito, mais se dava conta de que, em sua chegada, não vira nenhuma carruagem requintada que fosse digna de um príncipe.

E isso a fez pensar: onde estaria o restante da família real? E por que nunca ouvira falar do príncipe Aris ou do reino de Verena até então? Tentou recordar se os vira no baile, mas boa parte das lembranças que tinha da noite que passou no Palácio das Glicínias era encoberta por uma névoa. Blythe se recordava de ter chegado ao palácio. Recordava de ter conversado com o príncipe e de ter dançado com ele... E depois recordava de estar na carruagem com Signa, voltando para casa.

Havia lacunas em suas lembranças que passaram despercebidas até então. Rombos enormes que a encheram de inquietação.

— Podemos usar a minha carruagem — disse, por fim, obrigando-se a pronunciar essas palavras.

Não havia tempo para ficar remoendo estranhos lapsos de memória e possibilidades mais estranhas ainda. Até porque o príncipe poderia perceber.

— Podemos deixar os cavalos com o cavalariço e...

Blythe deixou a frase no ar ao avistar um dos tratadores da família Wakefield, que levava o cavalo de Eliza para uma das baias. Ao que tudo indicava, a garota estava se sentindo tão mal que não conseguiria continuar montando.

Talvez tenha sido por conta de tudo o que Blythe havia sofrido ao longo do último ano, ou talvez porque sabia que Eliza poderia, muito bem, estar morando com um assassino. Mas algo naquela situação deixou Blythe com uma pulga atrás da orelha, impossível de ignorar. A garota agarrou as rédeas com firmeza e se dirigiu a galope para a mansão. Como não queria que Aris protestasse, apenas gritou para ele:

— Espere por mim na carruagem! Irei logo atrás!

TRINTA

Blythe

A mansão da família Wakefield não era nada de extraordinário. A construção era aristocrática, bem cuidada, tinha tons quentes e intensos, além de detalhes em mogno escuro, que a tornavam mais convidativa. Blythe já a visitara várias vezes ao longo dos anos e sempre ficava decepcionada com sua simplicidade. Aquela mansão não possuía nem as esquisitices da Quinta dos Espinhos nem a beleza extravagante do Palácio das Glicínias. Nada de obras de arte ou paisagens fascinantes, nada digno de destaque ou que desse a impressão de que realmente era habitada. Desconsiderando o tamanho em si, a mansão era, em poucas palavras, uma casa tão comum que chegava a ser doloroso.

Blythe entrou de fininho e foi se esgueirando pelas paredes, andando na ponta dos pés para que o salto das botas não fizessem barulho ao bater no chão. Boa parte da criadagem estava se preparando para o momento em que os homens voltariam da caçada. O mordomo comandava tudo aos gritos e fez duas jovens criadas — que Blythe não reconheceu — saírem voando da sala de visitas, com travesseiros na mão.

— Cuidado! — Uma voz feminina censurou o mordomo. — Queremos instruir essas pobres moças, não as botar para correr de medo.

Blythe entrou em alerta ao ouvir essa voz, já que uma mulher baixinha de bochechas rosadas entrou apressada no recinto, carregando uma bandeja. Fazia um tempo que a garota não a via, mas a reconheceu na mesma hora: era Sorcha Lemonds, dama de companhia de Eliza.

Estava prestes a decidir qual seria seu próximo passo quando Sorcha a avistou e por pouco não derrubou a bandeja no chão.

— Pelos Céus, Srta. Hawthorne! Se ficar por aí se esgueirando pelos cantos desse jeito, vai obrigar essa velha a partir desta para a melhor. O que está fazendo aqui?

A criada falava com um tom firme e sem cerimônia, concatenando as palavras com o sotaque peculiar do norte, que Blythe sempre gostou de ouvir.

— Eu e a Srta. Wakefield estávamos andando a cavalo juntas, e ela passou mal — explicou Blythe, afastando-se da parede. — Vim ver como Eliza está.

— Não precisa se preocupar. Ela está descansando no quarto. Essa crise vai passar, como todas as demais.

— Como todas as demais?

Blythe era uns bons trinta centímetros mais alta do que a mulher e, apesar disso, teve que correr para acompanhar o ritmo da criada, que subia os degraus sem derramar uma gota de chá sequer.

— As dores de cabeça, querida. Estão ficando cada vez mais frequentes. Vivo falando para Eliza tentar descansar, mas ela só fica tagarelando que precisa garantir um bom partido em sua primeira temporada social. O que é ridículo, se quer saber minha opinião. Mas por acaso Eliza me dá ouvidos? É claro que não.

Foi só quando essas palavras foram ditas em alto e bom som que Blythe se deu conta de que, em várias das últimas vezes que vira Eliza, a pele da garota tinha um tom esverdeado enfermiço, ou ela estava tão pálida que mais parecia um fantasma, sempre reclamando de azia. Blythe imediatamente se concentrou no vapor que saía do bule de chá.

Nunca chegaram a descobrir quem foi o responsável pelo seu próprio envenenamento. A criadagem foi dispensada e, eventualmente, ela conseguiu se recuperar por completo, mas... e se o culpado agora estivesse tentando envenenar Eliza?

— Ela continua tendo essas dores? — Blythe estava entrando em território desconhecido, não estava acostumada a fazer coleta de informações com delicadeza. Tinha vontade de segurar Sorcha pelos ombros e exigir explicações, mas a família Wakefield sempre foi tão formal... Tinha certeza de que bastaria um passo em falso para que eles pusessem em prática algum tipo de protocolo de boa educação e expulsá-la da mansão. — Quanto tempo já faz que Eliza tem essas dores de cabeça? Tenho a impressão de que faz séculos.

— Começaram pouco antes de o tio dela falecer, mas juro pela minha falecida mãe que têm piorado desde aquela noite. — A mulher, então, fez o sinal da cruz. — Acho que são os nervos. Nunca a vimos nesse estado.

Blythe apertou as laterais do corpo com as mãos trêmulas para que a criada não percebesse que estavam tremendo.

— Por que não me deixa levar o chá para ela? Se Eliza tem se sentido tão mal assim, tenho certeza de que gostaria de ter companhia.

Sorcha segurou firme a bandeja quando Blythe tentou arrancá-la de suas mãos, deixando bem claro que queria deter os avanços da garota. Entretanto, o barulho de algo quebrando ecoou, vindo da cozinha. A criada fechou bem os olhos, resmungou algumas palavras entredentes em uma língua que Blythe não entendeu e lhe entregou a bandeja.

— Muito bem, Srta. Hawthorne. Lembra-se de onde fica o quarto dela?

— No final do corredor, terceira porta à direita.

Blythe sorriu, torcendo para que fosse encantador a ponto de manter Sorcha longe dali e, em seguida, subiu a escada correndo. Foi só quando teve certeza de que estava sozinha que se encostou no canto mais próximo, respirando com dificuldade. As mãos tremiam tão ferozmente que o bule sacolejava, e ela teve que se abaixar devagar, encostada à parede, até colocar a bandeja no chão, antes que o barulho atraísse alguém.

A garota sabia, bem no fundo, que não tinha escolha a não ser experimentar aquele chá. Por mais que tentasse, porém, seu coração acelerado a fez recuar todas as vezes que tentou pegar a xícara.

— A senhorita sempre se esconde em corredores aleatórios de casas que não lhe pertencem, Srta. Hawthorne?

Blythe levou um susto ao ouvir a voz de Aris, e levantou-se tão rápido que quase derrubou o bule, precisando segurá-lo rapidamente pelo bico. Encolheu-se de dor quando o calor queimou as palmas de suas mãos.

— O que está fazendo aqui? Onde está a raposa?

— Está dormindo na carruagem. Como o cocheiro não quis partir sem a senhorita, esperei dez minutos antes de vir buscá-la pessoalmente. O que está fazendo?

A garota tinha ciência de como estava tremendo e sabia que de nada adiantaria mentir. Se Aris possuía alguma qualidade capaz de redimi-lo, era o fato de não ter estado em Celadon quando Blythe ficou doente, ou seja: não poderia ser a pessoa por trás do seu envenenamento. Se ela quisesse se confidenciar com alguém sem correr nenhum risco, esse alguém era o príncipe.

— Há pouco tempo, tomei veneno sem saber. — Blythe se encolheu toda. Bastou pensar no veneno para algum trauma remanescente, que ela havia enterrado bem fundo, viesse à tona. — Receio que a mesma coisa esteja acontecendo com Eliza.

Aris apertou bem os lábios.

— Se for o caso, a senhorita conseguiria reconhecer o gosto? Ou talvez até o cheiro?

Só de pensar em sentir cheiro de beladona, Blythe ficou com o estômago embrulhado. Pôs a mão na barriga, tentando conter a náusea.

— Não consigo nem pegar o bule para me servir do chá.

— A senhorita seria capaz de reconhecer, entretanto, se provasse?

Em qualquer outra situação, Blythe teria dado risada, de tão ridícula que era a pergunta.

— Acho que jamais conseguirei esquecer.

Em vez de uma resposta, foi o som de líquido sendo servido que fez Blythe ficar calada enquanto Aris servia um gole de chá. O príncipe tomou o cuidado de manter a xícara longe dela quando a girou nas mãos.

— Você quer experimentar — sussurrou —, não quer?

Precisava era a palavra mais exata. Porque, se *fosse* veneno, Blythe não queria que Eliza sofresse como ela havia sofrido. Tentou pegar a xícara mais uma vez, mas as mãos não obedeceram. Ao ver sua dificuldade, Aris perguntou:

— Se a senhorita não tivesse que beber de uma xícara, acha que conseguiria?

Ela engoliu em seco, imaginando como seria. Como seus pensamentos não rejeitaram a ideia de pronto, sentiu-se um pouco mais encorajada.

— Talvez? Não tenho certeza.

Mais uma vez, Aris girou a xícara, apertando os lábios.

— Se eu dissesse que tive uma ideia que poderia ajudá-la, a senhorita gostaria de tentar?

A garota não precisou pensar antes de responder:

— Gostaria.

A resposta mal saíra da boca de Blythe quando Aris levou a xícara aos lábios e bebeu aquele gole de chá. Blythe deu um pulo, assustada, prestes a exigir que o príncipe cuspisse, bem na hora em que o homem segurou o rosto dela e a puxou para perto. A garota se deu conta do que estava acontecendo um segundo antes de Aris beijá-la.

O corpo de Blythe foi tomado pelo calor do príncipe, minúsculas correntes elétricas subiram por sua coluna quando a língua dele se insinuou entre seus lábios.

Aris não tinha gosto de beladona, mas da quentura de gengibre com mel. E, meu bom Deus, que delicioso. Blythe teve que fazer um esforço consciente para impedir a própria língua de acompanhar a do príncipe e para se lembrar de que não se tratava de um beijo. Aris estava lhe dando uma *ajuda*. Ainda assim, mesmo sem ter a intenção, a garota soltou um suspiro com os lábios encostados nos do homem. No instante em que se deu conta de seu deslize, deu um pulo para trás, mortificada.

Ela pegou a xícara e o bule na mesma hora e colocou tudo de volta na bandeja, onde era o seu devido lugar.

— Obrigada. — Blythe falou isso às pressas ao se erguer, já pegando a bandeja. — É... é só gengibre.

Apesar de a garota ter se esforçado ao máximo para não olhar para o príncipe, foi impossível não enxergar a presunção no sorriso dele.

— Folgo em sabê-lo.

— Que bom. — Blythe continuou falando sem motivo aparente, a não ser o fato de que não conseguia se controlar. — E o senhor deveria saber que faz muito tempo que ninguém me beija. Fui pega de surpresa, só isso.

Aris não tinha o direito de achar tanta graça e, apesar disso, estava praticamente radiante.

— Isso não foi um beijo, Srta. Hawthorne.

Blythe foi obrigada a lhe dar as costas, pois se recusava a permitir que o príncipe visse que estava corada.

— Claro que não. Já me beijaram antes, Alteza. Sei que, normalmente, beijos ocasionam uma reação mais empolgante.

Aris parou de rir.

— Claro que sim — disse ele, com o tom do mais absoluto melindre. — É porque isso não foi um beijo.

Blythe apenas deu de ombros, torcendo para que o fato de estar suando tanto não fosse aparente para Aris.

— Se me dá permissão, preciso levar esse chá para Eliza.

— Por obséquio, não se detenha por minha causa.

Era o que Blythe planejava. Antes que ficasse ainda mais distraída, passou correndo por Aris na direção do quarto de Eliza, e bateu na porta uma vez, depois mais uma, já que ninguém atendeu.

— Abra, titia! — gritou, batendo mais uma vez.

Mesmo assim, ninguém atendeu. O coração de Blythe batia acelerado, e foi parar na boca quando decidiu abrir a porta, preparando-se para o pior.

Felizmente, Eliza não havia morrido sufocada nem em uma poça do próprio vômito, como, certa vez, quase ocorrera com Blythe. Em vez disso, estava dormindo na cama, por cima das cobertas, ainda completamente vestida. Na mesa de cabeceira, havia um pequeno frasco de láudano.

Blythe se permitiu respirar aliviada, livrando-se do peso que sentia no peito. Eliza não estava morta nem fora envenenada: o láudano apenas a fizera dormir. Talvez fosse mesmo um mal-estar passageiro: algo sem nenhuma relação com envenenamento. Ela, então, colocou a bandeja de chá em cima de uma mesa, e algo a paralisou.

Preso no punho de Eliza havia um frasco de ervas minúsculo, que mal dava para ver, já pela metade. Não era o tipo de erva receitada pelos médicos, mas do tipo que pode ser encontrado nos mesmíssimos boticários que Eliza sempre declarou odiar. Blythe tentou pegar o frasco para analisá-lo melhor. No instante em que sua mão roçou na da outra garota, contudo, teve a impressão de que fora lançada em direção ao passado, semanas atrás, quando deu de cara com o reflexo esquelético de Elaine no espelho.

A Eliza que via diante de seus olhos não passava de um cadáver de pele estorricada e ossos salientes. Blythe não pôde fazer nada, só ficar olhando, quando um verme subiu serpenteando uma das cavidades oculares vazias de Eliza e, pelo nariz, voltou a desaparecer dentro do cadáver de bochechas tão encovadas, com o pescoço posicionado em um ângulo impossível para qualquer vivente. Havia algo se debatendo nas profundezas de seu corpo: uma presença enfermiça e avassaladora, que obrigou Blythe a fechar os olhos.

Era uma alucinação. Só podia ser. Eliza estava dormindo, respirando perfeitamente, há poucos segundos...

— Srta. Hawthorne? — A voz do príncipe interrompeu os pensamentos da garota, que abriu os olhos de repente. — Srta. Hawthorne, a senhorita está bem?

Blythe se obrigou a olhar para a cama, onde Eliza descansava tranquilamente. Nada de ossos. Nada de cavidades oculares vazias nem de presença sombria. Só uma jovem dama em um sono tão profundo que dava inveja.

A garota se concedeu quinze segundos para decorar a aparência do que havia dentro daquele frasco. Em seguida, afastou-se de Eliza e pegou o príncipe pelo pulso.

— Venha — sussurrou, sem coragem de dirigir mais um olhar que fosse para Eliza antes de sair correndo do quarto. — Vamos embora daqui.

TRINTA E UM

Mesmo num dia de céu tão sombrio como aquele, Fiore – a cidadezinha que ficava na base dos penhascos na Quinta da Dedaleira – era mais movimentada do que Celadon jamais seria.

Os homens andavam pelas ruas com expressões menos severas do que aquelas com que Signa já havia se acostumado, sem a preocupação com os assuntos que aguardavam sua volta à cidade grande. Casais em corte passeavam pelo calçadão à beira-mar, parando para aproveitar os raios de sol que atravessavam as nuvens cinzentas e conversando alegremente.

Apesar de a chegada de Signa ter sido marcada por desgraça e desalento, Fiore era realmente encantadora. Nem mesmo o mar revolto conseguia dissuadir as pessoas que desciam a rua às pressas, em direção ao píer, querendo que cada centavo que haviam desembolsado pela viagem valesse a pena. A própria Signa passara uns bons dez minutos parada no píer, olhando o mar, mas sem coragem de se aventurar na areia, com medo que uma onda a levasse. Poderia, quem sabe, entrar na água durante a calmaria do verão: por ora, contudo, não era tola a ponto de se aproximar demais.

Pescadores saíam das docas, de cabeça baixa, cochichando. Signa conseguiu ouvir trechos de sua conversa.

"Ela está lá na praia de novo..."

"... não entende que ele não vai voltar."

"Pobrezinha. Meu filho o conhecia. Eu jamais poderia imaginar..."

A garota parou de prestar atenção na conversa, porque sentiu a curiosidade despertar. Não queria poluir os próprios pensamentos com mais nada além do que já estava lhe acontecendo. E, sendo assim, concentrou-se na beleza que a praia teria durante o inverno, com um frio tão grande que até as construções tremeriam. Um murmúrio agradável lhe aqueceu a pele enquanto imaginava as noites que passaria sentada perto da lareira, segurando um livro e tomando sidra quente.

Os pais haviam tomado uma sábia decisão quando resolveram fincar raízes em um lugar como aquele – vinte anos depois, a cidadezinha se tornara magnífica. Signa nunca estivera na praia antes, e sentia uma atração indescritível pelo lugar, pela brisa que bagunçava os cabelos e pelo fato de todos os ruídos serem abafados pelo rumor das ondas e pelo uivar do vento. A cada instante que passava ali, sentia-se mais e mais em casa. Até aquela hora do dia, conseguira passar uma hora inteira sem pensar na Quinta dos Espinhos nem imaginar como Blythe deveria estar passando.

Saindo do píer, Signa só precisava atravessar a rua para chegar ao seu destino: uma gráfica minúscula, que ficava em um prédio verde-escuro. Por trás da vidraça, via o homem trabalhar duro. A fumaça do charuto que equilibrava na boca formava pequenas nuvens no ar, e, quando entrou, Signa teve que se esforçar para não tossir.

O homem mal ergueu os olhos.

— Acabou o jornal por hoje, volte amanhã.

Disse isso num tom ríspido, sem parar de passar um rolo de tinta por cima de blocos de letras ao se dirigir a Signa. A garota não conseguiu se conter e ficou observando o homem trabalhar.

— Não preciso do jornal — pôs-se a dizer, mostrando o anúncio que havia trazido consigo. — Moro na mansão que fica no alto do morro. Gostaria de publicar um anúncio para contratar a criadagem.

O homem ergueu a sobrancelha, pegou o papel da mão de Signa e leu rapidamente.

— A Quinta da Dedaleira?

Apesar de viver cercado de palavras, o homem não parecia muito interessado em falar um grande número delas em voz alta.

— Eu me chamo Signa Farrow — declarou a garota, à guisa de resposta, tentando não ficar desconcertada quando o homem bufou disfarçadamente.

— Três *pence*, e será publicado na semana que vem.

Signa ficou sem reação. Passaria tempo demais sem trazer outras almas viventes para a Quinta da Dedaleira.

— Quanto custa para publicar amanhã?

O homem parou o que estava fazendo e olhou para a garota, examinando a mão esquerda dela, à procura da aliança. E grunhiu quando percebeu que Signa não a tinha.

— Trinta *pence*.

Voltou a trabalhar depois disso, e Signa tentou não se mostrar irritada por estar sendo despachada dali de forma tão óbvia. Trinta centavos era um verdadeiro roubo e, mesmo assim, a garota pegou o porta-moedas e colocou a quantia em cima do balcão.

O homem não pegou o dinheiro logo de cara, ficou baforando o charuto, baixou uma alavanca de metal, tornou a levantá-la, passou o rolo de tinta nas letras e repetiu o processo.

— O que aconteceu lá em cima mudou a cidade para sempre. Perdemos pais. Avós. Filhas e filhos. É um diacho de um milagre ninguém ter tacado fogo naquele lugar. Ninguém deveria viver ali, menina. Dizem que só os fantasmas moram lá agora.

Signa não esperava ser atingida por aquela onda de ressentimento, tampouco pela necessidade feroz de proteger aquele lugar que ainda estava aprendendo a chamar de "lar". Mesmo assim, foi tomada por essa sensação, que fez seu sangue ferver e incutiu uma fúria em seu olhar. Por mais que estivesse tentando se conter, queria muito mostrar àquele homem como os espíritos realmente são. Felizmente, teve o bom senso de desviar sua atenção até conseguir se acalmar um pouco.

Do outro lado da rua, duas crianças brigavam, segurando doces com as mãozinhas minúsculas, enquanto seguiam atrás de uma linda mulher de vestido longo, cor de marfim, e chapéu de aba larga enfeitado com uma fita azul. Nenhum dos três parecia ter a menor noção de que, atrás deles, pairava um garoto, que chamou a atenção de Signa na mesma hora. Não devia ter mais de 11 anos e estava encharcado até os ossos. O cabelo grudava nas bochechas salientes, inchadas demais. Tinha a pele macilenta e os lábios, roxos, tremiam enquanto o menino seguia aquela família.

Signa se empertigou quando o menino parou. Como se tivesse sentido que estava sendo observado, virou-se para ela. Os dois se entreolharam e, no instante seguinte, o corpo do menino oscilou, sumindo e ressurgindo das vistas de Signa até que, de repente, reapareceu, parado do outro lado da vitrine da gráfica. Sem desviar os olhos vazios de Signa, o menino acenou.

Ela nunca antes havia visto um espírito morto por afogamento. Nunca havia visto a pele inchada nem a água acumulada nos lábios incrustados de cracas marinhas. E o fato de ser uma *criança* tornava a cena muito pior. Ela se agarrou à própria bolsa quando, afastando-se, o garoto sinalizou para que Signa o acompanhasse.

— Agradeço a preocupação — a garota foi logo dizendo para o dono da gráfica. — Mas não preciso que me digam que foi uma grande tragédia. Eu também perdi pessoas queridas naquela noite. Agora, se me dá licença...

Signa tinha plena consciência de que, aos olhos dos outros, pareceria muito estranha ao escancarar a porta e correr em direção ao píer, atrás do menino. As palavras que ouvira os pescadores dizerem, há poucos instantes, não paravam de ecoar em sua mente — uma mulher que observava as marés e um menino que não iria voltar. Não era um marinheiro, como pensara quando ouviu a conversa, mas uma criança.

Àquela distância do mar, o vento a fustigou com água salgada, fazendo os cabelos ficarem grudados ao pescoço. Por pouco não caiu naquelas tábuas escorregadias, evitando a queda ao se segurar no corrimão, cheio de farpas. O espírito continuou se distanciando cada vez mais. Ignorando todos os olhares curiosos, Signa foi seguindo o garoto até o final do píer, onde havia uma mulher sentada, sozinha, balançando os pés descalços, olhando para a frente sem dar nenhum indício de que havia percebido que a garota se aproximava.

Você consegue me enxergar... mas não é igual a mim, é?

Signa parou de andar quando ouviu a voz do menino, que não *soava* abafada pela água. Não soava rancorosa nem apavorante nem nada que lembrasse sua aparência. A garota se obrigou a olhar de novo para o menino — a ver além do horror de sua aparência. Agachou-se para ficar da altura dele e sussurrou:

— Não sou.

O espírito soltou o ar, aliviado.

Então você pode falar para ela uma coisa por mim? Quero que ela saiba que não precisa continuar vindo aqui. Não foi culpa dela, e, toda vez que a vejo aqui... Eu só não quero que ela fique triste.

Havia algo no pedido daquele menino que fez Signa recordar da noite em que Lillian partira deste mundo. Por meio de Signa, a mulher conseguiu se comunicar com Elijah, dizer que o amava e que estava na hora de ambos seguirem em frente.

Não foi fácil, mas era disso que ambos precisavam. Só depois daquela despedida é que Lillian conseguiu fazer a passagem, e Elijah enfim conseguiu se reerguer. Se Signa poderia dar este presente a mais alguém... como poderia dizer não?

Endireitou os ombros, foi até a beirada do píer e se sentou do lado da mulher.

— Sei que o que vou lhe dizer pode parecer estranho, mas tenho um recado para você.

Os olhos da mulher tinham uma tristeza tremenda. Ela não deu nenhum indício de ter ouvido o que Signa acabara de dizer.

A garota sentiu um arrepio de nervosismo, um instinto que lhe mandava ir embora antes que piorasse a situação. Mas, no instante em que Signa pensou que o nervosismo poderia detê-la, uma brisa fria pairou sobre ela. A chegada do Ceifador a envolveu como um beijo do vento no rosto. A garota tentou se fiar no fato de saber que a Morte estava ali com ela e reuniu a autoconfiança necessária para dizer àquela mulher:

— Seu filho não quer que você volte aqui. Quer que você saiba que a culpa não foi sua e que ele se sente mal por vê-la tão triste.

Diga que foi a rebentação, falou o espírito, enquanto Signa transmitia a mensagem. *Sei que eu não deveria ter saído de casa. Sinto muito.*

Em meio à última palavra, Signa foi cambaleando para trás. A mulher lhe dera um tapa forte. O mar se debateu em volta das duas, o vento uivou, raivoso, e a garota se dobrou, segurando a face dolorida, enquanto a mulher recolhia as próprias botas e se levantava.

Signa tirou a mão do rosto dolorido, agradecendo a brisa fria da morte, que lhe acalmava a pele. Estava com lágrimas nos olhos por causa da dor do tapa, mas bastou um relance para a expressão aflita do menino para que tornasse a insistir:

— Seu filho está usando uma camisa branca e calças escuras. Não está de sapatos e tem uma cicatriz no peito do pé esquerdo...

De quando eu e George tentamos subir nas rochas!

— ... de quando ele tentou subir nas rochas com George.

Signa se agarrou no corrimão e ficou de pé. Na frente dela, a mulher, que tremia, deixou cair as botas. Uma delas bateu no corrimão antes de cair no mar.

— Se você acha que isso é uma piada...

— Garanto que não — prometeu Signa, observando as lágrimas negras escorrerem pelo rosto inchado de Henry, que sorriu, enrugando as bochechas cheias de cracas.

Diga que tenho saudade dela.

Palavra por palavra, Signa falou o que o espírito pediu. Já não tinha mais consciência de onde estava quando pegou na mão da mulher e transmitiu cada mensagem, deixando que ela chorasse até que não houvesse mais palavras, e a pele do rosto de Henry estivesse lisa, porque as cracas caíram no píer, fazendo um *cléc* silencioso.

— Ele está pronto agora — disse Signa, e o céu escureceu. — Está na hora de dizer adeus.

Havia certo alívio naquelas palavras. Alívio ao saber que Henry não passaria anos e anos assombrando aquela praia, vendo a mãe envelhecer e fazer a passagem antes dele. O garoto ainda não estava preso em uma repetição infinita da própria morte, como os pobres espíritos da Quinta da Dedaleira, perdido em um intervalo entre a vida e a morte, onde, uma hora ou outra, perderia completamente a noção de quem era. Só precisava de uma pessoa capaz de ajudá-lo e, depois disso, tanto ele como a mãe podiam, finalmente, se ver livres.

Signa continuou segurando a mão da mulher quando o Ceifador pairou em volta das duas. E, apesar de não conseguir enxergá-lo, a garota sabia que ele estava lá, porque a criança ergueu os olhos, sorriu e estendeu a mão.

Segundos depois, Henry havia sumido e, apesar do frio da noite e da mulher que soluçava em seus braços, Signa nunca sentiu tamanho calor, tamanha ternura.

TRINTA E DOIS

Blythe

Se alguém descobrisse como Blythe passou a manhã do julgamento do pai, Byron mandaria trancafiá-la nas profundezas da Quinta dos Espinhos por toda a eternidade.

— Posso até não ser um cavalheiro — disse William Crepsley, ao abrir a porta da carruagem —, mas sei que uma dama como a senhorita não deveria vir aqui sozinha.

— Não estou nem um pouco sozinha, Sr. Crepsley. O senhor está aqui comigo.

Blythe não teve permissão de comparecer ao julgamento, mas se recusou a passar horas e horas enfurnada no quarto, esperando que Byron voltasse com o veredito. Ultimamente, ficar sozinha não lhe fazia bem, pois tinha a cabeça cheia demais para conseguir se tranquilizar.

Everett tinha a motivação, mas Blythe precisava obter mais provas caso quisesse que alguém acreditasse no envolvimento do rapaz no crime. Eliza estava doente a ponto de tomar um preparo comprado no boticário, que antes ela condenava com todas as letras. Signa suspeitava de Byron e fez questão que Blythe ficasse sabendo disso antes de ir embora. E Blythe voltara a ver coisas de novo. Não tinha tempo para esmiuçar nada disso.

Já passara várias horas na biblioteca aquela semana, tentando identificar quais eram as ervas que Eliza estava tomando. Só conseguira distinguir artemísia — normalmente utilizada para aliviar cólicas durante as regras das mulheres — e tanaceto, que é empregado no tratamento de muitas coisas, incluindo dores de cabeça. Blythe tentara pesquisar mais na noite anterior. Toda vez que aproximava o livro da vela para ler, porém, a chama se apagava. Teve que tentar reacender a vela várias vezes, até que pensou que os apagões não poderiam ser mera coincidência. Abandonou tudo e saiu correndo da biblioteca.

E era por isso que Blythe estava no estado em que se encontrava agora: desesperada, tamanha era sua necessidade de encontrar outro plano.

O Palácio das Glicínias agigantava-se diante dela, descomunal e encantador. Sua aparência era ainda mais elegante à luz do sol do que da primeira vez que a garota o vira, e dava a impressão de ser bem mais amplo sem aquele amontoado de gente tentando passar por suas portas.

Blythe não se permitiu perder muito tempo pensando em seu plano, com medo que isso pudesse demovê-la. Quando Byron saiu para ir à audiência, ela lavou o rosto, pôs um vestido bonito, rosa-pálido, e saiu de fininho da Quinta dos Espinhos. William não ofereceu qualquer resistência. Mesmo que tivesse achado o destino estranho, o cavalariço não expressou essa opinião quando a garota colocou três moedas de prata na sua mão. Pelo menos até o momento, quando, pelo jeito, começara a se dar conta de onde havia se metido.

Blythe o encarou e disse em um tom sem nem um pingo de brincadeira:

— Se meu tio descobrir aonde você me trouxe, o mandará embora da Quinta dos Espinhos amanhã mesmo. Então, que tal cada um de nós cumprir seu papel e manter esta aventura só entre nós, sim?

William era um homem bondoso, mas, ultimamente, a bondade não vinha ajudando muito Blythe. Ela tornou a olhar para o Palácio das Glicínias sem esperar pela resposta do cavalariço, alisou o vestido e as luvas e se dirigiu ao palácio.

Blythe não havia estado em tantos palácios assim para saber como funcionavam. Mas deveria, ao menos, haver um valete ou outra pessoa de prontidão para recebê-la. O fato era que ninguém se aproximou quando ela subiu os degraus que levavam até a rebuscada porta de entrada dourada e bateu à porta.

Um minuto se passou, depois outro. Frustrada, Blythe engoliu em seco. Não passara todo aquele tempo se arrumando — e fazendo isso sozinha, tendo em vista que não tinha mais uma dama de companhia e era cabeça-dura demais para pedir que outra pessoa lhe ajudasse — nem pagara Crepsley e colocara seu emprego em risco só para descobrir que o príncipe Aris não estava em casa. Fez careta e bateu de novo, com mais força, por mais tempo desta vez. Tanto que desistiu de usar a aldrava e bateu na própria porta até os dedos ficarem doendo. Estava prestes a tirar a pobre mão da porta bem na hora em que ela se escancarou.

O príncipe Aris não deu indícios de ter ficado tão surpreso de vê-la quanto Blythe ficou de vê-lo. A garota cambaleou para trás, na sombra do vulto gigantesco do príncipe, que a observava da soleira.

— Posso ajudá-la?

A resposta ficou entalada na garganta de Blythe e, sendo assim, ela acabou se perguntando:

— Por que está abrindo a porta da sua própria casa?

O príncipe se encostou no batente e cruzou os braços.

— E por acaso um homem não tem permissão de abrir a porta da própria casa?

— Não — disse Blythe, de pronto, e fez uma careta em seguida. — Quer dizer, sim, tem, claro. É só que o senhor é *príncipe*. Nem meu pai atende a porta da Quinta dos Espinhos.

— É mesmo? — Mais uma vez, Blythe fixou perplexa com a estranheza dos olhos de Aris, que tinham um tom dourado inacreditável. Eram tão inquietantes quanto os de Signa. — Mandei a criadagem voltar para Verena. Não há necessidade de tantas pessoas para cuidar de um único homem.

— Você mandou todos os criados voltarem? — insistiu a garota. Jamais ouvira nada tão absurdo na vida.

O príncipe inclinou a cabeça para o lado, e Blythe temeu que ele fosse fechar a porta na cara dela. Não dava para dizer que a garota estava puxando uma conversa agradável, já que não parava de insultá-lo, mas estava se deixando levar pelo nervosismo. Para sua surpresa, porém, teve a impressão de que os lábios do príncipe esboçaram um esgar. Em seguida, como se tivesse concluído que não se importava com aquilo, Aris desistiu da expressão.

Ele a inspecionou, portando-se como um príncipe até o último fio de cabelo: como um predador diante da presa. Uma bota pronta para esmagar um inseto com um pisão. Blythe era capaz de imaginar quantas pessoas já deveriam ter se encolhido de medo diante daqueles olhos: por um segundo, até ela teve o ímpeto de fazer isso. Mas ai de Blythe se se permitisse diminuir só porque estava diante de um príncipe e, sendo assim, a garota endireitou os ombros e olhou bem nos olhos do homem.

Aris passou a mão no rosto, massageando-o para se livrar da tensão acumulada no maxilar.

— Fiquei com um dos cozinheiros, o mordomo e outra pessoa para cuidar dos cavalos.

Apesar de Blythe não conseguir entender por que, teve a sensação de que vencera uma diminuta batalha que estava sendo travada entre os dois, e essa vitória a fez estufar o peito quando o príncipe fez sinal para ela entrar no palácio.

— O mordomo não deveria atender à porta?

— Você veio até aqui só para me ofender ou pretende entrar?

Na mesma hora, o coração de Blythe foi parar na boca. Por mais que tivesse previsto inúmeras hipóteses para aquele dia, nenhuma delas incluía encontrar o Palácio das Glicínias tão vazio ou que os dois ficariam tão completamente *a sós*. Apenas o mordomo, um cozinheiro e um cavalariço, pessoas que, provavelmente, não encontraria naquele palácio tão grande, não significavam nada. Se alguém descobrisse seu paradeiro, com certeza concluiria que aquela visita só tinha um significado. Ela, contudo, não deixou que isso a dissuadisse. Ainda mais levando em consideração o que estava em jogo.

Aris era um *príncipe*. Blythe vira com os próprios olhos o poder que ele exercia sobre os outros e como as pessoas levavam a sério cada palavra que aquele homem dizia. Conseguira permissão, de última hora, para que ela e Byron visitassem o pai. Se conseguira isso, Blythe mal era capaz de imaginar o que mais estaria ao alcance de Aris.

— Que foi, querida? — Ele lhe lançou um olhar de soslaio, com um brilho nos olhos. — Está com medo de que serei sua ruína?

Blythe não estava com medo. Não dele, pelo menos. E, sendo assim, cerrou os punhos, lançou um olhar firme para William, dando a entender que o cavalariço deveria permanecer exatamente onde estava, e seguiu o príncipe até uma saleta aquecida pela maior lareira que já vira na vida: tinha várias vezes a altura dela. O príncipe fez sinal para Blythe se sentar em um luxuoso sofá de couro e se sentou diante dela.

Já havia uma bandeja de chá sobre a mesa que havia entre os dois, com sanduíches leves e doces. Para a surpresa de Blythe, também havia uma segunda xícara de porcelana.

Sentiu na pele um arrepio quando Aris serviu o chá fervilhante e lhe entregou a xícara. Não bebeu logo de cara, mas fez questão de colocar um pouco de leite. Ficou o tempo todo olhando para o príncipe e esperou que ele desse o primeiro gole antes de ela mesma bebericar.

Chá preto. Puro e sem resquício de beladona. Blythe soltou um suspiro de alívio e sentiu o vapor lhe esquentar a pele. Não que esperasse que o príncipe fosse tentar envená-la, mas todo cuidado nunca é demais.

Aris lhe lançou o mais insólito dos olhares, então se recostou no sofá e cruzou as pernas. Uma minúscula faixa do tornozelo ficou visível, e Blythe fez de tudo para não dar atenção àquilo. Era estranho como uma amostra tão pequena de pele podia ser tão escandalosa apenas porque os dois estavam a sós.

O chá aquecia suas mãos, e ela aproveitou o calor para se recompor, endireitou as costas e começou a falar:

— Peço desculpas por ter vindo sem ser convidada. Esperava poder conversar com Vossa Alteza a respeito...

— A respeito de seu pai. — Blythe se encolheu toda quando o príncipe Aris bateu com a colher na borda da xícara, e o tilintar se mostrou alto demais para aquele espaço tão silencioso. — Não sou tolo, Srta. Hawthorne. Não pode ser coincidência o fato de ter resolvido me fazer uma visita justo no dia do julgamento.

A garota apertou bem os lábios e colocou a xícara sobre o pires.

— Sei que Vossa Alteza nunca teve a oportunidade de conhecer meu pai, mas acredito que gostaria muito dele. Meu pai teve um ano difícil, mas posso lhe garantir que é inocente. Só precisa que alguém o defenda.

— Você me garante, é isso? — O tom do príncipe foi tão debochado que Blythe foi obrigada a enterrar as unhas na palma da mão, um lembrete de que não deveria esboçar reação. — Sem querer ofendê-la, Srta. Hawthorne, mas mal o conheço, assim como mal conheço a senhorita. Mesmo que seu pai seja o homem maravilhoso que afirma que ele é, tenho certeza de que a senhorita é capaz de enxergar como me intrometer nesta situação poderia causar danos à minha reputação, caso suas *garantias* se revelem errôneas.

Blythe já esperava ouvir coisa parecida. Que motivos um príncipe teria para ajudar dois desconhecidos? Vir até o Palácio das Glicínias fora um esforço vão, mas ela precisava tentar.

Vira Aris dar apenas um ou dois goles no chá e, apesar disso, ele já estava se servindo novamente, mexendo com a colher para dissolver mais um cubo de açúcar. O mundo de Blythe estava ruindo sob seus pés, em frangalhos e em chamas, e aquele homem tomava chá como se não tivesse nada com o que se preocupar no mundo.

— Reconsidere — disse a garota. Não em tom de questionamento, mas de súplica. — Sei que meu pai não significa nada para Vossa Alteza. Mas significa tudo para mim. Imploro que o senhor reconsidere.

As veias do antebraço do príncipe saltaram quando ele tomou outro gole da xícara, que parecia tão pequena em suas mãos que chegava a ser risível. Desta vez, Aris fez cara de quem não havia gostado do sabor. Abriu a boca, prestes a responder. Para dizer "não", certamente. Mas Blythe não lhe deu essa chance. Ficou de pé, mandando às favas a vergonha e o decoro, e pôs todas as suas cartas sobre a mesa.

— O senhor veio para cá à procura de uma esposa. — Ela não ousou permitir que a voz se embargasse, mesmo com toda a emoção que fervilhava dentro de si. Teria tempo para isso depois, quando estivesse sozinha no próprio quarto depois de haver tentado todas as alternativas. — Se ajudar meu pai, pode ficar comigo.

A impressão era de que a própria lareira havia se calado no silêncio que caiu sobre o palácio. O crepitar foi abafado pelo único suspiro dado pelo príncipe, que jogou a cabeça para trás e caiu na risada. Não foi um riso cruel, mas surpreso. Mesmo assim, Blythe era capaz de sentir o calor da vergonha se espalhando pelo corpo.

— Sou uma candidata a esposa perfeitamente viável — defendeu-se. — Minha família tem dinheiro e uma boa posição, e eu sei como administrar uma casa. Tenho certeza de que também seria capaz de aprender a cuidar de um palácio. Não sou das melhores bordadeiras, admito, mas sei tocar piano e harpa e não sou tão ruim assim com os pincéis. Também sou uma ótima companhia para eventos sociais e posso ser imensamente mais encantadora do que me dei ao luxo de ser com o senhor até agora.

Aris a deixou falar até Blythe ficar roxa, ofegante e precisando parar para respirar antes de seguir enumerando as próprias qualidades. O príncipe apoiou o queixo na mão, sem menção de interrompê-la.

— Sou uma das candidatas mais viáveis da temporada. Está até nos jornais. Vossa Alteza só precisa ajudar a provar a inocência de meu pai — completou ela, quando exauriu todas as boas qualidades nas quais foi capaz de pensar.

Havia exagerado a maioria delas, isso Blythe admitia. Apesar de Marjorie *ter* lhe ensinado todos os pormenores de como ser uma mulher adequada à posição que tinha, a garota sempre acreditou que seria uma esposa sofrível. Não que o príncipe precisasse saber disso.

— Pelo que você diz, a senhorita é muito impressionante. — O príncipe pigarreou, abandonando o tom de brincadeira. — Talvez tudo isso fosse verdade quando esses jornais foram publicados. Mas, depois do escândalo do ocorrido com lorde Wakefield, sua viabilidade é duvidosa, na melhor das hipóteses. — Ele a mediu dos pés à cabeça, não de uma maneira desfavorável, mas objetiva. Apesar disso, quando tornou a falar, foi quase ronronando: — Por mais lisonjeado que eu tenha ficado, querida, não posso me casar com você. Por outro lado, talvez esteja disposto a ajudá-la, por um preço.

O sangue de Blythe gelou, e ela não conseguiu disfarçar que estava tomada pelo mais puro desespero quando respondeu:

— Pode dizer.

E ele disse mesmo:

— Não posso me casar com *você*, mas me casaria com sua prima.

Blythe foi tomada pelas garras do pavor.

— Signa está fora de cogitação.

— Compreendo sua preocupação com ela...

— Vossa Alteza está enganada. — Blythe não pretendia soar tão ríspida, mas tampouco mediu suas palavras. — Eu não me preocupo nem um pouco com Signa Farrow.

Nessa hora, Aris se inclinou para a frente e apoiou os cotovelos nos joelhos.

— Vocês duas eram unha e carne da última vez que as vi juntas.

Blythe sabia que não deveria dar ao príncipe a satisfação de uma resposta. Sabia que jamais acreditariam nela se tentasse contar a verdade. Queria manter essa verdade guardada nas profundezas de seu ser até conseguir destrinchar os próprios sentimentos e saber o que fazer com eles. Tinha a maior intenção de fazer exatamente isso, e tentou desviar os olhos do príncipe. Entretanto, sentiu o pescoço ficar lento, rígido e começar a doer no instante em que virou o rosto.

A garota levou a mão ao pescoço e o massageou, mas a rigidez permaneceu até que olhasse novamente para Aris. Teve a impressão de que alguma coisa prendia seu olhar naquela direção. Como se algo exigisse que toda a sua atenção fosse dirigida ao príncipe.

— O que mudou, Srta. Hawthorne?

As palavras de Aris ecoaram entre eles, como se estivessem sentados a uma grande distância um do outro. Blythe fixou o olhar nos olhos dele, enfeitiçada pela intensidade daquele dourado. Num piscar, todo o recinto foi tomado por essa cor, lançando um brilho enevoado no príncipe.

— O senhor jamais acreditaria se eu lhe contasse.

Blythe disse isso sem sentir que os lábios se mexiam.

Não conseguia se controlar, não conseguia tirar os olhos de Aris, que sussurrou:

— A senhorita não faz ideia das coisas impossíveis nas quais acredito.

Blythe não foi capaz de dizer "não". Empertigou-se no sofá, com a cabeça entorpecida e apenas uma vaga compreensão de que aquela conversa estava acontecendo. A garota falava de modo coerente. Estava *ali*. Mas não se sentia no controle de si mesma quando as seguintes palavras foram arrancadas dela.

— Eu vi Signa matar um potro... e, em seguida, trazer o animal de volta à vida. Minha prima fez a mesma coisa com meu irmão, só que o deixou morrer.

Foi só então que Blythe recobrou o controle de si mesma, e a névoa foi se dissipando de seus pensamentos. Suava copiosamente e pegou um lenço que estava sobre a mesa. De modo lento e cauteloso, permitiu-se erguer o olhar e viu que o filhote de raposa que haviam resgatado naquela mesma semana pulara na poltrona, ao lado de Aris, e que a mão do homem repousava em cima do animal. O príncipe dava a impressão de não estar respirando.

Blythe deveria estar com febre. Era a única maneira de explicar aquela estranha nebulosidade que se abatera sobre seus pensamentos, ou a tolice de deixar escapar uma palavra que fosse, ainda mais toda a verdade, a respeito de Signa. Cruzou as mãos sobre o colo e balançava uma perna sob as saias enquanto tentava decidir o que fazer em seguida. O que dizer.

— Tem certeza de que a viu fazer isso?

Blythe nunca ouvira Aris falar tão baixo, nem o vira com um olhar tão delicado.

— Eu só estava brincando — tentou desconversar a garota, torcendo para que sua voz transmitisse nem que fosse metade da graça que ela estava tentando emular. — Não foi nada tão sério assim, só estava na hora de Signa ir embora...

O corpo do príncipe havia ficado todo tenso, e Blythe se deu conta, tomada por uma onda de pavor, de que ele sabia da verdade. Encolheu-se toda para escapar do peso daquele olhar, que a apavorou até a alma. A névoa dourada que envolvia Aris tremeluziu novamente, sumindo por um segundo mas reaparecendo num piscar de olhos.

— Vossa Alteza acredita em mim. — Ela sussurrou essas palavras com todas as letras, várias vezes, até conseguir se convencer daquela realidade. — O senhor acredita em mim... porque é igual a ela, não é?

Meu Deus, que tola fora de não ter percebido isso antes. Signa era seguida por sombras e escuridão, ao passo que Aris irradiava luz. Não ficara surpreso porque já *esperava* aquilo. Blythe jamais teria revelado toda a verdade para aquele homem de livre e espontânea vontade. O príncipe havia arrancado aquelas palavras dela. Havia-lhe obrigado a falar, a materializar aquelas afirmações.

— Se encostar em mim, eu te mato. — Foi uma ameaça vã, tendo em vista que Blythe não trazia nem uma arma consigo, mas imbuiu as palavras do máximo de convicção que estava ao seu alcance. Tiraria os grampos do cabelo e apunhalaria o príncipe no pescoço com eles, caso fosse necessário. — O que fez comigo?

Aris começou a chegar ainda mais perto, mas Blythe o chutou no joelho, despertando a raposa, que se assustou. O príncipe disfarçou um suspiro e se encolheu de dor. Blythe, por sua vez, pulou do sofá e foi para trás do móvel, tentando planejar os próximos dez passos.

— Fique onde está. — A garota inspecionou o ambiente em que estavam, procurando qualquer coisa que pudesse usar para se defender daquele homem. Um atiçador de fogo. Um caco de xícara, que poderia enfiar no crânio do rapaz. — O que Signa é e o que o senhor é? E é melhor me explicar por que raios está *brilhando*.

— A senhorita consegue enxergar? — Aris parecia estar tão surpreso que Blythe ficou tensa, imaginando que ele poderia estar tramando alguma coisa. — Não é um brilho. São fios, Srta. Hawthorne. Olhe com mais atenção.

Mais uma vez, ela não queria tirar os olhos do príncipe. Cada parte de seu corpo ficou tensa, pronta para atacar, caso aquele homem tentasse fazer alguma coisa. Aris, porém, verdade seja dita, permaneceu tão imóvel a ponto de impressionar. Blythe levou pelo menos um minuto para lhe dar ouvidos, voltando a atenção para o brilho e encarando-o. Piscava. Olhava fixamente de novo. A visão se turvava quando se concentrava num ponto em volta do príncipe por muito tempo, mas a garota permaneceu de olhos arregalados, abertos até ficarem secos, e conseguiu ver um dos fios de relance, depois dois, antes que tudo se embaçasse de novo.

— Três vezes a senhorita bateu às portas da Morte. — Ele sussurrou essas palavras com tamanha frieza que um arrepio demorado percorreu a espinha de Blythe. — Três vezes a senhorita contrariou seu destino. Ao que tudo indica, cada uma dessas vezes deixou efeitos duradouros.

— Não gosto de enigmas. — A garota decidiu que, no instante em que Aris virasse o rosto, pegaria o atiçador de lareira. — Responda à minha pergunta. Quem *é* você?

O príncipe ficou observando Blythe de tal maneira que alguém poderia pensar que ele jamais vira uma mulher na vida. Perscrutou o rosto dela. Os cabelos. A maneira como usava a poltrona como escudo, como uma barreira entre os dois. Era como se aquele homem estivesse vendo Blythe pela primeira vez.

— *Quem*, no meu caso, está mais para *o quê* — admitiu. Blythe já estava se contorcendo de raiva. Não conseguia acreditar que havia permitido que os lábios daquele homem chegassem a encostar nos dela. — Meu palpite é que, depois de tantas mortes, a senhorita ganhou habilidade de, de quando em quando, vislumbrar o que há por trás do véu.

— Mais enigmas. — A garota não se deu mais ao trabalho de esperar que o príncipe virasse o rosto e apanhou o atiçador. Segurou o objeto em meio às chamas, esquentando o metal sem deixar de olhar nos olhos do homem nem por um segundo. — Que véu? E *o que* você é, então?

Havia certa grandiosidade no modo como o príncipe a observava, como um senhor que examina os súditos. Percorria Blythe com o olhar e, naquele momento, Aris lhe pareceu muito maior e muito mais severo do que antes.

— O véu que separa o mundo dos vivos de tudo o que existe além dele.

Essa resposta seca não era a que Blythe estava esperando. De estômago embrulhado, raciocinava para tentar encontrar as palavras.

— O que o senhor quis dizer com "além"? Por acaso está querendo me dizer que estou vendo os mortos?

— Longe disso. O que quero dizer é que a senhorita tem visto coisas que viventes não são capazes de enxergar. — Blythe sentiu um grande ímpeto de chutá-lo de novo por ter dito essa bobagem, mas dessa vez conseguiu se conter. — Se a senhorita fosse capaz de ver os mortos, já saberia disso. Sua prima é seguida por sombras porque é uma ceifadora. Quando se dispõe, tem um toque letal.

Disso Blythe já sabia, porque vira o poder de Signa em ação. Foi o fato de ser Aris quem estava explicando isso que fez seu coração se sobressaltar. Estava cada vez mais ofegante, e o pânico lhe sufocava a garganta.

— Às vezes, não vejo apenas sombras ao lado de Signa. Já a vi falar com elas e me senti ridícula, como se estivesse imaginando coisas. Mas há mais alguém, não há? Alguém que eu não sou capaz de ver.

O príncipe cerrou os dentes bem na hora em que a raposa saiu de seu colo e se aninhou ao lado dele.

— Há, sim. Mas a senhorita tem certeza de que quer saber quem é?

A garota já tinha suas suspeitas e, apesar de não ter certeza de que queria aquilo com todas as letras, obrigou-se a assentir do mesmo jeito.

— É a própria Morte que a senhorita viu — declarou Aris, contraindo os lábios, porque Blythe parou de respirar.

Signa falava com aquele vulto com tanta ternura. Com tanto *amor*.

— Os dois estão juntos, não estão? — Blythe estava tão zonza que precisou se segurar no sofá. — É por causa dele que minha prima é assim? É por causa dele que Signa matou meu irmão?

Aris ficou de pé tão rápido que Blythe mal teve tempo de brandir o atiçador da lareira, cuja ponta em brasa ficou a poucos centímetros do pescoço do príncipe. Imóvel feito uma estátua de mármore, ele a olhava feio.

— Quando está com a Morte, sua prima é uma ceifadora. Enquanto estiver com ele, ceifará as mesmas vidas que deveria criar. Se ficar comigo, porém, pode ser muito mais do que isso. É por isso que estou tentando salvá-la, Srta. Hawthorne. — O príncipe ergueu as mãos para tranquilizar Blythe, que se afastou. — Nós só precisamos convencê-la da verdade.

— O senhor é capaz de fazer as mesmas coisas que Signa? — Seu tom era aflito, e Blythe precisou de uma boa dose de presença de espírito para não se esganiçar. — É por isso que quer se casar com minha prima?

— Prefiro os poderes que concederam a vida ao potro. Mas não, não sou capaz de fazer as mesmas coisas que Signa. Sou capaz de controlar o destino. Eu determino o destino das pessoas a partir do nascimento, fazendo uma tapeçaria. E posso alterá-lo também.

Signa deveria saber de tudo aquilo. Foi por isso que tentou impedir Blythe de se aproximar do Palácio das Glicínias e foi por isso que reagiu daquela maneira ao vê-la perto de Aris. Signa sabia e nunca lhe contou.

— Então o senhor *é* o responsável pelo que aconteceu com meu pai?

Blythe se engasgou ao fazer a pergunta, e o príncipe fez uma careta diante do ruído tão patético.

— Isso é a mesma coisa que perguntar se sou responsável por todo tremor de terra ou resfriado que alguém pega. Talvez, em certo grau, eu seja o responsável, mas não é algo que causei à força e não tenho nenhuma desavença com a senhorita ou sua família. Não me intrometo nos assuntos dos humanos se puder evitar.

— Mas o senhor sabe o que vai acontecer com meu pai. Não sabe?

Blythe nunca havia olhado alguém com tanta atenção, como se tentasse enxergar a própria alma do príncipe para confirmar suas suspeitas. Apesar de ele não ter lhe dado nenhuma resposta, seu olhar de pena disse tudo.

A garota soltou o atiçador da lareira, que caiu no chão. Abraçou a própria barriga, tentando se conter, enquanto a verdade a estraçalhava de todos os lados.

— A senhorita vai precisar de minha ajuda, Srta. Hawthorne.

Blythe odiou o desespero com o qual se agarrou a cada palavra de Aris e, naquele momento, teve certeza de que, se o príncipe lhe pedisse o Sol, ela encontraria um jeito de lhe dar. Pelo pai, Blythe daria qualquer coisa.

— Hoje, seu pai será condenado à forca. Terá duas semanas de vida antes que venham buscá-lo: duas semanas para a senhorita me conseguir a mão da Srta. Farrow em casamento. Se for capaz, prometo que Elijah Hawthorne será poupado.

Aparentemente do nada, Aris conjurou um pequeno pedaço do que parecia ser uma tapeçaria dourada e entregou a para a garota.

O fragmento estava quente e era tão estranho que chegava a ser incômodo — algo quase vivo —, que Blythe teve conter o ímpeto de soltá-lo no chão. Quanto mais fitava aquela tapeçaria, mais luminosos se tornavam os fios: quando Blythe espremeu os olhos, viu que uma auréola dourada se formou ao redor deles.

— O que é isso?

Passou o dedão pelos fios e ficou tensa ao perceber que Aris estremeceu e, em seguida, dobrou-se para segurar a mão enluvada da garota, contendo o movimento.

— O trato passará a ter validade quando a Srta. Farrow derramar uma gota do próprio sangue sobre esta trama. Com isso, sua prima vai se tornar minha esposa. Ela deve, porém, dar esse sangue de livre e espontânea vontade.

Blythe queria tanto odiar Signa pelo que fizera com sua família e, apesar disso... talvez nada daquilo fosse culpa da prima. Talvez ela não tivesse tido escolha quando ceifou a vida de Percy, e a culpa fosse da Morte.

A garota já havia perdido o irmão, mas não perderia o pai. E talvez... quem sabe também não precisasse perder a prima.

Ela apertou a tapeçaria contra o peito e respirou aliviada pela primeira vez em meses. E, quando soltou o ar, fez um trato com o Destino.

TRINTA E TRÊS

Dois dias haviam se passado desde que Signa ajudara Henry a ir para o além-túmulo.

Voltara à Quinta da Dedaleira sem conseguir se concentrar em nada, a não ser no calor reconfortante que se espalhava pelo seu corpo, apesar do vento que a açoitava e das bochechas vermelhas causadas do temporal inclemente.

Quanto mais feliz e mais aclimatada ficava em seu novo lar, contudo, mais culpada se sentia, porque os dias continuaram passando sem trégua para Elijah. Como poderia se sentir em paz sendo que o tio estava trancafiado numa cela, encolhido no chão de pedra frio, sozinho, no escuro? O Ceifador vinha olhando por Elijah, garantindo que não fosse mais agredido e que, pelo menos, recebesse as refeições, mas aquilo não bastava. A cada dia que passava, Signa se sentia mais distante do que nunca da verdade.

Precisava *fazer* alguma coisa, e era por isso que estava parada no meio do jardim, com os dedos pousados em um galhinho do arbusto de zimbro.

Tem certeza de que não estava apenas imaginando que tem outros poderes?, perguntou Amity, deitada em um tapete de papoulas, o cabelo esparramado em meio às flores. *Já faz um tempo tremendo que está tentando.*

Levando em consideração que o sol já passava do cume e que Signa estava ali fora desde o alvorecer, isso era um eufemismo. A garota se agachou diante do arbusto seco, segurou nos galhos desfolhados e, com a força do pensamento, tentou ser tomada pelos poderes da Vida. Só que, toda vez que tentava, o sangue que corria em suas veias ansiava e vibrava pelos poderes de ceifadora. Seu corpo tinha uma consciência apurada de todas as almas que estavam à espera lá dentro, e desde aquela noite em que encontrara Henry, Signa se sentia atraída por essas almas mais do que nunca. Tentou ignorar o chamado delas, porque precisava dos poderes da Vida, não dos poderes da Morte.

O veredito de Elijah seria declarado a qualquer minuto e, caso o pior acontecesse, ela estaria lá. Não precisava mais tentar encontrar o assassino — Signa tornaria irrelevante esse fato, fosse quem fosse. Se Elijah Hawthorne fosse sentenciado à forca, a garota iria empregar os poderes da Vida para garantir que o tio não permanecesse muito tempo morto.

Era uma esperança secreta, mantida por brasas que já se apagavam. Mas, por Elijah Hawthorne, aquilo era o mínimo que ela podia fazer.

— Cresça. — Signa incitou o frágil arbusto de zimbro. — Cresça, sua coisinha boba.

A garota fitou os galhos por um minuto. Dois. Lá pelo terceiro, gemeu e caiu para trás, sobre o cobertor que havia estendido no chão, com vontade de se enrolar nele como se fosse um casulo e cair no choro ali mesmo.

Amity apoiou-se nos cotovelos para erguer o corpo e ficou observando.

Você é tão dramática, igualzinha à sua mãe.

— Ah, é? Por acaso você já ficou olhando minha mãe tentar ressuscitar algo?

O espírito apertou bem os lábios arqueados e ficou enrolando um cacho dos cabelos no dedo.

Não posso dizer que vi.

— Então não quero nem saber. — Signa enroscou os dedos no cobertor com o único propósito de não arrancar os próprios cabelos. — Tem de haver alguma coisa que não estou percebendo. Para usar meus poderes de ceifadora, preciso antes satisfazer certas condições. Talvez também haja condições para empregar os poderes da Vida.

Ou, talvez, a garota tivesse, simplesmente, medo demais da dor que sentia quando se permitia acessá-los. Porque, toda vez que se convencia a acreditar que estava quase conseguindo destravar essas habilidades, Signa se retraía, devido à expectativa da dor que iria sentir.

E como foi nas vezes em que você usou esses poderes antes?, perguntou Amity. Fiapos de seu corpo sumiram e voltaram a surgir por conta da brisa. *Houve alguma constante?*

Era uma boa pista, e Signa a seguiu, esmiuçando as próprias lembranças. Nas duas vezes que empregara os poderes da Vida, sentira calor. Um calor ardente, escaldante, como se houvesse caído dentro de uma fornalha.

Ela ficou de pé na mesma hora. Pegou o cobertor e enfiou debaixo do braço, imaginando o quão próxima poderia ficar da lareira da Quinta da Dedaleira sem derreter. Valeria a pena tentar qualquer coisa, àquela altura.

Teve mais alguma ideia?

Amity levantou de um pulo, ficando tão perto de Signa que, se fosse qualquer outra pessoa, a teria incomodado. Só que o espírito havia se tornado, nos últimos dias, a companhia preferida da garota. E, apesar de Signa tentar manter certa distância e sempre se lembrar que era pouco prudente se aproximar de um espírito, a Quinta da Dedaleira ficava muito vazia sem o alegre tagarelar de Amity.

— Tive. Venha comigo.

A garota partiu dois galhos do arbusto de zimbro e foi correndo para a mansão, onde ficou aliviada ao descobrir que a criada já havia se encarregado de acender a lareira e que Gundry estava encolhido ao lado dela. Relanceou para trás antes de se sentar e ir se aproximando das chamas, chegando tão perto que as labaredas quase tocaram a ponta das botas. Amity ficou um pouco mais para trás, flutuando a vários centímetros mais alto do chão do que normalmente fazia, para conseguir ver melhor. Signa se curvou e estremeceu, porque o calor devorou os últimos resquícios de frio que haviam se infiltrado nela. Colocou um dos galhos que partira na palma das mãos, fechou os olhos e se concentrou com todas as suas forças.

— Cresça. — Repetira essa palavra tantas vezes nos últimos dois dias que, àquela altura, já havia se tornado quase um mantra. — Cresça, cresça, cresça, cresça...

Estou um pouco confusa... Por acaso você está tentando queimar esses galhos?

— Estou tentando *me* queimar, de certa forma. — Signa teve que conter sua irritação e apertar menos o galho, para que não se partisse ao meio. — Você não tem nada melhor para fazer a não ser ficar me assistindo sofrer? Pelo andar da carruagem, irei passar a noite inteira aqui.

Não teve a intenção de ser cruel ao dizer isso mas, mesmo assim, os lábios de Amity se retorceram, formando uma careta.

Não, sussurrou o espírito com a voz trêmula. *Não tenho nada melhor para fazer.*

Na mesma hora, Signa desejou nunca ter aberto a boca na vida. Tendo em vista que os espíritos costumam ter as emoções exaltadas, a garota deveria ter adivinhado que era melhor não falar nada. Amity passara tantos anos quanto ela sozinha. Com certeza, ansiava por companhia, e o que mais a mulher poderia fazer ali?

Como os olhos de Amity se encheram de lágrimas de sangue, Signa deixou de lado o galho de zimbro e usou um tom tão suave e tranquilizador quanto o do Ceifador para falar:

— Não foi isso que eu quis dizer. Fico feliz por ter sua companhia, Amity, de verdade.

O espírito apenas fungou, sem olhar para a garota.

— Quem mais teria esperado vinte anos só para garantir minha segurança? — insistiu Signa, tentando não levar em consideração como estava se esforçando para aplacar o espírito, ainda que houvesse jurado não se permitir ter intimidade com ele. — Agradeço por você ter esperado, de verdade. Mas o que você teria feito se eu jamais voltasse?

E o que fará agora que estou aqui?, foi a pergunta que Signa não teve coragem de pronunciar.

Por mais que estivesse se acostumando a contar com a companhia daquele espírito, vinte anos era muito tempo. Com certeza, Amity devia estar curiosa para saber o que iria acontecer agora.

Nunca pensei que teria a chance de falar com você. Nessa hora, Amity se sentou na beirada da lareira, ao lado de Signa. *Eu pretendia ir embora assim que você se acomodasse aqui... mas não foi só por sua causa que permaneci na mansão. Tinha a esperança de que, a essa altura, os outros espíritos já tivessem se libertado de suas terríveis repetições infinitas.*

Amity então ergueu os olhos na direção das escadas, que conduziam ao salão de baile.

Signa acompanhou o olhar dela.

— Você gosta daquela mulher, não? De Briar?

Tanto que não tenho palavras para descrever. O sorriso de Amity fez Signa recordar do galho que segurava entre os dedos, prestes a se partir com a mais leve pressão.

Mas Briar continua sem saber. Não posso ir embora daqui sem ela.

Signa não tinha dúvidas de que, se estivesse na situação de Amity, também ficaria perambulando pelos corredores por uma eternidade antes de abandonar o Ceifador por livre e espontânea vontade. Que tortura aquilo deveria ser — Briar não fazia ideia do que estava acontecendo além de sua repetição infinita, ao passo que Amity tinha plena consciência de cada instante dos seus dias. Signa sentiu uma dor no coração ao pensar isso, e apesar de saber que não seria prudente se envolver, não pôde deixar de pensar em Henry.

Ela abriu a boca e estava prestes a fazer uma promessa para Amity que não sabia se seria capaz de cumprir quando o frio do Ceifador gelou a saleta, reduzindo as chamas.

Daquela vez, a presença do Ceifador foi diferente do que Signa estava acostumada. Não foi um convite para se deixar levar por uma dança a dois ou desfrutar da companhia um do outro. Aquele era o frio de um cadáver enterrado a sete palmos — o frio da Morte que Signa só sentira uma vez até então, na noite em que o ceifador tentou levar Blythe.

Apesar de a garota não ser capaz de enxergá-lo, tinha certeza, no fundo do tutano dos ossos, de que havia algo de terrivelmente errado.

— O que foi? — A pergunta cortou sua garganta, porque ela já sabia a resposta. Mesmo antes de Gundry se recostar em suas pernas e choramingar e de os olhos de Amity se transformarem em cavidades ocas e sem vida, Signa sabia.

Elijah foi considerado culpado pelo assassinato de lorde Julius Wakefield. A voz de Amity soou com a força de um sino de igreja, cada palavra era uma badalada que desestabilizava a garota. *Será enforcado dentro de duas semanas.*

O espírito dirigiu o olhar para o ponto onde o frio do Ceifador se infiltrava na Terra. A geada que se formava tornava o chão a seus pés escorregadio.

Desde o dia em que fora expulsa da Quinta dos Espinhos, Signa sabia que isso iria acontecer. Mesmo assim, agarrou-se à última parte da notícia dada pelo Ceifador como se fosse uma tábua de salvação: duas semanas. Podia até não ter feito nenhum progresso em invocar os poderes da Vida, mas ainda tinha duas semanas.

Só precisava garantir que elas fossem produtivas.

Signa não percebeu o bilhete preso na coleira de Gundry até que o cão se coçou, roçando as unhas no papel. Com toda a delicadeza, a garota pegou o bilhete. A mensagem não estava escrita na costumeira caligrafia elegante do Ceifador, mas com letras rabiscadas escritas às pressas.

Blythe está de olho na família Wakefield. Charlotte e Everett estão se cortejando há meses — e lorde Wakefield não aprovava o noivado.

Eliza está doente. Acompanhei-a durante a noite, mas não me parece que alguém está por trás disso.

Byron passou o dia no gabinete. Trancafiou-se lá dentro depois que leram o veredito e chorou.

Foi um alívio ver que o Ceifador escrevera aquela carta de maneira curta e objetiva, porque cada um dos fatos ali relatados atingiram Signa feito um soco no estômago. O papel continha uma última linha, escrita de forma mais caprichada e precisa.

Eu te amo, Passarinha. Vamos salvar a vida dele.

E salvariam. *Tinham* que salvar. Infelizmente, não podiam mais fazer isso sozinhos.

Signa sabia que não havia como fugir do que estava por vir. Sabia que não tinha escolha quando falou para o Ceifador:

— Encontre o Destino e traga-o até mim.

TRINTA E QUATRO

A Quinta da Dedaleira nunca esteve tão iluminada quanto na presença do Destino.

O céu estava tingido de um azul-claro luminoso quando o sol despontou, sem uma única nuvem para sombrear seu caminho. Os corvos que crocitavam desapareceram, substituídos por gaivotas, e ao ouvir os grasnados que chegavam através das janelas abertas, Signa teve de se segurar para não se encolher toda, enquanto observava o Destino circular com toda a calma pela saleta de sua casa, inclinando-se, agachando-se ou ficando na ponta dos pés para inspecionar cada obra de arte que via.

— Que estilo peculiar.

Não foi uma crítica, mas Signa ficou mordida mesmo assim. Não deixou de reparar que o Destino estava tão bem-arrumado quanto no dia em que o viu pela primeira vez, com toda a majestade de um príncipe. Estava de barba recém-aparada, com as roupas engomadas e as botas tão engraxadas que a garota pensou que conseguiria ver o próprio reflexo nelas.

A Quinta da Dedaleira nunca lembrou tanto a mansão de veraneio à beira-mar que Signa havia imaginado como quando o Destino circulou pelos seus corredores, tornando o mundo tão luminoso que as têmporas da garota começaram a latejar. Signa já se acostumara aos dias melancólicos, nos quais a lareira sempre estava acesa, e a familiaridade que tinha com esses dias lhe era reconfortante: uma paz que se instalava em seus ossos e a fazia se sentir em casa. Deveria ter adivinhado que a chegada do Destino a destruiria.

— Pretende fazer um passeio pela mansão por conta própria?

Era impossível controlar a hostilidade. Signa odiava o modo como o príncipe olhava para a Quinta da Dedaleira, odiava a maneira como inspecionava os pertences da família dela, assim como odiava até olhar para Aris. O rosto do Destino trazia à tona a lembrança de uma canção que a garota conseguira arrancar de seus pensamentos fazia pouco tempo.

— É de *praxe* mostrar a casa, mas suponho que posso passar sem isso. — Ele não demonstrou ter percebido a presença do Ceifador, cujo frio Signa sentiu na pele, acalmando sua paranoia. O Destino se sentou, cruzando as pernas, em uma namoradeira de veludo verde, dando a impressão de estar à vontade demais para o gosto de Signa. — Fiquei mesmo me perguntando quando entraria em contato comigo. Pensei em vir lhe visitar, mas sabia que era só uma questão de tempo até você resolver cumprir nosso trato.

Signa sempre quisera que a pessoa pela qual se apaixonasse tivesse uma família que poderia chamar de sua. No que tocava ao irmão do Ceifador, contudo, preferia passar sem ele.

— Você sabia que eu estava na Quinta da Dedaleira este tempo todo?

— O tempo todo, não. — Signa não lhe ofereceu bebida, e o Destino dirigiu o olhar para a mesinha de chá, visivelmente ofendido. — A Srta. Hawthorne é que me informou, bem recentemente. E me contou outros segredos também, que têm a ver com um cavalo.

A garota precisou fazer um grande esforço para manter a expressão livre da surpresa que a deixou sem ar. Claro que Blythe não teria contado uma coisa dessas, pois mal conhecia Aris.

— Suponho que isso facilite a conversa que teremos hoje, então. — Nessa hora, Signa fechou os punhos, segurando o tecido do vestido, porque se deu conta de que estava cutucando as cutículas. — Não o convidei para vir aqui porque irei cumprir minha parte no trato. Fiz isso porque preciso de um favor.

Meu Deus, como ela odiava aquelas palavras. Odiava o brilho nos olhos do Destino, que inclinou o rosto para examiná-la.

— A senhorita sabe que não faço nada de graça, Srta. Farrow.

O Destino se recostou na namoradeira e apoiou o cotovelo em uma almofada quando Signa se afastou do frio reconfortante do Ceifador e se aproximou dele.

— Garanto que irá gostar deste trato.

A garota olhou para trás, querendo, mais do que nunca, ser capaz de ver o rosto do Ceifador em meio às sombras, porque precisava que ele a tranquilizasse. Convidar o Destino para entrar na Quinta da Dedaleira lhe dava a impressão de estar se afastando cada vez mais dos braços da Morte, mas que alternativa Signa tinha? Por Elijah — por Blythe — precisava tentar.

— Preciso que me ensine a usar os poderes da Vida.

Signa esperava que Aris fosse assumir uma expressão presunçosa. Esperava que desse um sorriso irônico, que olhasse para o irmão e dissesse algo que transformaria o chão em gelo. Quando a garota olhou para ele, contudo, foi brindada por um homem que se empertigou e, sem um pingo de presunção, falou:

— Nada me deixaria mais feliz.

A raiva de Signa a fizera prender a fôlego ao observar aquele homem vestindo calças justas e uma camisa branca esvoaçante estranha, que não se encaixava naquela época, e a seriedade da expressão dele. A garota *queria* que o Destino fosse presunçoso. Queria um motivo para desprezá-lo, apesar de Aris a estar ajudando. Era um cretino por não lhe oferecer nada disso.

— Posso até ter os poderes da Vida — Signa foi logo avisando —, mas nada além disso mudou. Não virarei um dos seus brinquedos, Destino. Está me entendendo?

O Destino não balançou a cabeça, concordando. Não protestou. Apenas apontou para a almofada que estava ao seu lado e disse:

— Sente-se, Srta. Farrow.

Ela demorou alguns instantes para se sentar, espremida do outro lado da namoradeira, com as mãos cruzadas no colo.

— Não posso jurar que sei todos os detalhes do funcionamento. — A voz do Destino nunca esteve tão suave, bem mais sincera do que Signa estava preparada para ouvir. Cada palavra ecoava no ritmo da canção que a garota estava tentando expulsar de sua cabeça. — Só sei o que você me contava...

— *Eu* nunca lhe contei nada — disparou ela.

Se Aris estava querendo que Signa esmorecesse ou ver até onde poderia ir e sair impune, a garota não iria permitir que ele descobrisse tão facilmente.

— Que a *Vida* me contou. — O Destino então tirou uma rosa murcha de um vaso que estava na mesinha de chá. — A menos que pretenda discutir comigo a noite inteira, feche os olhos e imagine no que você quer que esta flor se transforme. Cultive essa visão em sua mente como se fosse uma semente, depois coloque a mão no cabo.

Signa fechou os olhos, abriu um deles para confirmar que Aris não estava tentando fazer nada de escandaloso, fechou-o em seguida e deixou a imagem da rosa tomar conta de sua imaginação, as pétalas vermelhas e graúdas e os espinhos pontudos, capazes de furar a pele e arrancar sangue. Imaginou folhas verdes e saudáveis e um cabo inquebrantável. Assim que teve certeza de que a visão do que queria dominava seus pensamentos, esticou a mão e permitiu que o Destino pousasse a rosa nela. Sentiu um espinho contra a pele, mas que se separou do caule e caiu: não causou a mínima pontada de dor nem derramou uma gota de sangue sequer.

No momento em que se encostaram, o Destino inalou o ar tão subitamente que, por um instante, Signa perdeu o foco, mas ela tornou a se recompor e fechou os dedos em volta da rosa. Esperou. Esperou mais um pouco. Esperou até não conseguir mais aguentar e entreabriu um dos olhos.

— Nada aconteceu. — O Destino coçou o queixo com uma mão, e, com a outra, ergueu a rosa, para examiná-la. — Não cresceu nem um pouco.

— Sou capaz de enxergar tanto quanto você. — Nessa hora, Signa abriu os olhos completamente. — Se você não fizesse tanto barulho, talvez eu tivesse conseguido me concentrar.

— *Barulho?* Explique como eu posso ter feito algum barulho, já que tudo o que fiz foi lhe entregar essa rosa murcha. Por que, aliás, *há* flores mortas na sua casa?

— Mil perdões. Peço desculpas pelo fato de estar com a cabeça ocupada com a morte iminente de meu tio, quando, em vez disso, deveria estar colhendo flores frescas, preparando a casa para sua chegada.

A risada irônica que o Destino deu foi tão forte que chegou ao outro lado do cômodo. Até as chamas da lareira tremeluziram com a fúria dele.

— Não é de se admirar que você e a Srta. Hawthorne eram tão íntimas. Ambas se comportam como bárbaras. Não consigo controlar minha *respiração*, Srta. Farrow, caso tenha sido isso que a irritou. Posso até ser imortal, mas meu corpo continua sendo o de um homem vivente. Lamento decepcioná-la, mas não sou como seu precioso Ceifador.

Cada palavra que Signa pronunciou em seguida foi um soco, e ela teve certeza de que se arrependeria disso antes mesmo de que saíssem de sua boca.

— É *mesmo* uma decepção. Minha noite seria muito mais proveitosa se você fosse como ele.

— Ah, é? Então por que a senhorita não pede para ele vir ajudá-la? O Ceifador me parece tão útil, ali no canto, emburrado.

Signa ficou mordida. Deveria saber que era melhor não ter pedido a ajuda do Destino.

— Se ele soubesse como, tenho certeza de que me ensinaria. Isso se você não tivesse roubado nossa habilidade de nos comunicarmos, quer dizer.

O riso do Destino foi tão cortante quanto a foice do Ceifador. Balançou a cabeça, como se concordasse com o escárnio da garota.

— Ah, sim, *eu* sou o vilão. Diga, Srta. Farrow, não acha estranho o fato de só conseguir vê-lo quando está quase morta? Não acha que há algo de desumano nisso? Seu corpo é inteligente a ponto de reconhecer o perigo, levando em consideração que passa mal toda vez que encosta nele. Seu cabelo está ficando *branco*, pelo amor de Deus.

— Só porque *você* resolveu se intrometer em minha vida amorosa! — Signa ignorou o ímpeto de esconder os fios brancos. — Que tola fui de achar que iria me ajudar. Apenas alguém terrível seria capaz de criar um destino assim para mim e o Ceifador. Se você pode controlar se podemos ou não nos falar, então com certeza é capaz de determinar se eu e ele conseguimos nos *ver*. Se de fato se importasse com a minha felicidade, permitiria que eu ficasse com o Ceifador. Mas o senhor é um homem egoísta.

Signa não falou a última parte com raiva, mas com um tom de derrota, arrancando a flor da mão do Destino e colocando-a no próprio colo. O príncipe continuou sentado, respirando fundo, em meio ao silêncio que se instaurou entre os dois, até conseguir se acalmar o suficiente para conseguir falar.

— Não refutarei ditas alegações — admitiu —, nem tenho vergonha delas. Esperei tempo demais para conseguir o que desejo, não irei fingir que lamento quando tomá-lo para mim.

O Destino estava se despedaçando, feito a mais fina das porcelanas, e Signa não sabia se sentia medo ou pena do ardor das palavras dele.

— Você sabe por que eu lhe pedi para vir até aqui? — A garota, então, olhou para as mãos do Destino, que ele cruzava e descruzava em cima do colo, em busca de algo para fazer. — Não quero aprender esses poderes para *mim*. Passaria o resto de minha vida feliz sem jamais empregá-los, porque a dor que me causam é muito forte. Pedi que você viesse até aqui porque estou sem opção. Gostaria de ajudar Elijah, mas, neste exato momento, não posso estar na Quinta dos Espinhos para descobrir quem é o assassino do lorde Wakefield. O melhor que posso fazer é estar presente quando ele for enforcado e aprender o que fazer para trazê-lo de volta à vida.

O Destino não foi o único que levou um susto ao ouvir o plano. A Quinta da Dedaleira ficou tão fria que a lareira se apagou por completo e Gundry, que estava encolhido perto dela, uivou. O príncipe olhou de relance para o canto onde o Ceifador estava e, pela primeira vez, deu a impressão de que não iria brigar com o irmão.

— Assim como não se pode enganar o Destino, não é possível roubar uma alma da Morte, Srta. Farrow. Muito menos uma alma que já foi ceifada.

— Mas farei isso. — Não foi tanto uma ameaça, pareceu mais uma promessa. — Se Elijah for roubado de mim, farei isso, custe o que custar. Já empreguei os poderes da Vida uma vez e vou descobrir como fazer isso de novo. Se não posso voltar para a Quinta dos Espinhos...

— E que importância tem o fato de você não poder *estar* na Quinta dos Espinhos? — Nessa hora, o Destino ficou de pé e mexeu a mão. Mais uma vez, as chamas da lareira voltaram à vida, nem que fosse apenas para silenciar os protestos de Gundry. — Você foi expulsa do *lugar*, mas não da vida das pessoas que lá vivem. Se esse é o único obstáculo que precisa superar para não precisar fazer algo tão absolutamente tolo, então traga essas pessoas até você! Um cavalo é uma coisa, mas haverá repercussões que você nem sequer é capaz de imaginar caso você traga uma alma humana de volta à vida.

— Você não faz ideia do que eu sou capaz de imaginar.

O Destino soltou uma risada, mas não porque achou graça. Foi uma risada que o fez erguer as mãos e tornar a se virar na direção do Ceifador. Só que, desta vez, Signa acompanhou o olhar do príncipe e pôde ver as sombras se debatendo no chão. Fracas, logo de início, depois mais escuras. Ela foi seguindo essas sombras para o alto, até ver a careta que retorcia os olhos do Ceifador, e a seriedade que pairava em seu olhar.

— Converse com ela — pediu o Destino, antes de tornar a se virar para Signa. — Não vou ensiná-la a usar seus talentos se é *isso* que pretende fazer com eles, sua menina ridícula. A menos que deseje que o caos se instaure sobre todos nós, aprenda as regras. Elas não existem por acaso. Não tenho a menor vontade de ver Elijah Hawthorne morrer. Mas, se pretende salvar a vida desse homem, terá de encontrar outra maneira.

— Se não quer que ele morra, então prove — provocou Signa. E, por um instante, o Destino ficou parado, como se estivesse processando o que escutou. — Se for embora daqui agora, juro que vou odiá-lo para sempre. Você disse que se importa comigo e, se isso for verdade, me *ajude*. Não posso perder Elijah.

O homem parecia estar em guerra consigo mesmo. Com as veias dos braços saltadas, ele cerrou os punhos. Finalmente, se virou para Signa.

— Se quer minha ajuda, dê uma festa, então. — Estava longe de ser a resposta que Signa esperava, e a garota se encolheu toda, porque o Destino chegou tão perto que conseguia sentir o calor do corpo do príncipe roçando em sua pele. — Faça o que digo e traga todo mundo para o mesmo recinto, Srta. Farrow. Assim conseguirá obter as respostas que quer. Só não vá ficar brava comigo se não forem as que você deseja ouvir.

O Destino não deu tempo para Signa fazer as milhares de perguntas que ardiam em seus lábios, apenas girou nos calcanhares e saiu da Quinta da Dedaleira, sem que ninguém o levasse até a porta.

— Você acha que ele está sendo sincero? — perguntou Signa para a Morte, então, segurando o braço do Ceifador, que havia se aproximado. A garota se agarrou nele para não perder o equilíbrio e percebeu que já respirava mais aliviada pelo simples fato de que ele estava ao seu lado.

O Ceifador não desviou o olhar do corredor pelo qual o Destino havia saído, mas suas sombras se encolheram, já que a ameaça se afastava.

— Acho que, independentemente do que meu irmão diga, é certo supor que ele está sempre aprontando alguma.

Isso era bem claro. Se o Destino quisesse, poderia dar a Signa as respostas que ela procurava. Em vez disso, a garota teve a impressão de que estava se emaranhando cada vez mais em uma teia tecida com muita inteligência, apenas aguardando para virar banquete.

— Seria mesmo tão ruim assim se eu ressuscitasse Elijah? — A garota apertou bem a Morte, já que não sabia quanto tempo ainda poderiam ficar juntos. — Não pode ser muito pior do que ter que lidar com seu irmão.

As sombras do Ceifador foram em direção a Signa. Ele a puxou para perto de súbito e, ai, como a garota teve vontade de beijá-lo. A Morte, contudo, não aproximou o rosto, com medo de encostar em Signa.

— Por mais tolo que meu irmão possa ser, é a primeira vez que sou obrigado a concordar com ele. Você viu com seus próprios olhos o preço a pagar por manter alguém vivo, Passarinha. Imagine qual será o preço por trazer um morto de volta à vida.

Sendo bem sincera, Signa não queria descobrir. Ainda assim, a frustração a consumia, e o nervosismo embrulhou seu estômago.

— Então o que faremos? Vamos continuar participando do joguinho dele?

— Vamos continuar participando do joguinho dele — ecoou o Ceifador. Em seguida, prendeu os cabelos brancos de Signa atrás da orelha dela e segurou seu rosto com as mãos enluvadas. — Só que, desta vez, jogaremos até o fim.

TRINTA E CINCO

BLYTHE

Dois dias depois de seu pai ter sido sentenciado à forca, Blythe recebeu um convite.

Segurou o papel bem apertado, lendo a mensagem uma, duas vezes, depois outras três, antes que a realidade contida naquelas linhas se assentasse sobre ela.

Signa Farrow a convidara para um baile. A mulher que matara seu irmão, mas que — Blythe agora compreendia — estava sob a influência do próprio Ceifador da Morte, convidara tanto ela como Byron para comparecer a uma *soirée* na Quinta da Dedaleira, faltando pouco menos de uma semana para o pai de Blythe ser enforcado.

Na primeira meia hora que passou fitando o convite, Blythe fervilhava de raiva por dentro pela audácia de Signa. Na meia hora seguinte, ficou tentando pensar em todas as possibilidades de segundas intenções contidas. Por fim, colocou o convite em cima da mesa e começou a andar de um lado para o outro da sala de visitas.

A cada passo que dava, ficava ainda mais ciente daquela pequena tapeçaria que levava escondida debaixo do espartilho.

Durante as semanas que se seguiram à partida da prima, Blythe passara os dias preenchendo o diário com teorias, ao mesmo tempo que tentava assimilar o fato de que ninguém mais a convidaria para nada e, sendo assim, não teria mais oportunidades de obter informações por conta própria. Mal podia dar as caras nas casas de chá desde que o pai recebera o veredito, e acompanhar as fofocas havia se tornado algo quase impossível. Por mais tempo que passasse tentando tramar uma maneira de espalhar que Everett tinha um motivo em potencial e lançar dúvidas sobre o rapaz, duvidava de que haveria uma única pessoa na face da Terra que acreditaria nela. Ou seja: depois de tudo o que havia feito, Blythe não tinha nada para mostrar de suas investigações, a não ser aquela apavorante alucinação que teve com o esqueleto de Eliza Wakefield, que ficara gravada a ferro e fogo em seu cérebro, e uma tapeçaria que poderia mudar o próprio destino.

Sentia o calor que a tapeçaria transmitia em contato com a pele, e os fios da borda ficavam mais visíveis a cada dia que passava. Blythe deveria ter ficado surpresa com tudo o que havia descoberto ou com o fato de Aris conseguir controlá-la com tanta facilidade. Entretanto, por que ficaria, quando ela mesma vira as sombras que seguiam a prima? E como explicar a aparência enfermiça e esquelética que tanto sua dama de companhia como Eliza assumiram quando, no instante seguinte, gozavam de perfeita saúde? Blythe vira fios de ouro costurados no próprio ar, mãos que eram capazes de ceifar uma vida com a mesma facilidade com que concediam. Acreditava em tudo o que o príncipe havia lhe dito.

Ele era um homem estranho e, apesar de não confiar cegamente nele, Blythe não podia deixar de recordar da determinação dele, pisando firme em meio ao bosque para salvar a vida de uma raposa, que, depois, aninhou nos próprios braços. Aquele homem não poderia ser *tão* ruim assim. Era poderoso, sim, mas Signa também era. Além disso, casamentos muito menos favoráveis já haviam sido arranjados antes. Mesmo que a prima ficasse brava — mesmo que o Ceifador exercesse um poder tão feroz sobre Signa a ponto de ela tentar se vingar —, Blythe estaria lhe fazendo um favor. Quando tudo aquilo passasse, talvez Signa se desse conta disso. Talvez a relação entre as duas pudesse, um dia, voltar ao normal, e Blythe não precisasse perdê-la também.

A garota pressionou a tapeçaria contra o peito por mais alguns instantes e então se dirigiu à mesa, certa do que precisava fazer. Pegou papel e caneta e escreveu um bilhete para Aris.

No dia primeiro de junho, a Srta. Farrow dará um baile na Quinta da Dedaleira. Estarei lá com a tapeçaria, e espero que o senhor me acompanhe.

Copiou os detalhes do evento, enfiou o bilhete em um envelope, selou-o com cera e mandou William levá-lo imediatamente para o Palácio das Glicínias.

O cavalariço voltou três horas depois, com a resposta do príncipe.

Eu não perderia este baile por nada neste mundo.

PARTE TRÊS

TRINTA E SEIS

Era impressionante a rapidez com que a Quinta da Dedaleira tomou forma, abandonando seu aspecto desmazelado, amarronzado pelo acúmulo de poeira, em favor de uma aparência de mansão imponente à beira-mar, como manda o figurino. Signa contratara tantos criados que nem sabia o que fazer com todos eles, e todos trabalhavam 24 horas por dia, esfregando cada parede e cada tábua do chão até a água do balde ficar límpida. As cortinas, antes imundas, foram sacudidas e arejadas até ficarem muito mais claras do que a garota poderia ter pensado que eram. O pó de toda a mobília foi tirado, o piano foi afinado e polido. Desapareceram quaisquer resquícios de teias de aranha e ossadas de ratos, e quando Signa passou o dedo coberto por uma luva branca em uma estante de livros da sala de visitas, nem um único grão de poeira ficou preso ao tecido.

Foi preciso uma dose ainda maior de mãos à obra do que ela previra, mas a Quinta da Dedaleira na qual se encontrava agora era um lar do qual poderia se orgulhar, um lugar que seria respeitado por todos que ali entrassem. Faltando poucas horas para o baile, conseguiram terminar tudo, bem em tempo.

— Está tudo fabuloso — declarou Signa, dirigindo-se à criadagem. Estavam todos de pé, em posição de sentido, enquanto ela ia da saleta até a entrada, verificando se estava tudo em seu devido lugar. — Vocês todos trabalharam muito bem, muito melhor do que eu poderia esperar.

Houve um suspiro baixo e coletivo de alívio entre o grupo. Signa fitou os olhos de Elaine na mesma hora, e a jovem lhe lançou um pedido de desculpas com o olhar. A criadagem passara os dias em um estado de pânico desde a noite em que o Destino visitou a mansão, pois provavelmente jamais haviam imaginado que a nova patroa receberia visitas de tamanho prestígio como um príncipe, muito menos em uma casa que — até então — mais parecia um desastre. A garota não tinha dúvidas de que já se dizia por aí que ela se negara a servir algo de beber ou comer para o príncipe, e ela mesma escutara cochichos comentando que era muito estranho que não quisesse trocar aquelas obras de arte estranhas e macabras por outras mais vívidas.

Signa esperou que os criados saíssem correndo para dar uma última conferida em tudo antes de dirigir sua atenção ao trio de espíritos que a olhavam do sofá. Aprendera seus nomes nas últimas semanas: Tilly, a filha; Victoria, a mãe; e Oliver, o pai de óculos, que observava tudo com um olhar aguçado. A garota descobrira que o homem passou anos trabalhando com o pai dela, no ramo da arquitetura.

Qual vestido usará hoje à noite? Será maravilhoso?, perguntou Tilly, com um leve tom de nostalgia. *É melhor escolher com muito cuidado, caso você morra. Imagine passar cada segundo do resto da sua vida espremida num espartilho.*

— Tenho coisas muito mais importantes com que me preocupar em relação à festa de hoje. Contudo, já que quer saber... sim. Meu vestido será maravilhoso. — Apesar de Signa, assumidamente, não ter considerado a possibilidade de uma tragédia ocorrer, certamente agora considerava a possibilidade de morrer naquele vestido. — E, se eu morrer, não vai fazer muita diferença, porque eu jamais ficaria aqui, com todos vocês. O além-túmulo não é tão ruim assim, sabia?

Você já viu como é? Os olhos de Tilly se arregalaram tanto que Signa ficou com medo de que fossem escapar do crânio. Se havia ou não a possibilidade de isso acontecer com um espírito, ela não tinha a menor vontade de descobrir.

— Só vi a entrada, mas é lindo. — A garota havia se acostumado a falar baixo com os espíritos. Mas, mesmo assim, olhou em volta, por cautela, antes de completar: — A menos que queiram ver como é o além-túmulo hoje à noite, preciso que todos vocês se comportem de modo exemplar.

Os três apenas reviraram os olhos. Se aquela não fosse, talvez, a vigésima vez que Signa os mandava se comportarem — e também se não precisasse ainda se arrumar para o baile —, a garota teria se demorado ali, para se certificar de que pretendiam lhe dar ouvidos.

Nas atuais circunstâncias, porém, Signa subiu correndo a escada e encontrou Amity aguardando por ela. O espírito pairava sobre a cama do quarto da garota, onde, sobre o colchão, jazia um vestido dourado. Signa passou a mão no tecido cor de ouro, e seus dedos formigaram.

Certa vez, na Quinta dos Espinhos, a garota usara um vestido de um carmim intenso como sangue para conquistar a Morte. E agora, na Quinta da Dedaleira — para conquistar o Destino e pôr um fim naquela confusão envolvendo Elijah de uma vez por todas —, fazia todo o sentido que ela usasse um traje ouro-velho, digno da realeza da qual o Destino fingia pertencer.

Elaine não se demorou no quarto depois de ajudá-la a fechar o vestido, pelo contrário: foi logo saindo para verificar se tudo estava em ordem para a chegada dos convidados, dando a Signa um momento para inspecionar a própria aparência. O vestido era bem ajustado ao tronco, subindo e envolvendo o pescoço com a mais luxuosa das golas. Era mais pesado do que os trajes com os quais ela estava acostumada e tinha deslumbrantes detalhes de flores bordadas por todo o corpete, que desciam até a anquinha. O penteado de ondas meios soltas puxadas para trás fora feito para exibir o máximo possível do vestido.

Signa podia até ter dito para Tilly que não faria diferença o traje que escolhesse, mas não passava de uma mentira. Naquele vestido, sentia-se poderosa o bastante para derrotar o Destino. Tanto que sorriu para o próprio reflexo, e uma calma morna foi se instalando dentro de si.

Você está linda. Amity não havia sequer piscado enquanto Signa se arrumava, mas tapou a boca no instante em que viu a garota no vestido. *Você e sua mãe bem que poderiam ser irmãs gêmeas.*

Signa ajeitou a gola. Estava acostumada a ouvir esse tipo de comentário das poucas pessoas que conheciam sua mãe, mas ainda se deliciava com essas palavras e as guardava no coração como se fossem um tesouro. Vinha pensando muito nos pais ultimamente. Incapaz de se conter, ela perguntou:

— Amity… sei que o chefe de polícia não chegou a descobrir quem foi que os matou, mas você estava lá. Sabe o que aconteceu com eles na noite em que morreram?

Sombras escureceram o rosto do espírito e, pela primeira vez desde que a conhecera, o medo ressoou fundo do peito de Signa. Ficara tão à vontade que se tornara relapsa com as palavras. Só que, por mais vivaz que Amity fosse, não deixava de ser um espírito. E, se existe algo que os espíritos odeiam, é serem obrigados a lembrar do próprio falecimento.

Naquele momento, Amity parecia uma das marionetes do Destino, com os ombros encolhidos e os olhos sem vida. Já com a mão na maçaneta para sair do quarto, a garota não pôde fazer nada além de ficar olhando a variedade de emoções exibida pelo espírito, em explosões rápidas, até que se cristalizaram em uma raiva profunda e pútrida, que durou apenas poucos segundos, até que, de repente, a expressão de Amity se desanuviou. A mulher franziu o cenho.

De certas coisas, é melhor não falar, Signa. A voz do espírito era suave como um floco de neve, como se nada tivesse acontecido. *E há certos mistérios que é melhor não solucionar. É melhor irmos agora. Seus convidados vão chegar a qualquer minuto.*

— Claro. — Temendo que um movimento em falso pudesse fazer Amity perder o controle, Signa foi logo mudando de estratégia. — Mas preciso fazer uma última coisa antes de ir lá para baixo recebê--los. Você poderia ir comigo até o quarto de meus pais?

Foi só então que as rugas profundas e os ângulos salientes do rosto do espírito se suavizaram.

Seria um prazer.

Adentrar o quarto de Rima e Edward Farrow foi como ter sido transportada para o passado. Todo o restante da Quinta da Dedaleira fora esfregado e polido à perfeição, mas aquele quarto permaneceu intocado. As camadas de pó que se acumulavam no chão e nos rodapés eram o único indício do tempo que havia passado desde a última vez que puseram os pés lá dentro.

Esperarei por você aqui fora, sussurrou Amity, antes de sair, deixando Signa a sós com aquele momento — o último cômodo da mansão que ela ainda precisava explorar.

A garota proibira os criados de entrarem ali até que ela conseguisse criar coragem de ver aquele cômodo exatamente como estava na noite em que o casal Farrow partiu da face da Terra. Se tivesse todo o tempo do mundo, talvez jamais fosse até ali. Mas Signa se recusava a permitir que qualquer outra pessoa tivesse oportunidade de entrar naquele quarto antes dela. E, agora que a Quinta da Dedaleira se enchia de gente, não ousava correr esse risco.

Deu o primeiro passo, avançando sobre a soleira da porta enquanto sentia no peito o peso de mil perguntas, e se obrigou a seguir em frente. A cama dos pais estava arrumada, cada cantinho dobrado e alisado. Ainda havia cinzas na lareira e vidros de perfume na penteadeira. Signa se aproximou deles e ergueu um dos frascos elegantes, aproximando-o do nariz. O cheiro era tão fétido que os olhos da garota lacrimejaram assim que sentiu aquele aroma de âmbar azedo e as notas de algo que deveria ser floral mas se tornara indistinguível. Ficou imaginando como deveria ser aquele perfume vinte anos atrás, quando era novo. Daria qualquer coisa para saber qual era o cheiro da mãe, para se borrifar com o mesmo aroma e se acomodar no fantasma de uma lembrança imaginada.

Foi uma dificuldade se afastar dali e se dirigir ao guarda-roupas. Examinou rapidamente os trajes de seda e os vestidos de tafetá, que tinham detalhes deslumbrantes, passando os dedos por eles e desejando ter tempo para experimentá-los. Eram de cores que amava — roxos cor de ameixa, um azul-marinho intenso feito nanquim recém-derramado, e até um verde-acinzentado cintilante — todos sem uma ruga de amarrotado. Ergueu o vestido de cetim verde e tirou dele o cadáver de uma traça. Muitas outras jaziam imóveis na parte de baixo do guarda-roupa. Haviam feito furos em vários dos trajes mas, ao que tudo indicava, ainda seria possível salvar a maioria. A garota fechou o armário e, em seguida, dirigiu o olhar a um porta-joias de marfim rebuscado que estava em cima de uma cômoda. Seu conteúdo fez Signa soltar um suspiro de assombro: pedras preciosas de tamanho considerável, engastadas em anéis, e colares de diamantes tão deslumbrantes que Signa não teve escolha a não ser colocar um deles no próprio pescoço. Também havia um colar menor. Uma corrente de ouro fina, com uma ametista incrustada.

Um colar de criança, Signa se deu conta. Um colar que fora *dela*. Era um milagre que as joias não tivessem sido roubadas. A garota supôs que deveria agradecer aos espíritos por isso.

— O seu gosto era impecável, mãe — sussurrou, para o quarto, passando o dedo em um dos diamantes antes de guardá-lo na segurança do porta-joias. Havia muito mais coisas para descobrir. Mas, por ora, Signa fechou a tampa e deixou seu olhar pousar em uma caixa de rapé logo ao lado. Não havia nada nela além de uma incrustação de madrepérola, nem parecia ter sido muito usada. Era feita de osso maciço e tinha as iniciais do pai gravadas na parte de baixo. Signa sorriu ao examiná-la, dando-se conta de que o gosto do pai por coisas bonitas e curiosas ia muito além da arquitetura.

Ao que tudo indicava, a garota herdara a noção de estilo da mãe e o gosto do pai por coisas obscuras. Segurou a caixa de rapé contra o peito, sentindo-se perto dos dois pela primeira vez na vida. Se fechasse os olhos e se permitisse acreditar, conseguiria imaginar a mãe entrando para censurá-la por pegar suas joias sem ter permissão, enquanto o pai explicaria todos os detalhes — que ela jamais consideraria por conta própria — a respeito de uma simples caixa de rapé.

Um dia, Signa iria revê-los. Um dia, descobriria quem os dois realmente eram. Até lá, tinha a Quinta da Dedaleira para preencher as lacunas. Apesar de ter sido difícil — porque tudo era novo e estranho e estava longe de ser perfeito —, a garota não tinha a menor dúvida de que era ali que deveria passar o resto da vida.

Ela colocou a caixa de rapé de volta no lugar e foi para a saleta, que estava repleta de diários contendo desenhos feitos pelo pai, exatamente como Amity havia prometido. Signa folheou um deles e viu os esboços originais da Quinta da Dedaleira, depois os do jardim.

Alguns desenhos tinham um estilo estranho, meio inacabado, parecido com o dos retratos que havia por toda a mansão, e a garota sentiu um calor no peito ao se dar conta de que todos aqueles quadros foram feitos pelas mãos do pai. Também havia desenhos de Rima, um deles com Signa ainda bebê, aninhada nos braços da mãe.

A garota ficou o olhando por um bom tempo, convencida de que o coração havia parado de bater. Nunca vira nada em que as duas estavam juntas. Deveria haver mais retratos espalhados por aí. Talvez um dos três juntos.

Dobrou-se sobre a mesa, folheando aqueles desenhos, até que a música do salão chegou, vinda lá de cima. Também ouviu vozes. Convidados chegando, provavelmente procurando a anfitriã, que não estava lá para recebê-los.

Signa estava tão perdida em seus próprios pensamentos que não percebeu o frio gélido que se infiltrou no recinto. Virou-se apenas quando ouviu uma movimentação e deu de cara com o Ceifador, parado atrás dela, em sua forma humana. Seus dedos escorregaram do caderno de desenho e, quando voltou-se completamente para ele, estava com lágrimas nos olhos.

— Você está bem?

A voz da Morte não estava dentro da cabeça da garota. Foi pronunciada em alto e bom som, e isso que bastou para as lágrimas de Signa se derramarem com mais rapidez. Seu corpo chegava a doer de tanta vontade de correr para os braços dele e, desta vez, a garota não pensou duas vezes antes de se entregar a esse desejo. O Ceifador se retesou quando Signa enlaçou sua cintura e o abraçou.

— Signa...

— Estou cansada de dizer "adeus". — Dito isso, a garota aninhou o rosto no peito do Ceifador. — Não quero dizer mais nenhum. Precisamos pôr um fim nisso. Precisamos parar...

Ela se calou de repente, em meio a uma compreensão súbita.

A aparição da Morte não era algo inédito. Uma reunião de muitas pessoas era uma das melhores oportunidades que ela tinha de ver o Ceifador e, naquela noite, não convidara apenas a cidade inteira, mas também pessoas de Celadon.

Signa convidara quase toda e qualquer pessoa do mundo de quem gostava.

Ela se afastou, sentindo o sangue congelar nas veias. Agarrou-se à beirada da mesinha de cabeceira, sentindo náuseas.

— Quem é? Quem você veio buscar?

A Morte pegou a mão enluvada da garota e a segurou com força. Não de maneira amorosa, Signa se deu conta, mas para ampará-la, e respondeu:

— Vim buscar Eliza Wakefield.

TRINTA E SETE

Blythe

A Quinta da Dedaleira era um labirinto, uma mansão em que cada cômodo passava a impressão de ter uma história própria.

O térreo transmitia um ar de casa à beira-mar despojada, decorado com azuis gentis e detalhes em treliça. Conforme as pessoas iam subindo, no entanto, esse lar se transformava, dando lugar a motivos da flora e da fauna, e o papel de parede ia ficando mais escuro e mais extravagante à medida que se aproximavam do salão de baile grandioso.

Byron não deu nenhum indício de qual era sua opinião a respeito da mansão. Mal se dirigira à sobrinha desde que saíra o veredito de Elijah, e a melancolia de seu rosto ficava mais sinistra a cada dia que passava.

Blythe se separou do tio no instante em que chegaram à Quinta da Dedaleira, e Byron deu a impressão de ter ficado aliviado. Quando ficou por conta própria, a garota procurou pelas sombras,

PURPUREA

esmiuçando o térreo da mansão, tomando o cuidado de permanecer sob a luz cintilante do lustre. Olhava para trás disfarçadamente, com um ar paranoico, esperando que a Morte estivesse lhe aguardando.

Quantas vezes já havia escapado do Ceifador até agora? Será que ele estava bravo? Será que tentaria levá-la de novo na primeira oportunidade que tivesse?

Blythe se recordou das garras geladas da Morte apertando-lhe o pescoço e do modo como esse frio se infiltrara em sua pele e se acomodara dentro de seus ossos, roubando o ar pelo qual ela tanto lutava. Recordou-se de Signa parada diante do Ceifador, suplicando pela vida da prima.

Se Signa fosse uma assassina, por que teria lutado tanto para salvar a vida de Blythe? Se estava querendo prejudicar a família Hawthorne, poderia ter deixado o Ceifador levar a prima em várias oportunidades. Em vez disso, trouxera, junto com Percy, a fava-de-calabar que poupara sua vida. Não fazia sentido Signa fazer mal a Percy: só podia ter sido coisa da Morte, mexendo os seus pauzinhos.

Apesar de Blythe não saber nada a respeito do Ceifador e de seus poderes, sentia-se mais segura sob o brilho quente da luz. Aceitou, sorrindo, a taça de champanhe que alguém lhe ofereceu, mas a colocou em cima de uma mesa no instante em que o criado lhe deu as costas, pois não queria ter o mesmo fim do falecido lorde Wakefield. Conseguira chegar até ali sem permitir que a Morte se apossasse dela e não tinha a menor intenção de que isso mudasse naquela noite.

— Por que você está com essa cara?

A voz veio de trás de Blythe. Ela se virou e deu de cara com Aris, que pegou a taça de champanhe que a garota havia dispensado e deu um grande gole. Blythe ficou paralisada ao vê-lo engolir a bebida, contando em pensamento os segundos para ver se o homem ia cair duro e morrer. Não seria a primeira vez, afinal de contas. A garota

383

investigara tanto a história daquela mansão que sabia que uma praga de mortes não seria um acontecimento inédito para a Quinta da Dedaleira. Ainda assim, permitiu-se relaxar quando viu que Aris continuava de pé.

— Que cara? — perguntou ela.

Ele girou a taça de champanhe e demorou para responder.

— De filhote de cervo que se prepara para fugir. — Ele deu mais dois goles e colocou a taça vazia sobre a mesa. — Fica difícil não reparar. Seu vestido não é muito discreto.

Blythe ficou corada. Fizera as malas às pressas, e escolhera vestidos que, na sua opinião, iriam combinar com a estética à beira-mar. Não esperava que a Quinta da Dedaleira fosse tão sombria, ainda que combinasse com Signa viver em um lugar tão lindamente sinistro. Sendo assim, Blythe escolhera um vestido de baile bem clarinho, de um tom que pendia mais para o rosa, com uma barra de babados plissados e mangas caídas nos ombros, com detalhes de renda cor de marfim. A saia de armação que usava por baixo era tão volumosa que seria difícil bancar a detetive com ela. Um detalhe que nem sequer havia passado pela cabeça da garota.

— Eu estava procurando por *ele*.

Os olhos de Blythe vasculharam os cantos do salão mais uma vez. Aris acompanhou o olhar dela, franzindo o cenho.

— Acho que não irá encontrá-lo no teto, querida. E o Ceifador não vai descer das alturas para sequestrar a senhorita. Pode ficar tranquila, filhotinho de cervo, e me diga: trouxe a tapeçaria?

Blythe não estava completamente convencida do que o príncipe acabara de dizer. Apesar disso, respondeu:

— Trouxe.

Aris espremeu os olhos e perguntou:

— Onde está?

— Não se preocupe com isso.

Blythe lhe lançou um olhar de incredulidade. Distraiu-se da vergonha de admitir que estava escondida embaixo do espartilho admirando a decoração da Quinta da Dedaleira.

Apesar de estar acostumada a viver em uma casa de estética bem incomum, havia algo de perturbador na Quinta da Dedaleira. Seu interior era quase iluminado e alegre *demais* levando em conta as ostensivas nuvens de chuva. Era uma mansão estranha. Pitoresca e bela, mais alta do que larga e cheia de cantinhos nos quais as pessoas desapareciam. A maioria dos convidados se dirigia ao salão de baile, e o olhar de Blythe ia de um rosto para o outro, todos desconhecidos. Tinha a impressão de que havia descido de um trem em um mundo no qual não se encaixava, em uma casa que a deixava tão paranoica que não conseguia parar de olhar para aqueles estranhos retratos, como se esperasse que piscassem para ela. Nunca havia se sentido tão desorientada na vida.

A garota já ia dar as costas para o príncipe e se dirigir ao gramado para tomar ar, pouco convencida de que vir fora a decisão certa, quando, de canto de olho, reparou em uma névoa de escuridão. Blythe ficou paralisada.

— É ele? — perguntou, dando um sorriso forçado, porque não queria que o Ceifador percebesse que ela era capaz de vê-lo.

Se Aris fingiu estar surpreso, era um ator bem melhor do que Blythe gostaria de admitir.

— A senhorita de fato é capaz de vê-lo, então.

— O senhor achou que eu estava mentindo? — Blythe resistiu ao ímpeto de encarar as sombras. — Se eu não fosse capaz de vê-lo, por que acreditaria na história ridícula que me contou, então?

Aris apertou bem os lábios, ponderando a afirmação.

— A senhorita não deveria ser capaz de vê-lo com tanta facilidade. Eu achava possível que tivesse ouvido boatos em algum momento, mas suponho que ter quase morrido várias vezes lhe afetou mais do que eu pensava.

— Não é *fácil* — protestou Blythe.

Muito pelo contrário: era uma frustração constante e crescente. Ela não sabia se o Ceifador tinha um rosto ou se não passava de um amontoado de sombras. Era capaz de enxergá-lo apenas como uma névoa escura e não conseguia sequer imaginar como Signa podia ter se apaixonado por um ser como aqueles. Que não era nem um homem de verdade.... era?

A garota ficou corada assim que pensou nessa pergunta, decidindo que seria melhor não lhe dar muita atenção.

— O que ele está fazendo? — Blythe se aproximou do príncipe muito mais do que seria adequado. Se alguém visse os dois, certamente pensaria que a *soirée* de Signa era das mais escandalosas.

— Está nos observando — sussurrou Aris. — Ande logo, aja como se eu estivesse tentando lhe seduzir.

A garota deu um tapa na mão do príncipe quando, para provocá-la, Aris passou os dedos na mão dela. Odiou o fato de que aquilo a fez sentir um calor subindo até as bochechas.

— Por acaso já lhe falei que minha cor preferida é exatamente este tom de vermelho que a senhorita assume quando está zangada?

Aris estava tão perto de Blythe que a garota conseguia sentir o hálito dele roçando em suas bochechas. E, na mesma hora, pensou naquele momento íntimo que tiveram, na mansão da família Wakefield.

— O senhor pretende se casar com minha prima — advertiu a garota. — Deveria ter mais cuidado com a língua.

Aris pegou mais uma taça de champanhe quando o garçom passou e, se Blythe tivesse que dar um palpite, diria que não era a segunda.

— Não tenho o menor interesse na senhorita, Srta. Hawthorne, mas deixá-la irritada não deixa de ter seu charme. Deveria ver a cara que meu irmão está fazendo agora.

Blythe bufou e arrumou o vestido, abaixando a saia de armação. Só quando teve certeza de que não voltaria a ficar corada tornou a encarar Aris, com a resposta na ponta da língua. Mas, de uma hora para a outra, Aris tornou a ser um príncipe, assumindo uma postura tão confiante e altiva que parecia ser o homem mais alto do recinto. A garota se deu conta do porquê instantes depois, quando viu Eliza e Everett Wakefield entrando na Quinta da Dedaleira. Levou alguns momentos para perceber que Charlotte estava ao lado do rapaz, e os dois estavam de braços dados. Na mão esquerda da amiga, havia um anel de safira, e ao vê-lo, a visão de Blythe ficou turvada.

Então era oficial. Os dois estavam noivos.

O sorriso de Charlotte era radiante como o luar, e o de Everett se equiparava. O rapaz se abaixou e sussurrou alguma coisa que fez a garota dar uma risadinha. Parecia ser o homem mais feliz da face da Terra por ter sido agraciado com aquele som e, apesar de Blythe querer se permitir ficar com um frio na barriga e comemorar a felicidade da amiga, ficou se perguntando se aquele anel havia custado a vida do duque e se seu pai é quem pagaria o preço.

Eliza, por sua vez, dava a impressão de ter ficado ilhada no mar no meio a uma tempestade. Estava com uma aparência cansada e abatida e, apesar de seu belo vestido azul estar na moda, ela parecia tonta demais para estar presente. O cabelo longíssimo estava preso meticulosamente na nuca, mas tão crispado e viscoso quanto as algas do mar que Blythe vira ao espiar o precipício temerário onde a Quinta da Dedaleira fora construída. Dor nenhuma podia ser tão grave nem durar tanto: algo realmente estava errado.

Foi só então que Blythe percebeu que o tio pairava atrás dos integrantes da família Wakefield. Franzia a testa com tamanha severidade que a ansiedade de Blythe foi às alturas, porque lembrou-se do bilhete que Signa havia lhe deixado. Em linha reta, Byron se dirigiu até Eliza, então Blythe fez a mesma coisa. O tio ficou paralisado quando a avistou e girou nos calcanhares em seguida. Ao que tudo indicava, não valia a pena dizer o que queria a Eliza enquanto a sobrinha estivesse por perto.

Eliza não deu indícios de ter notado a presença de Byron. Estava concentrada demais na proximidade entre Blythe e Aris.

— Vocês dois vieram juntos? — perguntou, sem sequer cumprimentá-los antes.

Apesar da aparência de doente, foi um alívio ver que ainda se comportava como sempre. Tentou fazer uma reverência trôpega para o príncipe, e ficou óbvio que Blythe não era a única pessoa preocupada com a garota, tendo em vista que Aris a segurou pelo braço e a ajudou a levantar.

— Você não me parece bem. — Blythe não mediu as palavras, porque a vaidade não faria bem nenhum a Eliza. — Precisamos encontrar um quarto para você se deitar.

Eliza adotou a postura mais altiva que conseguiu.

— Posso lhe garantir que estou ótima, Srta. Hawthorne. Não ouse roubar de mim essa oportunidade, sendo que a temporada já está quase chegando ao fim.

Blythe não esperava aquele tom de desdém e já ia censurar Eliza por seus disparates, quando as sombras que os acompanhavam de repente se moveram. Blythe as seguiu com os olhos, e as viu subirem as escadas, bem na hora em que Signa estava descendo.

A garota ficou com as pernas bambas, como se alguém tivesse puxado o tapete em que estava. Teve vontade de se esconder atrás de Aris ou de sumir de vista em meio aos convidados. Ao que tudo indicava, porém, dado que Signa quase tropeçou e precisou se segurar no corrimão quando cruzou o olhar com Blythe, já perdera a chance de se esconder.

Com Byron agindo de maneira suspeita e Eliza com cara de quem ia desmaiar a qualquer momento, Blythe sabia que não tinha escolha a não ser encarar Signa, já que precisava de toda a ajuda que pudesse obter. Pelo bem do pai, baixou a cabeça, e esse cumprimento bastou, tendo em vista que o peito de Signa desceu, com um alívio visível, antes de terminar de descer a escada às pressas.

— Blythe. — A voz de Signa estava ofegante, e seus olhos relancearam para um ponto atrás do grupo, lançando um olhar furtivo para as sombras, para a *Morte*. Blythe se esforçou para conter um arrepio quando percebeu que a prima estava tão distraída. — Não esperava vê-la aqui.

— Eu não esperava vir. Entretanto, dada a situação de meu pai, não tive escolha a não ser conferir o que deseja.

Signa engoliu em seco e se aproximou, deixando que seus lábios esboçassem um sorriso falso, para cumprimentar as pessoas que as rodeavam.

— Compreendo que você não confie em mim, mas fico feliz que tenha vindo. Posso lhe garantir que, hoje à noite, salvaremos a vida de Elijah.

Isso, pelo menos, era uma certeza. Apesar de que Blythe, observando a prima se afastar na direção de Everett e Eliza, com as sombras a seguindo a cada passo, agora torcia para que Elijah não fosse a única alma a ser salva naquela noite.

Signa agradeceu às outras pessoas por terem vindo de tão longe, sem tirar os olhos de Eliza nem por um segundo. Enquanto isso, Blythe ficou paralisada, entorpecida no lugar. A tapeçaria aquecia sua pele, e, sem perceber, a garota passou a mão sobre ela quando cruzou o olhar com Aris. O príncipe observava Signa com um ar de predador, acompanhando cada movimento da anfitriã, como se estivesse tentando decidir o momento certo para atacar. As sombras encaravam Aris de um canto. Blythe se segurava para não olhar tão diretamente para o Ceifador, apesar de estar começando a vislumbrar um rosto em meio às sombras.

— Por que não subimos até o salão de baile? — Blythe se obrigou a tirar os olhos de todos eles. — Signa, poderia nos mostrar onde é?

O sorriso de Signa se desfez, e ela deu o braço para Eliza.

Blythe não queria permitir que aquilo a abalasse. Impediu-se de ficar olhando enquanto tentava se convencer de que aquela não era a maneira de Signa dizer que já encontrara uma substituta para a prima, e sim que fizera aquilo porque Eliza dava a impressão de estar a um suspiro de desmaiar. Ainda assim, Blythe teve saudade dos dias em que ela é quem estaria ao lado de Signa, fofocando e tagarelando a respeito do último livro que haviam lido.

— Está tudo bem com Eliza? — Blythe ficou ao lado de Charlotte e Everett, falando bem baixo, para os outros não ouvirem. — Ela está tão pálida.

— Tenho certeza que não, mas ela insiste em não nos contar o que sente.

Everett não se deu ao trabalho de disfarçar seu desdém: olhou feio para Blythe e se afastou dela. A garota ficou tão perplexa com a ferocidade do rapaz que, por um segundo, manteve-se no lugar. O Everett que Blythe conhecia sempre fora tão *educado*. Gostava um pouco mais do rapaz com aquele cenho franzido, mas preferia que a careta não tivesse sido dirigida a ela.

— Compreendo se você não for um grande fã de minha família — Blythe pôs-se a dizer —, mas meu pai é inocente. Condenaram o homem errado à forca.

A cada palavra, Blythe ficou procurando algum indício de nervosismo na expressão de Everett. Algum indício de que estava preocupado, achando que ela suspeitava de seu envolvimento no crime. E, apesar disso, o rapaz apenas lhe lançou um olhar fulminante, com os dentes cerrados.

— Não faço ideia de como me comportar na sua presença, Srta. Hawthorne, porque não quero que ninguém sofra como eu sofri.

Lamento que esteja prestes a perder seu pai, mas não posso ficar chateado porque a justiça foi feita.

Depois disso, Everett lhe deu as costas e subiu o restante da escada às pressas, sem dar a mínima para Blythe.

Charlotte ficou olhando para as costas dele, com os lábios espremidos, em uma careta discreta.

— Não podemos mudar o veredito, Blythe. Seu pai foi considerado culpado.

Blythe estava tão sem fôlego que começou a tremer. Cruzou as mãos ao peito e mordeu a língua até sentir o gosto de sangue. Tinha vontade de dizer para Charlotte em detalhes como suspeitava dos dois, mas se concentrou no calor da tapeçaria que pulsava em contato com sua pele.

Ela não lhes daria tempo para inventarem desculpas mirabolantes revelando suas suspeitas. Ainda não.

Blythe não havia notado que já estavam no salão de baile até que Charlotte se afastou correndo, deixando-a cercada por desconhecidas que usavam vestidos farfalhantes e criados que passavam com bandejas douradas contendo docinhos delicados e bebidas espumantes. Atrás dela, Eliza conversava com Signa em voz baixa, em tom de segredo, mas a prima dava a impressão de não estar prestando muita atenção. Signa cerrava os dentes, e Blythe seguiu o olhar dela até um canto do salão, onde as sombras da Morte se agitavam, erráticas. O Ceifador se aproximou de Signa e tornou a se afastar, com uma rapidez que os olhos de Blythe não foram capazes de acompanhar.

O coração da garota foi parar na boca quando uma taça de champanhe caiu da mesa ao lado dela e se espatifou no chão. Nem mesmo o Ceifador estava parado perto o suficiente para derrubá-la.

De repente, sentiu as mãos de Signa apertando-lhe os ombros.

— Fique de olho em Eliza — disse ela, na mesma hora. — Prometa que não vai perdê-la de vista.

— O que está acontecendo?

Blythe se esquivou do aperto da prima, ainda olhando para os cacos de vidro, que foram varridos às pressas. Logo que terminaram de limpar, no entanto, outra taça caiu.

— Preciso resolver uma coisa. Apenas fique de olho nela!

Antes que Blythe tivesse ao menos a chance de formular um pensamento coerente, Signa ergueu as saias e foi correndo para o outro lado do salão de baile.

TRINTA E OITO

Meu Deus, que tola fora. Signa sabia que os espíritos eram seres volúveis, assim como sabia o que acontecia quando eram obrigados a recordar da própria morte. Talvez fosse por isso que o Destino havia sugerido uma festa: não para ajudá-la, mas para prejudicá-la ainda mais. Ela deveria ter adivinhado o que significava trazer tanta gente para a Quinta da Dedaleira, encher a mansão de saias de armação e carnês de baile.

A garota havia recriado a noite em que aqueles espíritos morreram e, agora, a Quinta da Dedaleira como um todo pagaria por isso.

Em qualquer direção que olhasse, havia espíritos acordando de seu estupor. Um dos gêmeos que estavam presos na observação infinita do grupinho de damas agora atravessava o salão, estendendo a mão para uma delas. A dama aceitou o convite para dançar, e os dois começaram a valsar em meio aos viventes. O outro gêmeo ficou com o pescoço repuxando para o lado quando o irmão saiu da repetição infinita que os prendia. Ao vê-lo, Signa ficou com as palmas das mãos meladas, de tão suadas. Se o homem já não estivesse morto, provavelmente acabaria de pescoço quebrado.

Atrás dele, uma mulher atravessou o espírito de Briar, que se virou para a mesa mais próxima, enviando uma lufada de ar gelado que derrubou mais taças de champanhe vazias pelo salão e fez os convidados soltarem gritinhos e fugirem correndo. Uma idosa chegou a gritar, tamanha sua surpresa, e a pele de Signa ficou toda arrepiada ao ouvir esse grito.

Briar?

Os olhos de Amity ganharam um brilho vermelho, e ela saiu correndo em direção ao espírito, mas Briar nem a viu.

— Amity — sussurrou Signa, quando a expressão de sua madrinha se anuviou. A garota tinha que parar a cada poucos passos e sorrir para os convidados, que murmuravam, alarmados. — Amity, controle-se.

Não adiantou nada. A madrinha ficou rodeando Briar, tentando se interpor entre o espírito inquieto e seu desencanto. O corpo de Briar reagiu com espasmos, e lágrimas negras como betume escorreram pelo rosto de Amity.

Signa se recordou de quando Lillian perdeu o controle, lá no jardim da Quinta dos Espinhos. Lembrou-se dos sapos que mancharam as árvores com seu sangue, que escorria até o solo. Quando um espírito perde o controle, não há como voltar atrás. E, quanto mais corpos viventes se reuniam no salão de baile da Quinta da Dedaleira, maior o risco se tornava.

Signa teve que desviar do segundo irmão gêmeo, que havia levantado da mesa e ia atrás de uma bandeja de prata cheia de docinhos finos. O rapaz não acreditou quando sua mão atravessou a bandeja e tentou de novo, concentrando-se mais, até conseguir pegar um doce. Seus contornos ficaram menos nítidos por causa desse esforço e, quando o espírito tentou comer a iguaria — que atravessou seu corpo e caiu no chão —, seus olhos se acenderam de vermelho. Atrás dele,

Amity gritou com o Ceifador, recuando, porque ele lhe estendia a mão, oferecendo-se para levá-la. A mulher só queria saber de Briar, que arrancava os cabelos, em um ataque de desespero.

Algo precisava ser feito, e rápido. Não apenas pelo bem dos espíritos — cuja dor Signa sentia como se fosse dela, devorando-a viva —, mas também pelo bem de Elijah. A garota precisava ajudar aqueles espíritos antes que afugentassem os convidados da festa e, com eles, Everett e Eliza Wakefield. As pessoas já estavam se reunindo nos cantos, afoitas para ver um fenômeno paranormal. Signa tinha certeza de que era por isso que haviam comparecido, afinal de contas. Não para vê-la, mas para espiar a famosa mansão da Quinta da Dedaleira e verificar se os boatos eram verdadeiros.

Pela primeira vez na vida, ela não se importou com isso. Se lhe permitisse reunir a família Hawthorne e a família Wakefield em sua casa e obrigar todos a encarar as falsas acusações que foram feitas contra Elijah, então os habitantes daquela cidadezinha poderiam acreditar no que quisessem. E, apesar disso, no instante em que Signa começou a se aproximar de Amity, uma mulher se interpôs em seu caminho.

— Pelo jeito, você não foi apenas fruto da minha imaginação, então.

Como a dama estava com um traje fino e o cabelo encaracolado preso, Signa levou alguns instantes para reconhecer que era a mulher que encontrara no píer — a mãe de Henry. Parecia uma pessoa completamente diferente, com a pele viçosa e olhos que não estavam mais injetados nem tinham uma expressão furiosa.

— Quando recebi o convite, torci para que você fosse a nova proprietária da Quinta da Dedaleira — prosseguiu a mulher. — É verdade o que dizem a respeito do lugar?

— Que é assombrado? — perguntou Signa, encolhendo-se toda, sem prestar muita atenção, porque Amity implorava para Briar sair de seu estupor.

Do outro lado do salão, o Ceifador estendera a mão e fora novamente dispensado, desta vez por um espírito cujo corpo ribombou, feito uma tempestade prestes a cair.

A Quinta da Dedaleira era mesmo assombrada e, à medida que pratos e taças foram caindo das mesas, e o ar foi ficando tão gélido que, ao respirar, Signa soltava pequenas nuvens de vapor, mais pessoas foram percebendo isso, ao que tudo indicava.

— Bem, sim. — A mulher falou mais baixo. — Você é capaz de enxergá-los, não é? Não se preocupe, não contarei para ninguém. Depois do que você fez por Henry, eu lhe devo todos os favores do mundo, Srta. Farrow. É por isso que está aqui na Quinta da Dedaleira, não é? Para ajudar os outros espíritos?

Foi uma pergunta inocente, feita com a intimidade de uma amizade. E, mesmo assim, a resposta de Signa ficou entalada na garganta. Tanto os cochichos ardorosos dos convidados como o riso dos espíritos ficaram abafados, porque o mundo de Signa ganhou novos contornos. Ela olhou mais uma vez para Amity, que estava começando a puxar os cabelos, do mesmo jeito que Briar fazia, arrancando as mechas que enrolava em volta dos punhos cerrados.

Durante vinte anos, aqueles espíritos foram incapazes de seguir suas trajetórias. Isso a fez recordar de Henry e do sorriso que o garoto deu quando pegou na mão do Ceifador. Signa também pensou em Lillian, no fato de o corpo envenenado da mulher ter se restaurado antes de partir do mundo dos vivos.

O Ceifador poderia até preferir nunca levar uma alma que não estivesse disposta a partir. Mas como ele poderia saber se alguém estava disposto, se os espíritos eram incapazes de sair de sua repetição infinita? Signa não tinha a capacidade de ceifar almas, nem sabia se um dia teria a capacidade de levá-los para o além-túmulo, como a Morte podia fazer. Mas *podia*, sim, garantir que nenhum daqueles espíritos tivesse que passar um dia a mais que fosse preso na Quinta da Dedaleira.

— É por isso que estou aqui — confirmou a garota. E, quando essas palavras saíram de sua boca, tinham o gosto do mais delicioso dos chocolates, doce e intenso. Sua visão ficou um pouco turva; o peito, apertado pelo calor que foi se espalhando. — Sim. *Claro* que é por isso que estou aqui.

Não havia um só osso no corpo de Signa que pudesse esperar nem mais um segundo.

— Foi um prazer revê-la. Mas, se me dá licença...

Ela saiu correndo, procurando não o Ceifador ou os espíritos, mas um homem que brilhava como a luz do sol. O Destino era um farol na pista de dança do salão, fulgurante sob aquela luz que aquecia seu tom de pele, rodopiando, primeiro nos braços de uma linda mulher, depois com um homem, que deu risada quando o homem o tirou para dançar uma valsa, com uma taça de champanhe equilibrada entre dois dedos hábeis.

O corpo de Signa sabia o que precisava ser feito antes que seus pensamentos se dessem conta disso. Ela sabia, no fundo do coração, com uma ferocidade tamanha, que só poderia descansar depois de ir até o outro lado do salão e roubar o Destino do homem com quem ele estava dançando. Os olhos dourados de Aris se dirigiram à garota, e ele lhe estendeu a mão.

— Olá, Srta. Farrow. Gostaria de dançar?

A garota arrancou a taça dos dedos dele e a colocou na mesa mais próxima, antes de lhe dar a mão. Signa não se encolheu quando o Destino pousou a outra mão em sua lombar, e passou longe de se importar com os olhares curiosos que se dirigiram aos dois, alarmados com a proximidade entre eles, já que o Destino havia puxado Signa para bem perto de si. O peito do rapaz estava quente feito um incêndio explosivo, em contato com o da garota.

— A senhorita está radiante como o sol neste vestido — elogiou o Destino.

Signa sorriu, recordando-se das palavras que o Ceifador lhe dissera, tantos meses atrás. "Você é mais intensa do que o sol, Signa Farrow, e está na hora de arder em chamas." Movida por essas palavras, ela inclinou a cabeça para perto e disse:

— Preciso da sua ajuda.

Em algum ponto, do outro lado do salão, ouviu-se um suspiro de assombro quando um espírito errante tentou tirar uma senhora para dançar. A convidada ficou sem ar prontamente, tamanha sua surpresa, estremeceu e desmaiou ali mesmo em seguida. Pairando acima do corpo caído da mulher, o espírito soltou um grito.

Está acontecendo de novo!, gritou ela, e saiu furiosa da pista de dança, gritando a mesma coisa sem parar.

A noite não estava, nem de longe, se saindo como Signa esperava. Ela se concentrou no calor do toque do Destino, que lhe escaldava a pele apesar do tecido do vestido.

— Parece que, ultimamente, a senhorita tem pedido muito minha ajuda. Diga, já se recordou de mim?

Com essa pergunta, veio à tona a lembrança involuntária de uma risada que, no passado, a fez se sentir tão viva... O pulsar de um coração que, um dia, bateu apenas por Signa, assim como o de Signa batia pelo dele. A garota perdeu o passo, quase tropeçou nos próprios pés quando a canção que o Destino lhe pedira para se recordar inundou seus pensamentos mais uma vez.

— Não. — Ela se obrigou a mentir, expulsando aqueles pensamentos da mente, ordenando que ficassem o mais longe possível. — Não me lembro de nada.

O Destino soltou um suspiro que roçou o rosto de Signa, tão perto estava dela.

— Sei que estou lhe pedindo para considerar possibilidades nas quais a senhorita não gostaria de acreditar. Mas, por acaso esperava, um ano atrás, estar onde está agora? Esperava ser uma ceifadora ou a amante da própria Morte?

Pela cara que fez, o Destino já sabia qual era a resposta. Mesmo assim, esperou que Signa admitisse:

— Claro que não.

As pessoas se viravam para observar Signa e o Destino dançando. A garota sentiu a vibração de cada olhar curioso na própria pele quando ele se abaixou e sussurrou:

— Se viesse morar comigo, acho que conseguiria se recordar de quem você realmente é.

Por um instante, Signa ficou sem ar. Talvez por causa do espírito que passou logo atrás dela, perto demais, ou talvez por causa daquela sugestão em si.

— Você sabe que não posso fazer isso.

— Não pode? — repetiu o Destino. — Ou não quer? Não sente nada mesmo quando olha para mim?

Foi uma pergunta feita para desarmar, e Signa sentiu sobre si todo o seu peso. A resposta estava tão nítida em sua expressão que ela sentiu o ressentimento do Destino antes de ver o príncipe retorcendo os lábios. A dança dos dois foi se aligeirando, até que os músicos ficaram com o rosto vermelho, e os convidados ofegantes, tentando acompanhar o ritmo. Se o Destino não estivesse segurando Signa com toda a força, ela certamente teria saído rodopiando, descontrolada.

— Se ainda não se lembrou, não tenho motivos para ajudá-la, então.

Apesar de o Destino estar com o queixo erguido, Signa o sentia rígido feito um bastão. A garota se deu conta de que, cada vez mais, perguntava-se quanto daquela bravata dele era pura encenação. Um escudo. Imaginou o que poderia haver por debaixo dela, quando as camadas superiores fossem sendo retiradas.

— Certamente, existe um lado seu que deve ter carinho pelas pessoas, por mais cruel que você se apresente.

A risada dele foi uma constante, fatídica como o cair da chuva em uma noite sem nuvens.

— Você acha que sou tolo a ponto de me apegar a uma vida tão frágil quanto a de um ser humano? Por que eu deveria chorar pelos destinos que confecciono, sendo que o Ceifador vai roubar de mim até os mais magníficos dentre eles?

Talvez tenha sido nesse momento que Signa enxergou quem o Destino de fato era: um homem tão cansado de ver pessoas à sua volta morrerem quanto ela se sentira um dia. Um homem que estava disposto a qualquer coisa para ter a vida que queria, assim como ela.

— Então tenha carinho por essas pessoas, porque eu mesma tenho. — Signa não se afastou do Destino, pelo contrário: chegou mais perto. Apertou bem a mão dele, tentando ignorar o fato de que o toque dele a queimava, como uma marca feita a ferro e fogo. — Tenha carinho porque tudo o que amo está em jogo nesta noite e porque estou pedindo uma ajuda que só você pode me dar. Você controla os viventes. Congele-os, como fez no Palácio das Glicínias, para que eu possa me encarregar dos espíritos. Dê-me uma chance de descobrir a verdade a respeito da morte do lorde Wakefield e, pela primeira vez, não peça nada em troca. Se não é o vilão da história, prove isso para mim.

A valsa já estava chegando ao fim e, à medida que a música foi cessando, o olhar do Destino foi ficando mais intenso, até que o dourado de seus olhos praticamente brilhava. Ele se desvencilhou de Signa no instante em que a canção terminou, como se a garota fosse uma peste.

— Não brinque comigo — disparou. — Não diga palavras melosas na esperança de que isso vá me enfraquecer. Você vai descobrir a verdade, Srta. Farrow: já lhe prometi isso. Concedo a você vinte minutos para aplacar seus espíritos. Terminado esse tempo, estará por sua conta.

O Destino dava a impressão de estar tão bravo consigo mesmo quanto estava com Signa, como se odiasse o fato de a garota ter arrancado aquilo dele sem ter que dar nada em troca. Não receberia nenhuma recompensa, nenhum trato fora feito. Era uma oportunidade que Signa não iria desperdiçar. O tempo começou a ser contado no instante em que os corpos que a cercavam congelaram, os rostos ficaram paralisados em meio aos risos, e os pares pararam de dançar em meio a um rodopio.

— Obrigada — disse Signa, só que o Destino já havia lhe dado as costas, querendo procurar consolo em mais uma taça de champanhe.

A garota, então, soltou a mão do príncipe, e foi aí que percebeu que o Ceifador estava absolutamente imóvel, observando tudo do canto. Só lhe restava imaginar o que ele deveria estar pensando. Apesar de sentir uma dor no coração, não tinha tempo para consolá-lo.

— Mais tarde — sussurrou Signa. O que mais queria era poder esticar o braço e pegar na mão da Morte. — Ajude-me a tirá-los daqui.

A garota atravessou o salão, indo em direção à madrinha, mas quase foi obrigada a dar meia-volta, porque o espírito chiou em sua direção.

— Amity.

Signa não ousou permitir que uma gota do medo que sentia transparecesse em sua voz, mesmo quando o espírito se aproximou e ficou pairando acima dela. Amity inclinou a cabeça e inspecionou a afilhada, que se concentrou em respirar fundo, para acalmar o coração sobressaltado. No instante em que começou a se aproximar de Briar, contudo, foi como se Amity estivesse a ponto de explodir. Signa nunca a vira brilhar tanto, mais monstro do que espírito, mostrando os dentes. A garota foi cambaleando para trás e se segurou na beirada da mesa mais próxima para não cair.

Não iria fugir daquela situação. Havia coisas demais em jogo naquela noite, e Amity merecia um fim melhor. Todos eles mereciam.

— Amity! — Signa gostaria de ter os frutinhos consigo, para conseguir reunir suas sombras em volta dela, nem que fosse apenas para desfrutar de seu abraço protetor. — Eu quero *ajudar*! Você esperou por mim durante esse tempo todo. Você me ajudou a me aclimatar na Quinta da Dedaleira, sendo que jamais pensei que conseguiria chamar este lugar de lar. *Por favor*, deixe-me ajudar Briar. Deixe-me ajudar *você*, Amity!

Essas palavras, pelo jeito, atingiram Amity, porque seu corpo se sacudiu, chorando de soluçar. Naquele momento, Signa sentiu pelos outros espíritos a mesma atração que havia sentido por Henry.

Sempre se sentiu atraída por eles. E, talvez, finalmente estivesse compreendendo por quê.

Foi só quando Amity deu um passo para o lado, com os olhos cheios de lágrimas escuras como sangue seco, que Signa percorreu a distância que a afastava de Briar. De perto, o rosto do espírito tinha uma aparência ainda pior do que de longe; a face esquerda estava tão inchada que dava a impressão de que um dos olhos dela estava quase saindo da cavidade ocular. Um corte enorme na têmpora direita ainda continha lascas de madeira. Isso, pelo menos, explicava a mancha que havia no corrimão.

— Briar? — Signa continuou parada, examinando-a, e, quando a Morte se adiantou, ergueu a mão para detê-lo. Não queria que o espírito, que piscava para ela com a testa franzida, se assustasse.

Por mais apavorante que fosse ter a atenção do espírito voltada para si, era um bom sinal Signa ter, enfim, conseguido ser notada por Briar. A garota não sabia ao certo, no entanto, o que sentia por ter chamado a atenção dos demais também.

Vários espíritos se retorciam para observar o único corpo que se movimentava naquele salão de baile completamente paralisado. Pelo canto do olho, Signa via que o Ceifador estava pronto para atacar.

Eles são muitos, alertou a Morte. *Tome cuidado, Signa. Se der um passo em falso, pode ocasionar uma avalanche.*

Signa não precisava que ninguém a alertasse disso. Seus ossos doíam com a memória da possessão, o que tornava cada movimento que fazia mais cauteloso do que o anterior. Não existia um manual a ser seguido. Ao longo de toda a sua vida, a garota dependera de instruções. Havia decorado o *Guia de beleza e etiqueta para damas*, de cabo a rabo. Sabia todas as regras da sociedade e do decoro de cabeça e tinha plena consciência de cada expectativa que os outros depositavam sobre ela. Naquele instante, porém, só podia contar com os próprios instintos para comandar suas ações.

— Não é por acaso que ninguém aqui lhe parece conhecido. — Apesar de estar frente a frente com Briar, as palavras foram dirigidas a todos os espíritos que estavam escutando. — Há vinte anos, você morreu aqui, na Quinta da Dedaleira.

Signa ficou tensa quando o Ceifador lançou suas sombras na direção dela, mas não havia necessidade. Os espíritos se mexeram, mas não atacaram.

— Estou aqui para ajudar. — Signa soltou o ar pela boca, com os lábios ligeiramente entreabertos, e estendeu a mão para Briar. — Você tem revivido a noite em que morreu sem parar. Mas não precisa mais passar seus dias vagando por esses corredores. Algo muito maior lhe aguarda e, se me permitir, irei mostrar que esse é apenas o início da sua história.

Apesar de Briar ter permanecido imóvel, Signa se empertigou, surpresa, porque, no lugar da garota, um dos irmãos gêmeos deu um passo à frente. Os olhos do rapaz oscilaram de Signa para a Morte, então se dirigiram para onde o irmão estava. Não havia como negar o brilho de entendimento que surgiu neles e, com uma voz cansada e rachada pela falta de uso, perguntou, simplesmente:

Alexander?

O rapaz que estava diante dele se apagou com em espasmo, mas em seguida reapareceu ao lado do irmão. Os lábios estavam secos e rachados. Ele abriu a boca uma, duas vezes, antes de a fechar prontamente, quando percebeu que não saía nenhum som. Os olhos já estavam ficando de um estranho branco leitoso, tornando a se esvaziarem, porque sua concentração começou a se dissipar.

Você consegue.

As palavras ditas pelo Ceifador se infiltraram na mente de Signa. Era exatamente o incentivo de que ela precisava para se aproximar de Alexander.

— Olhe para a minha pele. — Ela, então, estendeu o braço para o rapaz. — Olhe para a minha pele, depois compare com a sua. Você por acaso se lembra de ver tamanho brilho em seu corpo?

Só lhe restava esperar, com o coração saindo pela boca, quando o espírito baixou os olhos. Virou a própria mão em todos os ângulos, retorcendo os lábios.

— Você não deve mais ficar aqui, neste lugar — insistiu Signa. — Está sofrendo porque se apega ao mundo dos vivos, sendo que já morreu.

Morreu, repetiu Alexander, caindo para a frente ao olhar para o irmão. *Nós... morremos?*

Signa cruzou o olhar com o Ceifador e se preparou para o pior.

— Morreram. Mas isso não quer dizer que seu fim chegou. Há mais por vir... Gostariam de ver?

O espírito ficou olhando para a mão estendida de Signa, retesando-se quando o irmão gêmeo se aproximou e pôs a mão no ombro dele. Demorou um bom tempo para Alexander relaxar os ombros. O alívio foi se espalhando pelo seu corpo, e ele se virou para o irmão.

Chega de ficar nesse lugar, disse o primeiro, e o azul que tingia sua pele começou a desbotar. *Vamos embora daqui.*

A cor começava a brotar na pele dos dois, que até então era translúcida, e Signa quase gritou de alívio quando viu que os lábios rachados de Alexander e as feridas em volta deles cicatrizaram.

Bastou um olhar de relance para que o Ceifador se aproximasse. A Morte havia dito para Signa que, não raro, mudava de aparência para se apresentar aos espíritos com o rosto da pessoa de quem mais precisassem em seus derradeiros instantes de vida. Apesar de a garota não conseguir enxergar o que os irmãos viram, nenhum dos dois teve medo quando a Morte se aproximou. Pelo contrário: a expressão dos gêmeos se desanuviou quando pegaram nas mãos do Ceifador, causando uma reação em cadeia em dois outros espíritos, que se aproximaram do Ceifador como se ele fosse um farol em um mar revolto, e a névoa contida nos olhos de ambos se dissipou.

— Volte logo — sussurrou Signa.

O calor que foi se espalhando pelo seu corpo era a única confirmação que precisava para ter certeza de que estivera certa. Era *exatamente* aquilo que deveria fazer.

Em meio aos espíritos, o Ceifador tirou os olhos de Signa e dirigiu o olhar para Briar. Cerrou os dentes antes de menear a cabeça e dizer:

— Volto.

A Morte reuniu os espíritos que se haviam aproximado e foi embora. Vários permaneceram por perto, curiosos, mas ainda com medo de se comprometer. Briar estava entre eles.

A cada segundo que passava, parecia que a realidade da própria morte se assentava sobre ela. Ao contrário dos demais, porém, Briar não tinha a menor vontade de aceitá-la. Seu lábio inferior tremia, e Signa teve certeza, um instante antes de um grito irromper da garganta da mulher, que Briar não iria com o Ceifador facilmente. Signa mal teve tempo de proteger os ouvidos quando o som ecoou, tão agudo que todas as taças de cristal ao redor se espatifaram. O vento soprou pelas janelas, cacos de vidro voaram das mesas, ferindo a pele dos convidados, que aos poucos voltavam à realidade, cerrando os dentes, segurando seus pares com dedos formigantes.

Vinte minutos se passaram em um piscar de olhos. Estavam quase sem tempo.

Amity também percebeu. Aproximou-se de Briar.

— Já não nos resta muita opção — Signa avisou Amity, cujos olhos brilhavam vermelhos, avisando que o Ceifador havia voltado, o frio anunciando sua presença. — Ela vai ferir alguém.

Ela está assustada.

Signa nunca ouvira Amity falar com um tom tão venenoso, e teve certeza, sem a menor sombra de dúvida, de que, caso tentasse fazer alguma coisa, a madrinha iria se transformar no mais apavorante dos espíritos que já encontrara na vida. A mulher passou por ela, ignorando completamente o Ceifador, e segurou a mão de Briar. O espírito da garota rugiu e tentou se desvencilhar, mas Amity a segurou com mais força.

Volte para mim. Amity segurou a mão de Briar, mesmo quando lágrimas enegrecidas de sangue rolaram pelo rosto e pelo pescoço da garota. *Volte para mim*, repetiu, ficando na ponta dos pés, para dar o mais delicado dos beijos na têmpora de Briar, logo abaixo do ferimento. *Esperei demais para você me ouvir dizer que te amo. Volte para mim, Briar, para que eu possa lhe dizer isso como se deve.*

O beijo conseguiu paralisar Briar, que derramou as últimas lágrimas e enfim pôde se concentrar em Amity, que havia entrelaçado os dedos nos dela e a abraçado. Apesar de não ter dito nada por um bom tempo, a força do vento se amainou. O espírito da garota colocou a mão trêmula sobre a mão de Amity.

É você mesmo?

Briar falou tão baixo que Signa achou que havia imaginado, mas então Amity caiu na risada, dando o soluço mais alegre que Signa já ouvira na vida. Sua madrinha abraçou o espírito, ficou fazendo cafuné em Briar e lhe deu mais um beijo.

Sou eu. E não vou a lugar nenhum.

Amity encostou a cabeça na de Briar e sussurrou palavras que Signa se virou para não ouvir, porque sabia que não deveria escutá-las. Gostaria de poder dar às duas todo o tempo do mundo. Gostaria de não estar tão preocupada, achando que Briar tornaria a perder o controle no instante em que os convidados voltassem a se movimentar.

— Está na hora de vocês irem embora — sussurrou Signa.

Amity ergueu a cabeça, dando o mais minúsculo dos sorrisos, com aqueles seus lábios arqueados em forma de coração.

Acho que você tem razão. Signa não previra que ouvir essas palavras doeria tanto. Contudo, em meio a tanta tristeza, sentiu-se aliviada pela amiga. Enfim, Amity teria o que queria. *Seus pais ficarão tão orgulhosos quando eu contar a respeito da mulher que a filha deles se tornou. Valeu a pena esperar por vinte anos. Fico feliz de tê-la conhecido, Signa, mesmo que tenha sido muito breve.*

A garota não saberia afirmar quando as lágrimas começaram a cair, sabia apenas que escorriam livremente.

— Também fico feliz de tê-la conhecido. Diga para os meus pais que mal posso esperar para encontrá-los um dia, sim? Será o mais lindo dos reencontros.

Digo. À medida que o Ceifador foi se aproximando, pedacinhos de Amity foram voando com a brisa que havia se infiltrado pelas janelas ainda abertas. *Mas realmente espero que você nos faça esperar por um bom tempo. Aproveite esta vida, Signa. Aproveite-a livremente e não permita que ninguém lhe separe de quem ou do que você ama. Quando eu a vir de novo, espero que tenha as mais magníficas histórias para contar.*

Os ferimentos de Briar cicatrizavam depressa, e Signa teve certeza de que não havia mais tempo para palavras. Segurou as lágrimas quando Briar e Amity atenderam ao chamado do Ceifador, de mãos dadas, ansiosas por explorar tudo que as aguardava.

Signa mal teve tempo de secar os olhos antes de o salão de baile voltar a se movimentar, de uma hora para a outra.

Ainda havia mais espíritos, e alguns deles até deveriam estar vagando pelos cômodos da mansão que Signa ainda não havia explorado. O trio que conhecera na primeira noite que passou na Quinta da Dedaleira estava espiando, observando tudo, enquanto vários outros entravam em pânico, por causa de todos aqueles corpos que haviam voltado a se movimentar, enquanto fios dourados rodopiavam por todo o salão.

Signa os ignorou, porque os piores espíritos já haviam sido levados e, por ora, tudo parecia estar sob controle. A música voltou a tocar de onde parou, mas os risos estavam logo se transformando em cochichos, porque as pessoas começaram a reparar nos arranhões que haviam surgido em sua pele e nos cacos de vidro que diversas criadas já estavam varrendo às pressas. Signa avistou Byron e seguiu o olhar dele até o outro lado do salão, onde Eliza Wakefield segurava as saias. A garota estava bem longe das mesas, então não se ferira, mas nunca tivera uma aparência tão enfermiça, com aquela pele macilenta e aqueles olhos tão ocos quanto os dos espíritos. Cambaleando, dirigiu-se até a porta.

Logo atrás de Eliza, o Destino fazia uma expressão severa, e Signa compreendeu que, assim que voltasse, o Ceifador teria mais uma alma para levar.

Os olhos de Blythe cruzaram com os de Signa do outro lado do salão e, sem que as duas tivessem trocado nenhuma palavra, foram desviando das demais pessoas, desceram as escadas atrás de Eliza, saíram da Quinta da Dedaleira e encararam a noite.

TRINTA E NOVE

Quando Blythe e Signa encontraram Eliza, ela estava de joelhos no jardim, vomitando nas papoulas. Segurava a própria barriga, com um frasco de óleo de ervas aberto na mão, cujo conteúdo se espalhava.

Signa se agachou ao lado dela e Blythe segurou a mão da garota.

— Passe isso para cá — ordenou Blythe, com a frieza de uma tempestade de inverno. — Abra a mão e passe já isso para cá. Quanto você tomou?

Apesar de Eliza dar a impressão de estar a um suspiro da morte, não soltou o frasco, pelo contrário: tentou escondê-lo.

— Deixe-me em paz — respondeu, furiosa, com toda a letalidade que Signa conhecia da garota. O que não esperava, contudo, é que houvesse um leve tom de medo na voz de Eliza, que fechou bem os olhos e se encolheu no chão. — Isso é um castigo. Vou voltar lá para dentro assim que eu...

Ela parou de falar, se engasgou e se contorceu de novo. Bile lhe escorria dos lábios.

— Ela está delirando. — Blythe mudou de posição, indo para trás de Eliza, e soltou os cordões do espartilho da garota, que gritou de alívio.

— Ela está *morrendo* — esclareceu Signa, sem precisar erguer os olhos para saber que o Ceifador finalmente havia chegado.

A terra sob seus dedos era puro gelo, e Eliza se encolheu toda, porque não conseguia parar de tremer. Quando as sombras se amontoaram em volta dela, Signa rangeu.

Não vou tomar a mesma decisão que tomei no caso de Blythe, avisou. *Não vou exigir que você faça o mesmo sacrifício outra vez. Mesmo assim, não vou permitir que você a leve. Não antes que eu tenha tentado de tudo.*

O tempo dela está passando, Passarinha, alertou o Ceifador. *Certas batalhas nem você é capaz de vencer.*

Talvez, mas não será por falta de esforço. Signa tirou as luvas e segurou a mão de Eliza, então, um por um, soltou os dedos da garota do frasco.

— Eu preciso dele — gritou Eliza, brigando com Signa pelo frasco. — Vocês não entendem...

— Artemísia. — Blythe se levantou, apoiou-se em uma árvore e cravou os dedos no tronco. — Tem artemísia e tanaceto nessa coisa. Você consegue ajudá-la, não consegue?

— Tanaceto?

Era uma erva bem comum, empregada com frequência para aliviar dores de estômago ou de cabeça. Mas Signa teve que buscar as informações sobre a artemísia no cérebro, repassando o que já ouvira falar a respeito da erva. Tudo o que já havia lido. Seus empregos, seus riscos...

Ela congelou, com o rosto encovado, e ficou olhando para Eliza, que apertava a própria barriga. Não o estômago, mais para baixo, bem no ventre. Blythe deve ter percebido o que estava acontecendo no mesmo instante que a prima, porque chegou mais perto quando Signa ergueu o vestido de Eliza até os joelhos e viu exatamente o que temia: sangue. Tanto sangue que empapava as roupas de baixo da garota.

— Você está grávida.

Signa ficou sem ar. Como não havia se dado conta disso antes? Aquela obsessão por encontrar um marido. As náuseas... Eliza estava grávida aquele tempo todo. Mas nem a garota, nem o bebê sobreviveriam se Signa não agisse rápido.

Olhou para Blythe, que já havia deixado as luvas de lado e estava arregaçando as mangas. Lançou um olhar para a prima que não era de interrogação, mas uma exigência: *dê um jeito nesta situação*.

— Se você realmente vai fazer isso, precisa ser agora. — A voz do Ceifador não foi nada delicada. Mostrou todo o poder dele ao retumbar na noite, despertando um determinação fervorosa em Signa. — Precisa ser antes que Eliza morra. Do contrário, não posso permitir que você se apodere dela.

O conselho dado pelo Destino dias atrás ecoou na cabeça de Signa, deixando-a em dúvida a respeito de pousar as mãos nuas sobre o corpo de Eliza. Precisava salvar não apenas uma vida, mas duas, e não fazia ideia de por onde começar.

A garota fechou os olhos, concentrando-se, com todas as suas forças, em ajudar aquelas duas pessoas. Em deixá-las bem, com saúde. Visualizou-as mentalmente, como o Destino havia instruído. Imaginou Eliza com bochechas cheinhas e viçosas, e uma criança que sobreviveria e conheceria o mundo. Entretanto, quando pressionou as palmas das mãos no corpo de Eliza, Signa não conseguiu escapar dos pensamentos intrusivos, que a alertaram da ardência que estava por vir.

Era doloroso demais. Ela não conseguiria fazer aquilo. Não conseguiria...

— Não ouse desistir. — Blythe segurou a mão da prima e a pressionou no lugar. — Ajude os dois, Signa.

Desta vez, à medida que o calor foi se infiltrando, Signa baixou as defesas e deixou que a sensação a devorasse. Não parou quando teve a sensação de que o fogo lambia sua pele. Não se mexeu nem quando ficou convencida de que aquela magia a derretiria viva, nem quando seus olhos arderam tanto que ficou com medo de que nunca mais fosse enxergar de novo.

A garota deixou que o fogo a devorasse até enxergar apenas um abismo do mais puro branco. Não havia nada adiante a não ser a infinitude, até que ouviu uma risada delicada, alegre. Um rosto tomou forma neste momento — o rosto do Destino, só que mais sereno, rindo, abraçando alguém. Abraçando-*a*, Signa se deu conta.

Só que Signa não era ela mesma, mas uma mulher completamente diferente. Uma mulher de cabelo branco, volumoso, puro como a neve, que dava risada e ficava na ponta dos pés para beijar o Destino.

Vagamente, Signa compreendeu que estava vendo outra lembrança. Desta vez, de muito tempo atrás, quando a mulher em sua imaginação ardia de desejo pelas carícias do Destino e bastaria um beijo daquele homem para que seu coração fosse arrebatado. Era uma época em que Signa via o Ceifador sentado sozinho, observando os dois sob a sombra de um pé de glicínias, e não sentia nada por ele.

Tão rápido quanto surgiu, a lembrança se dissipou, e Signa caiu, soltando Eliza. Segurou a própria cabeça nas mãos, sentindo uma dor tão avassaladora que teve vontade de desmaiar. Só que seus pensamentos não permitiriam que fugisse, não depois de tudo o que a garota acabara de ver. A lembrança foi curta e vaga, nada além de alguns vislumbres fugazes. Mas Signa não podia mais afirmar que era uma mera coincidência. As lembranças da Vida eram reais e, quando o Ceifador sussurrou palavras que a garota não entendeu, porque não conseguia se concentrar, ela se encolheu no chão.

Apesar de empregar os poderes da Vida e de todas as provas que reunira até então, Signa se apegava à esperança de que o Destino estivesse enganado. De que tudo o que ela havia feito até então fosse obra do acaso e que, um dia, encontrariam a verdadeira reencarnação da esposa de Aris e poriam fim àquela confusão. Signa era capaz de ignorar uma canção, mas não era capaz de negar aquelas lembranças.

— Respire, Passarinha — sussurrou o Ceifador, abaixando-se ao lado dela.

Signa estava se esforçando ao máximo para manter as aparências, mas quase pôs tudo a perder ao escutar essas palavras, porque *aquele* era o homem que amava. *Aquele* era o homem que queria beijar e cuja mera presença apaziguava seu corpo. Mas a garota era capaz de sentir que mais lembranças estavam aguardando, com toda a calma, para vir à tona quando ela menos esperasse.

Eliza recobrou os sentidos segundos depois. A pele suada começara a secar, e o sangramento cessara. Levando em consideração que Signa ainda conseguia ver a Morte pairando ali perto, no entanto, a garota ainda não deveria estar completamente fora de perigo.

Blythe, que não havia se mexido um centímetro sequer, só teve reação quando Eliza tentou baixar o vestido das coxas, o sangue seco grudado na pele.

— Cuidado — sussurrou Blythe, com uma voz entorpecida. — Não faça movimentos bruscos.

Eliza franziu o cenho, aproximando as sobrancelhas finas do nariz. Deixou de fitar as papoulas, dirigiu o olhar para as árvores à sua volta e foi levantando do chão de terra.

— Céus, o que foi que aconteceu?

Blythe mal conseguiu conter a risada debochada.

— Nós é que perguntamos.

— Você está grávida — repetiu Signa, para esclarecer a aparente confusão.

Desta vez, a outra garota estava consciente a ponto de olhá-la nos olhos. Signa precisava tentar bloquear as lembranças da Vida por mais algum tempo para conseguir reunir as peças dispersas do quebra-cabeça que era aquele mistério. Pensava em voz alta, enquanto tentava encaixá-las.

— Na noite em que seu tio morreu, Everett me disse que o duque estava tentando arranjar o seu casamento...

— ... com um homem que estava com o pé na cova.

Blythe, ao que tudo indicava, estava chegando, lentamente, à mesma conclusão que a prima.

— E que não faria nenhuma pergunta — comentou Signa, ainda tilintando os dentes de frio a cada poucas palavras. — O falecido duque sabia da gravidez, não sabia?

Agora não havia como escapar da verdade daquela situação, e Eliza deu indícios de que também se dera conta disso. Abriu a boca, fechando-a em seguida, várias vezes, até que foi tomada pela derrota e soltou os ombros tensos.

— Sir Bennet só chegou a comentar que precisava muito de um herdeiro. Talvez até fosse um bom candidato no papel, mas vocês conseguem imaginar deixar alguém que tem idade para ser seu avô passar as mãos por todo o seu corpo?

Eliza estremeceu. Todas as três mulheres estremeceram.

Bastou um olhar para o frasco de ervas que estava no chão para Signa saber tudo o que precisava a respeito da próxima peça do quebra-cabeça e, sendo assim, seguiu em frente:

— Você não queria se casar com ele. Então foi ao boticário, em busca de uma solução.

Signa recordou-se da vez em que ela mesma fora ao lugar, meses antes, quando o boticário suspeitou que Percy estava tramando alguma coisa e lhe ofereceu os meios para se livrar do rapaz. Talvez aquilo também fosse cianeto.

Eliza respondeu de forma tão contundentes que cada palavra foi dita como se fosse uma frase em si.

— Eu nunca, *jamais*, quis causar nenhum mal ao meu tio. — Cerrou o punho, segurando as saias, e ficou quieta por alguns instantes, para que o lábio inferior parasse de tremer. — Li a respeito do cianeto nos jornais. Houve casos de envenenamento em que as pessoas não morreram, mas ficaram doentes por um breve período. Eu só precisava fazer meu tio acreditar que Sir Bennet não era mais uma opção viável. Como queria que ele encontrasse outra pessoa, coloquei o cianeto na taça que o criado deveria ter levado para Sir Bennet. Só que o Sr. Hawthorne o interpelou no meio do caminho e pegou a taça envenenada.

Depois de terem passado tanto tempo guardados, os segredos de Eliza agora fluíam dos lábios dela feito um rio caudaloso.

— Devo ter checado a dose uma centena de vezes. Não era para ninguém ter morrido naquela noite, eu juro. — Nessa hora, a garota aproximou os joelhos do peito e os abraçou com força. — Eu nunca... meu Deus, eu nunca quis que meu tio morresse. Eu o amava.

Blythe desmoronou depois dessa confissão. Signa também gostaria de costurar os lábios de Eliza e arrastá-la até o chefe de polícia, para libertar Elijah antes que a garota pudesse dizer mais uma palavra que fosse. Mas tanto ela quanto Blythe se contiveram porque, apesar de tudo, havia uma verdade pairando entre as três: ambas poderiam ter ficado tão desesperadas quanto Eliza se estivessem no lugar dela.

Não era para menos que Eliza havia comparecido ao baile organizado pelo Destino apenas uma semana depois da morte do lorde Wakefield: estava desesperada para arranjar um marido. Se sabia que estava grávida antes da morte do duque, isso significava que estava grávida há, no mínimo, alguns meses. Signa olhou para a barriga de Eliza: a garota estava se saindo muito bem em escondê-la. Só que não conseguiria fazer isso por muito mais tempo.

Signa pegou o frasco de ervas e olhou com atenção.

— Quem foi que lhe deu isso?

Eliza ficou rígida com a objetividade de Signa.

— Minha dama de companhia, Sorcha. Tenho passado mal desde o início da gravidez, e é impossível esconder uma coisa dessas da pessoa que me ajuda a me vestir. Assim que descobriu, começou a me trazer ervas, para diminuir a dor e as cólicas.

Devia ser um erro acidental, mas Signa ainda não podia descartar a hipótese de más intenções sem antes perguntar:

— Em pequenas quantidades, essas ervas não são perigosas. Mas também são empregadas para outra coisa, Eliza. Por acaso você sabia que fazem sucesso entre as mulheres que passam por uma gravidez indesejada?

Eram ervas potentes e perigosas, que podiam causar mal tanto à mãe como ao bebê. Ainda assim, isso raramente impedia mulheres desesperadas de tomá-las.

Com demasiada frequência, o mundo não considera as mulheres como indivíduos, mas como trampolins para os homens. Mulheres são ostracizadas no instante em que se desviam do caminho predeterminado, abandonadas para se virarem sozinhas em um mundo onde quase não há oportunidades para elas. Signa gostaria que existisse uma opção mais segura do que aquelas ervas, mas não podia recriminar Eliza por ter optado por essa solução.

— Só tomava essas ervas por causa da dor. — A convicção de Eliza era tão forte que Blythe se comoveu. — Mas sabia o que poderiam causar e quis tomá-las mesmo assim. Nunca quis que meu tio morresse, mas não podia me casar com o homem que ele escolheu para mim. Meu Deus, nunca quis que nada disso acontecesse.

— O que você fez com o cianeto depois de tudo? — prosseguiu Signa. — Por acaso alguém a viu com o frasco?

— Ninguém — jurou Eliza. — Entrei em pânico e joguei fora.

Blythe ficou calada, mas era evidente que a tristeza se infiltrou em seu rosto, formando rugas finas na testa. Foi quando perguntou, em um sussurro:

— E onde meu tio entra nesta história? Por acaso Byron é o pai?

Isso a fez ficar com bochechas tão coradas que, em qualquer outra circunstância, Signa poderia ter debochado da prima.

— Byron sabe da minha condição, mas o pai não tem nenhum envolvimento nisto tudo. Nem sequer sabe que estou grávida.

— Você não acha que poderia ser uma boa ideia contar para ele? — insistiu Blythe. — Talvez ele esteja disposto a ajudar.

— Que ideia de *gênio*. — Nessa hora, Eliza praticamente cuspiu. — Acha mesmo que eu não teria contado se pudesse? Achei que estaríamos casados a essa altura, mas não consegui entrar em contato com ele. Byron tem me ajudado a procurar por ele e se ofereceu para casar comigo, se for preciso. É um bom homem.

Sentindo um peso no estômago, Signa lembrou dos papéis que vira no gabinete de Byron — os mapas com cidades riscadas e todas aquelas anotações feitas às pressas. Meses atrás, Eliza ficara toda interessada por Percy, e o rapaz fora mais do que receptivo aos paparicos dela. Cinco meses atrás... A data batia e, quando Signa se virou e olhou disfarçadamente para a prima, ficou claro, pelo brilho nos olhos dela, que Blythe também havia se dado conta disso.

— Percy é o pai — sussurrou. — É por isso que Byron ofereceu a própria mão em casamento.

Foram essas palavras que fizeram a compostura de Eliza se espatifar. Ela se contorceu, apertou a mão de Blythe e caiu no choro. Soluçava tanto que seu corpo tremia.

— Por que ninguém sabe onde ele está? Por que Percy fugiria, a menos que não quisesse ter nenhum envolvimento comigo ou com esta criança?

Signa olhou para o frasco caído no chão, no meio delas. Pensou no orgulho e no decoro de Percy e tentou imaginar o que o rapaz teria pensado da situação, caso soubesse o que estava acontecendo. Será que isso o faria lembrar tanto de Marjorie que ele não seria capaz de aguentar? Ou será que teria se casado com Eliza e estaria aguardando o nascimento do filho?

Seja qual fosse a resposta, ela jamais a descobriria. Eliza jamais encontraria Percy, e o rapaz jamais conheceria o próprio filho. Tudo por causa de Signa.

— *Signa*. — A garota deu as costas para o Ceifador quando as sombras da Morte ficaram atrás dela. — *Você não tem culpa de nada. Não pense em Percy nem na vida que você ceifou* — suplicou o Ceifador. — *Em vez disso, olhe para a vida que você concedeu. Se você não tivesse feito nada, ele teria matado Blythe.*

Signa poderia jurar que, por uma fração de segundo, o olhar de Blythe se dirigiu subitamente para o Ceifador. Pensou ter visto os olhos da prima se arregalarem. No instante seguinte, porém, Blythe já estava abaixada ao lado de Eliza, segurando a mão da garota.

Signa tinha a sensação de que o peito fora apunhalado por um ferro em brasa. Estavam a segundos de distância de conseguir um álibi para salvar a vida do tio. Mas não podiam entregar Eliza, ainda mais porque a garota era a mãe do filho de Percy, a última parte do rapaz que ainda existia neste mundo. Signa não poderia roubar isso da família Hawthorne também.

— Você vai ficar bem — Signa tentou imitar o tão conhecido tom que o Ceifador empregava para aplacar espíritos aflitos, mas estava se saindo muito mal, porque sua voz ficou embargada. — Se optar por ter o bebê, conte para Everett. Ele é um bom homem. Mas, se por algum motivo ele resolver não demonstrar sua bondade, você e a criança terão um lar aqui, na Quinta da Dedaleira, caso precise. Se optar por não ter o bebê, vamos encontrar uma opção mais segura que essas ervas.

Signa ficou de pé, segurou o pulso de Eliza e ajudou a garota a levantar. O corpo de Eliza estava leve como uma pluma e, apesar de dar a impressão de ter melhorado muito, ela ainda cambaleava a cada passo dado.

— Vamos avisar Everett que não é preciso se preocupar com você — prometeu Signa, limpando um pouco da terra que ficara grudada na têmpora de Eliza, pensando em uma maneira discreta de levá-la, em segurança, até um dos quartos de hóspedes. — Saiba que você irá ficar bem, Eliza, assim como seu filho. Você não ficará abandonada.

— Por que você me protegeria? — perguntou Eliza, em um tom mais de exigência do que de indagação, em que cada palavra soou tensa e medida. — Por mais que possamos fingir, não somos amigas. Seu tio está na prisão por minha culpa.

A pergunta era justa, mas Signa não tinha uma resposta para dar à garota. Será que, se o pai daquela criança fosse outro rapaz, ela ainda protegeria Eliza? Blythe, provavelmente, teria atirado a garota aos leões para salvar a vida do pai. E por acaso isso também não teria sido justo?

— Você fez o que fez para proteger a si mesma e a seu bebê. Não posso recriminá-la por isso.

Não havia um caminho único e verdadeiro aos olhos de Signa, mas aquele lhe pareceu o mais certo.

Eliza encarou a garota por um bom tempo, até que, enfim, esticou o braço e segurou a mão dela.

— Obrigada — sussurrou. Parecia que ia dizer mais alguma coisa, mas então ouviram um barulho seco e pesado, vindo de trás delas.

Signa reconheceu o ruído dos passos de Byron antes de vê-lo. Ele se agarrava à bengala e olhava para Eliza com tamanha vulnerabilidade que Signa ficou com receio de tê-lo confundido com outra pessoa. O homem atravessava o jardim às pressas, esmagando papoulas com as botas, e segurou Eliza pelos ombros. Byron não era nenhum tolo: bastou um olhar para o sangue e a lama no vestido da garota para que seus olhos ficassem marejados. Os lábios tremeram e se abriram, tentando encontrar as palavras, quando Eliza cobriu a mão dele que segurava a bengala.

— Estamos bem — sussurrou a garota, pousando a outra mão na barriga. — Nós dois estamos bem.

Graças a Deus, estavam perto de uma árvore, porque Byron teve que se segurar para não perder o equilíbrio, ameaçando desmoronar sob o peso do próprio alívio.

— Elas sabem? — perguntou, friamente, e Eliza respondeu meneando a cabeça.

— Sabem. E é por causa delas que estou bem, então tome cuidado com a língua, Byron.

Blythe e Signa se entreolharam, ainda que Blythe tenha logo virado o rosto. Byron já estava tirando o casaco para colocá-lo nos ombros de Eliza.

— Vou buscar uma criada para ajudá-la a se limpar — prometeu, num tom grave e sincero. — Ninguém ficará sabendo de nada disso.

Ao que tudo indicava, até um homem severo como Byron poderia se amolecer por causa de um bebê.

— Procure a Srta. Bartley — sugeriu Signa. — Ela não irá contar para ninguém o que vir.

Byron assentiu com a cabeça, esperou Eliza recuperar o equilíbrio, deu o braço para ela e, juntos, percorreram o curto trajeto de volta à mansão. A neblina envolveu os dois como uma bocarra ávida, e qualquer esperança que Signa ainda pudesse ter se dissipou quando ambos os vultos foram engolidos por completo.

Aquele seria o verdadeiro fim, então. Sem mais ninguém que pudesse levar a culpa, Elijah seria enforcado.

Blythe, ao que tudo indicava, estava pensando a mesma coisa, porque deu um passo para a frente.

— Meu pai não pode ser obrigado a pagar por isso. — Qualquer resquício de emoção sumira, escondido por uma máscara de pedra. A garota pôs a mão dentro do espartilho e tirou dele um pedaço pequeno de tecido dourado, que estendeu para Signa, com a mais absoluta severidade. — Só há uma maneira de consertar isso.

O Ceifador transformou o mundo ao redor das duas em gelo enquanto Blythe olhava Signa bem nos olhos.

Não poderia ser o que ela estava pensando que era... e, mesmo assim, quando Signa pegou a tapeçaria, o calor que emanava do fios foi tão abrasador que a garota a deixou cair e segurou a mão contra o peito, tentando aplacar um ferimento invisível.

— O que é isso?

Blythe respirou fundo e, quando soltou o ar, deu a impressão de ter se transformado em uma pessoa completamente diferente. Uma pessoa tão fria e sem sentimentos que, quando espremeu os olhos para Signa, quase não parecia humana.

— É a maneira de você resolver a confusão que criou — declarou a garota. — Você vai se casar com Aris.

QUARENTA

Signa jamais havia sentido o coração tão pesado como quando viu a tapeçaria disposta diante de si, ainda sob a mão de Blythe. Havia um ar de afronta nos olhos da prima. Uma afronta que Signa não podia ignorar, apesar do cansaço que havia se apoderado de seu corpo.

— Há quanto tempo você sabe o que Aris é? — sussurrou.

— Bem menos tempo do que sei o que *você* é.

Blythe recolheu a mão, com uma expressão de absoluta seriedade. Sem nem piscar, olhou bem nos olhos de Signa, esperando para ver qual seria a próxima jogada da prima, como se aquilo fosse uma partida de xadrez.

O Ceifador ficou tão irritado que as árvores atrás de Blythe estremeceram, e Signa precisou se arriscar a olhar feio para ele, antes que uma tempestade caísse do céu.

— *Não é desta maneira que vamos resolver isso* — disse ele, enfurecido, pronunciando as palavras como se fossem uma lança, cortantes e aguçadas. — *Vamos encontrar outro jeito.*

Quem sabe. Mas, depois que o Destino a alertara sobre os perigos de trazer os mortos de volta à vida, Signa não conseguia mais achar que esse caminho era viável, e tampouco tinham tempo de pensar em outra maneira. Blythe tinha toda a razão quando disse que Signa havia criado aquela confusão, e era sua responsabilidade proteger aquela família.

Vá embora, disse, dirigindo-se ao Ceifador, porque não seria bom para nenhum dos dois se a Morte ficasse ali para ouvir aquela conversa. Signa endireitou os ombros, sem se abalar com a intensidade do olhar da prima. *Preciso falar com ela a sós.*

Signa...

Vá embora. Por favor.

O Ceifador dava a impressão de estar travando uma batalha consigo mesmo. Um trovão ribombou e as sombras da noite bruxulearam, iradas. Foi só quando ele dirigiu o olhar para a Quinta da Dedaleira que a pressão do ar diminuiu.

Não faça nenhuma tolice, foi tudo o que disse antes de sumir de vista, dirigindo-se à mansão, e Signa sabia, sem um pingo de dúvida, que o Ceifador e o irmão também teriam uma conversa.

Agora que as duas estavam a sós, Blythe manteve certa distância da prima por precaução, coisa que Signa sentiu como se fosse uma facada no corpo. A garota com quem se divertira na neve, com quem passava as madrugadas fofocando e tomando chá, havia desaparecido. A amiga que ela começara a considerar uma irmã havia desaparecido e, em seu lugar, havia uma mulher que Signa não reconhecia.

— Não sei o que Aris lhe disse a meu respeito — pôs-se a dizer, rezando para conseguir encontrar as palavras certas. — Também não sei o que ele disse a respeito de si mesmo, mas é perigoso confiar nele.

— Não ligo se é *perigoso* ou não. — Blythe segurou a tapeçaria contra o tronco. Seu tom era surpreendente de tão calmo, sem a rispidez que Signa esperava. — Você também é perigosa, Signa. Vi você ceifar uma vida com apenas um toque. Você também ceifou a vida de meu irmão. Percy ia ter um filho! Agora, esse filho não tem pai, nós não temos um álibi, e meu pai está apodrecendo em uma cela, aguardando para ser enforcado daqui a uma semana. Não vou permitir que ele morra por causa disso.

O calor da tapeçaria irradiou na direção de Signa quando Blythe a estendeu para ela. A garota precisou reunir todas as suas forças para não se afastar.

— Sei que Aris não é príncipe coisa nenhuma — prosseguiu Blythe. — Mas, seja lá o que ele for, sem dúvida tem poder. Concordou em libertar meu pai se, em troca, você se casar com ele.

O calor agora se infiltrava na pele de Signa, e a garota teve a sensação de que estavam ateando fogo ao seu corpo, um fogo que a consumia centímetro por centímetro. A respiração era tão superficial quanto as lembranças que tivera há pouco — e que ainda dominavam seus pensamentos.

— Você não acha isso estranho? — Signa mal conseguia pronunciar as palavras, olhando para a névoa dourada que cercava a tapeçaria, tão luminosa que chegava a ofuscar. — Ele aparece do nada e quer se casar *comigo*? E se recusa a nos ajudar a menos que concordemos em fazer isso?

— Aris sabe das sombras que te seguem. Não quer que você chegue perto delas.

Foi só aí que Signa esticou a mão para arrancar a tapeçaria das mãos de Blythe. Precisou reunir todas as suas forças para não cair de joelhos quando o calor a atravessou, queimando tudo.

— Tenho certeza que não — sussurrou Signa, cerrando os dentes, olhando mais uma vez para se certificar de que a mão não havia virado carvão. — Você por acaso sabe o que são essas sombras?

Signa poderia ter jurado que, pelo mais breve dos instantes, a expressão de Blythe se suavizou. Que os olhos da prima ficaram marejados. A ternura, contudo, foi fugaz, desaparecendo em questão de segundos.

— Até o nome dele é perigoso — respondeu Blythe. — Não ouso dizê-lo em voz alta.

Signa não esperava que a prima soubesse da verdade. Não esperava que Blythe fosse acreditar naquilo. Sentia que a boca estava entorpecida. Era uma dificuldade formar as palavras, que dirá pronunciá-las.

— Ele salvou sua vida. — Isso foi tudo o que conseguiu dizer. — Diversas vezes, ele te protegeu. E permitiu que eu te *salvasse*.

Rugas marcaram a testa de Blythe. Certamente não fora isso que o Destino lhe dissera.

— Pouco me importo. — A garota se afastou, brava, pesarosa, parecendo uma cópia da mãe naquele momento. — *Não posso* me importar, Signa. Esta é a única opção. É a única maneira que temos de salvar meu pai, e você sabe disso.

Enquanto Signa deixava a tapeçaria se infiltrar em sua pele, aceitou, do fundo do coração, que a prima tinha razão. Signa podia até ter conseguido empregar os poderes da Vida, mas será que valia a pena pôr em risco a vida de Elijah só por contar com esses poderes? Será que valia a pena correr o risco de encarar seja lá qual fosse o caos que o Destino prometera lançar sobre eles?

Aris havia dito que faria de tudo para afastar Signa do Ceifador e, naquele momento, finalmente cumprira essa promessa. Porque, para salvar a vida de Elijah, Signa não tinha opção que não fosse aceitar o trato que o Destino propunha.

O Destino estava sentado perto da pista de dança, deliciando-se com um bolinho cintilante em uma mão e uma taça de champanhe na outra, quando o janelão da sacada se estilhaçou e o Ceifador foi se aproximando do chão como uma tempestade de sombras. O destino estava prestes a morder o doce e mal vira o irmão até que as luzes da Quinta da Dedaleira se apagaram, e o Ceifador agarrou o Destino pelo pescoço.

A Morte arrancou da mão do destino a taça de champanhe que ele segurava, que bateu na parede e se estilhaçou. Engasgado com o bolinho, o Destino tentou afastar a mão do irmão, que o jogou contra a parede e pressionou-lhe a traqueia com o antebraço.

— Você pode até dar início a guerras, querido irmão, mas *sempre* sou eu quem põe fim nelas.

O Ceifador esticou o braço para invocar a foice. Mas a impressão era de que não *podia* ou não *queria* empunhá-la contra o irmão, porque, no fim, sua mão permaneceu vazia.

— Saia de cima de mim — disparou o Destino, desvencilhando-se do Ceifador bem na hora em que Signa e Blythe entraram correndo no salão de baile. — Meu Deus, você está todo sujo de terra. Isso é uma festa, querido irmão. Tenha o mínimo de compostura.

O Destino se espanou com a mão, e foi só então que Signa percebeu que as pessoas em volta deles haviam sido paralisadas novamente. Algumas estavam de boca aberta, em meio a um grito. Ao lado dela, Blythe tapou a boca quando o Ceifador pegou o irmão pelo colarinho.

— Você não pode obrigar alguém a ficar com você — vociferou a Morte, e o ar que os cercava estava tão rarefeito que o Destino ofegava, de rosto já azulado. — Ela vai te odiar para sempre, e eu também.

— Não estou *obrigando* ninguém a fazer nada. — A fala do Destino mal passava de um sussurro. Fios de ouro cintilavam por todo o salão, cada vez mais luminosos, até que a Morte soltou um pouco o irmão para que respirasse, ainda que com dificuldade. O Destino não precisava falar para que sua ameaça se tornasse clara: seus fios já se fixavam em tudo, e Signa já vira com que facilidade ele era capaz de manipulá-los. – O pacto que fizermos será um que Signa fará de livre e espontânea vontade.

– É por isso que você me mandou dar uma festa? – A garota atravessou o salão e ficou ao lado dos dois homens. – Não para me ajudar, mas para que eu descobrisse que não tenho outra maneira de salvar a vida de Elijah a não ser contando com a sua ajuda?

– Eu apenas dispus as peças para poder ver o desenrolar da história. – O Destino ficou com uma expressão sombria até conseguir se desvencilhar do Ceifador com garras e unhas. – Por acaso não fui bem claro quando disse que estou disposto a fazer tudo o que for preciso? Por acaso não lhe dei todas as respostas que prometi?

Signa sempre soube que não seria nada prudente confiar no Destino, só que não tinha opção. Estava livre para aceitar ou não a proposta que ele lhe fazia. Mas, quando olhou de soslaio para Blythe e viu o quanto a prima estava pálida e a força com que abraçava o próprio corpo, teve certeza de que não tinha escolha. Não havia uma opção em que pudesse proteger Eliza *e* a família Hawthorne, a não ser essa.

O Ceifador prometera, certa vez, que atearia fogo ao mundo por Signa. E, apesar disso, ao que tudo indicava, a garota não seria capaz de fazer a mesma coisa por ele, porque a família Hawthorne já havia roubado seu coração, e Signa faria tudo o que estivesse a seu alcance para protegê-los. Quando morresse, poderia ficar o tempo que quisesse ao lado do Ceifador. Mas, por ora, olhou bem nos olhos do Destino e disse a única coisa que poderia dizer.

– Eu me caso com você.

No instante em que essas palavras saíram de sua boca, ela teve a sensação de que seu mundo havia chegado ao fim.

– Não será uma união feliz, Destino, posso lhe garantir. Todos os dias, pelo resto de minha vida, vou lutar para me livrar de você.

Mas, se prometer libertar Elijah e permitir que a família Hawthorne viva em paz, faço esse trato de livre e espontânea vontade.

— Signa...

A Morte tentou olhá-la nos olhos, mas a garota se negou a encarar o Ceifador, por medo de mudar de ideia. Só conseguia olhar para Blythe, a razão daquele trato. A razão para estar disposta a abrir mão de tudo o que amava: proteger a única família que a acolhera e amara.

— Por favor, não faça isso. Você me prometeu que não iria mais fazer nenhum trato — sussurrou o Ceifador e, ai, como Signa gostaria que tudo aquilo não fosse necessário.

Como gostaria de poder se aninhar nos braços do Ceifador e fingir que o som que o coração da Morte fez ao se estraçalhar não partiu o dela ao meio também. Todos os dias, pelo resto dos anos que ainda tinha por viver, pagaria por essa decisão com a própria destruição.

— Quero passar mais uma noite com ele — declarou Signa, dirigindo-se ao Destino, que, pelo menos, teve a decência de fazer cara de dúvida quando ela se aproximou, como se também tivesse medo de que a garota pudesse se desvencilhar dele a qualquer momento. — Me dê mais uma noite. Não para tramar contra você nem para encontrar um modo de sair desta situação, mas para me despedir. Amanhã de manhã, vou derramar meu sangue nesta tapeçaria e me comprometer com você. Mas, antes, me dê mais uma noite sem que eu passe mal. Sem restrição de tempo.

O Destino cerrou os dentes.

— Não vou dividir você...

— Eu não sou sua! — Signa não dava a mínima para aquelas lembranças. Não dava a mínima para o que o Destino pudesse ou não ter significado para ela em outra vida. Naquele exato momento, o Destino era o vilão que jurara que jamais seria. — Eu e você não temos nenhum compromisso e jamais teremos, a menos que você concorde com meus termos. Quero ter mais uma noite.

Da expressão à postura do Destino, tudo nele transbordava de irritação. Mesmo assim, deve ter sentido que Signa estava falando sério, que nada era da boca para fora.

— É mais do que ele merece, mas eu lhe concederei a noite que quer. Apenas uma, para se despedir.

Isso não bastava. *Jamais* bastaria. Mesmo assim, Signa se agachou para pegar um caco de vidro e com ele furou o dedão, esperando o sangue se acumular antes de estendê-lo para o Destino.

— Até nosso compromisso começar a valer, você deve concordar em não apenas permitir que eu veja o Ceifador, mas que possa tocá-lo livremente. Jure isso para mim, e jure também que Elijah será solto assim que você conseguir a esposa que tanto quer, quando o pacto for feito.

— Signa...

O Ceifador tentou encostar na garota e o coração de Signa quase se despedaçou quando precisou se esquivar dele.

O Destino não sorriu, apenas a olhou, impassível, tirou uma agulha do bolso do colete, furou o dedo e pressionou o dedo de Signa, para selar o pacto de sangue.

— Concordo com seus termos.

O Destino era um tolo se achava que isso significava que iria vencer. Signa não sabia o tempo que demoraria mas, uma hora ou outra, escaparia dele. Uma hora ou outra, reencontraria o Ceifador, fosse naquela vida ou na próxima.

A garota se virou para a Morte, sem se importar com o fato de que o Destino e Blythe estavam olhando. Sem se importar com o fato de que estavam no meio de um salão de baile às escuras, cercados por espíritos curiosos e pelas marionetes do Destino. Então segurou o rosto do Ceifador com ambas mãos e beijou os lábios dele.

Signa odiou que a primeira coisa em que pensou não foi no beijo em si, mas que deveria memorizar o modo como os lábios do Ceifador se encaixavam nos dela. Que deveria memorizar cada concavidade, cada contorno da pele à mostra da Morte em que tocava, e aquela onda de frio que se assentou sobre ela. A tensão de seu corpo diminuiu quando o Ceifador a trouxe para mais perto e a enlaçou com os braços.

— Venha — sussurrou Signa, entrelaçando os dedos nos dedos do Ceifador. Em seguida, ficou na ponta dos pés e o beijou outra vez. — Vamos sair daqui.

A música tornou a tocar no instante em que Signa saiu do salão, de mãos dadas com a Morte. De repente, vozes tornaram a ecoar lá dentro, o riso pairou no ar, e o baile retomou seu curso. Ninguém dava indícios de se lembrar que as luzes se apagaram nem de nenhum detalhe daquela briga entre os dois imortais, que acontecera bem ali.

Signa não deu a menor atenção aos convidados que estavam em sua casa: o Destino e Blythe que cuidassem deles. Que diferença fazia, de todo modo, já que logo, logo, iria embora da Quinta da Dedaleira, com a mesma rapidez com que havia se instalado ali?

Havia uma tristeza avassaladora nesta ideia, uma tristeza que a devoraria, se a garota permitisse. Sendo assim, ela não tinha escolha a não ser expulsar os pensamentos da cabeça conforme foi descendo a escada, com o Ceifador a reboque. Não tinha escolha a não ser expulsar *todos* os pensamentos de sua mente, levando em consideração a emoção que ameaçava se apoderar dela a qualquer minuto. Se aquela seria sua última noite com o Ceifador em vida, Signa se recusava a passá-la chorando.

O Ceifador sussurrou o nome dela, chamando-a, mas a garota não se deteve. Desceu correndo para o segundo andar, para o quarto que tornara seu.

— *Signa.* — O Ceifador tornou a chamá-la, aflito, desta vez. — Pare com essa bobagem e *fale* comigo.

Então apertou ainda mais a mão da garota, puxou-a para perto e se encostou na parede do corredor. Por mais que não houvesse ninguém ali, Signa não podia deixar de ter a sensação de que estava sendo observada. Mas que importância isso tinha agora? Se alguém a visse falando com as sombras, que repercussão isso poderia ter? No dia seguinte, a Quinta da Dedaleira não seria mais o seu lar, e vizinhos bisbilhoteiros não seriam mais uma preocupação.

— Não temos tempo — sussurrou, querendo que o Ceifador andasse logo e viesse atrás dela. Querendo que a Morte parasse de resistir. Mas o Ceifador a abraçou com força e se inclinou, pousando a testa na de Signa. Estava em sua forma humana, e os olhos escuros ardiam. A garota foi fechando os olhos, sentindo o contato com a pele fria dele, a própria pele ainda aquecida pelo coração que batia.

— Nós poderíamos ter todo o tempo do mundo, Passarinha — sussurrou o Ceifador. — Você não precisa fazer isso.

Tudo o que Signa mais queria era que isso fosse verdade. Passaria uma eternidade com a Morte, se as circunstâncias permitissem. E, ai, que feliz seria.

A garota ergueu a cabeça e beijou aqueles lábios que foram feitos para os dela.

— Você sabe que preciso — sussurrou, então mordeu o lábio inferior dele antes de lhe dar mais um beijo.

O Ceifador a abraçou, aproximando o corpo de Signa do dele, sem a menor intenção de soltar.

— Então encontraremos uma maneira de romper esse pacto assim que Elijah for libertado.

A garota segurou o rosto do Ceifador com as duas mãos, sem conseguir conter as lágrimas. Assim que uma gota de seu sangue caísse sobra a tapeçaria, não haveria como dizer quanto tempo levaria para romper aquele trato com o Destino e, tampouco, como ele iria retaliar.

— Escute. — Nessa hora, Signa segurou o rosto do Ceifador com as mãos espalmadas. — Eu te amo. Você me fez mais feliz e me fez ser mais eu mesma do que nunca. Se só podemos passar mais uma noite juntos, quero que seja uma a que nós dois sempre poderemos voltar, em pensamento.

Em seguida, a garota foi descendo as mãos pelo corpo do Ceifador até entrelaçar os dedos nos dele. Aproximou uma das mãos da Morte dos lábios e beijou os nós dos dedos. O Ceifador ficou parado e calado, sem argumentar. Deixou que Signa se desvencilhasse dele e tornasse a se dirigir para os aposentos que tivera a esperança de, um dia, dividir com a Morte.

Não passara de uma fantasia infantil, na verdade. Separados por algo tão grandioso como a vida e a morte, Signa deveria ter adivinhado que aquilo jamais iria se tornar realidade.

A garota não soltou a mão do Ceifador nem depois que os dois entraram no quarto e ela passou a tranca na porta. Tinha medo de que, no instante em que o soltasse, ele fosse desaparecer completamente, e que aquele seria o fim da história dos dois. E, sendo assim, continuou abraçando-o, olhando para a Morte, andando de costas em direção à cama.

Não havia nenhum entusiasmo no olhar do Ceifador. Nada daquela frieza enevoada que Signa se acostumara a esperar. Pelo contrário: era só tristeza que preenchia o olhar dele quando se sentou na cama e colocou Signa no colo.

— Você é meu mundo, Signa Farrow. — A ternura na voz da Morte ameaçava acabar com a determinação da garota. Signa teve que virar o rosto e fechar os olhos enquanto o Ceifador dava beijinhos pelo seu pescoço, suaves como plumas. — O que quer que aconteça amanhã, saiba que esta não será nossa última noite juntos. Juro que nada vai me impedir de lutar por você, jamais.

— Sei que não.

As palavras ditas pelo Ceifador eram como a mais linda das músicas, e Signa se apegou a elas, como se fossem uma promessa. Deixe o Destino acreditar que venceu: nem ela nem a Morte jamais deixariam de lutar.

Signa envolveu o corpo do Ceifador com as pernas e enlaçou o pescoço dele enquanto recebia seus beijos, primeiro no pescoço, depois na boca, depois descendo pelo peito. Signa fechou os olhos, sufocando de calor debaixo das camadas do vestido, apesar do frio perpétuo da Morte. A garota tremeu quando as mãos do Ceifador encontraram os cordões que fechavam o vestido, como se tivesse lido os pensamentos dela. A Morte sempre tinha esse jeito: essa habilidade misteriosa de saber o que Signa estava pensando e o que queria.

Meu Deus, que saudade ela iria sentir disso.

A garota ergueu-se do vestido e ajudou o Ceifador a deslizá-lo até o chão. A Morte ficou um bom tempo acariciando o corpo dela, passando o dedão nos quadris. Signa jogou a cabeça para trás, deleitando-se com cada carícia. Ajudou o Ceifador a tirar a camisa, depois as calças, então a Morte invocou sombras que acompanharam suas mãos, acariciando a pele da garota, traçando um caminho de gelo que a fez arder por dentro.

O Ceifador a beijou com toda a calma, passando os lábios nos seios, no umbigo, descendo até a parte mais sensível do corpo dela antes de a deitar na cama.

Quando Signa sussurrou o nome do Ceifador em meio à noite, sentiu gosto de vinho com mel. Movimentou os quadris, grudada no corpo da Morte, mas quando fechou os olhos para saborear a tensão que se assomava dentro dela, as sombras se deslocaram para sua nuca e ergueram sua cabeça, fazendo-a olhar para ele novamente.

– Olhe para mim. – A voz do Ceifador não foi nenhum sussurro, mas uma ordem, que capturou a atenção de Signa. – Quero que você olhe para mim enquanto eu te tocar.

A garota se deu conta de que era um privilégio poder olhar para o Ceifador depois de tanto tempo, poder vê-lo abraçando seu corpo. Devorando seu corpo. Signa se agarrou aos lençóis, e foi a fome nos olhos da Morte que a fez chegar ao ápice, tremendo com a descarga de prazer que tomou conta do corpo dela.

Em seguida, o Ceifador se recostou, e Signa tirou alguns instantes para apreciar o simples fato de vê-lo diante dela, com os quadris enrolados nos lençóis, sem jamais parar de olhá-la nos olhos. A garota daria quase tudo para passar o resto da vida ali com ele, daquele jeito. Olhando-o nos olhos, Signa subiu no colo da Morte, querendo sentir e beijar cada centímetro do Ceifador naquela noite, enquanto ainda podia.

Ele gemeu de desejo, e esse gemido reverberou na garota. Signa queria fazer por merecê-lo. Queria arrancá-lo dos lábios da Morte inúmeras vezes. Jogou os braços em volta do pescoço do Ceifador, abraçando-o enquanto o corpo dos dois se interligava, e moveu os quadris junto aos dele. A Morte a envolveu pelo pescoço, equilibrando-a, enquanto, com a outra mão, apertava-lhe a coxa.

— Você é minha. — As palavras não demonstravam posse, mas uma promessa. — Pelo tempo que me quiser, você será *minha*, Signa Farrow. Vou atear fogo neste mundo até virar cinzas antes de permitir que alguém a roube de mim.

Quando o sol raiasse, o tempo que os dois tinham juntos chegaria ao fim. Mas, naquela noite, poderiam aproveitar ao máximo aquela despedida. A garota exploraria o Ceifador por inteiro e torceu para que, quando o amanhecer chegasse e os deixasse apenas com aquelas lembranças, os dois pudessem pensar naquela noite para todo o sempre.

QUARENTA E UM

Blythe

Blythe estava sem ar, corada e apertando o próprio peito quando voltou para o salão de baile.

Não saberia dizer o que a fez ir atrás de Signa nem o que poderia ter feito caso a prima percebesse que ela estava no corredor, observando-a conversar com aquela névoa lúgubre, que se tornava mais visível a cada segundo que passava.

Talvez Blythe tivesse ido falar com Signa. Talvez tivesse tentado apaziguar aquela culpa enfurecida que borbulhava e se alastrava dentro de si.

Ou talvez tivesse ido obter respostas.

Ele teria matado Blythe. Ele teria matado Blythe.

Ouvira o Ceifador dizer isso para Signa, lá no jardim, com uma voz de fumaça e mel. Ao que tudo indicava, Blythe não conseguia arrancar aquelas palavras de seus pensamentos.

Ele teria matado Blythe.

Certamente, a Morte não estava se referindo a quem Blythe achava que estava. Não era possível. E, mesmo assim... Blythe ainda não havia chorado. Fazia semanas que descobrira que o irmão morrera e ainda não conseguia se obrigar a ficar de luto por Percy.

Não parecia muito diferente de quando descobriu tudo a respeito de Signa. A verdade a olhava bem nos olhos desde o início: era só uma questão de acreditar.

Blythe sentia mais saudades do irmão que conseguiria traduzir em palavras. E, apesar disso, por algum motivo ridículo, sentia apenas o arranhar da culpa na garganta, esforçando-se para sufocá-la. Não por ter perdido o irmão nem pela falta de lágrimas, mas por não ter sido capaz de apagar a lembrança da dor de Signa e da ternura do abraço que a prima deu na Morte.

Signa Farrow estava apaixonada pelo Ceifador. Estava *apaixonada* e, mesmo assim, estava disposta a abrir mão da própria felicidade, só porque Blythe pedira que fizesse isso.

Só que Signa merecia isso, não merecia? Por todo o mal que causara à família Hawthorne? Além disso, mulheres se casam com homens que são praticamente desconhecidos o tempo todo e, com certeza, Aris era melhor do que a morte encarnada... não era?

Estava quente demais no salão de baile, lotado de pessoas dançando, sem ideia do que acontecia ao seu redor. Por que ainda estavam ali, rodopiando com seus vestidos ridículos e dando risada enquanto o mundo de Blythe desmoronava?

O pai seria enforcado. O irmão morto deixara para trás um filho que ainda não havia nascido. Signa, a prima que a garota estava desesperada para odiar, sem sucesso, por mais que tentasse, iria se casar com um homem que Blythe estava longe de confiar. E, se a cabeça não parasse de latejar logo, logo, poderia muito bem arrancá-la do pescoço de uma vez.

A cada respiração, Blythe tinha a sensação de que alguém lhe arranhava a garganta. Só queria que a festa terminasse e que aquelas pessoas fossem embora. Byron convocara Charlotte e Everett para que cuidassem de Eliza, e a única pessoa que Blythe reconhecia era Aris. Até o jeito que ele bebia champanhe era presunçoso demais para o gosto da garota. Antes de se dar conta do que estava fazendo, Blythe foi se aproximando dele a passos firmes.

— Tem certeza de que ele tem más intenções?

Blythe não sabia que essa pergunta passava por sua cabeça até que escapou por sua boca, rendendo-lhe o escrutínio imediato de Aris, que colocou a taça em cima da mesa. Não precisou perguntar de quem a garota estava falando.

— Ele é a Morte, Srta. Hawthorne. Tenho certeza de que pode chegar à conclusão sozinha.

Esse era o problema: Blythe não podia. Signa sempre lhe pareceu uma pessoa relativamente capaz de julgar o caráter dos outros, e o amor da prima pelo Ceifador era inegável. Ela também dissera que a Morte salvara a vida de Blythe. Se tudo isso fosse verdade, e Signa e a Morte realmente estivessem do lado de Blythe...

A garota pegou a taça de champanhe que Aris colocara em cima da mesa e terminou de beber a metade que restava de um gole só, fazendo careta.

— Você vai cuidar bem dela, não?

Meu Deus, seria tão mais fácil se Blythe conseguisse expulsar Signa de seus pensamentos e pensar na prima apenas como a assassina que havia destruído a família dela.

— Claro que sim. — Aris estendeu a mão, e a garota a tomou, por instinto. Ele a levou até a pista de dança e colocou a outra mão na cintura dela. — Não há de faltar nada para sua prima, posso lhe garantir. No mínimo, a senhorita pode ficar tranquila, sabendo que Signa não estará mais cercada pela morte todos os segundos de sua vida.

Era exatamente isso o que a incomodava. Ainda que não chegasse a compreender, Blythe achava difícil ignorar a impressão que tinha de que passar todos os instantes na companhia do Ceifador era *exatamente* o que a prima queria. Blythe nunca vira Signa com uma expressão de tamanha ternura ou admiração. Blythe não arrancaria da prima uma paixonite nem uma curiosidade mórbida, mas o amor verdadeiro. Tudo por causa de Aris. Tudo por causa do *Destino*.

— Sei o que o senhor é. — As palavras saíram delicadas demais, tímidas demais, e Blythe as desdenhou. — E sei que tem ciência de coisas que ninguém deveria ter. Quero que me diga a verdade: sabe o que aconteceu com meu irmão?

A severidade do Destino foi como um soco no estômago, e ele apertou a mão da garota.

— Sua prima o matou...

— Disso eu sei. — Já fazia um tempo que Blythe não dançava e, apesar disso, seu corpo se movimentava com naturalidade, acompanhando o do Destino, assim como fizera na noite do baile no Palácio das Glicínias, como se os passos daquela dança estivessem arraigados em seus ossos. — Quero saber *por quê*. A verdade, Aris. Por favor.

Quando os olhos do Destino se voltaram para ela, aparentemente em busca de uma saída, Blythe teve vontade de se encolher e jamais voltar ao normal. Porque, naquele momento, teve certeza de por que não havia chorado; teve certeza de por que Signa ceifara a vida de Percy e de que as palavras ditas pelo Ceifador, lá no jardim, eram verdade.

Foi Percy quem tentou matá-la. Ou seja: foi Percy quem matou a mãe dos dois.

Blythe se afastou do Destino com um empurrão enquanto a música ganhava intensidade até o final retumbante. A cabeça começou a latejar mais, e o mundo continuou rodopiando, apesar de ela ter parado de se movimentar. Aris ficou olhando a garota com atenção e observou, de olhos espremidos, Blythe sair cambaleando da pista de dança.

Ela havia cometido um erro. Um erro terrível, pavoroso.

— Srta. Hawthorne? — Aris percorreu a distância que os separava e a segurou pelo cotovelo. — Srta. Hawthorne, o que foi?

Uma onda de calor invadiu o corpo da garota quando o Destino encostou nela, e Blythe puxou o braço para se desvencilhar dele. Precisava sair dali. Precisava dar a si mesma espaço para respirar, para pensar e... meu Deus, o que havia feito?

— Tire-os daqui — disse, praticamente sussurrando. As palavras pareciam um eco distante, como se não tivessem saído de sua boca. — Tire todo mundo daqui.

E, antes que desse tempo de Aris argumentar, Blythe fugiu correndo do salão de baile.

QUARENTA E DOIS

A manhã chegou rápido demais. Signa ficou observando a alvorada se esgueirar através das cortinas, raios de um laranja escuro projetando faixas de luz no quarto.

A garota estava enroscada nos braços do Ceifador, com a cabeça apoiada no peito dele, sentindo-se completamente à vontade dentro do casulo de cobertas que os dois haviam feito. Signa e a Morte permaneceram em silêncio. Nenhum dos dois teve coragem de destruir aquela mentira serena que haviam construído ao redor deles. Entretanto, quando os pássaros cantaram e a luz do sol obrigou ambos a se entocar ainda mais no meio das cobertas para proteger os olhos, Signa sabia que não tinha escolha. Se não levantassem, o Destino não demoraria a encontrá-los. A garota foi dando beijinhos por todo pescoço e o peito do Ceifador antes de se obrigar a se afastar dele e ir se arrumar.

Talvez fosse tolice de sua parte, mas o vestido que pegou do guarda-roupa era um traje de luto do mais puro negro. Nem Signa nem a Morte disseram nada quando ela o colocou.

Sombras subiram pelo pescoço do Ceifador quando ele se levantou, envolvendo-o em um manto de escuridão. A Morte acariciou o pescoço da garota enquanto ela prendia o cabelo, depois abaixou a mão até a cintura de Signa.

— Existe uma saída.

A voz do Ceifador era doce como o manjar dos deuses, e tão divina que Signa só queria se perder dentro dela. Não queria ter esperança, temendo acabar se decepcionando. E, mesmo assim, olhou para a Morte, rezando para ouvir palavras que pudessem salvar os dois.

O Ceifador enlaçou a cintura da garota, pressionando a lombar dela com o quadril, e a puxou para perto de si.

— Poderíamos encontrar uma maneira de matar meu irmão.

Ela deveria ter adivinhado que era uma esperança vã.

— E Elijah? — perguntou, sem ser indelicada. — Vamos simplesmente deixar que ele seja enforcado?

— Podemos incriminar outra pessoa...

— E condená-la à morte? — Seria mentira dizer que Signa não havia considerado essa possibilidade, mas... não. Havia uma maneira de sair daquela situação sem afetar mais ninguém além de Signa e do Ceifador. A garota já havia envolvido gente demais naquela confusão que criara sozinha. — Eu e você não somos limitados pelas regras do tempo, Morte. E o Destino é um homem vaidoso demais para se comprometer com alguém que o despreza.

As lembranças que vinham à tona não tinham a menor importância: o Destino sempre seria o vilão que obrigara Signa a se casar com ele.

— Blythe vale mesmo tamanho sacrifício? — retorquiu o Ceifador. — O Destino é cabeça-dura e vaidoso em igual medida. Fará qualquer coisa para me espezinhar, Signa. Você não pode contar que ele vai pôr fim ao trato com tanta facilidade.

Apesar da franqueza, a pergunta era pertinente. No grande cômputo das coisas, Signa não conhecia a família Hawthorne há tanto tempo assim. Apesar disso, sentia que compartilhava uma ligação com eles. Sentia-se acolhida para sempre na trama daquela família que a herdara. A última coisa que queria era passar sua vida vendo o fogo de Blythe apagando-se ou saber que poderia ter impedido a morte de Elijah, sendo que o homem estava apenas começando a viver de verdade.

A família Hawthorne era a família de Signa, e a garota amava aquelas pessoas com todas as suas forças. E, sendo assim, enquanto segurava a mão da Morte, acariciando-a com o dedão, respondeu:

— Gostaria que não valesse. De verdade, porque sei o que estou perdendo e sei que irei passar cada instante longe de você desejando que as coisas não tivessem que ser assim. Mas teremos nosso tempo juntos e, quando for a hora, juro que nunca mais sairei do seu lado. — E prosseguiu: — O amor que sinto por você não é limitado nem pelo tempo nem pelo Destino. —É um amor que guardarei comigo por toda a eternidade, e é por isso que não tenho medo. Juro que sempre serei sua, mesmo quando não for.

O reflexo do Ceifador no espelho foi ficando enevoado, e fiapos de sombras mancharam o vidro.

— Você é tola de pensar que eu abriria mão de você com tanta facilidade. — Cerrando os dentes, a Morte enroscou o dedo nos cabelinhos soltos da nuca de Signa, depois o deslizou pelo braço dela, até entrelaçar os dedos com os da garota. A expressão do Ceifador tornou-se dura, e uma determinação renovada foi se assentando nele, que a levou até a porta. — Venha, Passarinha. Está na hora de termos uma última conversa com meu irmão.

Apesar de saber que nada de bom poderia sair daquilo, Signa não tinha muita escolha a não ser permitir que a Morte fosse na frente.

A Quinta da Dedaleira ainda estava uma bagunça, por causa do baile da noite anterior. Havia taças de champanhe abandonadas pelo corrimão de mogno e tapetes tortos e com as bordas dobradas. Signa e a criadagem passaram o último mês trabalhando tanto para arrumar a Quinta da Dedaleira, e para quê? Para deixar que desconhecidos desrespeitassem seu lar antes de perdê-lo? A garota cerrou os dentes só de pensar.

Enrijeceu por completo ao ver que o Destino aguardava por ela no fim da escada. Aris não se dignou a reconhecer a presença do irmão nenhuma vez sequer, mesmo depois que a fúria do Ceifador transformou o chão em uma fina camada de gelo.

— Já passa do amanhecer. — Isso foi tudo que disse. E ficou com uma expressão severa ao ver o vestido que Signa escolhera. — A senhorita está atrasada.

O Ceifador respondeu antes que Signa conseguisse dizer qualquer coisa.

— Estávamos ocupados.

A garota apertou a mão dele, repreendendo-o, mas tentar deter a Morte não era muito mais fácil do que lutar contra uma tempestade. As nuvens escureciam a cada passo que davam em direção à sala de visitas e, quando puderam ver a tapeçaria aberta em cima da mesa, Signa soube que o melhor que poderia fazer era soltar a mão do Ceifador.

O Destino estava preparado: sua pele emitiu uma luz dourada quando o Ceifador o atirou contra a parede. A luz cindiu as sombras da Morte quando Aris revidou e agarrou o irmão pelo pescoço.

— Eu lhes concedi a noite. — Apesar de Aris falar com uma calma impressionante, cada palavra que dizia era letal. — Eu e Signa fizemos um pacto de sangue, querido irmão, e você teve mais do que merecia.

A escada rangeu atrás deles, e Signa ficou paralisada quando viu Blythe espiando no canto, ainda usando o vestido de baile da noite anterior. A garota ficou com um nó na garganta ao ver a prima. Já ia lhe dar as costas, na esperança de que Blythe fosse voltar para o quarto, quando viu que os olhos dela estavam injetados. Antes que Signa pudesse impedi-la, Blythe desceu correndo a escada e segurou as mãos da prima.

— Sinto muito, muito mesmo — Blythe sussurrou, tentando não acordar o tio, Eliza, Everett e Charlotte, que ainda dormiam no andar de cima. — Eu jamais deveria ter te obrigado a concordar com isso. Jamais deveria ter permitido que Aris me desse essa tapeçaria.

A garota, então, se virou e olhou feio para aquela coisa, respirando com tanta dificuldade que Signa lhe apertou as mãos, para acalmá-la.

— Não tem problema — disse Signa, sendo sincera.

Pela família Hawthorne, valia a pena fazer aquele sacrifício.

O Destino preparara a tapeçaria: colocara um pergaminho sob a trama, para absorver o sangue. Signa ficou paralisada ao ver um pequeno canivete ao lado e conseguiu sentir o cheiro do álcool que Aris usara para limpá-lo.

A Morte e o Destino ainda se esganavam, e Signa sabia que não podia esperar. Se agisse rápido, o Ceifador não conseguiria impedi--la. Não teria que assistir àquilo.

— Preciso que saiba que só queria o melhor para sua família. — Signa expulsou essas palavras, obrigando-se a chamar a atenção de Blythe. — Nunca quis fazer mal a Percy. Eu o amava, Blythe, de verdade. Queria que ele também fizesse parte da minha família.

Blythe apertou as mãos da prima e perguntou:

— Então por que você fez aquilo?

Signa deu um sorriso forçado e soltou a mão dela.

— Porque você merecia viver. Você merece o mundo, Blythe, e espero que tome posse dele.

Pura e simples, essa era a verdade. Signa se virou antes que os olhos de Blythe se enchessem de lágrimas, correndo para o outro lado da mesa, onde pegou o canivete. Sentiu a suavidade fria da arma na mão enquanto, tremendo, abriu o canivete, recordando-se da noite em que Percy morreu, do momento em que o rapaz tentou feri-la com uma arma igualzinha àquela.

Signa segurou o canivete bem firme entre as mãos, expulsando aquela lembrança dos pensamentos. Em algum ponto atrás da garota, os homens, pelo jeito, perceberam que ela havia mudado de lugar. O Ceifador gritou algo ininteligível e se aproximou correndo de Signa, mas suas palavras foram abafadas pelo som do sangue fluindo nas veias, porque Signa havia aproximado a ponta afiada do dedo e furado a própria pele.

O mundo foi caindo em silêncio à medida que o sangue se acumulava, e Signa só conseguia pensar em como era estranho que uma única gota fosse capaz de mudar tudo. Uma gota, e sua vida seria transformada para sempre.

Só que a transformação, ao que tudo indicava, não estava nas cartas para Signa naquele dia.

A garota caiu no chão, sentindo o ar ser expulso de seus pulmões e vendo o sangue manchar a madeira. Alguém a empurrara. Blythe estava de pé ao seu lado, de olhos arregalados, olhando não para Signa, mas para a tapeçaria, que estava bem na sua frente. Blythe a arrancara da mesa e a segurava contra o peito.

— Srta. Hawthorne — o Destino não falou alto, mas com um tom grave e severo, mil vezes mais ameaçador, então deu um passo à frente e disse: — Preciso que a senhorita solte isso.

Signa jamais teria imaginado que Blythe seria tão destemida a ponto de dirigir um olhar fervilhando de ódio para o Destino e declarar:

— Não.

Signa fechou a mão, segurando bem o canivete, deixando-o pronto, caso Aris ousasse fazer alguma coisa contra sua prima. Diferente do Ceifador, o Destino não era feito de sombras, mas tinha um corpo humano que presçisava comer e respirar. Talvez não fosse tão imune a uma faca quanto a Morte era.

— *Solte isso* — repetiu Aris, cuspindo as palavras com os dentes cerrados. — Um pacto está em andamento.

— Não precisa me recordar desse pacto, Aris. Eu estava presente quando você o fez.

Blythe não tirou os olhos do Destino, e ficou passando o dedo pela tapeçaria. Ele congelou sem completar o passo.

— Até o instante em que Signa derramar o próprio sangue na tapeçaria e se comprometer com você de livre e espontânea vontade, você irá não apenas permitir que ela veja a Morte, mas que também possa tocá-lo sem danos. — Blythe disse essas palavras bem devagar e ergueu a tapeçaria até a altura dos olhos. — Você também prometeu que meu pai seria solto no instante em que o pacto fosse consumado e conseguisse a esposa que tanto quer. Entendi tudo corretamente?

— Entendeu — concordou Aris. — Agora solte a tapeçaria, que nosso trato continuará valendo.

Signa sabia que deveria se movimentar. Sabia que deveria arrancar a tapeçaria das mãos de Blythe e poupar a prima de ser alvo de outra ameaça do Destino. Entretanto, havia uma eletricidade pairando no ar que grudava a garota ao chão, agarrada à faca. De repente, virou--se para o Ceifador, notando que a Morte estava se aproximando dela um centímetro de cada vez, com cuidado, para não chamar a atenção do irmão.

Não se mexa, sussurrou o Ceifador, e as palavras ecoaram dentro da cabeça de Signa.

Até o Destino titubeou quando se aproximou de Blythe. A cada passo que Aris dava para a frente, a garota dava outro para trás, aproximando-se das chamas ardentes da lareira.

— Você me usou — disse Blythe. — Você me fez acreditar nas piores coisas a respeito da minha prima. Mas agora quero a verdade,

Aris, e eu jamais terei paz na consciência se permitir que ela faça esse trato.

— Srta. Hawthorne — disse o Destino, furioso —, se der mais um passo...

— Vai fazer o quê? — A garota esticou o braço, segurando a tapeçaria, quase permitindo que as chamas lambiscassem a trama. — Vai fazer o que comigo, Aris? Já que é tão inteligente, eu esperava mais de você.

O Destino arfou, respirando devagar e calculadamente, enquanto alternava o olhar entre Blythe e o fogo. Era visível que estava ponderando se valia a pena dar um pulo para tentar pegar a tapeçaria. Entretanto, cada vez que Aris se aproximava um milímetro que fosse, Blythe baixava os fios, aproximando-os ainda mais das chamas, até que o Destino recuou, quase arrancando os cabelos de tanta frustração.

— Ande logo — insistiu Blythe. Signa jamais a vira ser tão impiedosa. — Não vai me perguntar por que eu esperava mais?

Apesar de estar tão exasperado, o Destino não tinha escolha a não ser entrar no jogo.

— Por que, Srta. Hawthorne? — Se palavras matassem, as que ele disse seriam como incontáveis punhaladas. — Por que a senhorita esperava mais de mim?

Blythe não disse nada e cortou a palma da mão, passando-a no atiçador de ferro que estava junto à lareira. Em seguida, se virou e olhou bem nos olhos do Destino.

— Porque o senhor não chegou a especificar quem deveria ser sua esposa.

Blythe, então, sorriu e derramou o próprio sangue nos fios dourados da tapeçaria.

QUARENTA E TRÊS

Blythe Hawthorne havia vencido o Destino quatro vezes distintas.

Signa permitiu que o Ceifador a abraçasse e a arrastasse até o outro lado da sala, enquanto o Destino levava a mão esquerda ao peito. Nela, uma aliança luminosa se acendeu no dedo anular. Blythe tinha uma igual, mas não lhe deu muita importância. Um fio brilhava bem forte entre eles, unindo-os.

— Temos que ajudá-la — sussurrou Signa quando o Destino se aproximou de Blythe com três passos largos, com uma expressão de quem estava prestes a estrangulá-la. E, apesar disso, o Ceifador a segurou bem apertado.

Ele fez um pacto com você. Fazia séculos que a garota não ouvia o Ceifador falar com uma voz tão suave. *Enquanto meu irmão viver, não pode fazer mal a Blythe Hawthorne.*

Foi só então que o corpo de Signa relaxou. Lágrimas de alívio se derramaram, mesmo depois que o Destino percorreu toda a distância que o separava de Blythe.

— A senhorita não faz ideia do que acabou de fazer — vociferou, preparado para matar.

Blythe não se afastou. Pelo contrário: pôs a mão no peito dele, inclinou a cabeça e fez cara de desdém para ele.

— Na verdade, acredito que acabei de selar um pacto. O senhor não está orgulhoso da inteligência de sua esposa?

As narinas do Destino se dilataram.

— A senhorita *não* é minha esposa.

— Acredito que isso o contradiz.

Blythe ficou balançando o dedo em riste. O Destino dava a impressão de estar cego de raiva. Afastou-se dela e se virou para o Ceifador e Signa.

Em um segundo, a Morte envolveu a garota com suas sombras, formando um escudo ao redor dela, mas nada daquilo era necessário. Não era para Signa que o Destino dirigia seu olhar assassino, mas para o Ceifador. Os olhos dourados brilharam, e os fios ao seu redor, praticamente invisíveis, se movimentaram. O que quer que tenha tentado, contudo, não funcionou. A aliança de luz dourada em seu dedo brilhou mais forte, e o homem soltou um suspiro de dor. A veia do pescoço ficou aparente quando o Destino se contorceu e segurou a própria mão bem firme.

Os passos de Blythe tinham a leveza de uma dançarina quando se aproximou de Aris e entrelaçou os dedos no cabelo loiro dele. Aproximou-se do ouvido dele e disse as seguintes palavras, com a delicadeza de uma amante:

— Quero que meu pai seja solto esta tarde.

A risada que o Destino deu foi maníaca.

— A senhorita vai se arrepender disso.

Não havia como mascarar sua fúria. Sua tristeza. Mesmo assim,

Signa não conseguia sentir pena daquele homem. Ele mesmo preparara aquela armadilha: não deveria ter se surpreendido quando acabou caindo nela.

Assim como acontecera na partida de croqué, deveria saber que era melhor não subestimar Blythe. Era algo que todos eles deveriam saber.

— Não se preocupe, querido. — Blythe deu um beijo no rosto do Destino, deixando uma marca de *rouge*. — Terá o resto da sua vida para se redimir comigo.

Signa jamais vira tamanha raiva, tamanha promessa de destruição no olhar de alguém como viu quando o Destino se virou, pisando firme em meio aos fios de luz, que sumiram com seu corpo em questão de segundos. Signa não quis nem saber aonde ele tinha ido parar.

Só com os três presentes, a sala caiu em silêncio. Signa não saberia dizer se haviam passado segundos ou minutos, até que Blythe soltou um suspiro e se sentou na beirada de uma poltrona de couro, examinando a aliança que trazia no dedo.

— É terrivelmente visível?

Signa respirou normalmente desde sabe-se lá quanto tempo. Não havia se dado conta de como estava tensa, o peito tão apertado que ela tinha a sensação de estar prestes a desmaiar. Desvencilhou-se do Ceifador e se aproximou de Blythe, para ver melhor.

— Na verdade, não.

As palavras da garota foram suspiradas. A aliança no dedo de Blythe era disfarçada de um modo inteligente — pouco mais do que um brilho fraco. Era preciso espremer os olhos para distingui-la, feito tinta branca em pele clara. Lembrava Signa vagamente de uma cicatriz, e ela levou a mão ao peito, que ficava ainda mais apertado de culpa.

— Eu ia resolver isso, Blythe. Você jamais deveria ter sido envolvida nisso tudo.

Blythe baixou a mão e, agora, examinava a prima.

— E, apesar disso, me envolvi.

E, apesar disso, ela se envolveu.

Signa ficou encarando a garota, sem saber se deveria sacudi-la, abraçá-la ou dizer o quanto era tola por fazer um trato com alguém tão poderoso como o Destino. Mesmo que Blythe tivesse alguma noção do poder que ele detinha, nem mesmo a própria Signa sabia a magnitude desse poder.

— Ele é o Destino. — Signa falou baixo, desesperada para saber se a prima entendia a gravidade da situação. — Não é possível romper um pacto com ele.

— Por que não? — Blythe se empertigou na poltrona e olhou para Signa com toda a calma. — Por acaso eu já não o venci antes?

O Ceifador e Signa se entreolharam, e a garota ficou imaginando se Blythe fazia alguma ideia da verdade da afirmação.

— De qualquer modo, não tenho certeza de que quero romper o pacto. — Blythe saiu da poltrona e, antes que Signa tivesse tempo de perguntar o que ela queria dizer com aquilo, falou: — Não há falsas expectativas entre nós. Posso viver minha vida como eu bem entender, e toda a pressão de ter que ser cortejada vai acabar. Todos vão até acreditar que sou uma princesa.

Blythe pode até ter dado um sorriso estonteante, mas seus lábios tremiam. Ainda assim, ela pegou na mão de Signa com a mesma delicadeza que demonstrara há pouco.

— Não se preocupe comigo. Agradeço muito a sua disposição de salvar meu pai, mas cuidarei disso daqui para a frente.

O peito de Signa quase explodiu quando Blythe deu um beijinho delicado em sua mão.

— Depois de tudo o que eu fiz — sussurrou a garota —, por que você quer me ajudar?

— Porque você estava disposta a *me* ajudar. — A resposta saiu com uma facilidade demasiada, o tom de voz da prima tinha uma leveza demasiada. — Você também merece viver, Signa. Posso até não compreender tudo, mas sei que Percy era o responsável pela minha doença. Sei que você me salvou dele.

Essas palavras inesperadas fizeram os olhos de Signa se encherem de lágrimas imediatamente, e ela ficou tão enjoada que se contorceu. Abraçou o próprio corpo bem apertado, tentando se controlar.

— Você jamais deveria ter ficado sabendo disso.

— Eu sei — sussurrou Blythe. — Mas eu precisava saber disso. Agora, deixe que eu me encarrego de Byron e dos outros. Está na hora de eu ir fazer as malas. Não quero que meu pai não encontre ninguém ao voltar para casa.

Elijah, casa. Nunca houve uma imagem mais magnífica do que aquela.

— Pegarei o trem no primeiro horário da manhã — disse Signa, mas precisou se corrigir, se dando conta de seu deslize. — Quer dizer... se você não tiver problema com isso.

O sorriso que Blythe deu foi como o cantar dos pássaros em um dia quente de primavera.

— Não tenho — sussurrou a garota, e o coração de Signa se acalmou quando Blythe apertou a mão dela mais uma vez. — Tenho certeza de que meu pai também gostaria que você estivesse lá.

Depois que o Destino foi embora, o Ceifador havia se afastado um pouco, para as duas terem privacidade, mas aos poucos foi voltando para o lado de Signa. Deu um beijo no alto da cabeça da garota, e ela quase chorou quando percebeu que não ficou sem ar, nem seu coração parou de bater. Aninhou-se nos braços da Morte quando Blythe se dirigiu à porta. Sob o batente, contudo, Blythe se virou para trás. Não olhou para a prima, mas para a Morte, agora despido de sombras.

O Ceifador não percebeu logo de início, porque era impossível. Um mero acaso. E, mesmo assim, ficou paralisado quando Blythe continuou olhando fixamente para ele, para sua forma humana, com olhos espremidos e cheios de interesse.

— Cuide bem dela. — As palavras de Blythe não foram uma gentileza, mas uma ameaça. — Pelo jeito, minha prima vê o seu lado bom, e eu confio no julgamento dela. Mas, se fizer uma única lágrima que seja ir parar nos olhos dela, vou mandar decapitá-lo e pôr sua cabeça em uma estaca. Você me entendeu?

Tanto Signa quanto o Ceifador ficaram sem palavras, olhando Blythe se afastar dali. Ouviram o bater suave das botas da garota nos degraus da escada por alguns instantes. Então, viraram de frente um para o outro, e Signa não pôde evitar que seu choro desse lugar ao riso.

Eles haviam vencido. Derrotado o Destino. Salvaram a vida de Elijah, o relacionamento de Signa com Blythe estava sendo restaurado e, agora, ela podia *ver* o Ceifador. Podia *abraçá-lo*.

— Blythe consegue te enxergar.

— Um efeito colateral de quase ter morrido, quem sabe — ponderou o Ceifador, mas sua voz parecia distante, e ele continuou olhando para a porta. Signa precisou voltar a rir e segurar o rosto dele com as duas mãos, sem luvas, para roubar sua atenção, que a Morte lhe ofereceu de bom grado, entregando-se às carícias da garota.

— Você é tão quente — sussurrou o Ceifador. — Consigo sentir.

O fato de ele ter dito isso com a voz embargada foi o que bastou para que Signa fosse tomada pela emoção mais uma vez. A garota o abraçou e o beijou, em meio a lágrimas quentes de felicidade. Enroscou as pernas no corpo do Ceifador, que praticamente a derrubara no chão, abraçando-a bem apertado. Signa saboreou cada cada respiração ao se aninhar no peito da Morte. Haviam vencido e, pelo resto da eternidade dos dois, ela jamais o soltaria.

Então posso supor que você vai ficar? Tilly estava parada à porta, pondo a cabeça para dentro da sala. A decepção em sua voz fez Signa gargalhar. A garota pegou na mão do Ceifador e se levantou, apontando para o espírito.

— Sim, receio que vamos ficar.

Os outros dois espíritos se aproximaram, então, olhando timidamente para a saleta. Victoria, a mãe de Tilly, por fim olhou para Signa com os lábios retorcidos, de reprovação.

Gostaríamos muito se você, pelo menos, escolhesse melhor suas companhias. O homem era luminoso demais para o meu gosto.

E tinha outra pessoa que também brilhava, igualzinho à sua dama de companhia, completou Tilly, com um tom de conspiração. *Gostaria muito que você parasse de trazer pessoas assim para cá. A luz incomoda meus olhos.*

Signa percebeu seu sorriso se desfazer.

— Havia mais alguém que brilhava? Quem era?

Ela está dormindo lá em cima agora. Oliver estava, mais uma vez, tentando limpar aquela mancha que jamais conseguia tirar dos óculos. *É a que deixou todo mundo em polvorosa.*

E deveriam ficar em polvorosa mesmo!, chiou Victoria. *Ela está grávida e não é casada! Passaram a noite inteira acordados, tentando encontrar maneiras de esconder a barriga. Que mau gosto é...*

— Estão falando de Eliza — interrompeu-a Signa.

Ignorou o fato de Victoria ter bufado e se virou para o Ceifador, que nem de longe demonstrava estar tão preocupado quanto ela.

— Você a curou, Signa. — A Morte prendeu uma mecha de cabelo da garota, que não estava mais branco, atrás da orelha dela. — Talvez o brilho seja um efeito colateral disso.

— Talvez — ecoou Signa, mas as palavras do Ceifador não lhe caíram bem. — Só que nunca fiz nada por Elaine.

Foi então que algo atrás do Ceifador chamou a atenção da garota. Ou melhor, a *falta* de algo. Signa endureceu quando olhou para o local onde a tapeçaria estava até há pouco. Blythe havia cortado a própria mão bem ali e, apesar de todo o sangue que foi derramado, não havia uma gota sequer manchando a madeira.

Um suor frio, de pavor, tomou conta de Signa quando ela se

lembrou da aliança de luz que Blythe havia lhe mostrado, no dedo de uma mão sem ferimentos.

— Morte. — Signa pronunciou o nome dele bem devagar, testando cada palavra antes de enunciá-las, permitindo que ganhassem vida. — Amity uma vez me perguntou se havia alguma constante na magia da Vida. Algo que sempre estava presente quando eu a empregava. — Das trepadeiras no gabinete de Elijah ao potro dos estábulos e, mais uma vez, com Eliza... *Blythe* foi essa constante. — E se não fui eu quem causou esse brilho?

Signa pegou o atiçador que Blythe havia usado para cortar a mão — que estava quente demais, por estar perto da lareira —, e viu que não havia nenhuma gota de sangue nele. O Ceifador tirou o objeto da mão da garota e, no instante em que o ferro encostou em seus dedos, deu um pulo para trás e o deixou cair no chão, com uma pancada seca.

A Morte segurou a mão contra o peito, cuja pele fervilhava e soltava fumaça, e as sombras a envolveram. Imediatamente, o Ceifador se abaixou para dar uma boa olhada no atiçador e, apesar de ter ficado um bom tempo impassível, no fim, acabou caindo na mais exultante gargalhada que Signa já ouvira na vida, as lágrimas rolando de seus olhos radiantes.

— Você a encontrou. — Ele pegou o atiçador de novo, rindo quando o objeto o queimou. Com a outra mão, pegou na mão de Signa e a puxou num abraço. Signa sentia as lágrimas da Morte caíram em seus ombros, e o Ceifador sussurrou, com uma voz suave como um floco de neve: — Depois de todos esses anos, você realmente a encontrou. Ao que tudo indica, Passarinha, esse destino sempre encontra uma maneira de se realizar, no fim das contas.

Signa sentiu-se entorpecida, sem conseguir acreditar, perdida em um turbilhão de pensamentos. Não podia ser verdade... E, apesar disso, era a única explicação que fazia sentido.

Signa vira as lembranças da Vida. Mas Blythe estivera presente toda vez que essas lembranças chegavam até ela. Aquilo lhe deu um alívio tão grande que a garota ficou sem palavras.

Era *por isso* que o corpo dela queimava e era por isso que tinha tanta dificuldade de acessar esses poderes. Eles jamais lhe pertenceram: eram de Blythe.

Blythe era a reencarnação da Vida.

— Devemos contar para ela? — sussurrou Signa, olhando para o atiçador, sem saber direito o que sentir. Por mais que fosse capaz de compreender o Destino, o odiava pelo que tentara fazer. Mas, se Aris descobrisse quem Blythe realmente era...

— Não. — A Morte disse isso sem um pingo de hesitação. Abraçou Signa bem apertado. Deu um beijo na têmpora da garota sem se importar com os espíritos, que estavam logo atrás deles e ficaram alvoroçados e constrangidos. — Deixe que os dois descubram isso no tempo deles. Essa é uma história na qual não devemos interferir.

Signa não sabia se concordava ou não. Em parte, só queria subir a escada correndo e contar para Blythe ali mesmo. Mas a alegria do Ceifador a manteve no lugar, envolta em seus braços.

Signa talvez contasse para Blythe, logo, logo. Por ora, contudo, confiaria no fato de que o Ceifador sabia do que estava falando.

— Os dois podem tentar se matar — comentou a garota, mas não havia um tom de contestação em sua voz.

— Você tentou me matar, certa vez, e olhe só para nós agora. — Os olhos do Ceifador brilhavam mais do que nunca, e ele se levantou, puxando Signa para o seu lado. — Agora, Passarinha, por que você não me mostra essa sua casa?

O Ceifador estendeu a mão e, com o coração explodindo de felicidade, Signa a pegou.

EPÍLOGO

Blythe

Everett Wakefield e Charlotte Killinger se casaram dois meses depois, com o sol do alto verão brilhando sobre eles.

A impressão era a de que, nos últimos tempos, a felicidade andava por todos os cantos. Blythe a viu florescer entre a noiva e o noivo, quando Everett puxou Charlotte para si e a beijou. Estava na carícia terna que Eliza fez no ventre, e no modo como Elijah deu risada quando a garota deu um pulo, porque o bebê a chutou. Eliza estava há poucas semanas de conhecer o filho, e Elijah a recebera de braços abertos na família, sem pensar duas vezes.

Signa também havia desabrochado feito uma flor, e soltou um suspiro de dedos entrelaçados com o do Ceifador, que a abraçou.

Blythe supunha que também deveria estar feliz, agora que tinha o pai de volta e sabia que nem Everett nem Charlotte haviam assassinado o duque. Mesmo assim, por mais agradecida que estivesse com o modo como as coisas transcorreram, não havia como se livrar do profundo incômodo que a envolvia apertado, como uma mola prestes a se soltar.

Fosse lá o que Signa houvesse feito naquela noite, lá no jardim, não havia afetado apenas Eliza e o bebê. Blythe não contara para ninguém as coisas que vira, nem que, no instante em que a vida dos dois foi salva, ela caiu em um mar de luz branca. O calor dessa luz a encobriu, aliviando suas preocupações e abafando seus pensamentos durante segundos que mais pareceram horas. E, naquele mar, ela sonhou com uma risada aveludada. Com um homem sem rosto, que a rodopiava em seus braços, dançando no ritmo de uma canção desconhecida que, de alguma maneira, ela reconhecia. Uma música da qual conhecia todos os passos.

Era ridículo e, mesmo assim, ela não conseguia se livrar daquelas lembranças. Atravessavam seus pensamentos enquanto olhava Everett pousar a mão no rosto de Charlotte, fazendo-a lembrar de uma época em que alguém sem rosto fizera a mesma coisa com ela. Uma época em que o calor do beijo daquele homem fizera seu corpo inteiro arder em chamas, e Blythe só queria se afogar em suas carícias.

"Lembranças" era a palavra errada para descrever o que essas imagens que surgiam em sua mente realmente eram, porque não lhe pertenciam. Certamente, Blythe não esqueceria que um dia esteve apaixonada. Muito menos por alguém cujas mãos pareciam tão fortes, repousadas em seu rosto, ou tão poderosas, enquanto desciam até os quadris e erguiam...

A garota expulsou essa imagem da cabeça, torcendo para que ninguém tivesse percebido que havia ficado corada. Se pudesse pegar uma pá e desenterrar os pensamentos da mente, já teria feito isso àquela altura, porque eles não a ajudavam em nada. Nem a ela nem às suas fantasias noturnas. Blythe desviou sua atenção dessas imagens e se concentrou no casal feliz, batendo palmas com os demais quando os recém-casados se beijaram.

Depois de tudo o que havia acontecido no último ano, a mansão da família Wakefield estava tão bela que chegava a ser irritante. Os copos de cristal e bolos dourados eram cintilantes demais; os convidados, opulentos demais, exibindo seus trajes e vestidos. Blythe seguia esperando que alguma coisa se espatifasse ou, quem sabe, que chovesse fogo do céu, o que não a ajudava nem um pouco a se concentrar. Sentia aquela mola que havia dentro dela ficar ainda mais tensa, e desejou dar as costas e ir atrás do que a estava incomodando. Tinha a impressão de que alguém a observava, mas não conseguia sentir de onde vinha o olhar curioso.

— Que lindo casamento, não?

Blythe se encolheu de susto, pois demorara um instante para reconhecer a voz de Signa. Observou o vestido azul-marinho escuro da prima, em total contraste com o próprio, que era de um tom de azul tão próximo ao do gelo que quase parecia prateado. Elijah estava logo atrás de Signa, conversando, todo animado, com Eliza, que dava risada.

— Ele será um avô fantástico — prosseguiu Signa, espremendo os olhos para a prima quando que Blythe não disse nada.

— Será mesmo — concordou a garota, tornando a olhar para os noivos. — E ouso dizer que nunca vi Charlotte tão feliz.

O peito de Blythe se encheu de emoção quando o casal se abraçou com ternura. Era bom ver o brilho de volta aos olhos de Everett. A morte do pai fora classificada como morte por causas naturais. O boato que corria era que o suposto veneno não passara de um erro de um legista precipitado, divulgado às pressas, já que o cadáver pertencia a uma figura tão importante. Uma mentira, claro, mas era uma mentira que Blythe tinha certeza que levaria para o túmulo junto com a prima.

Blythe, pelo menos, levaria. Não sabia ao certo se Signa *chegaria a ter* um túmulo.

— Já escolheram o nome do bebê? — perguntou Signa, um tanto alto demais, chamando a atenção dos outros integrantes da família Hawthorne, incluindo Eliza.

Ela e Byron haviam anunciado o casamento dias depois de Elijah ter voltado à Quinta dos Espinhos. Noticiaram que haviam se casado meses antes, dando como desculpas para não terem tornado a união pública a prisão de Elijah e a morte do lorde Wakefield. Correram boatos, claro, dado o tamanho da barriga de Eliza. Mas não havia como desmentir nada: os dois planejavam fazer uma longa viagem para o campo, perto do nascimento do bebê, para que ninguém soubesse a data exata do parto.

Poderia até não ser o casamento que Eliza imaginara, mas foi o casamento que salvou sua vida. Não havia nada de romântico entre ela e Byron e, como a garota já contara para Signa e Blythe, aquele homem não esperava de Eliza nada que a garota não estivesse disposta a oferecer. Byron amava Percy e só queria se responsabilizar pela criança.

— Cyril, se for menino — respondeu Eliza, com uma ternura afoita, sorrindo e olhando para Byron. — Ainda não escolhemos o nome se for menina.

— É um nome forte — comentou Elijah, então pediu licença para dar os parabéns para o pai de Charlotte.

O sorriso dele permanecia tão largo o tempo todo que Blythe ficou com medo de que o rosto do pai fosse se partir ao meio.

A empolgação nos olhos de Byron também era inegável. Ao perceber, Signa cutucou, em tom de provocação:

— Já estão prontos para receber o bebê? Imagino que devam ter a sensação de que a criança chegará a qualquer dia.

Byron colocou a mão na base da coluna de Eliza e respondeu:

— Será um alívio quando essa criança chegar.

Ele tentou falar isso com um tom despreocupado, mas para

Byron, "despreocupado" significava que poderia muito bem estar gritando a plenos pulmões.

— Não vejo a hora de o dia chegar. — Eliza falou mais baixo, garantindo que nenhum ouvido curioso estivesse prestando atenção no que diziam. — Receio que só ficarei em paz depois que essa criança nascer sã e salva.

— E nascerá. — Byron tinha a postura um tanto rígida. — Não há mais nenhuma ameaça à vida dessa criança, Eliza. Pode dormir tranquila.

A severidade do olhar de Signa fez Blythe se empertigar.

— Por acaso alguém não queria que a criança nascesse? — perguntou Signa, e não ficou nem um pouco constrangida quando Eliza fez beicinho, dando a entender que a pergunta era atrevida demais. Até Byron ficou mais tenso.

— Meu tio. — Eliza continuou falando baixo, para só os quatro ouvirem. — Ele me deu duas opções na noite anterior ao seu falecimento: livre-se desse bebê ou fique noiva de Sir Bennet até o final da semana.

Byron não se deu ao trabalho de tentar disfarçar o rancor.

— Essa criança merece coisa melhor do que um pai que já estava com um pé na cova. Esse bebê é integrante da família *Hawthorne* e deve ser criado como tal.

Blythe sentiu o olhar de Signa e o compreendeu na mesma hora. O tio não havia dito, necessariamente, nada de pejorativo... e, mesmo assim, a garota não podia deixar de se perguntar, pelo tom de voz dele e porque recordou de como Eliza fora categórica ao comentar sobre a dose de cianeto. Blythe achou que não passavam de divagações de uma mulher culpada e, apesar disso, ao observar a maneira possessiva que Byron abraçava Eliza, sentiu o suor descendo pelas costas.

Eliza afirmara que, no pânico, havia se livrado do cianeto. E, se isso fosse verdade, era possível que a garota não tivesse sido a última pessoa a colocar as mãos no veneno ou na taça que chegara às mãos do lorde Wakefield.

Byron era um dos poucos que sabiam da sobriedade de Elijah. Era um dos poucos que poderiam ter garantido que a taça envenenada não chegasse às mãos de Elijah, mas às do lorde Wakefield. Porque, se o lorde Wakefield estivesse vivo, o filho de Percy seria perdido: jamais chegaria a nascer ou teria se transformado no filho bastardo secreto de um pai que, na opinião de Byron, não era indicado para criar um integrante da família Hawthorne.

Ao olhar para Byron agora — vendo o orgulho refletido em seus olhos e aquela maneira possessiva de abraçar Eliza —, Blythe se deu conta de uma coisa: o tio jamais teria permitido que nenhuma dessas hipóteses se confirmasse.

A garota teve certeza de que a prima havia chegado à mesma conclusão quando as duas ficaram olhando o casal se dirigir a uma mesa à sombra. Byron demonstrou todo o cuidado ao ajudar Eliza a se sentar.

Pelo bem do filho de Percy, foi Byron quem envenenou o duque. E, muito embora essa verdade pesasse sobre o peito da garota feito um tijolo, nada mais poderia ser feito a respeito disso. Até parece que um dia poderiam contar com a confissão de Byron e, mesmo que pudessem, teria importância? Haviam optado por proteger Eliza. Agora tinham que fazer a mesma coisa por ele.

Blythe estava tão perdida nos próprios pensamentos que só ouviu o tilintar das taças de cristal quando percebeu que várias pessoas viraram a cabeça na direção do som. Não teve nem sequer um instante para debater a nova informação com Signa, porque a atenção da prima já fora roubada pelo ruído. Foi só quando Signa empalideceu que Blythe seguiu o olhar da outra garota.

O príncipe Aris não estava usando preto como os demais homens, mas vestira uma casaca da cor do musgo de outono. Estava parecendo um verdadeiro príncipe na maneira como sorriu para os convidados, ergueu a taça de champanhe e ficou esperando que os demais o imitassem.

— Gostaria de dar meus parabéns para os recém-casados e propor um brinde às alegrias do casamento!

Estava muito mais bem arrumado do que na última vez que Blythe o vira, pois não estava mais tresloucado e abatido, nem furioso feito um cão raivoso. O cabelo dourado fora cortado há pouco tempo, os sapatos estavam engraxados, mas era da aliança de luz dourada que Aris tinha no dedo que Blythe não conseguia tirar os olhos. Ficou imaginando se mais alguém era capaz de vê-la.

— Vocês firmaram o compromisso de honrar a outra pessoa, na alegria e na tristeza, na riqueza e na pobreza. Para respeitar e ser fiel até que a própria Morte os separe. — Disse isso de modo alegre, olhando para cada um dos convidados, e deu um leve esgar quando pousou os olhos em Blythe. — É um compromisso admirável, e só posso esperar que, um dia, minha futura esposa e eu tenhamos metade da felicidade que vocês dois compartilham. Não é mesmo, Srta. Hawthorne?

Diversas damas soltaram um suspiro de assombro e olharam para Diana, que, sem dúvida, ainda se proclamava a futura princesa do reino imaginário de Verena. Só que, no fim, foi para Blythe que todos os olhares se dirigiram, incluindo os do pai. Elijah ficou branco feito um fantasma e, naquele instante, tudo que Blythe queria era ir até o outro lado do salão e arrancar os olhos de Aris do crânio. Em seguida, colocaria os olhos de volta nas cavidades, só para poder arrancá-los de novo.

Só que não fez isso, porque um plano melhor, mais cruel, surgiu em seus pensamentos, recusando-se a permitir que ela se acovardasse diante daquela afronta. Era uma decisão que garantiria uma discussão que a garota não queria *mesmo* ter com o pai, mas não havia como Blythe permitir que Aris vencesse aquela guerra que ele mesmo havia declarado.

Blythe ergueu a própria taça de champanhe, deu seu sorriso mais encantador e foi rodopiando em meio aos convidados.

— Vocês dois são uma inspiração para todos nós! — Alguém deveria dar um prêmio para a garota, tamanha a alegria que ela conseguiu transmitir em sua voz. — Brindemos ao seu futuro brilhante e aos muitos anos que estão por vir. Torço para que eu e Vossa Alteza logo estejamos tão felizes quanto vocês.

Em seguida, ela inclinou a taça para trás, em meio às palmas educadas, e bebeu o champanhe de um gole só.

Blythe poderia jurar que ouviu a risada do Ceifador em meio ao farfalhar das árvores, mas não se virou para confirmar. Pelo contrário: balançou os cabelos e quase caiu na gargalhada quando Aris olhou para o pai dela. Seu sorriso presunçoso logo se dissipou, porém, porque Elijah passou batido pela filha e logo se dirigiu ao próprio príncipe. Nem uma divindade seria páreo para um pai contrariado. E, quando Aris se preparou para o pior, Blythe lhe deu suas condolências, com um aceno meigo.

Se aquele homem acreditava que seria sua ruína, a garota iria lhe mostrar como estava enganado. Nada no mundo deixaria Blythe mais feliz do que passar o resto da vida obrigando o *príncipe* Aris Dryden a maldizer a própria existência.

O som de risos tornou a ecoar e, desta vez, Blythe viu as sombras do Ceifador enlaçarem Signa e sussurrarem:

— E, agora, terá início o espetáculo.

AGRADECIMENTOS

Escrever um livro pode ser uma atividade solitária, mas o ato de publicar um livro, para que ele ganhe o mundo, requer uma legião.

Felizmente, tenho o prazer de trabalhar com a melhor legião possível e imaginável.

Obrigada à fantástica equipe da Hachette Book Group, por terem dado a esses livros o lar perfeito no selo Little, Brown Books para Jovens Leitores. Um salve especial para:

Deirdre Jones, por ser a mais encantadora das editoras e a melhor parceira que eu poderia pedir para ajudar a pastorear esta série rumo ao mundo. Tenho muita sorte de poder trabalhar com uma mente tão fabulosa!

Shivani Annirood, por suas proezas na divulgação e por ter ajudado a chamar a atenção do maior número de olhos possível para estes livros.

Jenny Kimura, pelo projeto gráfico deslumbrante e por deixar cada edição deste livro de tirar o fôlego.

Robin Cruise, Chandra Wohleber e Logan Hill, por terem eliminado todos os erros de digitação e todas as frases esquisitas que não faziam o menor sentido, garantindo que a leitura fosse a mais fluida possível.

Stefanie Hoffman, Emilie Polster, Savannah Kennelly, Christie Michel, Victoria Stapleton, Shawn Foster, Danielle Cantarella, Sasha Illingworth, Jessica Levine, Alvina Ling, Megan Tingley, Jackie Engel, Marisa Finkelstein e Virginia Lawther: devo minha eterna gratidão a vocês, por tudo que fizeram por esta série. Muito, muito obrigada por serem uma equipe tão maravilhosa, que me apoia tanto. Sinto-me muito abençoada por trabalhar com vocês.

Do outro lado do oceano, na Hodderscape, meu obrigada vai para Molly Powell, pelo seu faro editorial e por ter dado a essa série uma casa tão supimpa no Reino Unido.

Kate Keehan, Sophie Judge, Callie Robertson e Matthew Everett, obrigada por todo o apoio e todo o trabalho que dedicaram a este livro.

Lydia Blagden, obrigada por ter feito a ilustração de capa mais deslumbrante que eu poderia imaginar para a edição do Reino Unido. Fico toda arrepiada toda vez que a vejo.

Ellie Wheeldon, obrigada por criar um audiolivro com cujo resultado eu não poderia ter ficado mais feliz.

Kristin Atherton, por dar vida aos personagens com sua voz e interpretação incríveis. Você foi a locutora de audiolivro perfeita para o projeto e capturou esta história e seus personagens lindamente.

Todos os meus agradecimentos à incrível equipe da Park & Fine Literary and Media:

Peter Knapp, por ser meu agente dos sonhos absoluto. Obrigada, como sempre, por ser o mais incrível dos defensores e parceiros de negócios. Continuo mais do que maravilhada de poder trabalhar com você e com essa equipe formada por verdadeiras celebridades.

Emily Sweet e Andrea Mai, pelo incrível apoio que deram tanto a mim quanto a esta série.

Kathryn Toolan, por salvar o meu dia a cada e-mail enviado. Muito, muito obrigada por ser fenomenal e levar esta série às mãos de leitores do mundo todo.

Stuti Telidevara, por ter ajudado tanto a manter tudo na linha e por me apoiar tanto.

Obrigada a Debbie Deuble-Hill, da APA (Agency for the Performing Arts). Obrigada por insistir incessantemente para garantir que esta série tenha a casa mais perfeita nas telas e por me apresentar ao meu novo local preferido para comer *cannoli* em Los Angeles.

Elena Masci e Teagan White, obrigada pelas capas mais encantadoras que já vi na vida, tanto nos Estados Unidos quanto no Reino Unido. Vocês duas realmente se superaram em *Purpurea*, e é impossível se apaixonar mais do que já estou pela sua arte espetacular.

Aos meus amigos da Távola Redonda, por aguentarem todas as minhas falcatruas e por serem o melhor grupo de apoio nesta indústria que é realmente selvagem. Sou muito grata por ter vocês. Um salve especial vai para Rachel Griffin, a própria Lady Lancelot. Tomara que nossas editoras continuem a nos contratar com o mesmo cronograma de publicação por todo o sempre. Caso contrário, temo que pereceremos.

Bri Renae, por ser uma das primeiras leitoras e por amar a Morte mais do que qualquer um.

Josh, por sempre me apoiar, mesmo quando eu me transformo aleatoriamente em um monstrinho zumbi com uma necessidade repentina de viajar ou então de me entocar em alguma masmorra por aí.

Pai e mãe, por uma vida inteira de apoio, acreditando que sou muito mais legal e mais impressionante do que realmente sou e por contar isso para todo mundo.

À mais incrível equipe de *marketing* de rua por tornar o processo de levar esta série ao mundo muito mais agradável do que um dia imaginei que pudesse ser. Tenho tanta sorte e sou tão grata por ter conhecido um grupo tão incrível que tanto me apoiou como vocês.

Haley Marshall, porque é claro que este livro é dedicado a você. Obrigada por mais de uma década de amizade, risadas, e por sempre ser a primeira pessoa a ler e me falar que as coisas "normalmente" não estão tão péssimas quanto eu acho que estão.

A Deus, por me trazer até aqui.

E, por fim, a cada leitor que chegou até esta página. Obrigada por cada uma das mensagens gentis e resenhas, por cada *cosplay*, *fanart*, tatuagens ou artes incríveis inspirados nessa série que vocês compartilharam comigo. Todos vocês são tão ridiculamente talentosos e simplesmente incríveis, e fico muito feliz de tê-los como leitores. Obrigada por amarem este livro tanto quanto eu. Foi todo o apoio que vocês me deram que tornou a continuidade deste projeto possível.

SUA OPINIÃO É MUITO IMPORTANTE

Mande um e-mail para **opiniao@vreditoras.com.br**
com o título deste livro no campo "Assunto".

1ª edição, fev. 2024

FONTE Centaur MT Std Regular 13,5/17pt
PAPEL Pólen Bold 70g/m²
IMPRESSÃO BMF Gráfica
LOTE BMF201223